Paulo Coelho
El vencedor está solo

Traducción de Ana Belén Costas

🌐 Planeta

Título original: *O vencedor está só*

© Paulo Coelho, 2008
  Publicado de acuerdo con Sant Jordi Asociados, Barcelona (España)
© por la traducción, Ana Belén Costas, 2009
© Editorial Planeta, S. A., 2011
  Avinguda Diagonal, 662, 6.ª planta. 08034 Barcelona (España)
  www.planetadelibros.com

p. 9, «Cualesquiera que seáis los que ahora», Walt Whitman. Traducción de
  Francisco Alexander publicada en *Hojas de hierba*, Editorial Visor
pp. 130-131, «El Camino no elegido», Robert Frost. Traducción de María
  Fernanda Celtasso

Diseño de la cubierta: Departamento de Diseño, División Editorial del Grupo Planeta
Ilustración de la cubierta: © Carla Moroni
Fotografía del autor: © Alejandra López
Primera edición en esta presentación en Colección Booket: abril de 2011

Depósito legal: B. 7.776-2011
ISBN: 978-84-08-10165-9
Composición: Víctor Igual, S. L.
Impreso y encuadernado en Barcelona por: blackprint A CPI COMPANY
Printed in Spain - Impreso en España

Oh, María, sin pecado concebida,
rogad por nosotros que recurrimos a Vos. Amén.

Dijo a sus discípulos: «Por eso os digo: No andéis preocupados por vuestra vida, qué comeréis, ni por vuestro cuerpo, con qué os vestiréis: porque la vida vale más que el alimento, y el cuerpo más que el vestido.

Fijaos en los cuervos: ni siembran, ni cosechan; no tienen bodega ni granero, y Dios los alimenta. ¡Cuánto más valéis vosotros que las aves!

Por lo demás, ¿quién de vosotros puede, por más que se preocupe, añadir un codo a la medida de su vida?

Si, pues, no sois capaces de lo más pequeño, ¿por qué preocuparos de lo demás?

Fijaos en los lirios, cómo ni hilan ni tejen. Pero yo os digo que ni Salomón en toda su gloria se vistió como uno de ellos.»

LUCAS, *12, 22-27*

Cualesquiera que seáis los que ahora me tenéis de la mano,
sin una sola cosa todo resultaría ocioso,
yo os prevengo lealmente antes de que intentéis llevar más
lejos vuestra recriminación,
yo no soy lo que suponéis, sino muy diferente.

¿Quién es el que aspira a ser mi discípulo?
¿Quién se siente candidato para mi afecto?

El camino es receloso, el resultado incierto, quizá nefasto,
será preciso que renunciéis a todo, yo sólo aspiro a ser
vuestro único y exclusivo modelo.
Vuestro noviciado será prolongado y extenuante,
toda vuestra pasada teoría de la vida y la conformidad
con las vidas que os rodean tienen que ser abandonadas.
Por consiguiente, abandonadme ahora, antes de que
experimentéis
más adelante cualquier pesar, dejad caer vuestras manos de mis
hombros,
dejadme y seguid vuestro camino.

WALT WHITMAN, *Hojas de hierba*

Para N. D. P.,
encontrada en la tierra para mostrar el camino
del Buen Combate

Prefacio

Uno de los temas recurrentes en mis libros es la importancia de pagar un precio por nuestros sueños. Pero ¿hasta qué punto se pueden manipular nuestros sueños? A lo largo de las últimas décadas hemos vivido inmersos en una cultura en la que prima la fama, el dinero y el poder. Y la mayoría de la gente se ha visto inducida a creer que son ésos los únicos valores que merece la pena poseer, ignorantes de que los verdaderos manipuladores en la sombra permanecen anónimos. Dichos manipuladores creen que el poder más eficaz es el que pasa desapercibido; hasta que es demasiado tarde y caemos en la trampa. *El vencedor está solo* trata sobre esa trampa.

En este libro, tres de los cuatro personajes principales dejan que sus sueños sean manipulados:

Igor, un millonario ruso que cree que el hecho de matar es aceptable si se lleva a cabo por una buena causa, como aliviar el sufrimiento humano, o como un medio para recuperar a la mujer amada.

Hamid, un magnate de la moda que empezó con las mejores intenciones para acabar atrapado en el mismo sistema del que intentaba aprovecharse.

Gabriela, que, como la mayoría de la gente hoy en día, está convencida de que la fama es un objetivo en sí mismo, la mayor recompensa en un mundo en el que ser famoso es la máxima aspiración.

Pensando en estos personajes escribí *El vencedor está solo*, un libro que no es un thriller, sino un crudo retrato del mundo en el que vivimos.

PAULO COELHO

3.17 horas

La pistola Beretta Px4 compacta es un poco más grande que un teléfono móvil, pesa alrededor de setecientos gramos y puede disparar diez tiros. Pequeña, ligera, incapaz de dejar una marca visible en el bolsillo que la lleva, el pequeño calibre tiene una enorme ventaja: en vez de atravesar el cuerpo de la víctima, la bala va golpeando los huesos y revienta todo lo que encuentra en su trayectoria.

Evidentemente, las probabilidades de sobrevivir a un tiro de ese calibre también son altas; hay miles de casos en los que ninguna arteria vital resulta dañada, y a la víctima le da tiempo a reaccionar y desarmar al agresor. Pero si la persona que dispara tiene experiencia, puede escoger entre una muerte rápida —apuntando entre los ojos o al corazón— o algo más lento, colocando el cañón del arma en un determinado ángulo junto a las costillas y apretando el gatillo. Al ser alcanzado, el individuo en cuestión tarda algún tiempo en percatarse de que está herido de muerte, e intenta contraatacar, huir, pedir ayuda. Ésa es la gran ventaja: tiene tiempo suficiente para ver quién quiere matarlo, mientras va perdiendo la fuerza poco a poco hasta caer al suelo, sin sangrar demasiado, sin entender muy bien por qué le está pasando eso.

Está lejos de ser una arma ideal para los entendidos en el tema: «Es mucho más apropiada para las mujeres que para los espías», le dice alguien del servicio secreto inglés a James Bond en la primera película de la serie, mientras

15

le confisca su vieja pistola y le entrega un nuevo modelo. Pero eso era sólo para los profesionales, por supuesto, porque para lo que él pretendía no había nada mejor.

Compró su Beretta en el mercado negro, por lo que será imposible identificar el arma. Tiene cinco balas en el cargador, aunque sólo pretende utilizar una, en cuya punta ha grabado una «X» con una lima de uñas. De ese modo, al ser disparada y alcanzar algo sólido, se romperá en cuatro fragmentos.

Pero sólo empleará la Beretta en última instancia. Tiene otros métodos para aniquilar un mundo, destruir un universo, y con toda seguridad ella entenderá el mensaje en cuanto encuentren a la primera víctima. Sabrá que lo ha hecho en nombre del amor, que no está resentido, y que aceptará que vuelva sin hacer preguntas sobre lo sucedido en los dos últimos años.

Espera que seis meses de planificación den resultado, pero no lo sabrá hasta la mañana siguiente. Ése es su plan: dejar que las Furias, antiguas figuras de la mitología griega, desciendan con sus alas negras sobre ese paisaje blanco y azul plagado de diamantes, Botox y coches veloces absolutamente inútiles, ya que sólo tienen capacidad para dos pasajeros. Sueños de poder, éxito, fama y dinero; todo eso puede verse interrumpido de un momento a otro con los pequeños artefactos que ha llevado consigo.

Podría haber subido ya a su cuarto, porque la escena que esperaba tuvo lugar a las 23:11 horas, aunque estaba preparado para aguardar más tiempo. El hombre entró acompañado de la hermosa mujer, ambos vestidos de etiqueta, para otra de esas fiestas de gala que se celebran todas las noches después de las cenas importantes, más concurridas que el estreno de cualquier película presentada en el festival.

Igor ignoró a la mujer y utilizó una de las manos para acercarse a la cara un periódico francés —la revista rusa podría levantar sospechas— para que ella no pudiera verlo. Sin embargo, era una preocupación innecesaria: ella nunca miraba a su alrededor, como hacen siempre las que se creen reinas del mundo. Están ahí para brillar y evitan fijarse en lo que los demás llevan, porque, dependiendo del número de diamantes y de la exclusividad de la ropa ajena, dará lugar a depresión, malhumor y sentimiento de inferioridad, aunque su propia ropa y sus accesorios hayan costado una fortuna.

Su acompañante, bien vestido y de cabello plateado, se acercó al bar y pidió champán, aperitivo necesario antes de una noche que promete muchos contactos, buena música y unas excelentes vistas de la playa y de los yates amarrados en el puerto.

Observó que trató a la camarera con respeto. Le dijo «gracias» cuando le sirvió las copas. Le dejó una buena propina.

Los tres se conocían. Igor sintió una inmensa alegría cuando la adrenalina empezó a mezclarse con su sangre; al día siguiente iba a hacer que ella se enterase de su presencia allí. En un momento dado, se encontrarían.

Y sólo Dios sabía el resultado de ese encuentro. Igor, católico ortodoxo, había hecho una promesa y un juramento en una iglesia de Moscú, ante las reliquias de santa Magdalena, que permanecerían en la capital rusa durante una semana para que los fieles pudieran adorarlas. Pasó casi cinco horas en la fila y, al acercarse, estaba convencido de que todo era una invención de los sacerdotes. Pero no quería correr el riesgo de faltar a su palabra. Le pidió que lo protegiese, que le permitiese alcanzar su objetivo sin mucho sacrificio. Y le prometió un icono de oro que le entregaría a un famoso pintor que vivía en un monasterio de Novosibirsk cuando todo acabara y pudiera volver a poner los pies en su tierra natal.

A las tres de la mañana, el bar del hotel Martínez huele a tabaco y a sudor. Aunque Jimmy ya haya acabado de tocar el piano (Jimmy lleva un zapato de cada color) y la camarera esté extremadamente cansada, la gente que está allí se resiste a marcharse. Hay que quedarse ahí, al menos durante una hora más, durante toda la noche, ¡hasta que suceda algo!

Después de todo, ya hace cuatro días que empezó el Festival de Cine de Cannes y todavía no ha pasado nada. En mesas diferentes, el pensamiento es el mismo: encontrarse con el Poder. Las mujeres bonitas esperan que un productor se enamore de ellas y les dé un papel importante en su próxima película. Hay algunos actores hablando entre sí, riendo y fingiendo que nada de eso les importa, pero siempre con un ojo en la puerta.

Alguien llegará.

Alguien tiene que llegar. Los nuevos directores, con muchas ideas en la cabeza, currículums con vídeos universitarios, lecturas exhaustivas de tesis sobre fotografía y guiones, esperan un golpe de suerte; alguien que al volver de una fiesta busque una mesa vacía, pida un café, encienda un cigarrillo, esté cansado de ir siempre a los mismos sitios y esté abierto a una nueva aventura.

Cuánta ingenuidad.

Si eso sucediera, lo último que a esa persona le gustaría es oír hablar del nuevo «proyecto que nadie ha hecho todavía», pero la desesperación puede engañar al desesperado. Los poderosos que entran de vez en cuando sólo echan un vistazo y suben a sus habitaciones. No están preocupados. Saben que no tienen nada que temer. La Superclase no perdona traiciones, todos conocen sus límites; no han llegado a donde están tras pisotear a todos los demás, aunque eso sea lo que cuenta la leyenda. Además, si hay algo imprevisto e importante que descubrir, ya sea en el mundo del cine, de la música o de la moda, se hará a través de investigaciones, no en los bares de hotel.

Ahora la Superclase está haciendo el amor con la chica que ha conseguido colarse en la fiesta y está dispuesta a todo. Desmaquillándose, observando las arrugas, pensando que ya le toca una nueva cirugía plástica. Buscando en la red lo que dicen las noticias sobre el reciente anuncio que ha hecho durante el día. Tomando la inevitable pastilla para dormir, y el té que promete adelgazar sin demasiado esfuerzo. Eligiendo en la hoja del menú lo que desea para desayunar en la habitación y colgándola en la puerta, junto al cartel de «No molestar». La Superclase está cerrando los ojos y pensando: «Espero quedarme dormido pronto, mañana tengo una reunión antes de las diez.»

Pero en el bar del Martínez todos saben que los poderosos están allí. Y si están allí, hay una oportunidad.

No se les pasa por la cabeza que el Poder sólo habla con el Poder. Que tienen que verse de vez en cuando, beber y comer juntos, asistir a grandes fiestas, alimentar la fantasía de que el mundo del lujo y el glamour es accesible a todos los que tienen el suficiente coraje para perseverar en una idea. Evitar guerras cuando no son rentables y estimular la agresividad entre países o compañías, cuando presienten que pueden reportarles más poder y más dinero. Fingir que son felices, aunque sean prisioneros de su propio éxito. Seguir luchando para aumentar su riqueza y su influencia, aunque ya sean enormes, porque la vanidad de la Superclase es competir consigo misma y ver quién está en lo más alto.

En el mundo ideal, el Poder hablaría con actores, directores, estilistas y escritores que en este momento tienen los ojos enrojecidos de cansancio, que están pensando cómo van a volver a sus habitaciones alquiladas en ciudades apartadas, para al día siguiente empezar de nuevo el maratón de peticiones, de posibilidades de reuniones, de disponibilidad. En el mundo real, a estas horas el Poder está encerrado en su habitación, comprobando el correo electrónico, quejándose de que las fiestas siempre son iguales, de que la joya de su amiga era más grande que la suya, que el yate que se ha comprado su competidor tiene una decoración única, ¿cómo es posible? Igor no tiene con quien hablar, pero tampoco le interesa. El vencedor está solo.

Igor, el exitoso dueño y presidente de una compañía telefónica en Rusia. Reservó con un año de antelación la mejor suite del Martínez (que obliga a todo el mundo a pagar al menos doce días de estancia, independientemente del tiempo que se vaya a quedar), llegó esta tarde en un jet privado, se dio una ducha y bajó con la esperanza de ver una única y sencilla escena.

Durante algún tiempo se vio importunado por actrices, actores, directores, pero tenía una respuesta ideal para todos:

—*Don't speak English, sorry. Polish*.

O:

—*Don't speak French, sorry. Mexican*.

Alguien intentó decir algunas palabras en español, pero Igor tenía un segundo recurso. Anotar números en un cuaderno, para no parecer ni periodista (que les interesa a todos), ni nadie ligado a la industria de las películas. A su lado, una revista de economía en ruso (al fin y al cabo, la mayoría no sabe distinguir el ruso del polaco ni del español) con la foto de un ejecutivo poco atractivo en la portada.

Los que frecuentan el bar piensan que entienden bien el género humano, dejan a Igor en paz, pensando que debe de ser uno de esos millonarios que sólo van a Cannes a ver si encuentran una novia. Después de que una quinta persona se siente a su mesa y pida un agua mineral alegando que «no hay otra silla vacía», corre el rumor, ya todos saben que el hombre solitario no pertenece a la industria del cine ni de la moda, y lo dejan de lado como si fuera «perfume».

«Perfume» es la jerga que utilizan las actrices (o «starlets», como se las denomina en el Festival): es fácil cambiar de marca, y muchas veces pueden ser verdaderos tesoros. Los «perfumes» son abordados los dos últimos días del festival si no consiguen encontrar nada interesante en la industria del cine. Así pues, ese hombre extraño, con pinta de rico, puede esperar. Todas saben que es mejor salir de ahí con un novio (que se puede convertir en productor de cine) que ir al siguiente evento, repitiendo siempre el mismo ritual: beber, sonreír (sobre todo sonreír), fingir que no está mirando a nadie, mientras el corazón late acelerado, los minutos en el reloj pasan de prisa, las noches de gala todavía no se han acabado, no las han invitado, pero ellos sí.

Ya saben lo que van a decir los «perfumes», porque es siempre lo mismo, pero fingen que se lo creen:

a) «Puedo cambiarte la vida.»
b) «A muchas mujeres les gustaría estar en tu lugar.»
c) «Por ahora todavía eres joven, pero piensa en el futuro. Es el momento de hacer una inversión a largo plazo.»
d) «Estoy casado, pero mi mujer…» (Aquí la frase puede tener diferentes finales: «está enferma», «juró suicidarse si la dejo»...)
e) «Eres una princesa y mereces ser tratada como tal. Sin saberlo, te estaba esperando. No creo en las casualidades, y me parece que deberíamos darle una oportunidad a esta relación.»

La conversación no varía. Lo que varía es obtener la mayor cantidad de regalos posible (a poder ser, joyas, que se pueden vender), que las inviten a algunas fiestas en algunos yates, conseguir el mayor número de tarjetas de visita, encontrar el modo de que las inviten a las carreras de Fórmula 1, a las que acude el mismo tipo de gente y en las que puede surgir la gran oportunidad.

«Perfume» también es la palabra que utilizan los jóvenes actores para referirse a las viejas millonarias, con cirugía y Botox, más inteligentes que los hombres. Ellas nunca pierden el tiempo: también llegan en los últimos días, y saben que todo el poder de seducción está en el dinero.

Los «perfumes» masculinos se equivocan: creen que las largas piernas y los rostros juveniles se han dejado seducir y que pueden manipularlos a su antojo. Los «perfumes» femeninos confían en el poder de sus brillantes, sólo en eso.

Igor no conoce ninguno de esos detalles: es su primera vez allí. Y acaba de confirmar, para su sorpresa, que nadie parece demasiado interesado en el cine, salvo la gente de ese bar. Hojeó algunas revistas, abrió el sobre en el que su compañía había metido las invitaciones para las fiestas más importantes, pero ninguna de ellas mencionaba ni un solo estreno. Antes de desembarcar en Francia, intentó averiguar qué películas competían. Le costó mucho conseguir esa información, hasta que un amigo le comentó:

—Olvida las películas. Cannes es un festival de moda.

Moda. ¿Qué tienen en la cabeza? ¿Acaso creen que moda es eso que cambia con cada estación del año? ¿Han llegado desde todos los rincones del mundo para mostrar sus vestidos, sus joyas y su colección de zapatos? No saben lo que significa. La «moda» no es más que una forma de decir «pertenezco a tu mundo», «utilizo el mismo uniforme que tu ejército, no dispares en esta dirección».

Desde que grupos de hombres y mujeres empezaron a convivir en las cavernas, la moda es la única manera de decir algo que todo el mundo entienda, incluso sin conocerse: nos vestimos de la misma manera, pertenezco a tu misma tribu, nos unimos contra los más débiles y así sobrevivimos.

Pero ahí hay gente que piensa que la «moda» lo es todo. Cada seis meses se gastan una fortuna para cambiar un pequeño detalle y seguir en la exclusiva tribu de los ricos. Si visitaran Silicon Valley, donde los multimillonarios dueños de empresas informáticas llevan relojes de plástico y pantalones rotos, se darían cuenta de que el mundo ya no es el mismo. Todos parecen tener el mismo nivel social, nadie presta la menor atención al tamaño de un diamante, la marca de una corbata, el modelo de cartera de cuero. Es más, no hay corbatas ni carteras de cuero en esa región del mundo, pero cerca de allí está Hollywood, una máquina relativamente más poderosa —aunque decadente— que todavía es capaz de hacer que los ingenuos crean en los vestidos de alta costura, en los collares de esmeraldas, en las limusinas gigantes. Y cómo sigue apareciendo en las revistas, ¿a quién le interesa destruir una empresa de billones de dólares de publicidad, venta de objetos inútiles, cambios de tendencias innecesarios, fabricación de las mismas cremas con etiquetas diferentes?

Ridículos. Igor no puede esconder su desprecio hacia aquéllos cuyas decisiones influyen en la vida de millones de hombres y mujeres trabajadores, honestos, que llevan su día a día con dignidad porque tienen salud, un lugar en el que vivir, y el amor de su familia.

Perversos. Cuando todo parece estar en orden, cuando la familia se reúne alrededor de la mesa para cenar, el fantasma de la Superclase aparece, vendiendo sueños imposibles: lujo, belleza, poder. Y la familia se desarraiga.

El padre pasa horas en vela haciendo horas extra para poder comprarle el último modelo de zapatillas deportivas a su hijo y que así no se vea marginado en el colegio. La esposa llora en silencio porque sus amigas llevan ropa de marca y ella no tiene dinero. Los adolescentes, en vez de conocer los verdaderos valores de la fe y la esperanza, sueñan con convertirse en artistas. Las chicas de los pueblos pierden su propia identidad, empiezan a considerar la idea de trasladarse a la gran ciudad y aceptar cualquier cosa, absolutamente cualquier cosa, con tal de conseguir una determinada joya. Un mundo que debería caminar en dirección a la justicia pasa a girar en torno a lo material, que al cabo de seis meses ya no sirve para nada, hay que renovarlo, lo que hace que se siga manteniendo en la cima del mundo a esas criaturas despreciables que ahora se encuentran en Cannes.

Pero Igor no se deja influenciar por ese poder destructivo. Continúa con uno de los trabajos más envidiables que existen. Sigue ganando mucho más dinero al día del que podría gastar en un año, aunque decidiera permitirse todos los placeres posibles, legales o ilegales. No le resulta difícil seducir a una mujer, incluso antes de que ella sepa si es o no un hombre rico (ya ha probado muchas veces, y siempre le ha dado resultado). Acaba de cumplir cuarenta años, está en plena forma, se ha hecho el chequeo anual y no le han encontrado ningún problema de salud. No tiene deudas. No necesita llevar una determinada marca de ropa, frecuentar dicho restaurante, pasar las vacaciones en la playa a la que «va todo el mundo», ni comprar un modelo de reloj sólo porque un determinado deportista de éxito lo recomienda. Puede firmar importantes contratos con un boli de unos cuantos céntimos, usar chaquetas cómodas y elegantes, hechas a mano en una pequeña tienda al lado de su despacho, sin ninguna etiqueta visible. Puede hacer lo que quiera sin tener que demostrarle a nadie que es rico, que tiene un trabajo interesante y que le entusiasma lo que hace.

Tal vez ése sea el problema: siempre se entusiasma con lo que hace. Está convencido de que ésa es la razón por la que la mujer que horas antes entró en el bar no está sentada a su mesa.

Intenta seguir pensando, matando el tiempo. Le pide a Kristelle otro trago. Sabe el nombre de la camarera porque hace una hora, cuando el movimiento era menor —la gente estaba cenando—, le pidió un whisky y ella comentó que parecía triste, que debería comer algo y levantar el ánimo. Agradeció la preocupación y se alegró de que a alguien le importara su estado anímico.

Tal vez sea él el único que sabe cómo se llama la persona que le está sirviendo; el resto quieren saber el nombre —y a ser posible, también el cargo— de la gente que está sentada a las mesas y en los sillones.

Trata de seguir pensando, pero ya pasan de las tres de la mañana, y la hermosa mujer y el hombre educado —por cierto, muy parecido físicamente a él— no han vuelto a aparecer. Puede que se hayan ido directamente a la habitación y estén haciendo el amor, puede que todavía estén bebiendo champán en uno de los yates en los que la fiesta empieza cuando todas las demás se están acabando. Puede que estén acostados, leyendo revistas, sin mirarse el uno al otro. Eso no importa. Igor está solo, cansado, necesita dormir.

7.22 horas

Se despierta a las 7.22 de la mañana. Era mucho más temprano de lo que le pedía el cuerpo, pero todavía no se ha adaptado a la diferencia horaria entre Moscú y París; si estuviera en su despacho, ya habría tenido al menos dos o tres reuniones con sus subordinados, y se estaría preparando para almorzar con algún nuevo cliente.

Pero allí tiene otra tarea: encontrar a alguien y sacrificarlo en nombre del amor. Necesita una víctima para que Ewa pueda entender el mensaje por la mañana.

Se ducha, baja a desayunar a un restaurante con casi todas las mesas vacías y va a pasear por la Croisette, el bulevar donde están los principales hoteles de lujo. No hay tráfico: parte de la calle está cortada y sólo pueden pasar los coches con autorización. La otra parte está vacía, porque incluso la gente que vive en la ciudad todavía se está preparando para ir al trabajo.

No alberga resentimientos; ya ha superado la fase más difícil, cuando no podía dormir por culpa del sufrimiento y el odio que sentía. Hoy día puede entender la actitud de Ewa: al fin y al cabo, la monogamia es un mito que se ha impuesto al ser humano. Ha leído mucho sobre el tema: no se trata de un exceso de hormonas ni de vanidad, sino de una configuración genética que se encuentra prácticamente en todas las especies.

Las investigaciones no se equivocan: los científicos que hicieron pruebas de paternidad a pájaros, monos o zorros

descubrieron que el hecho de que estas especies desarro-
llen una relación social muy parecida al matrimonio no
significa necesariamente que sean fieles. En el 70 por
ciento de los casos, la cría es bastarda. Igor conserva en la
memoria un párrafo de David Barash, profesor de psico-
logía de la Universidad de Washington, en Seattle: «Dicen
que sólo los cisnes son fieles, pero incluso eso es mentira.
La única especie de la naturaleza que no comete adulterio
es la ameba *(Diplozoon paradoxum)*. La pareja se conoce
cuando todavía es joven, y sus cuerpos se funden en un
único organismo. Todo el resto traiciona.»

Es por eso por lo que no puede acusar a Ewa de nada:
sólo ha seguido un instinto propio de la raza humana.
Pero como fue educada según convenciones sociales que
no respetan la naturaleza, en este momento debe de sentirse culpable, seguro que cree que él ya no la quiere, que
no la va a perdonar. Al contrario; está dispuesto a todo,
incluso a mandarle mensajes que destruirán universos y
mundos de otras personas, sólo para que entienda que no
solamente será bienvenida, sino que enterrará el pasado
sin hacerle ni una sola pregunta.

Mientras pasea, Igor se encuentra a una chica que coloca
su mercancía en la acera, frente a un banco, piezas de bisutería artesanales de gusto discutible.

Sí, ella es el sacrificio. Ella es el mensaje que debe enviar, y que sin duda será entendido en cuanto llegue a su
destino. Antes de acercarse, la contempla con ternura;
ella no sabe que dentro de un rato, si todo sale bien, su
alma estará vagando por las nubes, libre para siempre de
ese trabajo estúpido que jamás le permitirá realizar sus
sueños.

—¿Cuánto valen? —pregunta en un francés fluido.
—¿Cuál quiere?

—Todas.

La chica, que no debe de tener más de veinte años, sonríe.

—No es la primera vez que me lo proponen. La siguiente frase será: «¿Quieres dar un paseo conmigo? Eres demasiado bonita para estar aquí, vendiendo estas cosas. Soy...»

—... no, no soy. No trabajo en el cine. Y no te voy a convertir en actriz ni a cambiarte la vida. Tampoco me interesa lo que vendes. Todo lo que necesito es hablar, y podemos hacerlo aquí mismo.

La chica mira hacia otro lado.

—Son mis padres los que hacen este trabajo, y estoy orgullosa de lo que hago. Algún día pasará alguien y reconocerá el valor de estas piezas. Por favor, siga adelante, no le será difícil encontrar a alguien que escuche lo que tenga que decir.

Igor saca un fajo de billetes del bolsillo y lo pone gentilmente al lado de ella.

—Perdóname la grosería. Sólo lo he dicho para que bajaras el precio. Mucho gusto, me llamo Igor Malev. Llegué ayer de Moscú y aún estoy confuso por la diferencia horaria.

—Mi nombre es Olivia —dice la chica, fingiendo creerse la mentira.

Sin pedirle permiso, se sienta a su lado en el banco. Ella se aparta un poco.

—¿De qué quiere hablar?

—Coge los billetes primero.

Olivia duda, pero tras echar un vistazo alrededor, se da cuenta de que no tiene razón alguna para sentir miedo. Los coches empiezan a circular por el carril abierto, algunos jóvenes se dirigen a la playa, una pareja de ancianos se aproxima por la acera. Mete el dinero en el bolsillo sin contarlo; la vida le ha dado la experiencia necesaria como para saber que es suficiente.

—Gracias por aceptar mi regalo —responde el ruso—. ¿De qué quiero hablar? En verdad, de nada muy importante.

—Debe de estar aquí por alguna razón. Nadie visita Cannes en una época en la que la ciudad resulta insoportable para sus habitantes y también para los turistas.

Igor mira el mar, y enciende un cigarrillo.

—Fumar es malo.

Él ignora el comentario.

—¿Para ti cuál es el sentido de la vida? —pregunta.

—Amar.

Olivia sonríe. Es una manera perfecta de comenzar el día, hablando de cosas más profundas que el precio de cada pieza de artesanía, o de la manera en que se viste la gente.

—¿Y para usted cuál es?

—Sí, amar. Pero un día pensé que también era importante tener el dinero suficiente para demostrarles a mis padres que era capaz de vencer. Lo he conseguido y hoy se sienten orgullosos de mí. Encontré a la mujer perfecta, formé una familia, me habría gustado tener hijos, honrar y temer a Dios. Sin embargo, los hijos no llegaron.

Olivia pensó que sería muy indiscreto preguntar por qué. El hombre, de unos cuarenta años, que habla en un perfecto francés, continúa:

—Pensamos en adoptar a un niño. Estuvimos dos o tres años pensándolo. Pero la vida empezó a complicarse: viajes, fiestas, reuniones, negocios…

—Cuando se sentó usted aquí para hablar, pensé que sería otro de esos millonarios excéntricos en busca de una aventura. Pero me alegra hablar sobre estas cosas.

—¿Piensas en tu futuro?

—Sí, y creo que mis sueños son los mismos que los suyos. Por supuesto, deseo tener hijos…

Hizo una pausa. No quería herir al compañero que había aparecido de una forma tan inesperada.

—… si ello es posible, claro. A veces, Dios tiene otros planes.

Él parece no haber prestado atención a su respuesta.

—¿Al festival sólo vienen millonarios? —dice.

—Millonarios, gente que piensa que lo es, o gente que quiere serlo. Durante estos días, esta parte de la ciudad parece un hospicio, todos se comportan como si fueran importantes, salvo la gente que realmente lo es; ésos son más amables: no tienen que demostrarle nada a nadie. No siempre compran lo que tengo para vender, pero al menos sonríen, dicen algo agradable y me miran con respeto. Y usted, ¿qué está haciendo aquí?

—Dios creó el mundo en seis días, pero ¿qué es el mundo? Es aquello que tú o yo vemos. Cada vez que alguien muere se destruye una parte del universo. Todo lo que ese ser humano ha sentido, probado y contemplado desaparece con él, de la misma manera que las lágrimas desaparecen con la lluvia.

—«Como lágrimas en la lluvia»… Vi una película en la que decían esa frase. No recuerdo cuál.

—No he venido para llorar. He venido para enviar mensajes a la mujer que amo, y para eso, tengo que aniquilar algunos universos o mundos.

En vez de asustarse con el comentario, Olivia se ríe. Realmente, ese hombre guapo, bien vestido, que habla francés fluidamente, no parece tener nada de loco. Estaba harta de oír siempre los mismos comentarios: eres muy guapa, podrías vivir mejor, cuál es el precio de esto, cuánto vale aquello, es carísimo, voy a dar una vuelta y vuelvo más tarde (lo que nunca sucedía, por supuesto), etc. Al menos, el ruso tenía sentido del humor.

—¿Y por qué destruir el mundo?

—Para reconstruir el mío.

Olivia puede intentar consolar a la persona que está a su lado, pero tiene miedo de oír la famosa frase: «Me gustaría que le dieses sentido a mi vida», con lo que se acabaría la conversación, ya que ella tenía otros planes para el futuro. Además, sería absurdo por su parte tratar de enseñarle a un hombre mayor que ella y de más éxito cómo superar sus dificultades.

La única salida era intentar saber más sobre su vida. Después de todo, él le había pagado —y bien— por su tiempo.

—¿Cómo pretende hacerlo?

—¿Sabes algo sobre los sapos?

—¿Sapos?

Él continúa:

—Varios estudios biológicos demuestran que si metemos un sapo en un recipiente con la misma agua de su charca, permanece inmóvil mientras calentamos el líquido. El sapo no reacciona ante el aumento gradual de la temperatura ni los cambios de ambiente; muere cuando el agua hierve, hinchado y feliz.

»Sin embargo, si metemos otro sapo en ese recipiente con el agua ya hirviendo, salta inmediatamente fuera. Medio cocido, aunque vivo.

Olivia no entiende muy bien qué tiene eso que ver con la destrucción del mundo. Igor prosigue:

—Yo me he comportado como un sapo hervido. No me di cuenta de los cambios. Pensaba que todo iba bien, que los problemas se solucionarían, que sólo era una cuestión de tiempo. Estuve a punto de morir porque perdí lo más importante de mi vida: en vez de reaccionar, me quedé flotando, apático, en el agua que se calentaba minuto a minuto.

Olivia se arma de valor y hace la pregunta:

—¿Qué perdió?

—En realidad, no lo perdí; hay momentos en los que la vida separa a determinadas personas sólo para que entiendan lo importante que son la una para la otra. Digamos que anoche vi a mi mujer con otro hombre. Sé que ella desea volver, que aún me ama, pero no tiene el valor para dar ese paso. Hay sapos hervidos que todavía piensan que lo fundamental es la obediencia, no la competencia: manda el que puede, y obedece el que tiene juicio. Y en todo eso, ¿dónde está la verdad? Es mejor salir medio chamuscado de una situación, pero vivo y listo para reaccionar.

»Y estoy seguro de que tú puedes ayudarme en esa tarea.

Olivia piensa qué le pasa por la cabeza al hombre que está a su lado. ¿Cómo alguien podía abandonar a una persona que parecía tan interesante, capaz de hablar sobre cosas que ella nunca había oído? En fin, el amor no tiene lógica; a pesar de su corta edad, lo sabe. Su novio, por ejemplo, es capaz de hacer cosas brutales, de vez en cuando le pega sin motivo, y aun así ella no puede pasar un día entero lejos de él.

¿De qué estaban hablando? De sapos. De que ella podía ayudarlo. Obviamente, no puede, así que es mejor cambiar de tema.

—¿Cómo pretende destruir el mundo?

Igor señala el único carril libre de la Croisette.

—Supongamos que no quiero que vayas a una fiesta, pero no puedo decírtelo directamente. Si esperara a la hora del atasco y detuviera un coche en mitad de esta calle, al cabo de diez minutos toda la avenida frente a la playa estaría colapsada. Los conductores pensarían: «Debe de haber habido un accidente», y tendrían algo de paciencia. Al cabo de quince minutos, la policía llegaría con una grúa para remolcar el coche.

—Eso ya ha sucedido cientos de veces.

—Sí, pero antes yo habría salido del coche y habría esparcido clavos y objetos cortantes por el suelo. Con mucho cuidado, sin que nadie se diera cuenta. Habría tenido la paciencia necesaria para pintar todos esos objetos de negro, para que se confundieran con el asfalto. En el momento en que la grúa se acercara, se le pincharían las ruedas. Y entonces tendríamos dos problemas, el embotellamiento llegaría ya a las afueras de esta pequeña ciudad, donde posiblemente vives tú.

—Una idea muy creativa, pero como máximo iba a conseguir que me retrasara una hora.

Esta vez fue Igor el que sonrió.

—Bueno, podría reflexionar durante algunas horas sobre cómo prolongar el problema: cuando la gente se acercara a ayudar, por ejemplo, yo lanzaría una pequeña bomba lacrimógena debajo de la grúa. Todos se asustarían. Me metería en el coche fingiendo desesperación y pondría en marcha el motor, al mismo tiempo que dejaba caer un poco de la carga del mechero en la tapicería del coche y prendía fuego. Tendría tiempo de salir y contemplar la escena: el coche ardiendo poco a poco, el fuego llegando al depósito del combustible, la explosión, que alcanza al vehículo de atrás…, la reacción en cadena. Todo eso utilizando un coche, unos clavos, una bomba lacrimógena que se puede comprar en cualquier tienda, un pequeño bote de gas para recargar mecheros...

Igor saca un tubo de ensayo del bolsillo con un poco de líquido dentro.

—… del mismo tamaño que esto. Es lo que debería haber hecho cuando vi que Ewa iba a marcharse. Retrasar su decisión, hacer que lo pensara un poco más, que midiera las consecuencias. Cuando la gente reflexiona sobre las decisiones que tiene que tomar, normalmente acaba desistiendo; hay que tener mucho valor para dar determinados pasos.

»Pero fui orgulloso, pensé que era temporal, que se daría cuenta. Estoy seguro de que ahora está arrepentida, y desea volver. Pero para eso es necesario que yo destruya algunos mundos.

Su expresión ha cambiado, y a Olivia ya no le hace ninguna gracia la historia. Se levanta.

—Bueno, tengo que trabajar.

—Pero te he pagado para que me escucharas. He pagado suficiente por todo tu día de trabajo.

Ella mete la mano en el bolsillo para sacar lo que le había dado y en ese momento ve la pistola apuntando a su cara.

—Siéntate.

Su primer impulso fue correr. La pareja de ancianos se acercaba lentamente.

—No corras —dice él, como si pudiera leer sus pensamientos—. No tengo la menor intención de disparar, si te sientas y me escuchas hasta el final. Si no haces nada, si simplemente me obedeces, te juro que no dispararé.

Por la cabeza de Olivia desfilan rápidamente una serie de alternativas: correr en zigzag era la primera de ellas, pero se da cuenta de que le tiemblan las piernas.

—Siéntate —repite el hombre—. No te dispararé si haces lo que te digo. Te lo prometo.

Sí. Sería una locura disparar esa arma en una mañana soleada, con coches pasando por la calle, gente yendo a la playa, con el tráfico cada vez más denso, más gente que anda por la acera. Es mejor hacer lo que le dice el hombre, simplemente porque no puede reaccionar de otra forma; está al borde del desmayo.

Obedece. Ahora tiene que convencerlo de que no supone una amenaza para ella, escuchar sus lamentos de marido abandonado, prometer que no ha visto nada y, en cuanto aparezca un policía haciendo su ronda habitual, arrojarse al suelo y pedir ayuda.

—Sé exactamente lo que sientes —la voz del hombre intenta calmarla—. Los síntomas del miedo son los mismos desde siempre. Era así cuando los seres humanos se

34

enfrentaban a los animales salvajes, y sigue siendo así hoy en día: la sangre desaparece de la cara y de la epidermis, protegiendo el cuerpo y evitando el sangrado, de ahí la sensación de palidez. Los intestinos se aflojan y lo sueltan todo para evitar que sustancias tóxicas contaminen el organismo. El cuerpo rechaza moverse en un primer momento para no provocar a la fiera, evitar que ataque ante cualquier movimiento sospechoso.

«Todo esto es un sueño», piensa Olivia. Se acuerda de sus padres, de que en realidad deberían estar ahí esa mañana, pero se habían pasado la noche trabajando en la bisutería porque el día iba a ser movido. Hace algunas horas estaba haciendo el amor con su novio, el que creía que era el hombre de su vida, aunque a veces abusase de ella. Ambos tuvieron un orgasmo simultáneo, lo que no sucedía desde hacía mucho tiempo. Después de desayunar, decidió no ducharse como siempre porque se sentía libre, llena de energía, contenta con la vida.

«No, esto no está sucediendo. Mejor mostrar calma.»

—Vamos a hablar. Ha comprado usted toda la mercancía, y vamos a hablar. No me he levantado para marcharme.

Él apoya discretamente el cañón del arma en las costillas de la chica. La pareja de ancianos pasa por su lado, mirándolos, sin percatarse de nada. Ahí está la hija del portugués, como siempre intentando impresionar a los hombres con sus cejas tupidas y su sonrisa infantil. No era la primera vez que la veían con un extraño, que por su ropa parecía ser rico.

Olivia los mira fijamente, como si su mirada pudiera decir algo. El hombre que está a su lado dice con voz alegre:

—¡Buenos días!

La pareja se aparta sin pronunciar palabra; no suelen hablar con extraños, ni saludar a las vendedoras ambulantes.

—Sí, vamos a hablar —el ruso rompió el silencio—. No voy a hacer nada de eso con el tráfico, sólo era un ejemplo. Mi mujer sabrá que estoy aquí en cuanto empiece a recibir los mensajes. No voy a hacer lo más obvio, que es intentar encontrarla: necesito que venga hasta mí.

He ahí una salida.

—Puedo darle los mensajes, si usted quiere —propone Olivia—. Basta con que me diga en qué hotel se hospeda.

El hombre se ríe.

—Tienes el mismo vicio que toda la gente de tu edad: creerte más astuta que el resto de los seres humanos. En el momento en que te marcharas de aquí, irías inmediatamente a la policía.

Se le heló la sangre. ¿Iban a quedarse entonces todo el día en aquel banco? ¿Dispararía de todos modos, ya que ella le había visto la cara?

—Ha dicho que no iba a disparar.

—Lo prometí y no voy a hacerlo, si te portas como alguien más adulto, que respeta mi inteligencia.

Sí, tiene razón. Ser más adulta es hablar un poco de sí misma. Quién sabe, aprovecharse de la compasión que siempre alberga la mente de un loco. Contarle que ella vive una situación semejante, aunque no sea verdad.

Un muchacho con un iPod pasa corriendo. Ni siquiera se toma la molestia de mirar en su dirección.

—Vivo con un hombre que hace que mi vida sea un infierno, pero aun así no puedo librarme de él.

La expresión en los ojos de Igor cambia.

Olivia piensa que ha encontrado el modo de salir de la trampa. «Sé inteligente. No te ofrezcas, intenta pensar en la mujer del hombre que está a tu lado.

»Trata de parecer sincera.»

—Me separó de mis amigos. Es celoso, aunque tiene a todas las mujeres que desea. Critica todo lo que hago, dice que no tengo ambición. Controla el poco dinero que gano en la venta de bisutería.

El hombre guarda silencio, mirando al mar. La calle se llena de gente; ¿qué sucedería si simplemente se levantara y huyera? ¿Sería capaz de disparar? ¿El arma es de verdad?

Pero Olivia sabe que ha tocado un tema que parece relajarlo. Mejor no correr el riesgo de cometer una locura (recuerda la mirada y la voz de hace unos minutos).

—Aun así, no soy capaz de dejarlo. Aunque apareciese el mejor, el más rico y generoso ser humano sobre la faz de la Tierra, no cambiaría a mi novio por nada. No soy masoquista, no me produce placer que me humillen constantemente, pero lo amo.

Notó que el cañón del arma presionaba sus costillas otra vez. Debía de haber dicho algo inconveniente.

—Yo no soy igual de canalla que tu novio —su voz era de odio—. He trabajado mucho para construir todo lo que tengo. He trabajado duro, recibido muchos golpes, sobrevivido a todos ellos, he luchado con honestidad, aunque a veces he tenido que ser duro e implacable.

»Siempre he sido un buen cristiano. Tengo amigos influyentes, y nunca he sido ingrato. En fin, he hecho lo correcto.

»Nunca he destruido a nadie en mi camino. Siempre que pude estimulé a mi mujer para que hiciera lo que quería, y el resultado fue éste: ahora estoy solo. Sí, maté a seres humanos durante una guerra estúpida, pero no perdí el sentido de la realidad. No soy un veterano de guerra traumatizado que entra en un restaurante y dispara su ametralladora a diestro y siniestro. No soy un terrorista. Podría pensar que la vida ha sido injusta conmigo, que me ha robado lo más importante: el amor. Pero hay otras mujeres, y el dolor del amor siempre pasa. Tengo que hacer algo, me he cansado de ser un sapo que se estaba cociendo poco a poco.

—Si sabe que hay otras mujeres, si sabe que el dolor pasa, ¿entonces por qué sufrir tanto?

Sí, se estaba comportando como una adulta, sorprendida por la calma con la que intentaba controlar al loco que estaba a su lado.

Él pareció vacilar.

—No sé responder a eso. Tal vez porque ya me han abandonado muchas veces. Tal vez porque necesito demostrarme a mí mismo de lo que soy capaz. Tal vez porque he mentido y no hay otras mujeres; sólo una. Tengo un plan.

—¿Cuál es ese plan?

—Ya te lo he dicho. Destruir algunos mundos, hasta que ella se dé cuenta de que es importante para mí, de que soy capaz de correr cualquier riesgo para que vuelva.

¡La policía!

Ambos vieron que se acercaba un coche patrulla.

—Disculpa —dijo el hombre—. Me gustaría hablar un poco más, la vida tampoco es justa contigo.

Olivia entiende la sentencia de muerte. Y como no tiene nada que perder, intenta levantarse otra vez. Sin embargo, la mano del extranjero toca su hombro derecho, como si la abrazara con cariño.

El Samozashchita Bez Oruzhiya, o sambo, como se lo conoce entre los rusos, es el arte de matar rápidamente con las manos sin que la víctima se dé cuenta de lo que está sucediendo. Se desarrolló a lo largo de los siglos, cuando los pueblos o tribus tenían que enfrentarse a invasores sin ayuda de ninguna arma. Fue muy utilizado por el aparato soviético para eliminar a cualquiera sin dejar rastro. Intentaron introducirla como arte marcial en las Olimpiadas de 1980 en Moscú, pero fue descartada por ser demasiado peligrosa, a pesar de todos los esfuerzos de los comunistas de entonces para incluir en los Juegos un deporte que sólo ellos sabían practicar. Finalmente, en 1985 se convirtió en deporte olímpico.

Perfecto. Así, sólo algunas personas conocen sus golpes.

El pulgar derecho de Igor presiona la yugular de Olivia, la sangre deja de llegar al cerebro. Al mismo tiempo, su otra mano presiona un punto determinado cerca de las axilas, lo que provoca la parálisis de los músculos. No hay contracciones; sólo es cuestión de esperar un par de minutos.

Olivia parece haberse quedado dormida en sus brazos. El coche de policía cruza por detrás de ellos, usando el carril preferente que está cerrado al tráfico. Ni siquiera ven a la pareja abrazada; tienen otras cosas de las que preocuparse esa mañana: deben hacer todo lo posible para que la circulación no se vea interrumpida, una tarea absolutamente imposible de cumplir al pie de la letra. Acaban de recibir una llamada por radio, parece ser que un millonario borracho ha chocado con su limusina a tres kilómetros de allí.

Sin retirar el brazo que sujeta a la chica, Igor se agacha y utiliza la otra mano para recoger el paño que hay delante del banco, en el que se exponen todos esos objetos de mal gusto. Dobla la tela con agilidad, haciendo una almohada improvisada.

Cuando ve que no hay nadie cerca, con sumo cuidado acuesta el cuerpo inerte en el banco. La chica parece dormir; en sus sueños, debía de estar recordando un hermoso día, o teniendo pesadillas con su novio violento.

Sólo la pareja de ancianos los había visto juntos. En caso de que se descubriese el crimen —lo que Igor pensaba que era difícil porque no había marcas visibles— lo describirían ante la policía como alguien rubio o moreno, más viejo o más joven de lo que realmente era. No existía la menor razón para preocuparse, la gente nunca presta atención a lo que ocurre en el mundo.

Antes de marcharse le dio un beso en la frente a la Bella Durmiente y murmuró:

—Como ves, he cumplido mi promesa: no he disparado.

Después de dar algunos pasos empezó a sentir un terrible dolor de cabeza. Era normal: la sangre estaba inundando el cerebro, una reacción absolutamente aceptable para alguien que acaba de salir de un estado de extrema tensión.

A pesar del dolor de cabeza, estaba feliz. Sí, lo había conseguido.

Sí, era capaz. Y estaba más feliz todavía porque había liberado el alma de ese cuerpo frágil, de ese espíritu incapaz de reaccionar ante los abusos de un cobarde. Si esa relación enfermiza hubiera continuado, pronto la chica estaría deprimida y ansiosa, perdería la autoestima y sería cada vez más dependiente del poder de su novio.

Nada de eso le había sucedido a Ewa. Ella siempre había sido capaz de tomar sus propias decisiones, le había dado su apoyo moral y material cuando decidió abrir su tienda de alta costura, era libre de viajar cuando y cuanto quisiese. Había sido un hombre, un marido ejemplar. Y aun así, ella había cometido un error: no había sabido entender su amor, como tampoco había entendido su perdón. Pero esperaba que recibiera los mensajes. Después de todo, el día que ella había decidido marcharse, él le dijo que destruiría mundos para que volviera.

Coge el móvil recién comprado, de tarjeta, que ha cargado con el menor saldo posible, y escribe un mensaje.

Según cuenta la leyenda, todo empieza con una desconocida chica francesa de diecinueve años que posa en biquini en la playa para los fotógrafos que no tenían nada que hacer durante el festival de Cannes de 1953. Poco tiempo después, era lanzada al estrellato y su nombre se convertía en leyenda: Brigitte Bardot. Ahora, todo el mundo piensa que puede hacer lo mismo. Nadie entiende la importancia de ser actriz; la belleza es lo único que cuenta.

Y a causa de eso, las largas piernas, los cabellos teñidos, las rubias de bote recorren cientos, miles de kilómetros para estar allí, aunque sea para pasar el día entero en la arena con la esperanza de que las vean, las fotografíen y las descubran. Quieren escapar de la trampa que les espera a todas las mujeres: convertirse en amas de casa, prepararle la cena al marido todas las noches, llevar a los niños al colegio a diario, intentar descubrir un pequeño detalle en la monótona vida de sus vecinos para poder tener de qué hablar con sus amigas. Desean la fama, el brillo y el glamour, la envidia de los habitantes de su ciudad, de las chicas y los chicos que siempre las han tratado como el patito feo, sin saber que un día iban a transformarse en cisne, una flor codiciada por todos. Una carrera en el mundo de los sueños, eso es lo que importa, aunque tengan que pedir dinero prestado para ponerse silicona en los pechos o para comprar vestidos más provocativos. ¿Clases de teatro? No son necesarias; la belleza y los contactos adecuados son suficientes: en el cine se hacen maravillas.

Siempre que consigas entrar en ese mundo, claro.

Todo para escapar de la trampa de la ciudad de provincias y de la rutina diaria. Hay millones de personas a las que eso no les importa, así pues, que vivan de la manera que crean más conveniente. La que venga al festival debe dejar el miedo en casa y estar preparada para todo: reaccionar sin dudar, mentir siempre que sea necesario, quitarse años, sonreírle a alguien a quien se detesta, fingir interés por personas sin atractivo alguno, decirles «te amo» sin pensar en las consecuencias, apuñalar por la espalda a la amiga que la ayudó en un determinado momento pero que ahora se ha convertido en una competidora indeseable... Caminar hacia adelante, sin remordimientos ni vergüenza. La recompensa merece cualquier sacrificio.

Fama.

Brillo y glamour.

Estos pensamientos irritan a Gabriela. No es la mejor manera de empezar un nuevo día; además, tiene resaca.

Pero al menos tiene un consuelo: no se ha despertado en un hotel de cinco estrellas, con un hombre a su lado diciéndole que debe vestirse y marcharse porque tiene cosas importantes que hacer, como comprar y vender películas que ha producido.

Se levanta y mira a su alrededor para ver si alguna de sus amigas todavía está allí. Por supuesto que no, se han ido a la Croisette, a las piscinas, a los bares de hotel, los yates, los posibles almuerzos y las reuniones en la playa. Cinco colchones esparcidos por el suelo del pequeño apartamento compartido, alquilado por temporada a un precio exorbitante. Alrededor de los colchones, ropa desordenada, zapatos del revés y perchas tiradas por el piso que nadie se ha tomado la molestia de colgar en el armario.

«Aquí la ropa tiene derecho a más espacio que las personas.»

Claro, como ninguna de ellas podía permitirse el lujo de soñar con Elie Saab, Karl Lagerfeld, Versace o Galliano, sólo quedaba lo que parecía infalible, pero que aun así ocupaba casi todo el apartamento: biquinis, minifaldas, camisetas, zapatos de plataforma y una enorme cantidad de maquillaje.

«Algún día me pondré lo que quiera. Por el momento, sólo necesito una oportunidad.»

¿Por qué desea una oportunidad?

Muy sencillo. Porque sabe que es la mejor de todas, a pesar de su experiencia en el colegio, de la decepción que había supuesto para sus padres, de las frustraciones y las derrotas que sufrió. Nació para vencer y brillar, no le cabe la menor duda.

«Y cuando consiga lo que siempre he deseado, sé que me preguntaré: "¿Me aman y me admiran porque soy yo misma, o porque soy famosa?"»

Conoce a gente que ha conseguido el estrellato en los escenarios. Contrariamente a lo que imaginaba, no están en paz; son inseguros, tienen muchas dudas, no son felices cuando no aparecen en escena. Desean ser actores para no tener que representarse a sí mismos, viven con miedo de dar el paso equivocado que acabe con sus carreras.

«Pero yo soy diferente. Siempre he sido yo misma.»

¿Verdad? ¿O todos los que están en su situación piensan lo mismo?

Se levanta y prepara un café; la cocina está sucia, ninguna de sus amigas se ha preocupado de fregar los platos. No sabe por qué se ha despertado de tan malhumor y con tantas dudas. Conoce su trabajo, se ha dedicado a él con toda su alma, y aun así parece que nadie quiera reconocer su talento. Conoce también a los seres humanos, sobre todo a los hombres, futuros aliados en una batalla que debe ganar pronto porque ya tiene veinticinco años y en breve será demasiado vieja para la industria de los sueños. Sabe que:

a) son menos traidores que las mujeres;
b) nunca se fijan en nuestra ropa, porque lo único que hacen es desvestirnos con la mirada;
c) pechos, piernas, nalgas, barriga: si una tiene todas estas cosas en su sitio, es suficiente para conquistar el mundo.

A causa de estos tres puntos, y porque sabe que todas las demás mujeres que compiten con ella intentan exagerar sus atributos, Gabriela sólo presta atención al punto «c» de su lista. Hace gimnasia, intenta mantenerse en forma, evita las dietas y se viste exactamente al revés de lo que manda la lógica: su ropa es discreta. Hasta el momento le ha dado resultado: parece más joven de lo que realmente es. Espera que también le dé resultado en Cannes.

Pechos, nalgas, piernas… Pues que presten atención a eso de momento, si es absolutamente indispensable. Llegará el día en que podrán ver todo lo que es capaz de hacer.

Se bebe el café y empieza a entender su malhumor. ¡Está rodeada de las mujeres más bellas del planeta! Aunque no se considera fea, no tiene la menor posibilidad de competir con ellas. Debe decidir qué hacer; este viaje ha sido una decisión difícil, tiene poco dinero y también poco tiempo para conseguir un contrato. Ya ha ido a varios lugares los dos primeros días, dejó su currículum, sus fotos, pero todo lo que consiguió fue una invitación a la fiesta de la víspera en un restaurante de quinta categoría, con la música a todo volumen, donde no apareció nadie de la Superclase. Bebió para desinhibirse, fue más allá de lo que su organismo podía soportar, y acabó sin saber dónde estaba ni lo que hacía allí. Todo parecía extraño: Europa, la manera de vestirse de la gente, las diferentes lenguas, la falsa alegría de todos los presentes, a los que les gustaría haber sido invitados a un evento más importante y, sin embargo, estaban en ese lugar insignificante, escuchando la misma música, hablando a gritos sobre la vida de los demás y de la injusticia de los poderosos.

Gabriela está cansada de hablar de la injusticia de los poderosos. Son así y punto. Escogen a quien desean, no tienen que darle explicaciones a nadie, y por eso ella necesita un plan. Muchas otras chicas con su mismo sueño (pero sin el mismo talento, por supuesto) deben de estar dejando sus currículums y sus fotos; los productores que han acudido al festival se ven inundados de carpetas, DVD, tarjetas de visita...

¿Qué puede marcar la diferencia?

Necesita pensar. No tendrá otra oportunidad como ésa, sobre todo porque se ha gastado el dinero que le quedaba para llegar hasta allí. Y —horror de los horrores— está envejeciendo. Veinticinco años. Su última oportunidad.

Bebe el café mirando por la pequeña ventana, que da a un callejón sin salida. Lo único que se ve es un estanco y a una niña que come chocolate. Sí, su última oportunidad. Espera que sea bastante diferente de la primera.

Vuelve al pasado, a los once años de edad, la primera obra de teatro de la escuela en Chicago, donde pasó su infancia estudiando en uno de los colegios más caros de la zona. Su deseo de vencer no había surgido de una ovación unánime por parte del público presente, compuesto de padres, madres, parientes y profesores.

Al contrario: ella interpretaba al Sombrerero Loco que Alicia encuentra en su País de las Maravillas. Había superado una prueba con muchos niños y niñas, ya que el papel era uno de los más importantes de la obra.

La primera frase que debía decir era: «Tienes que cortarte el pelo.»

En ese momento, Alicia respondía: «Eso demuestra que usted no tiene educación con los invitados.»

Cuando llegó el esperado momento, tantas veces ensayado y repetido, estaba tan nerviosa, que se equivocó y dijo: «Tienes que crecer el pelo.» La niña que intrepretaba a Alicia respondió con la misma frase sobre la mala educación, y el público no se percató de nada. Sin embargo, Gabriela sí se dio cuenta de su error.

Y se quedó muda. Como el Sombrerero Loco era un personaje necesario para continuar con la escena, y como los niños no están acostumbrados a improvisar en el escenario —aunque sí lo hacen en la vida real—, nadie sabía qué hacer, hasta que, tras largos minutos en los que los actores se miraban unos a otros sin decir palabra, la profesora empezó a aplaudir, dijo que era la hora del intermedio y mandó que todos salieran de escena.

Gabriela no sólo salió de escena, sino que salió del colegio llorando. Al día siguiente, se enteró de que la escena del Sombrerero Loco había sido cortada, y los actores pasaron directamente al juego del cróquet con la Reina de Corazones. Aunque la profesora dijo que no tenía la menor importancia, ya que el hilo argumental de *Alicia en el País de las Maravillas* no tiene ni pies ni cabeza, a la hora del recreo todos los niños y las niñas se reunieron y le dieron una paliza.

No era la primera paliza que recibía Gabriela. Había aprendido a defenderse con la misma energía con la que era capaz de atacar a los niños más débiles, y eso sucedía al menos una vez a la semana. Pero esa vez lo llevó sin decir una palabra y sin derramar una lágrima. Su reacción fue tan sorprendente que la pelea duró poquísimo; al fin y al cabo, todo lo que esperaban sus compañeros era que sufriera y gritara, pero como parecía no importarle, perdieron el interés.

Porque en ese momento, por cada golpe que recibía, Gabriela pensaba: «Voy a ser una gran actriz. Y todos, absolutamente todos, os vais a arrepentir de lo que habéis hecho.»

¿Quién dijo que los niños no son capaces de decidir lo que quieren de la vida?

Los adultos.

Y cuando crecemos, pensamos que son más sabios, que tienen toda la razón del mundo. Muchos niños pasaron por la misma situación cuando representaban al Sombrerero Loco, a la Bella Durmiente, a Aladino o a Alicia, y en ese momento decidieron dejar atrás para siempre las luces de los focos y los aplausos del público. Pero Gabriela, que hasta sus once años nunca había perdido una sola batalla, era la más inteligente, la más guapa, la que sacaba las mejores notas de la clase, e intuitivamente entendía: «Si no reacciono, estoy perdida.»

Una cosa era que le pegasen sus compañeros (porque ella también sabía zurrar), y otra muy distinta, cargar por el resto de sus días con una derrota. Porque de todos es sabido que lo que empieza con una equivocación en una obra de teatro, con la incapacidad de bailar tan bien como los demás, de soportar comentarios sobre unas piernas demasiado delgadas o una cabeza demasiado grande, cosas a las que se enfrenta cualquier niño, puede tener dos consecuencias radicalmente distintas.

Unos pocos deciden vengarse, intentando ser los mejores en eso que todos creían que eran incapaces de hacer. «Algún día, me envidiaréis», piensan.

La mayor parte, sin embargo, aceptan que tienen una limitación, y a partir de entonces todo va a peor. Crecen inseguros, obedientes (aunque siempre sueñan con el día en que serán libres y capaces de hacer todo lo que les dé la gana), se casan para que no digan que son demasiado feos (aunque sigan creyendo que son feos), tienen hijos para que no digan que son estériles (aunque realmente quieren tenerlos), se visten bien para que no digan que se visten mal (aunque ya saben lo que van a decir en cualquier caso, independientemente de la ropa que lleven).

A la semana siguiente, en el colegio ya estaba olvidado el incidente de la obra. No obstante, Gabriela había decidido que algún día volvería a ese mismo colegio, aunque como una actriz mundialmente reconocida, con secretarios, guardaespaldas, fotógrafos y una legión de fans. Representaría *Alicia en el País de las Maravillas* para los niños huérfanos, sería noticia, y sus viejos amigos de la infancia dirían: «¡Un día compartimos escenario con ella!»

Su madre quería que estudiara ingeniería química; en cuanto terminó el colegio, sus padres la enviaron al Illinois Institute of Technology. Mientras que estudiaba las proteínas y la estructura del benceno durante el día, pasaba la noche con Ibsen, Coward, Shakespeare, en un curso de teatro que pagaba con el dinero que le enviaban sus padres para comprar ropa y libros que necesitaba para la facultad. Convivió con los mejores profesionales, tuvo profesores excelentes. Recibió elogios, cartas de recomendación, actuó (sin que sus padres se enterasen) como corista en un grupo de rock y como bailarina de danza del vientre en un espectáculo sobre Lawrence de Arabia.

Siempre era bueno aceptar todos los papeles: un día, alguien importante estaría entre el público por casualidad. La invitaría a una prueba de verdad. Y entonces, los días de probar suerte, su lucha por un lugar bajo los focos, llegarían a su fin.

Los años empezaron a pasar. Gabriela aceptaba publicidad en televisión, anuncios de dentífricos, trabajos como modelo, y una vez se vio tentada a responder a una invitación de una empresa especializada en contratar acompañantes para ejecutivos, porque necesitaba dinero desesperadamente para preparar un material impreso con sus fotos, para enviarlo a las más importantes agencias de modelos y actrices de Estados Unidos. Pero fue salvada por Dios, en el que nunca perdió la fe. Ese mismo día le ofrecieron un papel de figurante en el videoclip de una cantante japonesa que iban a rodar bajo el viaducto por el que pasa el tren que cruza la ciudad de Chicago. Le pagaron más de lo que esperaba —al parecer, los productores habían pedido una fortuna para el equipo extranjero—, y con el dinero extra consiguió hacer el tan soñado libro de fotos (o *book*, como lo llaman en todas las lenguas del mundo), que, por otra parte le costó mucho más caro de lo que imaginaba.

Siempre se decía que estaba al principio de su carrera, aunque los días y los meses pasaban volando. Podía interpretar el papel de Ofelia en *Hamlet* durante el curso de teatro, pero generalmente la vida le ofrecía anuncios de desodorantes y cremas de belleza. Cuando acudía a alguna agencia para enseñar el *book* y las cartas de recomendación de profesores y amigos, gente con la que ya había trabajado, se encontraba en la sala de espera con chicas que se parecían mucho a ella, todas sonriendo, todas odiándose mutuamente, haciendo lo posible por conseguir cualquier cosa que les concediese «visibilidad», como decían los profesionales.

Esperaba durante horas a que llegara su turno, y mientras tanto leía libros de meditación y pensamiento positivo. Acababa sentada delante de alguien —hombre o mujer— que nunca prestaba atención a las cartas, sino que iba directamente a las fotos y no hacía ningún comentario. Sólo anotaban su nombre. De vez en cuando la llamaban para una prueba, que una de cada diez veces salía bien. Y allí estaba ella una y otra vez, con todo el talento que creía tener, ante una cámara y gente maleducada que siempre se quejaba: «Relájate, sonríe, gira a la derecha, baja un poco el mentón, humedécete los labios.»

Listo: otra foto de una nueva marca de café.

¿Y cuando no la llamaban? Tenía un único pensamiento: rechazo. Pero poco a poco fue aprendiendo a convivir con eso, entendió que estaba pasando por pruebas necesarias, que se ponía a prueba su perseverancia y su fe. Se negaba a aceptar el hecho de que el curso, las cartas, el currículum lleno de pequeñas presentaciones en lugares insignificantes, todo eso no servía absolutamente para…

Sonó el móvil.

… nada.

El móvil siguió sonando.

Sin saber muy bien qué estaba ocurriendo —había viajado hacia su pasado mientras observaba el estanco y a la niña comiendo chocolate—, respondió.

La voz al otro lado decía que la prueba había sido confirmada para dentro de dos horas.

¡LA PRUEBA HABÍA SIDO CONFIRMADA!

¡En Cannes!

Después de todo, había merecido la pena todo el esfuerzo de cruzar el océano, desembarcar en una ciudad en la que todos los hoteles estaban llenos, encontrarse en el aeropuerto con otras chicas en la misma situación que ella (una polaca, dos rusas, una brasileña) y llamar a las puertas hasta conseguir un pequeño apartamento a un precio desorbitado. Después de tantos años probando suerte en Chicago, viajando a Los Ángeles de vez en cuando en busca de más agentes, más anuncios, más rechazos, ¡su futuro estaba en Europa!

¿Dentro de dos horas?

No existía la menor posibilidad de coger un autobús porque no conocía las líneas. Se hospedaba en lo alto de una colina, y hasta el momento sólo había bajado esa abrupta ladera dos veces: para distribuir sus *books* y para la fiesta insignificante de la noche anterior. Al llegar abajo, pedía a extraños que la llevasen, generalmente hombres solitarios en sus bonitos coches descapotables. Todos sabían que Cannes era un lugar seguro, y toda mujer sabía que la belleza ayudaba mucho en esos momentos. Pero no podía contar con la suerte, tenía que resolver el problema por sí misma. En una prueba de casting, el horario es riguroso, ésa es una de las primeras cosas que se aprende en cualquier agencia de artistas. Además, como el primer día ya se percató de que siempre había atascos, la única opción era vestirse y salir corriendo. Dentro de una hora y media estaría allí (recordaba el hotel en el que estaba instalada la productora, porque había hecho parte de la peregrinación la tarde anterior, en busca de una oportunidad).

El problema ahora era el mismo de siempre: «¿Qué ropa debo ponerme?»

Atacó con furia la maleta que había llevado consigo, escogió un pantalón vaquero de Armani fabricado en China y comprado en un mercado negro en los suburbios de Chicago por la quinta parte de su precio. Nadie podía decir que era una falsificación porque no lo era: todo el mundo sabía que las compañías chinas enviaban el 80 por ciento de la producción a las tiendas originales, mientras sus empleados se encargaban de poner a la venta —sin factura— el 20 por ciento restante. Digamos que era lo que sobra del *stock*.

Se puso una camiseta blanca DKNY, más cara que el pantalón. Fiel a sus principios, sabía que cuanto más discreta, mejor; nada de faldas cortas y escotes osados, porque si había más chicas en la prueba, todas irían vestidas así.

Dudó sobre el maquillaje. Finalmente escogió una base muy discreta y un lápiz de labios más discreto aún. Ya había perdido quince valiosos minutos.

11.45 horas

La gente nunca está satisfecha con nada. Si tiene poco, quiere mucho. Si tiene mucho, todavía quiere más. Si tiene más, quiere ser feliz con poco, pero es incapaz de hacer esfuerzo alguno en ese sentido.

¿Acaso no entienden que la felicidad es algo muy simple? ¿Qué quería esa chica que pasó corriendo, vestida con vaqueros y camiseta blanca? ¿Qué podía ser tan urgente que le impedía contemplar el hermoso día de sol, el mar azul, los niños en sus cochecitos, las palmeras del paseo marítimo?

«¡No corras, muchacha! Nunca podrás huir de las dos presencias más importantes en la vida de cualquier ser humano: Dios y la muerte. Dios acompaña tus pasos, enfadado porque ve que no prestas atención al milagro de la vida. ¿Y la muerte? Acabas de pasar por delante de un cadáver, y ni siquiera te has dado cuenta.»

Igor paseó varias veces por el lugar del asesinato. En un momento dado, concluyó que sus idas y venidas iban a despertar sospechas; entonces decidió permanecer a una distancia prudencial, a doscientos metros del lugar, apoyado en la balaustrada que daba a la playa, con gafas oscuras (lo que no tenía nada de sospechoso, no sólo por el sol, sino también por el hecho de que las gafas oscuras, en lugares en los que hay celebridades, son sinónimo de estatus).

Le sorprende ver que es casi mediodía y que nadie se ha dado cuenta de que hay una persona muerta en la principal avenida de una ciudad que en este momento está en el punto de mira de todo el mundo.

Una pareja se acerca ahora al banco, visiblemente enfadada. Se dirigen a la Bella Durmiente; son los padres de la chica, que la increpan al ver que no está trabajando. El hombre la sacude con cierta violencia. Entonces, la mujer se inclina y cubre su campo de visión.

Igor no tiene dudas al respecto de lo que va a pasar a continuación.

Gritos de mujer. El padre saca el móvil del bolsillo, apartándose un poco, agitado. La madre sacude a su hija, pero el cuerpo no da muestras de reaccionar. Los transeúntes se acercan; ahora sí, puede quitarse las gafas y aproximarse, después de todo, es un curioso más entre la multitud.

La madre llora abrazada a su hija. Un joven la aparta e intenta practicarle la respiración boca a boca, pero desiste en seguida: el rostro de Olivia ya muestra una ligera tonalidad púrpura.

—¡Ambulancia! ¡Una ambulancia!

Varias personas llaman al mismo número, todos se sienten útiles, importantes, solidarios. Ya se oye el sonido de la sirena en la distancia. La madre chilla cada vez más alto, una chica intenta abrazarla y le pide que se calme, pero ella la empuja. Alguien levanta el cadáver e intenta mantenerlo sentado; otro dice que la deje recostada en el banco: era demasiado tarde para cualquier providencia.

—Seguramente ha sido por una sobredosis —comenta alguien a su lado—. Esta juventud está perdida.

Los que han oído el comentario asienten con la cabeza. Igor permanece impasible, mientras asiste a la llegada de los médicos, que sacan sus aparatos del vehículo, las descargas eléctricas en el corazón. Un médico con más experiencia observa la escena sin decir nada, sabe que ya no hay nada que hacer, pero no quiere que acusen a sus subordinados de negligencia. Bajan la camilla y la introducen en la ambulancia. La madre se agarra a su hija, discuten un poco con ella pero al final le permiten subir y salen disparados.

Desde el momento en que la pareja descubrió el cadáver hasta la salida del vehículo no han pasado más de cinco minutos. El padre todavía está allí, aturdido, sin saber exactamente adónde ir ni qué hacer. Ignorando de quién se trata, la misma persona que hizo el comentario sobre la droga se acerca a él y repite su versión de los hechos:

—No se preocupe, señor. Esto sucede todos los días aquí.

El padre no reacciona. Sigue con el móvil abierto en las manos, mirando al vacío. O no entiende el comentario, o no sabe qué pasa todos los días, o está en un estado de *shock* que lo ha enviado rápidamente a una dimensión desconocida en la que el dolor no existe.

Del mismo modo que surgió de la nada, la multitud se dispersa. En el lugar sólo quedan el hombre con el móvil abierto y el tipo con las gafas oscuras en la mano.

—¿Conocía usted a la víctima? —pregunta Igor.

No hay respuesta.

Mejor hacer lo mismo que los demás: seguir caminando por la Croisette y ver lo que sucede esa mañana soleada en Cannes. Al igual que el padre, Igor no sabe exactamente lo que siente: ha destruido un mundo que no sería capaz de reconstruir aunque tuviese todo el poder del mundo. ¿Acaso Ewa merecía eso? Del vientre de esa chica, Olivia —sabía su nombre y eso lo hacía sentir incómodo porque ya no era simplemente una cara en la multitud—, podría haber salido un genio que descubriera una cura contra el cáncer o cómo llegar a un acuerdo para que el mundo pudiera vivir en paz. No sólo había acabado con la vida de una persona, sino con todas las generaciones futuras que podrían haber nacido de ella; ¿qué había hecho? ¿Acaso el amor, por grande e intenso que fuese, podía justificar eso?

Se ha equivocado con la primera víctima. Nunca será noticia, Ewa jamás entenderá el mensaje.

«No pienses en ello, ya ha pasado. Estás preparado para ir más lejos, sigue adelante. La chica entenderá que su muerte no ha sido inútil, sino un sacrificio en nombre del mayor amor. Mira a tu alrededor, observa lo que sucede en la ciudad, compórtate como un ciudadano normal. Ya has recibido tu ración de sufrimiento en la vida, así que ahora mereces un poco de consuelo y tranquilidad.

»Aprovecha el festival. Estás preparado.»

Aunque llevara el bañador puesto, sería difícil llegar hasta la orilla del mar. Por lo visto, los hoteles tenían derecho a grandes franjas de arena en las que colocaban sus sillas, sus logotipos, sus camareros, sus guardaespaldas, que en cada acceso al área reservada pedían la llave de la habitación o algún tipo de identificación del huésped.

Otras franjas de arena de playa estaban ocupadas por grandes toldos blancos, donde alguna productora cinematográfica, marca de cerveza o producto de belleza promocionaba el lanzamiento de alguna novedad en lo que llamaban «almuerzo». En esos lugares, la gente iba vestida de manera normal, considerándose como «normal» una gorra en la cabeza, una camisa colorida y unos pantalones claros para los hombres; joyas, vestidos ligeros, bermudas y zapatos de tacón bajo para las mujeres.

Gafas oscuras para ambos sexos. Nada de exhibir demasiado el físico porque la Superclase ya no está en edad para hacerlo. Cualquier demostración puede considerarse ridícula o, mejor dicho, patética.

Igor observa otro detalle: el teléfono móvil, la pieza más importante de toda la indumentaria.

Era importante recibir llamadas o mensajes cada minuto, interrumpir cualquier conversación para atender una llamada que en realidad no era en absoluto urgente, teclear largos textos mediante los llamados SMS. Todo el mundo había olvidado que esas iniciales querían decir servicio de mensajes cortos (*short message service*), y utilizaban el pequeño teclado como si fuera una máquina de escribir. Era lento, incómodo y capaz de provocar serias lesiones en los pulgares, pero ¿qué importa? No sólo en Cannes, sino también en el mundo entero, en ese mismo momento el espacio estaba siendo inundado de cosas como «Buenos días, amor mío, me he despertado pensando en ti y me alegra que estés en mi vida», «Llego dentro de diez minutos; por favor, prepárame la comida y mira si han enviado la ropa a la lavandería», «La fiesta es aburridísima, pero sé adónde ir, ¿dónde estás?»…

Cosas que llevaban cinco minutos escribirlas y sólo diez segundos decirlas, pero el mundo era así. Igor sabe bien de qué va el tema, porque ha ganado cientos de millones de dólares gracias al hecho de que el teléfono ya no sólo era un medio de comunicarse con los demás, sino un hilo de esperanza, una manera de no pensar que uno está solo, un modo de demostrarles a todos la propia importancia.

Y este mecanismo estaba llevando al mundo a un estado de absoluta demencia. A través de un engañoso sistema creado en Londres, por sólo cinco euros al mes, una centralita envía mensajes cada tres minutos. Cuando se está hablando con alguien al que se desea impresionar, basta con llamar con anterioridad a un determinado número y activar el sistema. En ese caso, la alarma suena, el teléfono sale del bolsillo, se abre el mensaje, se lee rápidamente, se dice que dicho mensaje no puede esperar (claro que podía: sólo ponía «según pedido» y la hora). De ese modo, el interlocutor se siente más importante y los negocios avanzan con mayor rapidez, porque sabe que está ante una persona ocupada. Tres minutos después, la conversación vuelve a interrumpirse con un nuevo mensaje. La presión aumenta, y el usuario puede decidir si merece la pena apagar el teléfono durante quince minutos o alegar que está ocupado y librarse así de una compañía desagradable.

Sólo en determinadas ocasiones el teléfono debía estar obligatoriamente apagado. En las cenas formales, durante la representación de una obra de teatro, en el momento más importante de una película, en el aria más difícil de una ópera; todo el mundo ha oído sonar un móvil en cualquiera de estos casos. El único momento en el que la gente se asustaba realmente con la posibilidad de que el teléfono fuera algo peligroso era al entrar en un avión y oír la mentira de siempre: «Los móviles deben ser desconectados durante el vuelo porque pueden interferir en el instrumental de a bordo.»

Todo el mundo se lo creía y hacía lo que los asistentes de vuelo decían.

Igor sabía cuándo se había creado ese mito: hace muchos años que las compañías aéreas intentan vender como sea las llamadas hechas a través de los teléfonos instalados en los asientos. Diez dólares por minuto, usando el mismo sistema de transmisión que un móvil.

No salió bien, pero aun así la leyenda continuó (olvidaron borrarlo de la lista que la azafata recita antes de despegar).

Lo que nadie sabía es que en todos los vuelos había al menos dos o tres pasajeros que olvidaban apagar sus teléfonos, que los ordenadores portátiles podían acceder a Internet con el mismo sistema que permite que un teléfono móvil funcione y nunca, en ningún lugar del mundo, había caído un avión por culpa de eso.

Ahora estaban intentando modificar parte de la leyenda sin que los pasajeros se extrañaran, al mismo tiempo que mantenían el precio por las nubes: los móviles podían usarse siempre que utilizaran el mismo sistema de navegación que el aparato. El precio era cuatro veces mayor. Nadie ha explicado bien qué es el «sistema de navegación del aparato», pero si la gente quiere dejarse engañar de esa manera, es su problema.

Sigue andando. Algo en la última mirada de esa chica lo hizo sentir incómodo, pero prefiere no pensar en ello.

Más guardaespaldas, más gafas oscuras, más biquinis en la arena, más ropa clara y joyas en los almuerzos, más gente caminando apresurada, como si tuvieran algo muy importante que hacer esa mañana, más fotógrafos apostados en cada esquina intentando la imposible tarea de conseguir algo inédito, más revistas y periódicos gratuitos sobre lo que sucede en el festival, más distribuidores de folletos dirigidos a los pobres mortales que no han sido invitados a las carpas blancas, anunciando restaurantes que quedan en lo alto de la colina, lejos de todo, donde apenas se oye hablar de lo que sucede en la Croisette, donde las modelos alquilan apartamentos por temporada, esperando que las llamen para hacer una prueba que cambiará para siempre sus vidas.

Todo siempre tan esperado. Todo siempre tan previsible. Si decidiera incorporarse a uno de esos «almuerzos», nadie se atrevería a pedirle su identificación, porque todavía era temprano y los promotores tenían miedo de que el evento acabase vacío. Dentro de media hora, sin embargo, dependiendo del resultado, los guardaespaldas tenían orden expresa de dejar pasar sólo a chicas guapas que no fueran acompañadas.

¿Por qué no probar?

Obedece a su impulso; al fin y al cabo, tiene una misión que cumplir. Baja por uno de los accesos a la playa, que en vez de llevarlo a la arena lo conduce hacia una gran carpa blanca con ventanas de plástico, aire acondicionado, muebles claros, sillas y mesas en su mayor parte vacías. Uno de los guardaespaldas le pregunta si tiene invitación. Él responde que sí y finge buscarla en el bolsillo. Una recepcionista vestida de rojo pregunta si necesita ayuda.

Él muestra su tarjeta de visita: el logotipo de su compañía de teléfonos, «Igor Malev, presidente». Afirma que seguramente está en la lista, pero debió de olvidar la invitación en el hotel; venía de una serie de reuniones y había olvidado llevarla consigo. La recepcionista le da la bienvenida y lo invita a entrar; aprendió a juzgar a los hombres y a las mujeres por la ropa que llevaban, y también sabía que «presidente» quiere decir lo mismo en cualquier lugar del mundo. ¡Además, presidente de una compañía rusa! Todo el mundo sabe que a los rusos, cuando son ricos, les gusta demostrar que nadan en la abundancia. No era preciso comprobar la lista.

Igor entra, va hacia el bar —en verdad, la carpa está muy bien equipada, dispone incluso de una pista de baile— y pide un zumo de piña sin alcohol porque combina con el color de la decoración.

Y, sobre todo, porque en medio del vaso adornado con una sombrillita japonesa azul hay una pajita negra.

Se sienta a una de las muchas mesas vacías. Entre la poca gente presente había un hombre de más de cincuenta años, pelo teñido de caoba, moreno artificial, con el cuerpo exhaustivamente trabajado en gimnasios que prometen la juventud eterna. Lleva una camiseta gastada, y está sentado con otros dos hombres que llevan unos trajes impecables de alta costura. Ambos miran a Igor y él vuelve la cabeza, aunque sigue atento a la misma mesa, protegido por las gafas oscuras. Los hombres del traje continúan examinando al recién llegado, pero en seguida pierden el interés. En cambio, Igor sigue interesado en ellos.

El hombre de la camiseta ni siquiera tiene un móvil sobre la mesa, aunque sus ayudantes no dejan de atender llamadas.

Si permiten la entrada a un tipo como ése, mal vestido, sudado, feo que se cree guapo, y encima le dan una de las mejores mesas… Si su teléfono está apagado, si cada dos por tres aparece un camarero y le pregunta si desea algo, si el hombre no se digna siquiera contestar, sólo hace un gesto negativo con la mano, Igor sabe que está ante una persona muy pero que muy importante.

Saca del bolsillo un billete de cincuenta euros y se lo da al camarero, que empieza a disponer los cubiertos y los platos sobre la mesa.

—¿Quién es el señor de la camiseta azul descolorida? —pregunta al tiempo que dirige los ojos hacia la mesa.

—Javits Wild. Un hombre muy importante.

Perfecto. Después de alguien totalmente insignificante como la chica de la playa, un tipo como Javits sería ideal. No alguien famoso, sino importante. Alguien que forma parte de aquellos que deciden quién debe estar bajo la luz de los focos y no se molestan en aparecer porque todo el mundo sabe quiénes son. Los que mueven los hilos de sus marionetas, haciendo que se crean las personas más privilegiadas y admiradas del planeta, hasta que un día, por el motivo que sea, deciden cortar esos hilos y los muñecos caen, sin vida y sin poder.

Un hombre de la Superclase.

Eso significa: alguien con falsos amigos y muchos enemigos.

—Otra pregunta. ¿Es aceptable destruir mundos en nombre de un amor mayor?

El camarero ríe.

—¿Es usted Dios, o es usted gay?

60

—Ninguna de las dos cosas. Pero gracias por responderme de ese modo.

Se da cuenta de que se ha equivocado. En primer lugar, porque no necesita el apoyo de nadie para justificar lo que hace; está convencido de que, si todo el mundo va a morir algún día, es lícito que algunos pierdan su vida en nombre de algo mayor. Ha sido así desde el inicio de los tiempos, cuando los hombres se sacrificaban para alimentar a sus tribus, cuando se entregaban vírgenes a los sacerdotes para aplacar la ira de los dragones y los dioses. En segundo lugar, había llamado la atención de un extraño, demostrando que estaba interesado en el hombre que tenía delante de su mesa.

Lo olvidaría, pero no hay que correr riesgos innecesarios. Se dice que en un festival como ése es normal que la gente quiera saber quiénes son los demás, y más normal todavía que dicha información sea remunerada. Anteriormente lo había hecho cientos de veces, en diferentes restaurantes del mundo, y seguro que otros habían hecho lo mismo con él: pagarle al camarero para saber quién es, para conseguir una mesa mejor, para enviar un mensaje discreto. Los camareros no sólo están acostumbrados, sino que esperan ese tipo de comportamiento.

No, seguro que no se acordará de nada. Está ante su siguiente víctima; si consigue llevar el plan hasta el final y el camarero es interrogado, dirá que lo único raro de ese día fue una persona que le preguntó si era justificable destruir mundos en nombre de un amor mayor. Puede que incluso ni siquiera recordara la frase. Los policías dirán: «¿Cómo era?» «No me fijé mucho, pero no era gay.» Los policías estaban acostumbrados a los intelectuales franceses, que generalmente escogían los bares para elaborar complicadísimas teorías y análisis sobre, por ejemplo, la sociología de un festival de cine. Y dejarían el asunto a un lado.

Pero algo lo hacía sentirse incómodo.

El nombre. Los nombres.

Ya había matado con anterioridad, con armas y con la bendición de su país. No sabía a cuánta gente, pero nunca pudo ver sus caras, y nunca, absolutamente nunca, había preguntado sus nombres, porque saberlo también significa ser consciente de estar ante un ser humano, y no de un enemigo. El nombre hace que alguien se convierta en un individuo único y especial, con pasado y futuro, antecesores y posibles descendientes, conquistas y derrotas. Las personas son su nombre, se enorgullecen de él, lo repiten miles de veces a lo largo de sus vidas, y se identifican con esas palabras. Es la primera palabra que aprenden después de los genéricos «papá» y «mamá».

Olivia. Javits. Igor. Ewa.

Pero el espíritu no tiene nombre, es la verdad pura, habita ese cuerpo por un determinado período de tiempo, y lo dejará algún día, sin que Dios se preocupe por preguntar «¿Quién eres?» cuando el alma llegue al juicio final. Dios sólo preguntará: «¿Amaste mientras estabas vivo?» La esencia de la vida es ésa: la capacidad de amar, y no el nombre que figura en nuestros pasaportes, en las tarjetas de visita, en los carnets de identidad. Los grandes místicos solían cambiar sus nombres, y a veces los abandonaban para siempre. Cuando le preguntan a Juan Bautista quién es, simplemente dice: «Soy la voz que clama en el desierto.» Al conocer al sucesor de su Iglesia, Jesús ignora que se ha pasado toda la vida respondiendo al nombre de Simón, y empieza a llamarlo Pedro. Moisés le pregunta a Dios su nombre: «Yo soy», es la respuesta.

Quizá debería buscar a otra persona. Ya era suficiente una víctima con nombre: Olivia. Pero en ese momento siente que ya no puede dar marcha atrás, aunque está decidido a no volver a preguntar cómo se llama el mundo que está a punto de ser destruido. No puede dar marcha atrás porque quiere ser justo con la pobre chica de la playa, totalmente desprotegida, una víctima tan fácil y tan dulce. Su nuevo desafío —seudoatlético, con pelo color caoba, sudado, con mirada de aburrimiento y un poder que debe de ser muy grande— es mucho más difícil. Los dos hombres de traje no son sólo sus asesores; se ha percatado de que cada dos por tres sus miradas recorren el recinto, vigilando todo lo que sucede alrededor. Si quiere ser digno de Ewa y justo con Olivia, tiene que demostrar su valor.

Deja la pajita reposando en el zumo de piña. Poco a poco la gente empieza a llegar. Hay que esperar a que se llene, aunque no debe de faltar mucho. Del mismo modo que no tenía planeado destruir un mundo en la principal avenida de Cannes, a plena luz del día, tampoco sabe exactamente cómo ejecutar allí su proyecto. Pero algo le dice que ha elegido el lugar perfecto.

Su pensamiento ya no está con la chica de la playa; la adrenalina se inocula en su sangre con rapidez, el corazón le late más de prisa, está excitado y contento.

Javits Wild no perdería el tiempo sólo para comer y beber gratis en una de las miles de fiestas a las que debían de invitarlo todos los años. Si estaba allí era por algo o por alguien. Y ese algo o ese alguien seguramente sería su mejor coartada.

12.26 horas

Javits ve llegar a los invitados, el recinto está lleno, y piensa lo mismo: «¿Qué estoy haciendo aquí?» No necesito esto. Es más, necesito muy pocas cosas de los demás; tengo todo lo que quiero. Soy famoso en la industria cinematográfica, tengo a las mujeres que deseo, aunque sé que soy feo y voy mal vestido. Lo hago a propósito: ya he pasado la época en la que tenía un único traje, y en las escasas ocasiones en que conseguía una invitación de la Superclase (después de arrastrarme, implorar y prometer), me preparaba para una comida de éstas como si fuera el acontecimiento más importante del mundo. Hoy sé que lo único que varía son las ciudades; en cuanto a lo demás, lo que va a suceder aquí es previsible y aburrido.

«Vendrá gente a decirme que les encanta mi trabajo. Otros me dirán que soy un héroe y me darán las gracias por las oportunidades que les estoy dando a los excluidos. Mujeres bonitas e inteligentes, que no se dejan engañar por las apariencias, notarán el movimiento en torno a mi mesa, le preguntarán al camarero quién soy y después buscarán una manera de acercarse, convencidas de que lo único que me interesa es el sexo. Todos, absolutamente todos, quieren pedirme algo. Por eso me elogian, me adulan, me ofrecen lo que creo que necesito. Pero, en realidad, todo cuanto yo deseo es estar solo.

»He estado antes en miles de fiestas como ésta. Y no estoy aquí por ninguna razón especial, salvo por el hecho de que soy incapaz de dormir, aunque haya venido en mi avión particular, una maravilla tecnológica capaz de volar a más de once mil pies de altitud directamente desde California a Francia sin parar para repostar. He cambiado la configuración original de la cabina: aunque el avión tiene capacidad para dieciocho personas con todas las comodidades posibles, he reducido el número de asientos a seis, y he conservado la cabina separada para los cuatro miembros de la tripulación. Siempre hay alguien que te pide: "¿Puedo ir contigo?", y así tengo la disculpa perfecta: "No hay sitio."»

Javits había equipado su nuevo juguete, cuyo precio rondaba los cuarenta millones de dólares, con dos camas, una mesa de conferencias, ducha, sistema de hilo musical Miranda (Bang & Olufsen tenía un diseño genial y una excelente campaña de relaciones públicas, pero ya pertenecían al pasado), dos máquinas de café, un microondas para el equipo y un horno eléctrico para él (porque detestaba la comida recalentada). Javits sólo bebía champán; el que quisiera compartir con él una botella de Moët & Chandon de 1961 siempre era bien recibido. Pero en la bodega de su avión tenía todo tipo de bebidas para los invitados. Y dos plasmas de veintiuna pulgadas, siempre preparados para ver las películas más recientes que todavía no se habían estrenado en los cines.

El *jet* era uno de los mejores del mundo (aunque los franceses insisten en que el Dassault Falcon es mejor), pero por más dinero y poder que Javits tuviera, no conseguiría cambiar todos los relojes de Europa. En ese momento eran las 3.43 de la mañana en Los Ángeles, y empezaba a sentirse realmente cansado. Se había pasado la noche en vela, yendo de una fiesta a otra, respondiendo a dos preguntas idiotas que inician cualquier conversación: «¿Cómo ha ido el vuelo?»

Javits siempre respondía con otra pregunta: «¿Por qué?»

Como la gente no sabía muy bien qué decir, sonreían tímidamente y pasaban a la siguiente pregunta de la lista: «¿Cuánto tiempo te vas a quedar?»

Y Javits volvía a contestar: «¿Por qué?» Entonces fingía atender una llamada, se disculpaba, y se apartaba con sus dos inseparables amigos.

Nadie interesante por allí. ¿Pero quién puede resultarle interesante a un hombre que tiene prácticamente todo lo que el dinero puede comprar? Intentó cambiar de amigos, buscando gente totalmente ajena al mundo del cine: filósofos, escritores, malabaristas de circo, ejecutivos de firmas relacionadas con el mundo de la alimentación… Al principio todo era una gran luna de miel, hasta que llegaba la inevitable pregunta: «¿Te gustaría leer mi guión?» O la segunda pregunta inevitable: «Tengo un(a) amigo(a) que siempre ha deseado ser actor/actriz. ¿Te importaría reunirte con él/ella?»

Sí, le importaría. Tenía otras cosas que hacer en la vida además de su trabajo. Solía volar una vez al mes a Alaska, entraba en el primer bar que encontraba, se emborrachaba, comía pizza, paseaba por el bosque y charlaba con los habitantes de las pequeñas ciudades. Entrenaba dos horas al día en su gimnasio privado, pero aun así tenía sobrepeso; los médicos decían que en cualquier momento tendría un problema cardíaco. A él, sin embargo, poco le importaba su forma física. Lo que deseaba de verdad era descargar un poco la constante tensión que parecía aplastarlo cada segundo del día, hacer una meditación activa, curar las heridas de su alma. Cuando estaba en el campo solía preguntarle a la gente que se encontraba por azar cómo era una vida «normal», porque hacía mucho tiempo que ya lo había olvidado. Las respuestas variaban, y poco a poco fue descubriendo que estaba absolutamente solo en el mundo, aunque siempre rodeado de gente.

Acabó haciendo una lista sobre la normalidad, basada más en lo que hacía la gente que en sus propias respuestas.

Javits mira a su alrededor. Hay un hombre con gafas oscuras tomando un zumo de frutas que parece ajeno a todo lo que lo rodea, mientras contempla el mar como si estuviera lejos de allí. Atractivo, de pelo gris, bien vestido.

Fue uno de los primeros en llegar, debía de saber quién era, pero aun así no hizo ni el menor esfuerzo por presentarse. ¡Además, tenía valor para estar allí solo! La soledad en Cannes es un anatema, es sinónimo de que nadie se interesa por ti, de tu insignificancia o de tu falta de contactos.

Sintió envidia de él. Seguramente no encajaba en la «lista de normalidad» que llevaba siempre en el bolsillo. Parecía independiente, libre, y a Javits le habría gustado mucho hablar con él, pero estaba demasiado cansado para eso.

Se vuelve hacia uno de sus «amigos»:

—¿Qué es ser normal?

—¿Tienes algún cargo de conciencia? ¿Piensas que has hecho algo que no debías?

Javits le hizo la pregunta equivocada al hombre equivocado. Probablemente su compañero pensaría que estaba arrepentido de sus pasos y que desearía comenzar una nueva vida. Nada de eso. Y aunque se arrepintiera, ya era demasiado tarde para volver al punto de partida: conocía las reglas del juego.

—Te estoy preguntando qué es ser normal.

Uno de los «amigos» se queda desconcertado. El otro sigue mirando a su alrededor, vigilando el ambiente.

—Vivir como una de esas personas que no tienen ambición —responde finalmente.

Javits saca la lista del bolsillo y la pone encima de la mesa.

—Siempre llevo esto conmigo. Y voy añadiendo cosas.

El «amigo» le responde que no puede leerla en ese momento, tiene que estar atento a lo que sucede. El otro, sin embargo, más relajado y más seguro, lee lo que está escrito:

Lista de normalidad

1) Es normal cualquier cosa que nos haga olvidar quiénes somos y qué deseamos, de modo que podamos trabajar para producir, reproducir y ganar dinero.

2) Tener reglas para una guerra (Convención de Ginebra).

3) Pasar años haciendo una carrera en la universidad para después no encontrar trabajo.

4) Trabajar de las nueve de la mañana a las cinco de la tarde en algo que no nos proporciona el menor placer, siempre que al cabo de treinta años la persona pueda jubilarse.

5) Jubilarse, descubrir que ya no se tiene energía para disfrutar de la vida y morir al cabo de pocos años, de aburrimiento.

6) Usar Botox.

7) Entender que el poder es mucho más importante que el dinero, y el dinero es mucho más importante que la felicidad.

8) Ridiculizar a quien busca la felicidad en vez del dinero, diciendo que es una «persona sin ambición».

9) Comparar objetos como coches, casas, ropa y definir la vida en función de estas comparaciones, en vez de intentar saber realmente la verdadera razón de estar vivo.

10) No hablar con extraños. Hablar mal del vecino.

11) Creer que los padres siempre tienen razón.

12) Casarse, tener hijos, seguir juntos aunque el amor se haya acabado, alegando que es por el bien de los niños (como si ellos no asistieran a las constantes peleas).

13) Criticar a todo el mundo que intenta ser diferente.

14) Despertarse con un despertador histérico junto a la cama.

15) Creer absolutamente todo lo que se publica.

16) Usar un trozo de tela colorida anudado al cuello, sin ninguna función aparente, pero que atiende al pomposo nombre de «corbata».

17) No ser nunca directo en las preguntas, aunque la otra persona entienda lo que queremos saber.

18) Mantener una sonrisa en los labios cuando se tienen muchas ganas de llorar. Y tener piedad de los que muestran sus propios sentimientos.

19) Pensar que el arte vale una fortuna, o que no vale absolutamente nada.

20) Despreciar siempre aquello que no ha sido difícil de conseguir porque no ha habido el «sacrificio necesario» y, por tanto, no debe de tener las cualidades requeridas.

21) Seguir los dictados de la moda, aunque ésta sea ridícula e incómoda.

22) Estar convencido de que todos los famosos tienen montones de dinero acumulado.

23) Invertir mucho en la belleza exterior y preocuparse poco de la interior.

24) Utilizar todos los medios posibles para demostrar que, aun siendo una persona normal, estás por encima de los demás seres humanos.

25) En un medio de transporte público, no mirar directamente a los ojos de nadie, de lo contrario, se puede interpretar como una señal de seducción.

26) Tras entrar en el ascensor, permanecer de cara a la puerta y fingir que vas solo, aunque esté lleno.

27) No reírse jamás en voz alta en un restaurante, aunque el tema de conversación sea de lo más hilarante.

28) En el hemisferio norte, usar siempre ropa según la estación del año; brazos descubiertos en primavera (aunque haga mucho frío) y abrigo de lana en otoño (aunque haga calor).

29) En el hemisferio sur, adornar el árbol de Navidad con algodón, aunque el invierno nada tenga que ver con el nacimiento de Cristo.

30) A medida que envejecemos, creerse dueño de toda la sabiduría del mundo, aunque no hayas vivido lo suficiente como para saber lo que está mal.

31) Acudir a un acto benéfico y pensar que con eso ya has colaborado lo suficiente como para acabar con las desigualdades sociales en el mundo.

32) Comer tres veces al día, incluso sin tener hambre.

33) Creer que los demás siempre son mejores en todo: más guapos, más capaces, más ricos, más inteligentes. Es arriesgado aventurarse más allá de los propios límites, mejor no hacer nada.

34) Utilizar el coche como una arma y una armadura invencible.

35) Soltar improperios cuando se conduce.

36) Creer que todo lo que tu hijo hace mal es por culpa de las compañías que ha escogido.

37) Casarse con la primera persona que te proporcione una posición social. El amor puede esperar.

38) Decir siempre «lo he intentado», aunque no hayas intentado absolutamente nada.

39) Dejar las cosas más interesantes de la vida para cuando ya no se tienen fuerzas.

40) Evitar la depresión con dosis diarias y densas de programas de televisión.

41) Creer que es posible estar seguro de todo lo que has conseguido.

42) Pensar que a las mujeres no les gusta el fútbol, y que a los hombres no les gusta la decoración ni la cocina.

43) Culpar al gobierno de todo lo malo que sucede.

44) Estar convencido de que ser una buena persona, decente, respetuosa, significa que los demás van a pensar que eres débil, vulnerable y fácilmente manipulable.

45) Estar convencido también de que la agresividad y la descortesía en el trato con los demás son sinónimos de una personalidad poderosa.

46) Tener miedo de la fibroscopia (hombres) y del parto (mujeres).

El «amigo» se ríe:

—Deberías hacer una película sobre esto —comenta.

«Otro más. No piensan en otra cosa. No saben lo que hago, aunque siempre están conmigo. Yo no hago películas.»

Una película siempre empieza con alguien que ya pertenece al sector, el llamado productor. Ha leído un libro o ha tenido una idea brillante mientras conducía por las carreteras de Los Ángeles, que en realidad es un gran suburbio en busca de una ciudad. Pero está solo en el coche y tiene ganas de convertir esa brillante idea en algo que se pueda ver en la pantalla.

Averigua si los derechos del libro están disponibles. Si la respuesta es negativa, va en busca de otro producto; al fin y al cabo, se publican alrededor de trescientos mil títulos al año sólo en Estados Unidos. Si la respuesta es afirmativa, llama directamente al autor y le hace la oferta más baja posible, que generalmente es aceptada porque no es sólo a los actores y a las actrices a quienes les gusta estar asociados a la máquina de los sueños: todo autor se siente más importante cuando sus palabras se transforman en imágenes.

Quedan para comer. El productor dice que está ante una «obra de arte, totalmente cinematográfica» y que el escritor es un «genio que merece ser reconocido». El escritor explica que ha pasado cinco años trabajando en ese texto, y le pide participar en el guión. «No debes, porque es un lenguaje diferente —es la respuesta—. Pero te va a gustar el resultado. —Y añade—: La película será fiel al texto.» Lo cual es una total y absoluta mentira, algo que ambos saben.

El escritor piensa que tiene que aceptar las condiciones que le propongan, y se dice que la próxima vez será diferente. Así que acepta.

El productor le comenta que es necesario asociarse a un gran estudio para la financiación del proyecto. Dice que conseguirá a tal famoso y a tal otro para los papeles principales (lo cual es otra mentira total y absoluta, pero que se repite siempre, y que siempre resulta a la hora de convencer a alguien). Compra la llamada «opción», es decir, paga alrededor de diez mil dólares para tener los derechos durante tres años. ¿Y qué pasa después? «Bueno, pagaremos diez veces esa cantidad, y tú tendrás derecho al 2 por ciento del beneficio neto.» Con eso termina la parte económica de la conversación, ya que el escritor cree que va a ganar una fortuna con parte de los beneficios.

Si hubiera preguntado a sus amigos, sabría que los contables de Hollywood poseen la rara habilidad de hacer que una película JAMÁS tenga un saldo positivo.

La comida termina cuando el productor saca un inmenso contrato del bolsillo y pregunta si pueden firmarlo en ese momento, para que el estudio sepa que realmente tiene el producto en sus manos. El escritor, pensando en el porcentaje (inexistente) y en la posibilidad de ver su nombre en la fachada de un cine (también inexistente, pues como máximo conseguirá una línea en los títulos de crédito, «basada en el libro de…»), firma sin pensarlo mucho. Vanidad de las vanidades, todo es vanidad, y no hay nada nuevo bajo el sol, ya lo decía Salomón hace más de tres mil años.

El productor empieza a llamar a las puertas de los estudios. Ya es relativamente conocido, así que algunas de ellas se abren, pero no siempre aceptan su sugerencia. En ese caso, ni siquiera se toma la molestia de llamar al escritor para comer otra vez con él; le envía una carta en la que le dice que, a pesar del entusiasmo, la industria cinematográfica todavía no entiende ese tipo de historias, y le devuelve el contrato (que él no ha firmado, por supuesto).

Si la propuesta es aceptada, el productor se dirige a la persona más baja y menos cara de la jerarquía: el guionista, el que va a pasar días, semanas o meses escribiendo varias veces la idea original o la adaptación del libro para la pantalla. Los guiones son enviados al productor (nunca al autor del libro), que tiene por costumbre rechazar automáticamente el primer borrador, seguro de que el guionista puede hacerlo mejor. Luego, más semanas y meses de café, insomnio y sueño para el joven talento (o viejo profesional, no hay término medio) que rehace cada una de las escenas, que son rechazadas o modificadas por el productor (el guionista se pregunta: «Si sabe escribir mejor que yo, ¿por qué no lo hace él mismo?» Pero en ese momento piensa en su sueldo y vuelve al ordenador sin quejarse demasiado).

Finalmente, el texto está casi listo: en ese momento, el productor pide que se retiren las referencias políticas que puedan ocasionar problemas ante un público más conservador, que se añadan más besos porque a las mujeres les gustan. Que la historia tenga presentación, nudo y desenlace, y un héroe que provoque las lágrimas del público con su sacrificio y su dedicación. Que alguien pierda a la persona amada al principio de la película y la vuelva a encontrar al final. En el fondo, la gran mayoría de los guiones se pueden resumir con una simple línea: Un hombre ama a una mujer. El hombre pierde a la mujer. El hombre recupera a la mujer. El 90 por ciento de las películas son variaciones de esta misma línea. Las películas que huyen de esta regla tienen que tener mucha violencia para compensar, o muchos efectos especiales para agradar al público. Y la fórmula, comprobada ya miles de veces, es la que siempre triunfa; por tanto, es mejor no correr riesgos.

Una vez que tiene una historia bien escrita, ¿a quién se dirige el productor?

Al estudio que ha financiado el proyecto. Pero el estudio tiene una ristra de películas que colocar en las cada vez más escasas salas de cine del mundo. Le piden que espere un poco, o que se busque un distribuidor independiente, no sin que antes el productor firme otro largo contrato (que incluso prevé derechos exclusivos para «fuera del planeta Tierra») haciéndose responsable del dinero invertido.

«Y es en ese momento cuando entra en escena gente como yo.» El distribuidor independiente, que puede andar por la calle sin que lo reconozcan, aunque en las fiestas del sector siempre saben quién es. La persona que no descubrió el tema, que no siguió el guión, que no ha invertido ni un céntimo.

Javits es el intermediario. ¡Es el distribuidor!

Recibe al productor en su pequeño despacho (el hecho de tener un avión grande, una casa con piscina, de recibir invitaciones para todo lo que sucede en el mundo es exclusivamente para su propia comodidad; el productor ni siquiera merece agua mineral). Coge el DVD con la película, la lleva para casa. Ve los cinco primeros minutos. Si le gusta, sigue hasta el final, pero eso sólo sucede una vez de cada cien nuevos productos presentados. En ese caso, gasta diez céntimos en una llamada telefónica y le pide al productor que vuelva a presentarse en tal fecha, a tal hora.

«Firmamos un acuerdo —dice, como si le estuviera haciendo un gran favor—. La distribuyo yo.»

El productor intenta negociar. Quiere saber en cuántas salas de cine, en cuántos países del mundo, cuáles son las condiciones. Preguntas absolutamente inútiles, porque ya sabe lo que va a oír: «Depende de las primeras reacciones del público de prueba.» El producto se muestra al público seleccionado entre todas las escalas sociales, gente escogida a dedo por compañías de encuestas especializadas. El resultado es analizado por profesionales. Si es positivo, se gastan otros diez céntimos en una llamada telefónica y, al día siguiente, Javits lo recibe con tres copias de otro larguísimo contrato. El productor pide tiempo para que su abogado lo lea. Javits dice que no tiene nada en contra de eso, pero como tiene que cerrar el programa de la temporada, no le puede garantizar que, al volver, no haya otra película en el circuito.

El productor sólo lee la cláusula en la que dice cuánto va a ganar. Se da por satisfecho con lo que ve y firma. No quiere perder esa oportunidad.

Ya han pasado muchos años desde que se sentó con el escritor para hablar del tema, y olvida que ahora está en la misma situación que él.

Vanidad de las vanidades, todo es vanidad, y no hay nada nuevo bajo el sol, ya lo decía Salomón hace más de tres mil años.

Mientras observa el recinto lleno de invitados, Javits vuelve a preguntarse qué está haciendo allí. Controla más de quinientas salas de cine de Estados Unidos, tiene contrato de exclusividad con otras cinco mil en el resto del mundo, que están obligadas a comprar todo lo que él les ofrezca, aunque a veces no dé resultado. Saben que una simple película con buena taquilla puede compensar con creces otras cinco que no hayan tenido el público suficiente. Dependen de Javits, el megadistribuidor independiente, el héroe que consiguió romper el monopolio de los grandes estudios y convertirse en una leyenda del sector.

Nunca se han preguntado cómo lo consiguió; mientras les siga ofreciendo un gran éxito por cada cinco fracasos (la media de los grandes estudios era un gran éxito por cada nueve fracasos), esa pregunta no tiene la menor importancia.

Pero Javits sabe por qué consiguió tener tanto éxito. Y por eso nunca sale sin sus dos «amigos», que en ese momento se encargan de atender llamadas, concertar reuniones, aceptar invitaciones. Aunque ambos tienen un físico razonablemente normal, lejos de la corpulencia de los gorilas que están en la puerta, valen por un ejército. Se entrenaron en Israel, sirvieron en Uganda, Argentina y Panamá. Mientras uno se concentra en el móvil, el otro mueve incesantemente los ojos, memorizando cada persona, cada movimiento, cada gesto. Se relevan en las tareas, de la misma manera que lo hacen los traductores simultáneos y los controladores aéreos; la habilidad requiere un descanso cada quince minutos.

¿Qué está haciendo en ese «almuerzo»? Podría haberse quedado en el hotel intentando dormir, ya está harto de que lo adulen, de que lo elogien, y de tener que decir cada vez, sonriente, que no le den una tarjeta de visita porque la pierde. Cuando insisten, les pide amablemente que hablen con alguna de sus secretarias (debidamente hospedadas en otro hotel de lujo en la Croisette, sin derecho a dormir, siempre atentas al teléfono que no deja de sonar, respondiendo siempre a los correos electrónicos de salas de cine de todo el mundo, que llegan junto a propuestas para alargarse el pene o para tener orgasmos múltiples, a pesar de todos los filtros contra mensajes indeseables). Según el gesto que él haga con la cabeza, uno de sus dos asistentes le da la dirección y el teléfono de la secretaria, o dice que en ese momento se le han acabado las tarjetas de visita.

¿Qué está haciendo en ese «almuerzo»? Es hora de estar durmiendo en Los Ángeles, aunque hubiese llegado muy tarde de una fiesta. Javits conoce la respuesta, pero no quiere aceptarla: tiene miedo a estar solo. Siente envidia del hombre que llegó temprano y se puso a beber un zumo, con la mirada distante, aparentemente relajado, sin grandes preocupaciones por parecer ocupado o importante. Decide invitarlo a tomar algo con él. Pero entonces se da cuenta de que ya no está.

En ese momento, siente un pinchazo en la espalda.

«Mosquitos. Es por eso por lo que detesto las fiestas en la arena.»

Cuando va a rascarse la picadura, saca de su cuerpo un pequeño alfiler. Menuda broma estúpida. Mira hacia atrás y, a una distancia de aproximadamente dos metros, con varios invitados entre ellos, un negro con el pelo típico de Jamaica se ríe a carcajadas, mientras que un grupo de mujeres lo observan con respeto y deseo.

Está demasiado cansado para aceptar la provocación. Mejor dejar que el negro se haga el gracioso, es todo cuanto tiene en la vida para impresionar a los demás.

—Idiota.

Sus dos compañeros de mesa reaccionan ante el súbito cambio de posición del hombre que deben proteger por 435 dólares al día. Uno de ellos se lleva la mano hasta el hombro derecho, donde lleva una arma automática en una cartuchera imposible de ver por fuera del traje. El otro se levanta, discretamente (después de todo, están en una fiesta), y se coloca entre el negro y su jefe.

—No es nada —dice Javits—. Sólo una broma.

Le enseña el alfiler.

Esos dos idiotas están preparados para ataques con armas de fuego, puñales, agresiones físicas, amenazas de atentados. Son siempre los primeros en entrar en su habitación del hotel, listos para disparar si fuera necesario. Adivinan cuándo alguien va armado (lo que es común en muchas ciudades del mundo) y no bajan la guardia hasta que la persona en cuestión demuestra que no es una amenaza. Cuando Javits cogía un ascensor, quedaba aplastado entre los dos, que juntaban sus cuerpos para formar una especie de pared. Nunca los había visto sacar las pistolas, porque una vez que eso sucede, disparan; generalmente resolvían cualquier problema con una mirada o con una conversación tranquila.

¿Problemas? Nunca había tenido ninguno desde que sus «amigos» trabajaban para él. Como si la simple presencia de ambos fuera suficiente para apartar a los malos espíritus y las malas intenciones.

—Ese hombre… Uno de los primeros en llegar, el que se sentó solo en esa mesa —dice uno—. Iba armado, ¿verdad?

El otro murmura algo como «posiblemente». Pero ya hacía tiempo que había desaparecido de la fiesta por la puerta principal. Y había estado vigilado todo el tiempo, porque no sabían hacia adónde se dirigían sus ojos detrás de las gafas oscuras que llevaba.

Se relajan. Uno vuelve a encargarse del teléfono, el otro fija su mirada en el negro jamaicano, que le devuelve la mirada sin miedo alguno. Hay algo extraño en ese hombre; si volviera a hacer algo, a partir de ese día necesitaría dentadura postiza. Se haría todo con la máxima discreción posible, en la arena, lejos de las miradas de todo el mundo, y sólo uno de ellos, mientras el otro se quedaría esperando con el dedo en el gatillo. Provocaciones como ésa pueden ser un simple disfraz, cuyo único objetivo consiste en apartar a los guardaespaldas de la víctima. Ya estaban acostumbrados a ese viejo truco.

—¿Todo bien?

—No, no va todo bien. Llamad a una ambulancia. No puedo mover la mano.

12.44 horas

¡Qué suerte!

Lo esperaba todo esa mañana, menos reunirse con el hombre que —estaba segura— iba a cambiarle la vida. Pero él está ahí, con su aspecto descuidado de siempre, sentado con dos amigos, porque los poderosos no necesitan nada para demostrar de lo que son capaces. Ni siquiera llevan guardaespaldas.

Según Maureen, las personas en Cannes se pueden dividir en dos categorías:

a) Las bronceadas, que se pasan todo el día tomando el sol (porque eventualmente ya son ganadores), utilizan una tarjeta identificativa exigida en las áreas restringidas del festival. Cuando llegan a sus hoteles, hay varias invitaciones esperándolas (la gran mayoría de las cuales acaban en la papelera).

b) Las pálidas, que van de un despacho oscuro al siguiente, haciendo pruebas, asistiendo a cosas geniales que se perderían debido al exceso de ofertas, o tolerando verdaderos horrores que podrían otorgarles un lugar en el sol (entre las bronceadas), porque tenían el contacto adecuado con la persona indicada.

Javits Wild tiene un bronceado envidiable.

El evento que se apodera de esa pequeña ciudad del sur de Francia durante doce días, que hace que los precios aumenten, que permite que sólo los coches autorizados circulen por las calles, que llena el aeropuerto de *jets* privados y las playas de modelos, no está constituido solamente por la alfombra roja rodeada de fotógrafos por la que desfilan las grandes estrellas camino de la puerta del Palacio de Congresos.

¡Cannes no va de moda, sino de cine!

Aunque el lujo y el glamour es lo más visible, el alma del festival es el gigantesco mercado paralelo del sector: compradores y vendedores llegados de todas partes del mundo se reúnen para negociar con productos acabados, inversiones, ideas. En un día normal se realizan cuatrocientas proyecciones en toda la ciudad, en su mayoría, en apartamentos alquilados por temporada, con gente repartida incómodamente alrededor de las camas, quejándose del calor y exigiendo agua mineral y atenciones especiales, lo que hace que los encargados de la proyección tengan los nervios a flor de piel y una sonrisa helada en el rostro. Tienen que aceptarlo todo, ceder ante todas las provocaciones, porque es importante mostrar aquello que normalmente lleva años hacer.

Al mismo tiempo, mientras esas cuatro mil ochocientas nuevas producciones luchan con uñas y dientes por la oportunidad de salir de esa habitación de hotel y ganarse una verdadera proyección en las salas de cine, el mundo de los sueños echa a andar en sentido contrario: las nuevas tecnologías ganan terreno. La gente ya no sale tanto de casa por el tema de la inseguridad, por el exceso de trabajo, por los canales de televisión por cable (entre los que generalmente pueden escoger entre quinientas películas al día, por un coste casi nulo).

Y lo que es peor: hoy en día, Internet permite que todo el mundo sea cineasta. Portales especializados disponen de películas de bebés que caminan, hombres y mujeres que son decapitados en las guerras, mujeres que exhiben sus cuerpos sólo por el placer de saber que alguien al otro lado estará teniendo un momento de placer solitario, personas congeladas, accidentes reales, escenas de deporte, desfiles de moda, vídeos de cámaras ocultas que pretenden crear situaciones embarazosas para los inocentes que pasan por delante de ellas...

Por supuesto, la gente sigue saliendo, pero prefieren gastarse el dinero en restaurantes y en ropa de marca, porque el resto está en las pantallas de sus televisores de alta definición o en sus ordenadores.

Películas. Ya hace mucho que pasó la época en que todo el mundo sabía quiénes eran los grandes vencedores de la Palma de Oro. Ahora, si se pregunta quién ganó el año anterior, incluso las personas que participan en el festival son incapaces de recordarlo. «Algún rumano», dice uno. «No, estoy seguro de que fue un alemán», comenta otro. Consultan disimuladamente el catálogo y descubren que fue un italiano, cuyo filme, por cierto, sólo se proyectó en los circuitos alternativos.

Las salas de cine, que tras un período de competencia con los videoclubes volvieron a crecer, parecen estar de nuevo en una fase de decadencia, compitiendo con DVD de antiguas producciones que se entregan gratuitamente al comprar un periódico, Internet y la piratería universal. Eso hace que la distribución sea más salvaje: si algún estudio considera un nuevo estreno como una inversión altísima, presionan para que esté en las salas el máximo tiempo posible, dejando poco espacio para cualquier nueva producción que se aventure en el sector.

Y los pocos aventureros que deciden correr el riesgo —a pesar de todos los contras— descubren demasiado tarde que no basta con tener un producto de calidad entre manos. Para que una película llegue a las grandes capitales del mundo, los costes de promoción son prohibitivos: anuncios a toda página en periódicos y revistas, recepciones, asesores de prensa, viajes promocionales, equipos cada vez más caros, sofisticada tecnología de rodaje, mano de obra que empieza a escasear. Y el peor de todos los problemas: alguien que distribuya el producto final.

Aun así, todos los años se repite la peregrinación de un lugar a otro, los horarios concertados, la Superclase que le presta atención a todo menos a lo que se está proyectando en la pantalla, las compañías interesadas en pagar una décima parte del precio justo para otorgarle el «honor» a un determinado cineasta de ver su trabajo en televisión, las peticiones para rehacer todo el material y no ofender así a las familias, las exigencias de nueva edición, las promesas (que no siempre se cumplen) de que si se cambia por completo el guión y se invierte en cierto tema tendrán un contrato al año siguiente.

La gente escucha y acepta porque no tiene elección. La Superclase manda en el mundo, sus argumentos son dulces, su voz suave, su sonrisa delicada, pero sus decisiones, definitivas. Ellos saben. Ellos aceptan o rechazan. Ellos tienen el poder.

Y el poder no negocia con nadie, sólo consigo mismo. Sin embargo, no todo está perdido. Tanto en el mundo de ficción como en el mundo real, siempre hay un héroe.

Y Maureen mira orgullosa: ¡el héroe está ante sus ojos! La gran reunión que por fin se va a celebrar dentro de dos días, después de casi tres años de trabajo, sueños, llamadas, viajes a Los Ángeles, regalos, peticiones a sus amigos del Banco de Favores, intercesión de un ex amante suyo, que estudió con ella en la escuela de cine y que pensó que era mucho más seguro trabajar en una importante revista especializada en el tema que arriesgarse a perder la cabeza y el dinero.

«Hablaré con él —le dijo su ex novio—. Pero Javits no depende de nadie, ni siquiera de los periodistas que pueden promocionar o destruir sus productos. Está por encima de todo: ya hemos pensado en hacer un reportaje para intentar descubrir cómo ha conseguido tener en sus manos tantas salas, pero ninguna de las personas que trabaja con él quiso hacer declaraciones al respecto. Hablaré con él, pero no lo voy a presionar.»

Habló. Consiguió que viera *Los secretos del sótano*. Al día siguiente, recibió una llamada para decirle que se verían en Cannes.

Maureen no se atrevió a decirle que estaba tan sólo a diez minutos en taxi de su despacho: acordó una hora en la lejana ciudad de Francia. Compró un billete de avión para París, cogió un tren que tardó un día entero en llegar al sitio, le enseñó un *voucher* a un malhumorado gerente de un hotel de quinta categoría, se instaló en una habitación individual en la que debía pasar por encima de las maletas cada vez que tenía que ir al baño, consiguió —también por medio de su ex novio— invitaciones para eventos de segunda categoría, como la promoción de una nueva marca de vodka o el lanzamiento de una nueva línea de camisetas; ya era demasiado tarde para conseguir el pase que permite la entrada al Palacio de los Festivales.

Había gastado dinero por encima de su presupuesto y había viajado más de veinte horas seguidas, pero tendría sus diez minutos.

Además, estaba convencida de que, al final, saldría de allí con un contrato y un futuro por delante. Sí, la industria cinematográfica vivía una crisis, ¿y? ¿Acaso las películas (aunque pocas) no seguían teniendo éxito? ¿No estaban llenas las ciudades de carteles de nuevos estrenos? ¿Sobre quién eran los artículos de las revistas del corazón? ¡Artistas de cine! Maureen sabía —mejor dicho, estaba convencida— que la muerte del cine ya había sido decretada muchas veces, pero aun así seguía sobreviviendo. «El cine se acabó» cuando llegó la televisión. «El cine se acabó» cuando llegaron los videoclubes. «El cine se acabó» cuando en Internet se empezó a permitir el acceso a los sitios de piratería. Pero el cine estaba ahí, en las calles de esa pequeña ciudad del Mediterráneo, que debía su fama precisamente al festival. Ahora, todo era cuestión de aprovechar la suerte que le había caído del cielo.

Y aceptarlo todo, absolutamente todo. Javits Wild está allí. Javits ya ha visto su película. Lo tenía todo para que el filme saliese bien parado: la explotación sexual, voluntaria o forzada, estaba ganando grandes espacios en los medios debido a una serie de casos de repercusión mundial. Era el momento adecuado para que los carteles de *Los secretos del sótano* luciesen en las salas de proyección que controlaba.

Javits Wild, el rebelde con causa, el hombre que estaba revolucionando la manera en que las películas llegan al gran público. Sólo el actor Robert Redford había intentado algo semejante con su Sundance Film Festival para cineastas independientes, pero, aun así, a pesar de las décadas de esfuerzo, Redford todavía no había logrado romper la gran barrera que mueve cientos de millones de dólares en Estados Unidos, Europa y la India. Javits Wild, sin embargo, era un vencedor.

Javits Wild, la redención de los cineastas, el gran mito, el aliado de las minorías, el amigo de los artistas, el nuevo mecenas, que a través de un inteligente sistema (que ella desconocía por completo pero sabía que daba resultado) ahora también abarcaba las salas del mundo entero. Javits Wild la había invitado a una reunión de diez minutos al día siguiente. Eso simplemente quería decir: ha aceptado tu proyecto, ahora sólo quedan los detalles.

«Lo aceptaré todo. Absolutamente todo», repite.

Evidentemente, en diez minutos Maureen no podrá decir absolutamente nada de lo que ha pasado durante los ocho años —una cuarta parte de su vida— que ha dedicado a la producción de su película. Resultaría inútil explicarle que hizo un curso superior de cine, anuncios comerciales, dos cortometrajes que obtuvieron una gran acogida en diversas salas de ciudades pequeñas, o en bares alternativos de Nueva York. Que para conseguir el millón de dólares necesario para la producción profesional hipotecó la casa heredada de sus padres. Que ésta era su única oportunidad ya que no tenía otra casa para volver a hacer lo mismo con ella. Siguió de cerca la carrera de sus compañeros de curso, que después de mucho luchar, escogieron el confortable mundo de la publicidad —cada vez más presente— o un empleo oscuro, pero garantizado, en una de las muchas empresas que producen series para televisión. Después de que sus pequeños trabajos fueron bien acogidos, empezó a soñar con obtener logros cada vez más altos, y a partir de ese momento ya no pudo controlarlo.

Estaba convencida de que tenía una misión: transformar ese mundo en un lugar mejor para las generaciones futuras. Unirse a otras personas como ella, demostrar que el arte no es simplemente una manera de entretener o de divertir a una sociedad perdida. Exponer los defectos de los líderes, salvar a los niños que en este momento mueren de hambre en algún lugar de África. Denunciar los problemas del medioambiente. Acabar con la injusticia social.

Era un proyecto ambicioso, claro, pero estaba segura de que su obstinación haría posible su realización. Para eso, necesitaba purificar su alma, y siempre recurría a las cuatro fuerzas que la guiaban: amor, muerte, poder y tiempo. Es necesario amar porque somos amados por Dios. Es necesaria la conciencia de la muerte para entender mejor la vida. Es necesario luchar para crecer, pero sin caer en la trampa del poder que conseguimos con eso, porque sabemos que no sirve de nada. Finalmente, es necesario aceptar que nuestra alma —aunque sea eterna— en este momento está presa en la telaraña del tiempo, con sus oportunidades y sus limitaciones.

Aunque presa en la telaraña del tiempo, podía trabajar en lo que le proporcionaba placer y la entusiasmaba. Y a través de sus películas podría dejar su contribución al mundo, que parecía desintegrarse a su alrededor, cambiar la realidad, transformar a los seres humanos.

Cuando su padre murió, después de pasarse toda la vida quejándose porque nunca tuvo la oportunidad de hacer lo que siempre había soñado, ella se dio cuenta de algo muy importante: las transformaciones se dan precisamente en los momentos de crisis.

No le gustaría terminar su vida como él. No le gustaría decirle a su hija: «Quise, en un determinado momento pude, pero no tuve valor para arriesgarlo todo.» Al recibir su herencia, entendió en ese mismo momento que la estaba recibiendo por una única razón: poder cumplir su destino.

Aceptó el desafío. Al contrario de las demás adolescentes, que siempre querían ser actrices famosas, su sueño era contar historias que las generaciones futuras pudiesen ver, oír y soñar con ellas. Su gran ejemplo era *Ciudadano Kane*: primera película de un profesional de la radio que desea criticar a un poderoso magnate de la prensa norteamericana; se convirtió en un clásico no sólo por su argumento, sino por afrontar de manera innovadora y creativa los problemas éticos y técnicos de la época. Una simple película bastó para que nunca fuera olvidado.

«Su primera película.»

Es posible acertar desde el principio. Aunque su autor,

Orson Welles, nunca volvió a hacer nada que estuviera a la altura. Aunque desapareciera de escena —eso sucede— y ahora se limitara a ser estudiado en los cursos de cine: probablemente, pronto alguien «redescubriría» su talento. *Ciudadano Kane* no fue su único legado: demostró a todo el mundo que un buen primer paso es suficiente para recibir invitaciones durante el resto de la vida.

Honraría esas invitaciones. Se prometió a sí misma no olvidar jamás las dificultades por las que había pasado, y hacer de su vida algo que volviera al ser humano más digno.

Y como sólo hay UNA primera película, concentró todo su esfuerzo físico, sus oraciones y su energía emocional en un único proyecto. Al contrario de sus amigos, que se pasaban la vida enviando guiones, propuestas, ideas, y acababan trabajando en varias cosas al mismo tiempo sin que ninguna de ellas diera resultado, Maureen se dedicó en cuerpo y alma a *Los secretos del sótano*, la historia de cinco monjas que reciben la visita de un maníaco sexual. En vez de intentar conducirlo a la salvación cristiana, creen que la única solución posible es aceptar las normas de su mundo lleno de aberraciones, por lo que deciden entregar sus cuerpos para hacer que entienda la gloria de Dios a través del amor.

Su plan era sencillo: las actrices de Hollywood, por más famosas que sean, normalmente desaparecen de los elencos al llegar a los treinta y cinco años. Siguen apareciendo en las revistas del corazón durante más tiempo, se las ve en actos benéficos y en grandes fiestas, participan en causas humanitarias, y cuando se dan cuenta de que se difuminan bajo los focos, se casan y se divorcian, provocan escándalos, todo ello durante unos meses más, unas semanas, unos días de gloria. En ese período que va del desempleo a la oscuridad total, el dinero ya no importa: serían capaces de aceptar cualquier cosa con tal de volver a las pantallas.

Maureen se acercó a mujeres que hacía menos de una década estaban en la cima del mundo, y ahora sentían que el suelo empezaba a desaparecer bajo sus pies y necesitaban volver desesperadamente a donde vivían antes. El guión era bueno; fue enviado a sus agentes, que pidieron un salario enorme y obtuvieron un simple «no» por respuesta. Su siguiente paso fue llamar a la puerta de cada una de ellas; dijo que ya tenía dinero para el proyecto, y todas acabaron aceptando (pidiéndole siempre que guardara en secreto el hecho de trabajar prácticamente gratis).

En una industria como ésa, era imposible empezar pensando de manera humilde. De vez en cuando, en sueños, se le aparecía el fantasma de Orson Welles: «Intenta lo imposible. No empieces por abajo, porque ya estás abajo. Sube rápidamente antes de que quiten la escalera. Si tienes miedo, reza, pero sigue adelante.» Tenía una historia genial, un elenco de primerísima calidad, y sabía que debía producir algo aceptable para los grandes estudios y las distribuidoras, sin verse obligada a rebajar la calidad.

Era posible y obligatorio que arte y comercio caminasen juntos.

El resto era el resto: críticos adeptos a la masturbación mental a los que les encantan las películas que nadie entiende. Pequeños circuitos alternativos en los que siempre la misma docena de personas salía de las sesiones para pasar las noches en bares, fumando y comentando una única escena (cuyo significado, por cierto, probablemente era por completo distinto de la intención con la que había sido rodada). Directores que daban conferencias para explicar lo que debería ser obvio para el público. Reuniones de sindicatos para reclamar que el Estado no apoya el cine local. Manifiestos en revistas intelectuales, frutos de reuniones interminables, en los que volvían a quejarse por el desinterés del gobierno en apoyar el arte. Alguna que otra nota publicada en un gran medio que generalmente sólo leen los interesados o las familias de éstos.

¿Quién cambia el mundo? La Superclase. Los que hacen, los que interfieren en el comportamiento, en los corazones y las mentes del mayor número de personas posible.

Por eso quería a Javits. Quería el Oscar. Quería Cannes. Y como para llegar a eso era imposible un trabajo democrático —lo único que deseaban los demás era dar su opinión sobre la mejor manera de hacer algo, sin correr jamás riesgos—, ella simplemente lo apostó todo. Contrató al equipo disponible, reescribió durante meses el guión, convenció a geniales —y desconocidos— directores de arte, diseñadores, actores secundarios, prometiéndoles muy poco dinero, pero mucha visibilidad en el futuro. Todos quedaban impresionados con la lista de las cinco actrices principales («¡El presupuesto debe de ser muy elevado!»), al principio pedían grandes salarios pero acababan convenciéndose de que participar en un proyecto como ése sería muy importante para sus currículums. Maureen estaba tan contagiada por la idea que el entusiasmo parecía abrirle todas las puertas. Ahora llegaba el salto final, aquello que iba a marcar la diferencia. Para un escritor o un músico, desarrollar algo de calidad no es suficiente, lo importante es que su obra no acabe pudriéndose en una estantería o en un cajón.

¡Necesita visibilidad!

Sólo le envió una copia a una persona: Javits Wild. Utilizó todos sus contactos. La humillaron, pero aun así siguió adelante. La ignoraron, pero eso no disminuyó su coraje. La maltrataron, la ridiculizaron, la excluyeron, pero continuó pensando que era posible, porque puso cada gota de su sangre en lo que acababa de hacer. Hasta que su ex novio entró en escena y Javits Wild concertó una reunión.

Lo vigila durante el almuerzo, saboreando anticipadamente el momento que van a pasar juntos, dentro de dos días. De repente, ve que se queda paralizado, con los ojos perdidos en el vacío. Uno de sus amigos mira para atrás, hacia los lados, siempre con la mano dentro del traje. El otro coge el móvil y comienza a teclear como un poseso.

¿Habrá pasado algo? Seguramente, no; la gente que está más cerca sigue charlando, bebiendo, disfrutando de un día más de festival, de las fiestas, el sol y los cuerpos bonitos.

Uno de los hombres intenta levantarlo para ayudarlo a caminar, pero parece que Javits no puede moverse. No debe de ser nada. Un exceso de bebida, como mucho. Cansancio. Estrés.

No puede ser nada. Había llegado tan lejos, estaba tan cerca y…

A lo lejos oyó una sirena. Debe de ser la policía, abriéndose camino entre el tráfico, eternamente congestionado, para alguna personalidad importante.

Uno de los hombres apoya el brazo de Javits en su hombro y lo lleva hacia la puerta. La sirena se acerca. El otro hombre, sin sacar la mano de debajo de su americana, mueve la cabeza en todas direcciones. En un momento dado, sus miradas se cruzan.

Uno de sus amigos lleva a Javits por la rampa y Maureen se pregunta cómo alguien que parece tan frágil es capaz de cargar un cuerpo así sin demasiado esfuerzo.

El sonido de la sirena se interrumpe justamente delante de la gran carpa. En ese momento Javits ya ha desaparecido con uno de sus amigos, pero el segundo hombre camina hacia allí, todavía con una de las manos dentro del traje.

—¿Qué ha pasado? —pregunta, asustada. Porque años

de trabajo en el arte de dirigir actores le habían enseñado que la cara del sujeto que estaba ante ella parecía hecha de piedra, como la de un asesino profesional.

—Ya sabes lo que ha pasado —la voz tenía un acento que no era capaz de identificar.

—He visto que empezaba a encontrarse mal. ¿Qué ha pasado?

El hombre no saca la mano de dentro de su traje. Y en ese momento, Maureen tuvo una idea que podría trocar un pequeño incidente en una gran oportunidad.

—¿Puedo ayudar? ¿Puedo acercarme a él?

La mano parece relajarse un poco, pero sus ojos siguen prestando atención a cada uno de sus movimientos.

—Voy con vosotros. Conozco a Javits Wild. Soy amiga suya.

En lo que pareció una eternidad, pero que no debió de durar más que una fracción de segundo, el hombre dio media vuelta y salió andando a paso rápido en dirección a la Croisette, sin decir ni una palabra. La cabeza de Maureen funcionaba a toda velocidad. ¿Por qué había dicho que sabía lo que había ocurrido? ¿Y por qué, de repente, el hombre había perdido totalmente su interés en ella?

Los demás invitados no se percatan absolutamente de nada, salvo del ruido de la sirena, que probablemente atribuyen a algo que ha sucedido en la calle. Pero las sirenas no combinan con la alegría, el sol, la bebida, los contactos, las mujeres hermosas, los hombres guapos, la gente pálida y la gente bronceada. Las sirenas pertenecen a otro mundo, en el que hay accidentes, ataques cardíacos, enfermedades, crímenes... Las sirenas no le interesaban lo más mínimo a ninguna de las personas que estaban allí.

Maureen deja de mirar en derredor. Algo le había pasado a Javits, y eso era un regalo del cielo. Corre hasta la puerta, ve una ambulancia que circula a toda velocidad por el carril cortado, con las luces encendidas.

—¡Es amigo mío! —le dice a uno de los guardaespaldas en la entrada—. ¿Adónde lo llevan?

El hombre le da el nombre de un hospital. Sin reflexionar ni un solo instante, Maureen echa a correr en busca de un taxi. Diez minutos después se da cuenta de que no hay taxis en la ciudad, salvo los que solicitan los porteros de los hoteles, gracias a generosas propinas. Como no lleva dinero en el bolsillo, entra en una pizzería, enseña el mapa que lleva consigo, le dicen que tiene que seguir corriendo por lo menos durante media hora hacia su objetivo.

Había corrido toda su vida, por lo que ahora no iba a ser muy diferente.

—Buenos días.

—Buenas tardes —responde una de ellas—. Ya es más de mediodía.

Justo como había imaginado. Cinco chicas parecidas físicamente a ella. Todas maquilladas, con las piernas desnudas, escotes provocativos, ocupadas con sus teléfonos y sus SMS.

Ninguna conversación porque se reconocen como almas gemelas: han pasado por las mismas dificultades, han aceptado sin rechistar los fracasos, han afrontado los mismos desafíos. Todas intentan creer que un sueño no tiene fecha de caducidad, la vida puede cambiar en cualquier momento, la ocasión oportuna está esperando, la voluntad está a prueba.

Probablemente todas ellas han discutido con sus familias, que opinan que su hija acabará en la prostitución.

Todas han subido a un escenario, han experimentado la agonía y el éxtasis de ver al público, saber que la gente tiene sus ojos puestos en ellas, han sentido la electricidad en el aire y los aplausos al final. Todas han imaginado cientos de veces que un miembro de la Superclase está sentado entre el público, y que algún día irían a buscarlas al camerino después del espectáculo con algo más concreto que invitaciones para cenar, pedirles el teléfono, felicitarlas por el excelente trabajo realizado.

Todas han aceptado tres o cuatro invitaciones de ese

tipo, hasta darse cuenta de que eso no las llevaba a ningún lado más que a la cama de algún hombre normalmente mayor, poderoso e interesado únicamente en conquistarlas. Y generalmente casado, como cualquier hombre interesante.

Todas tienen un novio joven, pero cuando alguien les pregunta su estado civil, dicen: «Soltera y sin compromiso.» Todas piensan que dominan la situación. Todas han oído cientos de veces que tienen talento, que les hacía falta una oportunidad, y allí, ante ellas, está la persona que iba a cambiar completamente sus vidas. Todas lo creyeron algunas veces. Todas han caído en la trampa del exceso de confianza y se creen dueñas de la situación, hasta darse cuenta al día siguiente de que el número de teléfono que les han dado era el de una secretaria malhumorada, que no les pasa, bajo ningún concepto, la llamada a su jefe.

Todas amenazaron con contar que las habían engañado, diciendo que iban a vender la historia a las revistas de escándalos. Pero ninguna lo hizo, porque todavía estaban en la fase «no puedo quemarme en el medio artístico».

Probablemente alguna de ellas ha pasado por la prueba de *Alicia en el País de las Maravillas*, y ahora quiere demostrarle a su familia que es más capaz de lo que pensaban. Por cierto, las familias ya han visto a sus hijas en anuncios, pósters o carteles expuestos por la ciudad, y tras las peleas iniciales, están absolutamente convencidas de que el destino de sus niñas es uno sólo:

Brillo y glamour.

Todas pensaron que el sueño era posible, que algún día reconocerían su talento, hasta que comprendieron que sólo hay una palabra mágica en ese sector:

«Contactos.»

A través de muchas reuniones que no salieron bien, consiguieron alguno que las llevó a alguna parte. Por eso estaban allí. Porque tenían contactos y, a través de ellos, un productor de Nueva Zelanda las había llamado. Ninguna preguntaba para qué; lo único que sabían era que debían ser puntuales, ya que nadie tenía tiempo que perder, y mucho menos los empresarios del sector. Las únicas que tenían tiempo disponible eran ellas, las cinco chicas de la sala de espera, ocupadas con sus móviles y sus revistas, enviando SMS compulsivamente para ver si las habían invitado a algún acto ese día, intentando hablar con amigos, y sin olvidarse nunca de decir que en ese momento no están disponibles: tienen una reunión muy importante con un productor de cine.

Gabriela fue la cuarta a la que llamaron. Intentó leer lo que decían los ojos de las tres primeras que salieron de la sala sin decir palabra, pero todas eran… actrices, capaces de esconder cualquier sentimiento de alegría o de tristeza. Caminan decididas hacia la salida, desean «buena suerte» con voz firme, como si dijeran: «No os pongáis nerviosas, no tenéis nada más que perder. El papel ya es mío.»

Una de las paredes del apartamento estaba cubierta con una tela negra. En el suelo, cables de todas clases, luces protegidas por un armazón de alambre sobre el que habían montado una especie de paraguas con una tela blanca extendida por delante. Equipos de sonido, monitores y una cámara de vídeo. Por las esquinas hay botellas de agua mineral, maletines metálicos, trípodes, hojas tiradas y un ordenador. Sentada en el suelo, una mujer con gafas, de aproximadamente treinta y cinco años, hojeaba su *book*.

—Horrible —dice sin mirarla—. Horrible —repetía.

Gabriela no sabe muy bien qué hacer. Quizá fingir que no la oye, ir hacia la esquina en la que los técnicos charlan animadamente mientras encienden un cigarrillo tras otro, o simplemente quedarse allí.

—La detesto —sigue la mujer.

—Soy yo.

Le resultaba imposible controlar la lengua. Había recorrido medio Cannes a la carrera, había aguardado casi dos horas en una sala de espera, soñando una vez más que su vida iba a cambiar para siempre (aunque estos delirios los controlaba cada vez más y ya no se dejaba llevar como antes), y no necesitaba nada más para deprimirla.

—Lo sé —dijo la mujer sin apartar los ojos de las fotos—. Deben de haberte costado una fortuna. Hay gente que vive de hacer *books*, de redactar currículums, dar cursos de teatro, bueno, ganar dinero gracias a la vanidad de gente como tú.

—Si cree que es horrible, ¿para qué me ha llamado?

—Porque necesitamos a una persona horrible.

Gabriela se ríe. La mujer por fin levanta la vista y la mira de arriba abajo.

—Me gusta tu ropa. Odio a las personas vulgares.

El sueño de Gabriela volvía. El corazón le dio un vuelco. La mujer le tiende un papel.

—Ve donde la marca.

Y dirigiéndose al equipo, ordena:

—¡Apagad los cigarrillos! ¡Cerrad la ventana para que no interfiera en el sonido!

La «marca» era una cruz en el suelo hecha con cinta adhesiva de color amarillo. Así, no tenían que volver a mover la luz ni la cámara: el actor estaba siempre en el lugar indicado por el equipo técnico.

—Estoy sudando con el calor que hace aquí. ¿Puedo al menos ir al baño y ponerme una base, un poco de maquillaje?

—Poder, por supuesto que puedes. Pero cuando vuelvas, ya no te quedará tiempo para la grabación. Tenemos que entregar este material antes de que acabe la tarde.

Todas las demás chicas que entraron antes debían de

haber hecho la misma pregunta, y obtenido la misma respuesta. Mejor no perder el tiempo. Saca un pañuelo de papel del bolso y se seca suavemente la cara mientras camina hacia la marca.

Un asistente se coloca delante de la cámara mientras Gabriela lucha contra el tiempo, intentando leer lo que está escrito en aquella media hoja de papel.

—Prueba número 25, Gabriela Sherry, agencia Thompson.

«¿Veinticinco?»

—Rodando —dice la mujer de las gafas.

La sala se queda en absoluto silencio.

—«¡No, no creo lo que me estás diciendo! Nadie es capaz de cometer crímenes así sin ninguna razón.»

—La palabra «así» no está en el texto. ¿Acaso crees que el guionista, que ha trabajado durante meses no ha pensado en la posibilidad de poner «así»? ¿Y que la eliminó porque pensó que era inútil, superficial, innecesaria?

Gabriela respira hondo. No tiene nada más que perder, salvo la paciencia. Ahora va a hacer lo que cree que es mejor: salir de allí, ir a la playa, o volver para dormir un poco más. Tiene que estar en plena forma para los cócteles de la tarde.

Una extraña, deliciosa calma la invade. De repente se siente protegida, amada, agradecida por estar viva. Nadie la obliga a estar allí, aguantando otra vez toda esa humillación. Por primera vez en todos esos años, es consciente de su poder, que pensaba que nunca había tenido.

—«No, no creo lo que me estás diciendo. Nadie es capaz de cometer crímenes sin ninguna razón.»

—Siguiente frase.

La orden fue innecesaria. Gabriela iba a continuar en cualquier caso.

—«Es mejor que vayamos al médico. Creo que necesitas ayuda.»

—«No» —respondió la mujer de gafas, que interpretaba el papel de «novio».

—«Está bien. No vamos al médico. Vamos a pasear un poco, y me cuentas exactamente lo que está sucediendo. Te amo. Si a nadie más en este mundo le importas, a mí sí.»

Las frases de la hoja de papel se habían acabado. Todo estaba en silencio. Una extraña energía invade la sala.

—Dile a la chica que está esperando que puede irse —le ordena la mujer de gafas a una de las personas presentes.

¿Era lo que ella estaba pensando?

—Ve al extremo izquierdo de la playa, donde está el puerto deportivo que hay al final de la Croisette, frente a Allée des Palmiers. Allí habrá un barco esperando puntualmente a las 13.55 horas para llevarte a ver al señor Gibson. Le enviaremos ahora el vídeo, pero le gusta conocer personalmente a las personas con las que tiene la posibilidad de trabajar.

Una sonrisa se dibuja en la cara de Gabriela.

—He dicho «posibilidad». No he dicho «que va a trabajar».

Aun así, sigue sonriendo. ¡Gibson!

13.19 horas

Entre el inspector Savoy y el forense, tumbada sobre una mesa de acero inoxidable, hay una hermosa joven de unos veinte años, completamente desnuda.

Y muerta.

—¿Está usted seguro?

El forense se dirige a un lavabo, también de acero inoxidable. Se quita los guantes de látex, los tira a la basura y abre el grifo.

—Totalmente. Ni rastro de drogas.

—Entonces, ¿qué le ha pasado? ¿Una joven como ella con un ataque cardíaco?

Lo único que se oye en la sala es el ruido del agua corriente.

«Siempre piensan en lo obvio: drogas, ataques cardíacos, cosas de ese tipo.»

Tarda más de lo necesario en lavarse las manos; un poco de suspense no le viene mal a su trabajo. Se echa desinfectante en los brazos y tira a la basura el material desechable utilizado en la autopsia. Después se vuelve y le pide al inspector que observe el cuerpo de la joven de arriba abajo.

—Detenidamente, sin pudor; forma parte de su oficio prestar atención a los detalles.

Savoy examina cuidadosamente el cadáver. En un determinado momento, extiende la mano para levantar uno de los brazos, pero el forense lo detiene.

—No es necesario tocarlo.

Los ojos de Savoy recorren el cuerpo desnudo de la chica. Ya sabía bastante sobre ella: Olivia Martins, hija de padres portugueses, novia de un joven sin profesión definida que frecuenta las noches de Cannes y que en ese momento estaba siendo interrogado lejos de allí. Un juez dio autorización para que abrieran su apartamento y encontraron pequeños frascos de THC (tetrahidrocannabinol, el principal elemento alucinógeno de la marihuana y que actualmente se puede ingerir mezclado con aceite de sésamo, de modo que no deja olor en el ambiente y tiene un efecto mucho mayor que fumado). Seis sobres con un gramo de cocaína cada uno. Rastros de sangre en las sábanas que ya han enviado al laboratorio. Como mucho, un traficante de poca monta. Conocido de la policía, con una o dos estancias en prisión, pero nunca ha sido acusado de violencia física.

Olivia era guapa, incluso después de muerta. Cejas espesas, aspecto infantil, pechos...

«No puedo pensar en eso. Soy un profesional.»

—No veo absolutamente nada.

El forense sonríe, y Savoy se enoja un poco por su arrogancia; luego señala una pequeña, imperceptible marca rojiza entre el hombro izquierdo y el cuello de la chica. Acto seguido, le muestra otra marca semejante en el lado derecho del torso, entre dos costillas.

—Podría empezar describiendo detalles técnicos, como obstrucción de la yugular y de la arteria carótida, al tiempo que se le aplicó otra fuerza semejante en un determinado conjunto de nervios, pero con tal precisión que puede producir la parálisis total de la parte superior del cuerpo...

Savoy no dice nada. El forense se da cuenta de que no es momento de demostrar su cultura, ni de jugar con la situación. Siente pena de sí mismo: trata con la muerte todos los días, vive rodeado de cadáveres y de gente seria, sus hijos jamás hablan de la profesión de su padre, y nunca tiene tema de conversación en las cenas, ya que la gente detesta hablar de cosas que consideran macabras. Más de una vez se ha preguntado si ha elegido la profesión correcta.

—Es decir, murió estrangulada.

Savoy continúa en silencio. Su cabeza trabaja a toda velocidad: ¿estrangulada en mitad de la Croisette, a pleno día?

Interrogaron a los padres, y la muchacha había salido de casa con la mercancía, ilegalmente, claro, ya que los vendedores ambulantes no pagan impuestos al gobierno, y por tanto tienen prohibido trabajar.

«Pero eso no viene al caso en este momento.»

—Sin embargo —continúa el forense—, hay algo intrigante en eso. En un estrangulamiento normal, las marcas aparecen en ambos hombros; es decir, la clásica escena en la que alguien agarra por el cuello a la víctima mientras ésta se debate para soltarse. En este caso, una de las manos, mejor dicho, un simple dedo impidió que la sangre le llegase al cerebro, mientras el otro dedo hacía que el cuerpo permaneciese paralizado, incapaz de reaccionar. Un procedimiento que exige una técnica sofisticadísima y un conocimiento perfecto del organismo humano.

—¿Puede que la mataran en otro lugar y que luego la llevaran hasta donde la encontramos?

—De ser así, eso habría dejado marcas en su cuerpo mientras la arrastraban hasta el lugar. Fue lo primero que busqué, considerando la posibilidad de que la matara una sola persona. Como no vi nada, busqué indicios de manos en sus piernas y en sus brazos, si eventualmente tenemos a más de un criminal. Nada. Además, sin entrar demasiado en detalles técnicos, hay cosas que suceden en el momento de la muerte y que dejan rastro. Como orina, por ejemplo, y…

—¿Qué quiere usted decir?

—Que la mataron en el lugar en el que la encontraron. Que, por la marca de los dedos, sólo una persona participó en el crimen. Que conocía al criminal, ya que nadie la vio intentando huir. Que él estaba sentado a su izquierda. Que debe de ser alguien entrenado para eso, con una gran experiencia en artes marciales.

Savoy le da las gracias con un gesto y se dirige rápidamente a la salida. Por el camino, llama a la comisaría en la que están interrogando al novio.

—Olvidad esa historia de drogas —dice—. Tenéis a un asesino. Intentad averiguar todo lo que sabe sobre artes marciales. Voy hacia ahí.

—No —respondió la voz del otro lado de la línea—. Ve al hospital. Creo que tenemos otro problema.

13.28 horas

La gaviota volaba sobre una playa del golfo cuando vio un ratón. Bajó del cielo y le preguntó al roedor:

—¿Dónde están tus alas?

Cada bicho habla un idioma, el ratón no entendió lo que ella le decía; pero vio que al animal que tenía delante le salían dos cosas extrañas y grandes del cuerpo.

«Debe de tener alguna enfermedad», pensó el ratón.

La gaviota se dio cuenta entonces de que el ratón miraba fijamente sus alas: «Pobre. Lo atacaron los monstruos, lo dejaron sordo y le robaron las alas.»

Compadecida, lo cogió en su pico y lo llevó a pasear por las alturas. «Al menos, mata la nostalgia», pensaba mientras volaban. Después, con todo el cuidado, lo dejó en el suelo.

El ratón, durante algunos meses, se convirtió en una criatura profundamente infeliz: había conocido las alturas, vio un mundo vasto y hermoso.

Pero con el paso del tiempo acabó acostumbrándose de nuevo a ser un ratón, y pensó que el milagro que le había ocurrido no era más que un sueño.

Era una historia de su infancia. Pero en ese momento, está en el cielo: puede ver el mar azul turquesa, los lujosos yates, las personas que parecen hormigas allí abajo, las carpas de la playa, las colinas, el horizonte a su izquierda, más allá del cual estaba África y todos sus problemas.

El suelo se acerca velozmente. «Siempre que sea posible, hay que ver a los hombres desde arriba —piensa—. Sólo así entendemos su verdadera dimensión y su pequeñez.»

Ewa parece aburrida o nerviosa. Hamid nunca ha sabido muy bien lo que pasa por la cabeza de su mujer, aunque ya llevan juntos más de dos años. Pero aunque Cannes sea un sacrificio para todos, no puede dejar la ciudad antes de lo planeado; ella ya debería estar acostumbrada a todo eso, porque la vida de su ex marido no parece muy diferente de la suya; las cenas en las que se ve obligado a participar, los actos que tiene que organizar, los constantes cambios de país, de continente, de lengua...

«¿Se ha comportado siempre así o... acaso ya no me ama como antes?»

Pensamiento prohibido. Concéntrate en otras cosas, por favor.

El ruido del motor no permite conversaciones; tan sólo si se utilizan los auriculares con micrófono incorporado. Ewa ni siquiera los había sacado del soporte al lado de su asiento; aunque en ese momento le pidiera que se pusiera los auriculares para decirle por enésima vez que es la mujer más importante de su vida, que iba a hacer lo posible para que tuviera una semana excelente en su primer festival, sería imposible. Debido al sistema de sonido a bordo, el piloto siempre escuchaba la conversación, y Ewa detesta las demostraciones públicas de afecto.

Ahí están, en esa burbuja de cristal que está a punto de llegar al muelle. Ya distingue el enorme coche blanco, un Maybach, la limusina más cara y sofisticada del mundo. Incluso más exclusiva que un Rolls-Royce. Pronto estarían en su interior, con una música relajante, una consola con champán helado y la mejor agua mineral del mundo. Consulta su reloj de platino, copia certificada de uno de los primeros modelos producidos en una pequeña fábrica en la ciudad de Schaffhausen. Al contrario que las mujeres, que se pueden gastar fortunas en brillantes, el reloj es la única joya que se le permite a un hombre de buen gusto, y sólo los verdaderos entendidos conocen la importancia de ese modelo, que casi nunca aparece en los anuncios de las revistas de lujo.

Eso, sin embargo, es la verdadera sofisticación: saber qué es lo mejor aunque los demás no hayan oído jamás hablar de ello.

Y hacer lo mejor aunque los demás pierdan el tiempo criticando.

Casi eran ya las dos de la tarde, tenía que hablar con su corredor de Bolsa de Nueva York antes de la apertura de la Bolsa de Valores. Al llegar, lo llamaría —sólo una llamada— para darle las instrucciones de ese día. Ganar dinero en el «casino», como llama a los fondos de inversión, no era su deporte favorito; pero tenía que fingir que prestaba atención a lo que sus gerentes y economistas hacían. Tenían la protección, el apoyo y la vigilancia del jeque, pero aun así era importante demostrar que estaba al corriente de lo que sucedía.

Dos llamadas y ninguna instrucción determinada para comprar o vender alguna acción. Porque su energía está concentrada en algo diferente; esa tarde, al menos dos actrices —una importante y una desconocida— exhibirían sus modelos en la alfombra roja. Por supuesto tiene asesores que pueden ocuparse de todo, pero le gusta involucrarse personalmente, aunque sólo sea para recordarse constantemente a sí mismo que cada detalle es importante, que no ha perdido el contacto con la base sobre la que ha construido su imperio. Aparte de eso, pretende pasar el resto de su tiempo en Francia, tratando de disfrutar al máximo de la compañía de Ewa, presentándole a gente interesante, paseando por la playa, comiendo solos en un restaurante desconocido de cualquier ciudad vecina, caminando de la mano por los viñedos que ve en el horizonte, allí abajo.

Nunca se creyó capaz de apasionarse por otra cosa que no fuera su trabajo, aunque en su lista de conquistas incluía una envidiable serie de relaciones con mujeres todavía más envidiables. En el momento en el que apareció Ewa, descubrió otro hombre en sí mismo: dos años juntos y su amor era más fuerte y más intenso que nunca.

Apasionado.

Él, Hamid Hussein, uno de los estilistas más celebrados del planeta, el rostro visible de un gigantesco conglomerado internacional de lujo y glamour. Él, que había luchado contra todo y contra todos, se había enfrentado a los prejuicios hacia el que llega de Oriente Medio y tiene una religión diferente, había utilizado la sabiduría ancestral de su tribu para poder sobrevivir, aprender y llegar a la cima del mundo. Al contrario de lo que pensaba la gente, no procedía de una familia rica que nadaba en petróleo. Su padre había sido un comerciante de tejidos que un buen día le cayó en gracia a un jeque simplemente porque se negó a obedecer una orden.

Cuando tenía dudas para tomar cualquier decisión, le gustaba recordar el ejemplo que había recibido en la infancia: decir «no» a los poderosos, aunque corras un gran riesgo. En la mayoría de los casos, daba el paso correcto. Y en las pocas ocasiones en las que había dado el paso equivocado, había comprobado que las consecuencias no eran tan graves como imaginaba.

Su padre. Que nunca pudo asistir al éxito de su hijo. Su padre, que cuando el jeque empezó a comprar todos los terrenos disponibles en aquella parte del desierto para poder construir una de las ciudades más modernas del mundo, tuvo el coraje de decirle a uno de sus emisarios:

«No vendo. Hace muchos siglos que mi familia está aquí. Aquí enterramos a nuestros muertos. Aquí aprendimos a sobrevivir a la intemperie y a los invasores. No se vende el lugar que Dios nos ha encargado cuidar en este mundo.»

La historia vuelve a su cabeza.

Los emisarios aumentaron el precio de la compra. Como no conseguían nada, volvieron enfadados y dispuestos a hacer lo posible para sacar a aquel hombre de allí. El jeque empezaba a impacientarse; quería comenzar cuanto antes su proyecto porque tenía grandes planes, el precio del petróleo había subido en el mercado internacional, había que usar el dinero antes de que se agotaran las reservas y ya no quedasen posibilidades de crear una infraestructura atractiva para las inversiones extranjeras.

Pero el viejo Hussein seguía rechazando cualquier precio por su propiedad. Hasta que un día el jeque decidió hablar directamente con él.

—Puedo ofrecerte todo lo que deseas —le dijo al comerciante de tejidos.

—Entonces dele una educación adecuada a mi hijo. Ya tiene dieciséis años, y aquí no tiene futuro.

—A cambio, me vendes la casa.

Hubo un largo momento de silencio, hasta que oyó a su padre, mirando a los ojos al jeque, decir aquello que jamás esperaba oír:

—Tiene usted la obligación de educar a sus súbditos. No puedo cambiar el futuro de mi familia por su pasado.

Recuerda haber visto una profunda tristeza en sus ojos al seguir:

—Si mi hijo puede tener al menos una oportunidad en la vida, acepto su oferta.

El jeque se marchó sin decir nada. Al día siguiente, le pidió al comerciante que le enviara al muchacho para hablar con él. Lo encontró en el palacio construido al lado del antiguo puerto, después de pasar por calles cortadas, gigantescas grúas metálicas, obreros que trabajaban sin parar, barrios enteros que estaban siendo demolidos.

El gobernante fue directamente al grano:

—Sabes que deseo comprar la casa de tu padre. Queda muy poco petróleo en nuestra tierra y antes de que nuestros pozos den el último suspiro tenemos que cambiar nuestra dependencia, y descubrir otros caminos. Demostraremos al mundo que no sólo tenemos capacidad para vender nuestro crudo, sino también nuestros servicios. Sin embargo, para dar los primeros pasos es necesario hacer algunas reformas importantes, como construir un buen aeropuerto, por ejemplo. Necesitamos tierras para que los extranjeros puedan construir sus edificios. Mi sueño es justo, y mi intención, buena. Vamos a necesitar a gente versada en el mundo de las finanzas; ya escuchaste mi conversación con tu padre.

Hamid procuraba disfrazar el miedo; había más de una decena de personas que asistían a la audiencia. Pero en su corazón tenía una respuesta preparada para cada pregunta que le formularan.

—¿Qué quieres hacer?

—Estudiar alta costura.

Los presentes se miraron unos a otros. Puede que no supieran de qué estaba hablando.

—Estudiar alta costura. Gran parte de los tejidos que mi padre compra se revende a los extranjeros, que a su vez obtienen beneficios cien veces mayores cuando los convierten en ropa de lujo. Estoy seguro de que eso podemos hacerlo aquí. Estoy convencido de que la moda será una de las maneras de acabar con los prejuicios que el resto del mundo tiene contra nosotros. Si se dan cuenta de que no nos vestimos como salvajes, nos aceptarán mejor.

Esta vez se oyó un murmullo en la corte ¿Hablaba de ropa? Ésas eran cosas de occidentales, más preocupados por lo que sucede en el exterior que en el interior de una persona.

—Por otro lado, el precio que mi padre está pagando es muy alto. Prefiero que siga con la casa. Yo trabajaré con los tejidos que tiene, y si Dios misericordioso así lo desea, conseguiré realizar mi sueño. Al igual que su alteza, también sé adónde quiero llegar.

La corte escuchaba, sorprendida, a un joven desafiar al gran líder de la región y negarse a cumplir el deseo de su propio padre. Pero el jeque sonrió al oír su respuesta.

—¿Dónde se estudia alta costura?

—En Francia. En Italia. Practicando con los maestros. En realidad, hay algunas universidades, pero nada sustituye a la experiencia. Es muy difícil, pero si Dios misericordioso quiere, lo conseguiré.

El jeque le pidió que volviese a última hora de la tarde. Hamid caminó por el puerto, visitó el bazar, se quedó deslumbrado con los colores, los tejidos, los bordados; adoraba cada oportunidad que tenía de pasear por allí. Imaginó que todo aquello sería destruido en breve, y se entristeció porque iba a perderse una parte del pasado, de la tradición. ¿Era posible detener el progreso? ¿Era inteligente impedir el desarrollo de una nación? Recordó las muchas noches en vela que había pasado dibujando a la luz de una vela, reproduciendo los modelos que usaban los beduinos, temiendo que también las costumbres tribales acabaran destruidas por las grúas y por las inversiones extranjeras.

A la hora prevista, volvió al palacio. Había más gente alrededor del gobernante.

—He tomado dos decisiones —dijo el jeque—. La primera: correré con tus gastos durante un año. Creo que tendremos suficientes jóvenes interesados por las finanzas, pero hasta ahora nadie ha venido a decirme que le interesa la costura. Me parece una locura, pero todos dicen que estoy loco por mis sueños, y aun así he llegado a donde estoy ahora. Así pues, no puedo ir contra mi propio ejemplo.

»Por otro lado, ninguno de mis asesores tiene contacto alguno con la gente a la que te has referido, así que te voy a pagar una pequeña mensualidad para que no te veas obligado a mendigar en la calle. Cuando vuelvas lo harás como un vencedor; representas a nuestro pueblo y la gente tiene que aprender a respetar nuestra cultura. Antes de salir, tendrás que aprender las lenguas de los países a los que vas. ¿Cuáles son?

—Inglés, francés, italiano. Agradezco mucho su generosidad, pero el deseo de mi padre...

El jeque le hizo una señal para que se callase.

—Y mi segunda decisión es la siguiente. La casa de tu padre permanecerá donde está. En mis sueños se verá rodeada de rascacielos, el sol ya no podrá entrar por las ventanas, y tendrá que mudarse. Pero la casa será conservada allí para siempre. En el futuro, la gente se acordará de mí, y dirá: «Fue grande porque cambió su país. Y fue justo porque respetó el deseo de un vendedor de tejidos.»

El helicóptero se posa sobre un costado del muelle y los recuerdos quedan a un lado. Hamid baja primero y tiende la mano para ayudar a Ewa. Toca su piel, mira con orgullo a la mujer rubia, toda vestida de blanco, cuya ropa irradia el sol que brilla a su alrededor, con la otra mano agarrando el discreto y bonito sombrero de un suave tono beige. Caminan entre las filas de yates anclados a ambos lados, hacia el coche que los espera con el chófer sujetando la puerta abierta.

Agarra la mano de su mujer y le susurra al oído:

—Espero que te haya gustado la comida. Son grandes coleccionistas de arte. Y el hecho de haber puesto un helicóptero a disposición de sus invitados es muy generoso de su parte.

—Me encantó.

Pero lo que realmente quería decir Ewa era: «Me horrorizó. Además, estoy asustada. He recibido un mensaje en el móvil, y sé quién lo ha enviado, aunque no pueda identificar el número.»

Entran en el enorme coche acondicionado sólo para dos personas; el resto era espacio vacío. El aire acondicionado está a la temperatura ideal, la música es perfecta para un momento como ése; ningún ruido externo llega al habitáculo, completamente aislado. Se sienta en el confortable asiento de cuero, alarga la mano hasta la consola de madera, le pregunta a Ewa si quiere un poco de champán helado. No, una agua mineral es suficiente.

—Vi a tu ex marido ayer en el bar del hotel, antes de salir a cenar.

—Imposible, no tiene negocios que atender en Cannes.

A ella le habría gustado decir: «Puede que tengas razón, tenía un mensaje en el teléfono. Es mejor coger el primer avión y marcharnos inmediatamente de aquí.»

—Estoy seguro.

Hamid se da cuenta de que a su mujer no le apetece hablar. Lo educaron para respetar la intimidad de aquellos a los que ama, y se obliga a pensar en otra cosa.

Se excusa y hace la llamada que tenía pendiente a su agente en Nueva York. Escucha con paciencia dos o tres frases e interrumpe con delicadeza las noticias sobre las tendencias del mercado. La conversación no dura más de dos minutos.

Hace una segunda llamada al director que ha escogido para su primera película: en ese momento se dirige al barco para reunirse con la Celebridad, y sí, han seleccionado a la chica, que debería aparecer a las dos de la tarde.

Se vuelve otra vez hacia Ewa; pero aparentemente ella

sigue sin tener ganas de hablar, la mirada distante, sin fijarse absolutamente en nada de lo que ocurre más allá de los cristales de la limusina. Puede que esté preocupada porque no va a disponer de mucho tiempo en el hotel: tendrá que cambiarse rápidamente de ropa y acudir a un desfile no demasiado importante, de una costurera belga. Tiene que ver con sus propios ojos a la modelo africana, Jasmine, de la que sus asesores dicen que sería ideal para su próxima colección.

Quiere saber cómo va a llevar esa chica la presión de un evento en Cannes. Si todo sale bien, será una de sus principales estrellas en la Semana de la Moda de París, prevista para octubre.

Ewa mantiene los ojos fijos en la ventanilla del coche, pero no ve absolutamente nada de lo que sucede del otro lado. Conoce bien al hombre bien vestido, de suaves maneras, creativo, luchador, que está sentado junto a ella. Sabe que la desea como jamás un hombre ha deseado a una mujer, salvo aquel al que dejó. Puede confiar en él, aunque siempre está rodeado de las mujeres más bellas del planeta. Es una persona honesta, trabajadora, atrevida, que se ha enfrentado a muchos desafíos para llegar hasta esa limusina y poder ofrecerle una copa de champán o un vaso de su agua mineral favorita.

Poderoso, capaz de protegerla de cualquier peligro, menos de uno, el peor de todos.

Su ex marido.

No quiere despertar sospechas ahora cogiendo el teléfono móvil para releer lo que está escrito en él; de hecho, se sabe el mensaje de memoria: «He destruido un mundo por ti, Katyusha.»

No entiende el contenido. Pero ninguna otra persona sobre la faz de la Tierra la llamaría por ese nombre.

Ha aprendido a amar a Hamid, aunque detesta la vida que lleva, las fiestas que frecuenta, los amigos que tiene. No sabe si lo ha conseguido; hay momentos en los que se sume en una depresión tan profunda que piensa en suicidarse. Lo que sabe es que él fue su salvación en un momento en el que se creía perdida para siempre, incapaz de salir de la trampa de su matrimonio.

Hace muchos años se enamoró de un ángel que tuvo una infancia triste, que fue llamado por el ejército soviético para luchar en una guerra absurda en Afganistán, volvió a un país que empezaba a desintegrarse y, aun así, supo superar todas las dificultades. Se puso a trabajar duro, sufrió grandes tensiones para conseguir préstamos de personas peligrosas, pasó noches enteras en vela pensando cómo pagarlos, aguantó sin quejarse la corrupción del sistema, algo necesario al tener que sobornar a algún funcionario del gobierno siempre que pedía una nueva licencia para emprender algo que iba a mejorar la calidad de vida de su pueblo. Era idealista y cariñoso. De día, era capaz de ejercer su liderazgo sin ser cuestionado porque la vida lo educó y el servicio militar le hizo entender el sistema de jerarquía. De noche, se abrazaba a ella y le pedía que lo protegiese, que lo aconsejase, que rezase para que todo saliera bien, para lograr salir de las muchas trampas que se encontraba diariamente en su camino.

Ewa acariciaba su cabello, le aseguraba que todo estaba bien, que era un buen hombre, y que Dios siempre recompensaba a los justos.

Poco a poco, las dificultades fueron dando lugar a las oportunidades. La pequeña empresa que fundó después de mucho mendigar para firmar contratos empezó a crecer, porque era uno de los pocos que había invertido en algo en lo que nadie creía que pudiera funcionar en un país que todavía sufría debido a los sistemas de comunicación obsoletos. El gobierno cambió y la corrupción disminuyó. Empezó a ganar dinero, al principio lentamente, después, en grandes, enormes cantidades. Aun así, no olvidaban las dificultades por las que habían pasado y nunca malgastaban ni un céntimo; contribuían en obras de caridad y asociaciones de ex combatientes, vivían sin grandes lujos, soñando con dejarlo todo algún día e irse a vivir a una casa retirada del mundo. Cuando eso sucediese, olvidarían que se habían visto obligados a convivir con gente sin ética ni dignidad. Pasaban gran parte de su tiempo en aeropuertos, aviones y hoteles, trabajaban dieciocho horas diarias, y durante años jamás pudieron disfrutar de un mes de vacaciones juntos.

Pero alimentaban el mismo sueño: llegaría el momento en que ese ritmo frenético se convertiría en un recuerdo distante. Las cicatrices dejadas por ese período serían las medallas de una lucha trabada en nombre de la fe y de los sueños. Al fin y al cabo, el ser humano —así lo creía entonces— ha nacido para amar y convivir con la persona amada.

Y el proceso empezó a invertirse. Ya no mendigaban más contratos, sino que éstos aparecían espontáneamente. Una importante revista de negocios publicó un artículo de portada sobre su marido, y la sociedad local empezó a enviarles invitaciones para fiestas y eventos. Los trataban como reyes y el dinero entraba en cantidades cada vez mayores.

Había que adaptarse a los nuevos tiempos: compraron una bonita casa en Moscú con todas las comodidades. Los antiguos socios de su marido, que al principio le habían prestado dinero y él había devuelto céntimo a céntimo a pesar de los intereses desorbitados, acabaron en prisión por razones que ella no sabía ni quería saber. Aun así, a partir de un determinado momento, Igor empezó a ir acompañado de guardaespaldas; al principio, sólo dos, veteranos y amigos de los combates de Afganistán. Los demás se fueron incorporando a medida que la pequeña firma se convertía en una gran multinacional, abriendo sucursales en varios países, presente en diferentes husos horarios, con inversiones cada vez más altas y más diversificadas.

Ewa se pasaba el día en centros comerciales o tomando tés con amigas, hablando siempre de las mismas cosas. Pero Igor quería ir más lejos.

Siempre más lejos, lo cual no era de extrañar; después de todo, había llegado hasta donde estaba gracias a su ambición y a su trabajo incansable. Cuando Ewa le preguntaba si no habían llegado ya mucho más allá de lo que habían planeado y si no sería el momento de apartarse de todo para realizar el sueño de disfrutar simplemente del amor que sentían el uno por el otro, él le pedía un poco más de tiempo. Fue entonces cuando empezó a beber. Una noche, después de una larga cena con unos amigos regada con vodka y vino, ella sufrió una crisis nerviosa al volver a casa. Dijo que ya no soportaba más aquella vida vacía, tenía que hacer algo o se iba a volver loca.

Igor le preguntó si no estaba satisfecha con lo que tenía.

—Estoy satisfecha. Ése es precisamente el problema: yo estoy satisfecha pero tú no. Y no lo estarás nunca. Eres inseguro, tienes miedo de perder todo lo que has conquistado, no sabes retirarte de un combate cuando ya has conseguido lo que querías. Vas a acabar autodestruyéndote. Estás acabando con nuestro matrimonio y con mi amor.

No era la primera vez que hablaba de ese modo con su marido; sus conversaciones siempre fueron honestas, pero ella sintió que estaba llegando a su límite. Ya no soportaba ir de compras, detestaba los tés, odiaba los programas

116

de televisión que tenía que ver mientras esperaba a que él llegara del trabajo.

—No digas eso. No digas que estoy acabando con nuestro amor. Te prometo que en breve lo dejaremos todo atrás; ten un poco de paciencia. Puede que sea el momento de empezar a hacer algo, porque debes de llevar una vida infernal.

Al menos, lo reconocía.

—¿Qué te gustaría hacer?

Sí, puede que ésa fuera la salida.

—Trabajar en moda. Es un sueño que he tenido siempre.

El marido satisfizo inmediatamente su deseo. A la semana siguiente apareció con las llaves de una tienda situada en uno de los mejores centros comerciales de Moscú. Ewa se quedó encantada; ahora su vida tenía un sentido, los largos días y noches de espera se terminarían para siempre. Pidió dinero prestado e Igor invirtió lo necesario para que tuviera una oportunidad de alcanzar el merecido éxito.

Los banquetes y las fiestas —en los que siempre se sentía como una extraña— pasaron a tener un nuevo interés; gracias a los contactos, en sólo dos años dirigía el más envidiado establecimiento de alta costura en Moscú. Aunque tenía una cuenta conjunta con su marido y él nunca se preocupó por saber cuánto gastaba, quiso devolverle todo el dinero que él le había prestado. Empezó a viajar sola, buscando diseños y marcas exclusivas. Contrató empleados, estudió contabilidad, se convirtió —para su propia sorpresa— en una excelente mujer de negocios.

Igor se lo había enseñado todo. Igor era el gran modelo, el ejemplo que había que seguir.

Y precisamente cuando todo iba bien, cuando su vida tenía un nuevo sentido, el Ángel de la Luz que había iluminado su camino empezó a dar muestras de desequilibrio.

Estaban en un restaurante de Irkutsk, después de haber pasado el fin de semana en una aldea de pescadores a orillas del lago Baikal. En ese momento, la compañía disponía de dos aviones y un helicóptero, de modo que podían viajar lejos y regresar el lunes para empezar otra vez. Ninguno de los dos se quejaba del poco tiempo que pasaban juntos, pero era evidente que los muchos años de lucha empezaban a dejar huella.

Aun así, sabían que el amor era más fuerte que todo y que, mientras estuvieran juntos, estarían a salvo.

En mitad de la cena a la luz de las velas, un mendigo visiblemente borracho entró en el restaurante, se dirigió hacia ellos y se sentó a su mesa para hablar, interrumpiendo ese precioso momento en el que estaban solos, lejos del bullicio de Moscú. Un minuto después, el dueño ya se disponía a sacarlo de allí, pero Igor le pidió que no hiciera nada: él mismo se encargaría del asunto. El mendigo se animó, cogió la botella de vodka y bebió de ella, comenzó a hacer preguntas («¿Quiénes sois? ¿Cómo hacéis para tener dinero si aquí somos todos muy pobres?»), se quejó de la vida y del gobierno. Igor aguantó todo aquello durante unos minutos.

Acto seguido, se excusó, cogió al sujeto del brazo y se lo llevó afuera; el restaurante se encontraba en una calle que no estaba pavimentada siquiera. Sus dos guardaespaldas lo esperaban. Ewa vio por la ventana que su marido intercambiaba unas palabras con ellos, algo así como «Vigilad a mi mujer», y se internó en un callejón lateral. Volvió pocos minutos después, sonriendo.

—Ya no volverá a molestar a nadie —dijo.

Ewa notó que sus ojos habían cambiado; parecían invadidos de una inmensa alegría, mucha más de la que debía de haber sentido durante el fin de semana que habían pasado juntos.

—¿Qué has hecho?

Pero Igor pidió más vodka. Ambos bebieron hasta el final de la noche; él sonriendo, alegre; ella intentando averiguar lo que le interesaba: puede que le hubiese dado dinero al hombre para salir de la miseria, ya que siempre se había mostrado generoso con el prójimo menos favorecido.

Cuando volvieron al hotel, él hizo un comentario:

—Lo aprendí siendo todavía joven, cuando luchaba en una guerra injusta, por un ideal en el que no creía. Siempre es posible acabar con la miseria de manera definitiva.

No, Igor no puede estar allí, Hamid debe de haberse confundido. Sólo se habían visto una vez, en la portería del edificio en el que vivían en Londres, cuando él descubrió la dirección y fue allí a suplicarle a Ewa que volviese. Hamid lo recibió, pero no lo dejó entrar y amenazó con llamar a la policía. Durante una semana ella se negó a salir de casa, diciendo que le dolía la cabeza, pero sabiendo que realmente el Ángel de la Luz se había convertido en la Maldad Absoluta.

Abre de nuevo el móvil. Lee otra vez los mensajes.

«Katyusha.» Sólo había una persona que la llamaba así. La persona que vive en su pasado y que aterrorizará su presente durante el resto de su vida, por más que piense que está protegida, a salvo, viviendo en un mundo al que él no tiene acceso.

La misma persona que, al volver de Irkutsk —como si se hubiera liberado de una gran presión—, empezó a hablar más libremente de las sombras que poblaban su alma.

«Nadie, absolutamente nadie puede amenazar nuestra intimidad. Ya es suficiente el tiempo que dedicamos a crear una sociedad más justa y más humana; el que no respete nuestros momentos de libertad debe ser apartado de tal manera que jamás piense en volver.»

A Ewa le daba miedo preguntar el significado de «de tal manera». Creía que conocía a su marido, pero de un momento a otro parecía que un volcán dormido empezaba a rugir, y las ondas de choque se propagaban cada vez con más intensidad. Recordó algunas conversaciones nocturnas con el joven que un día tuvo que defenderse durante la guerra de Afganistán, y para eso había tenido que matar. Nunca vio arrepentimiento ni remordimiento en sus ojos:

«Sobreviví, y eso es lo que importa. Mi vida podría haberse acabado en una tarde de sol, en un amanecer en las montañas cubiertas de nieve, en una noche en la que jugábamos a las cartas en la tienda de campaña, seguros de que la situación estaba bajo control. Si me hubiera muerto, no habría cambiado nada sobre la faz de la Tierra; sería una estadística más para el ejército, y otra medalla para la familia.

»Pero Jesús me ayudó. Siempre he reaccionado a tiempo. Porque he pasado por las pruebas más duras por las que un hombre puede pasar, el destino me ha concedido las cosas más importantes de la vida: éxito en el trabajo y la persona a la que amo.»

Una cosa era reaccionar para salvar la propia vida, y otra muy distinta, «quitar de en medio para siempre» a un pobre borracho que había interrumpido una cena y el dueño del restaurante podría haber echado fácilmente del local. Aquello le rondaba la cabeza; iba a su tienda más temprano, y cuando volvía a casa se quedaba hasta tarde frente al ordenador. Quería evitar una pregunta. Consiguió controlarse durante algunos meses marcados por los programas de siempre: viajes, ferias, cenas, reuniones, subastas benéficas. Incluso llegó a pensar que había malinterpretado lo que había dicho su marido en Irkutsk, y se sintió culpable por juzgarlo tan a la ligera.

Con el paso del tiempo, la pregunta fue perdiendo importancia, hasta el día en que asistían a una cena de gala en uno de los restaurantes más lujosos de Milán, seguida de una subasta benéfica. Ambos estaban en la misma ciudad por razones diversas: él, para concertar los detalles de un contrato con una firma italiana; Ewa, para la Semana de la Moda, en la que pretendía hacer algunas compras para su tienda de Moscú.

Y lo que había sucedido en mitad de Siberia volvió a suceder en una de las ciudades más sofisticadas del mundo. Esta vez, un amigo suyo, también borracho, se sentó a la mesa sin pedir permiso y empezó a bromear, diciendo cosas inconvenientes para ambos. Ewa notó cómo la mano de Igor se crispaba sobre uno de los tenedores. Con toda la amabilidad de que fue capaz, le pidió a su amigo que se marchara. Para entonces ya se había bebido varias copas de *asti spumante*, nombre que le dan los italianos a lo que antes llamaban *champagne*. El uso de la palabra se prohibió debido a la llamada «denominación de origen»: *champagne* era el vino blanco con un determinado tipo de bacteria que a través de un riguroso proceso de control de calidad genera gases en el interior de la botella a medida que envejece durante por lo menos quince meses; el nombre hacía referencia a la región en la que se producía. *Spumante* era exactamente lo mismo, pero la ley europea no les permitía usar el nombre francés, ya que sus viñedos se encontraban en lugares diferentes.

Empezaron a hablar sobre la bebida y las leyes, mientras ella intentaba apartar la pregunta que ya había olvidado y que ahora volvía con toda su fuerza. Mientras hablaban, bebían más. Hasta que llegó un momento en el que no pudo controlarse:

—¿Qué hay de malo en que alguien pierda un poco la compostura y venga a molestarnos?

La voz de Igor cambió de tono.

—Casi nunca viajamos juntos. Claro, siempre pienso

respecto al mundo en el que vivimos: sofocados por las mentiras, creemos más en la ciencia que en los valores espirituales, obligándonos a alimentar nuestras almas con cosas que la sociedad dice que son importantes, mientras vamos muriendo poco a poco, porque entendemos lo que pasa a nuestro alrededor, sabiendo que nos vemos forzados a hacer cosas que no hemos planeado, pero aun así no somos capaces de dejarlo todo para dedicar nuestros días y nuestras noches a la verdadera felicidad: la familia, la naturaleza, el amor. ¿Por qué? Porque nos vemos obligados a terminar aquello que hemos empezado para poder conseguir la tan deseada estabilidad económica que nos permita disfrutar el resto de nuestras vidas dedicados únicamente el uno al otro. Porque somos responsables. Sé que a veces piensas que trabajo demasiado: no es verdad. Estoy construyendo nuestro futuro, y pronto seremos libres para soñar y vivir nuestros sueños.

Estabilidad económica, desde luego, no le faltaba a la pareja. Además, no tenían deudas, y podían levantarse de aquella mesa con sus tarjetas de crédito, dejar el mundo que Igor parecía detestar y empezar de nuevo, sin volver a preocuparse por el dinero. Habían hablado muchas veces sobre eso, pero Igor siempre repetía lo que acababa de decir: faltaba un poco más. Siempre un poco más.

Sin embargo, no era momento de discutir sobre el futuro de la pareja.

—Dios ha pensado en todo —continuó él—. Estamos juntos porque ésa fue Su decisión. Sin ti, no sé si habría llegado tan lejos, aunque todavía no soy capaz de entender tu importancia en mi vida. Fue Él el que nos unió y me prestó Su poder para defenderte siempre que sea necesario. Me enseñó que todo obedece a un plan determinado; tengo que respetarlo hasta en el más mínimo detalle. Si no fuera así, habría muerto en Kabul, o en la miseria en Moscú.

122

Y fue entonces cuando el *spumante*, o *champagne*, mostró de lo que era capaz, independientemente del nombre con el que lo bauticen.

—¿Qué pasó con aquel mendigo en mitad de Siberia?

Igor no recordaba a qué se refería. Ewa volvió a contarle lo sucedido en el restaurante.

—Me gustaría saber el resto.

—Lo salvé.

Ella respiró, aliviada.

—Lo salvé de una vida inmunda, sin perspectivas, en esos inviernos congelados en los que el alcohol iba destruyendo lentamente su cuerpo. Hice que su alma partiera hacia la luz, porque en el momento en el que entró en el restaurante para destruir nuestra felicidad me di cuenta de que su espíritu estaba habitado por el Maligno.

Ewa notó que el corazón se le disparaba. No necesitaba que dijera «lo maté». Estaba claro.

—Sin ti, no existo. Cualquier cosa, o cualquier persona que intente separarnos o destruir el poco tiempo que podemos pasar juntos en este momento de nuestras vidas debe ser tratada como se merece.

O sea, puede que quisiera decir: «Hay que matarla.» ¿Habría pasado eso antes y ella no se había percatado? Bebió, y bebió más, mientras que Igor volvía a relajarse: como nunca le abría su alma a nadie más, le encantaban las conversaciones que mantenían.

—Hablamos la misma lengua —continuó—. Vemos el mundo de la misma manera. Nos completamos el uno al otro con la misma perfección que sólo se les permite a los que anteponen el amor a todo lo demás. Repito: sin ti, no existo.

»Mira a la Superclase que nos rodea, que se cree tan importante, con conciencia social, que pagan fortunas por ciertas piezas sin valor en subastas benéficas que van desde "colecta de fondos para salvar a los refugiados de

Ruanda" hasta una "cena benéfica por la preservación de los pandas chinos". Para ellos, los pandas y los hambrientos significan lo mismo; se sienten especiales, por encima de la media, porque están haciendo algo útil. ¿Han estado en un combate? No: crean las guerras, pero no luchan en ellas. Si el resultado es bueno, reciben todas las felicitaciones. Si el resultado es malo, la culpa es de los demás. Están encantados consigo mismos.

—Amor mío, me gustaría preguntarte otra cosa…

En ese momento, un presentador subía al palco para agradecerles a todos que hubieran ido a cenar. El dinero recaudado sería utilizado para comprar medicamentos para los campos de refugiados de África.

—¿Sabes lo que no ha dicho? —continuó Igor, como si no hubiera oído la pregunta—. Que sólo el 10 por ciento de la cantidad llegará a su destino. El resto será utilizado para pagar este evento: los costes de la cena, la propaganda, la gente que ha trabajado, mejor dicho, la gente que tuvo la «brillante idea», todo a precios exorbitantes. Usan la miseria como un medio de enriquecerse más y más.

—¿Y por qué estamos aquí, entonces?

—Porque tenemos que estar aquí. Porque forma parte de mi trabajo. No tengo la menor intención de salvar Ruanda ni de enviarles medicamentos a los refugiados, pero soy consciente de ello. El resto del público utiliza su dinero para limpiar la conciencia y el alma de culpas. Mientras tenía lugar el genocidio en el país, financié a un pequeño ejército de amigos, que impidió más de dos mil muertes entre las tribus hutu y tutsi. ¿Lo sabías?

—Nunca me lo contaste.

—No hace falta. Ya sabes cuánto me preocupo por los demás.

La subasta empieza con una pequeña maleta de viaje de Louis Vuitton. Adjudicada por diez veces su valor. Igor asiste a todo eso impasible, mientras ella bebe otra copa, preguntándose si debe hacerle la dichosa pregunta o no.

Un artista plástico, al son de una canción de Marilyn Monroe, pinta un lienzo mientras baila. Las pujas suben a lo más alto, el equivalente al precio de un pequeño apartamento en Moscú.

Otra copa. Otra pieza para vender. Otro precio absurdo.

Bebió tanto aquella noche que tuvieron que llevarla al hotel. Antes de que él la metiera en la cama, todavía consciente, por fin tuvo el valor:

—¿Y si yo te dejara algún día?

—Bebe menos la próxima vez.

—Responde.

—Eso jamás podría ocurrir. Nuestro matrimonio es perfecto.

Vuelve la lucidez, pero se da cuenta de que ahora tiene una disculpa y finge estar más borracha.

—Sin embargo, ¿si eso ocurriese?

—Te haría volver. Sé cómo conseguir lo que deseo. Aunque tuviera que destruir universos enteros.

—¿Y si me fuera con otro hombre?

Por su mirada, no parecía enfadado, sino benevolente.

—Aunque te acostases con todos los hombres de la Tierra, mi amor es más fuerte.

Y desde entonces, lo que al principio parecía una bendición empezó a convertirse en pesadilla. Estaba casada con un monstruo, un asesino. ¿Qué era esa historia de financiar a un ejército de mercenarios para salvar una lucha tribal? ¿A cuántos hombres había matado para impedir que entorpeciesen la tranquilidad de la pareja? Evidentemente se podía echar la culpa a la guerra, a los traumas, a los momentos difíciles por los que había pasado; pero muchos otros habían vivido lo mismo y no pensaban que ejercían la Justicia Divina, que cumplían el Gran Plan Superior.

—No tengo celos —repetía Igor siempre que viajaba por motivos de trabajo—. Porque tú sabes cuánto te amo y yo sé cuánto me amas. Nunca ocurrirá nada que desestabilice nuestra vida en común.

Ahora estaba más convencida que nunca: no era amor. Era algo morboso, que ella debía aceptar y vivir prisionera del sentimiento de terror el resto de su vida.

O intentar librarse de él cuanto antes, a la primera oportunidad que surgiera.

Surgieron varias. Pero el más insistente, el más perseverante, era precisamente el hombre con el que jamás habría imaginado tener una relación sólida. El modisto que deslumbraba el mundo de la moda, que era cada vez más famoso, que recibía una cantidad enorme de dinero de su país para que el mundo pudiera entender que las «tribus nómadas» tenían valores sólidos, que iban más allá del terror impuesto por una minoría religiosa. El hombre que tenía el mundo de la moda cada vez más a sus pies.

En cada feria en la que se veían, él era capaz de dejarlo todo, anular comidas y cenas, sólo para poder pasar un rato juntos, en paz, encerrados en una habitación de hotel, muchas veces sin hacer siquiera el amor. Veían la televisión, comían, ella bebía (él nunca tomaba ni una gota de alcohol), salían a pasear por los parques, entraban en librerías, charlaban con extraños, hablaban poco del pasado, nada del futuro y mucho del presente.

Se resistió cuanto pudo, no estaba, y jamás ha estado enamorada de él. Pero cuando le propuso que lo dejase todo y se fuera a Londres, aceptó al momento. Era la única salida de su infierno particular.

Acaba de llegar otro mensaje a su teléfono. No puede ser; hacía años que no se llamaban.

«He destruido otro mundo por ti, Katyusha.»

—¿Quién es?

—No tengo la menor idea. El número está oculto.

Lo que quería decir era: «Estoy aterrada.»

—Ya estamos llegando. Recuerda que tenemos poco tiempo.

La limusina tiene que hacer algunas maniobras para llegar hasta la entrada del hotel Martínez. A ambos lados, por detrás de las vallas metálicas colocadas por la policía, hay gente de todas las edades que se pasa el día entero esperando ver a alguna celebridad de cerca. Sacan fotos con sus cámaras digitales, se lo cuentan a sus amigos, las envían por Internet a las comunidades virtuales de las que forman parte. Sienten que la larga espera está justificada por ese simple y único momento de gloria: ¡han conseguido ver a esa actriz o a ese actor, a ese presentador de televisión!

Aunque es gracias a ellos por lo que la fábrica sigue produciendo, no están autorizados a acercarse. Guardaespaldas en lugares estratégicos les exigen a todos los que entran una prueba de que se hospedan en el hotel, o de que tienen una reunión con alguien allí. En ese momento deben sacar del bolsillo las tarjetas magnéticas que hacen las veces de llaves o serán rechazados delante de todo el mundo. Si es por una reunión de trabajo o por una invitación para tomar algo en el bar, dan su nombre al personal de seguridad y, ante la mirada de todos, esperan mientras lo comprueban: verdad o mentira. El guardaespaldas usa su radio para llamar a recepción, el tiempo parece no acabarse nunca, y por fin son admitidos, después de padecer semejante humillación pública.

Excepto los que entran en limusina, claro.

Las dos puertas del Maybach blanco se abren: una la abre el chófer, y la otra el portero del hotel. Las cámaras se dirigen hacia Ewa y empiezan a disparar; aunque nadie la conozca; si se hospeda en el Martínez, si llega en un coche carísimo, seguramente sea alguien importante. Quizá la amante del hombre que está a su lado, y en ese caso, si él estuviera ocultando alguna aventura extramatrimonial, siempre cabe la posibilidad de enviar las fotos a alguna revista de escándalos. O puede que la hermosa mujer de cabello rubio sea una famosísima celebridad extranjera que todavía no se conoce en Francia. Más tarde intentarían descubrir su nombre en las denominadas revistas «people» y se alegrarán de haber estado a cuatro o cinco metros de ella.

Hamid mira a la pequeña multitud apelotonada detrás de las vallas de hierro. Jamás lo ha entendido porque se ha criado en un lugar en el que no pasan esas cosas. Una vez le preguntó a un amigo a qué se debía tanto interés.

—No pienses que estás siempre ante fans —le respondió su amigo.

—Desde que el mundo es mundo, el hombre cree que la proximidad a algo inalcanzable y misterioso lo cubre de bendiciones. De ahí las peregrinaciones en busca de gurús y lugares sagrados.

—¿En Cannes?

—En cualquier lugar en el que haya una celebridad inalcanzable, aunque sea de lejos; sus gestos son como esparcir partículas de ambrosía y maná de los dioses sobre las cabezas de sus adoradores.

»El resto es lo mismo. Los conciertos musicales se parecen a las grandes concentraciones religiosas. El público que aguarda fuera de un teatro abarrotado, esperando a que la Superclase entre y salga. Las multitudes que acuden a un estadio de fútbol a ver a un grupo de hombres

128

corriendo detrás de una pelota. Ídolos. Iconos, porque se convierten en retratos semejantes a las pinturas que vemos en las iglesias, y a los que se les rinde culto en las habitaciones de los adolescentes, de las amas de casa, e incluso en los despachos de los grandes empresarios, que sienten envidia de la celebridad a pesar de todo el poder que poseen.

»Sólo hay una diferencia: en ese caso, el público es el juez supremo, que hoy aplaude y mañana quiere ver algo terrible sobre su ídolo en alguna revista de escándalos. Así pueden decir: "Pobre. Menos mal que yo no soy como él." Hoy lo adoran y mañana lo lapidan y lo crucifican sin el menor sentimiento de culpa.

13.37 horas

Al contrario que todas las chicas que habían llegado esa mañana al trabajo, y que intentan matar el aburrimiento de las cinco horas que separan el maquillaje y el peinado del momento del desfile con sus iPods y sus teléfonos móviles, Jasmine tiene los ojos clavados en otro libro. Un buen libro de poesía:

Dos caminos se bifurcaban en un bosque amarillo,
y apenado por no poder tomar los dos
siendo un viajero solo, largo tiempo estuve de pie
mirando uno de ellos tan lejos como pude,
hasta donde se perdía en la espesura;

Entonces tomé el otro, imparcialmente,
y habiendo tenido quizá la elección acertada,
pues era tupido y requería uso;
aunque en cuanto a lo que vi allí
hubiera elegido cualquiera de los dos.

Y ambos esa mañana yacían igualmente,
¡oh, había guardado aquel primero para otro día!
Aun sabiendo el modo en que las cosas siguen adelante,
dudé si debía haber regresado sobre mis pasos.

Debo estar diciendo esto con un suspiro
de aquí a la eternidad:

dos caminos se bifurcaban en un bosque y yo,
yo tomé el menos transitado,
y eso hizo toda la diferencia.

Había escogido el camino menos transitado. Había pagado un alto precio, pero había merecido la pena. Las cosas llegaron en el momento oportuno. El amor llegó cuando más lo necesitaba, y seguía actualmente consigo. Hacía su trabajo por él, con él, para él.

Mejor dicho: para ella.

En realidad Jasmine se llama Cristina. En su currículum dice que fue descubierta por Anna Dieter en un viaje a Kenia, pero evitaba a propósito dar más detalles sobre eso, dejando en el aire la posibilidad de una infancia de sufrimiento y hambre en medio de conflictos civiles. En realidad, a pesar de su piel negra, había nacido en la tradicional ciudad de Amberes, en Bélgica, hija de padres que huyeron de los eternos conflictos entre las tribus hutus y tutsis, en Ruanda.

A los dieciséis años, durante un fin de semana en el que acompañaba a su madre para ayudarla en otro de sus interminables trabajos de limpieza, se les acercó un hombre que se presentó como fotógrafo.

—Su hija tiene una belleza única —dijo—. Me gustaría que pudiera trabajar conmigo de modelo.

—¿Ve usted esta bolsa que llevo? Está llena de productos de limpieza; trabajo día y noche para que pueda ir a un buen colegio y tenga un título en el futuro. Sólo tiene dieciséis años.

—Es la edad ideal —dijo el fotógrafo, tendiéndole su tarjeta a la chica—. Si cambia de idea, avíseme.

Siguieron caminando, pero la madre se dio cuenta de que su hija había guardado la tarjeta.

—No lo creas. Ése no es tu mundo; lo único que quieren es acostarse contigo.

El comentario sobraba; aunque las chicas de su clase se morían de envidia y los chicos hicieran todo lo posible por llevarla a una fiesta, era consciente de sus orígenes y de sus límites.

Siguió sin creérselo cuando le sucedió lo mismo una segunda vez. Acababa de entrar en una heladería cuando una mujer mayor que ella hizo un comentario sobre su belleza y le dijo que era fotógrafa de moda. La muchacha le dio las gracias, aceptó la tarjeta y le prometió llamarla, cosa que no tenía pensado hacer, aunque ése fuera el sueño de todas las chicas de su edad.

Como no hay nada que suceda sólo dos veces, tres meses después estaba mirando un escaparate de ropa carísima cuando una de las personas que había en la tienda salió y se dirigió a ella:

—¿Qué haces?

—La pregunta debería ser qué voy a hacer. Voy a estudiar veterinaria.

—No es el camino correcto. ¿No te gustaría trabajar con nosotros?

—No tengo tiempo para vender ropa. Cuando puedo, trabajo para ayudar a mi madre.

—No te estoy proponiendo que vendas nada. Me gustaría que hicieras un ensayo fotográfico con nuestra colección.

Esos encuentros no habrían sido más que recuerdos del pasado cuando fuera una mujer casada, con hijos, realizada en su profesión y en el amor, de no haber sido por un episodio sucedido pocos días después.

Estaba con varios amigos en una discoteca, bailando y contenta de estar viva, cuando un grupo de diez chicos entraron en el local gritando. Nueve de ellos llevaban palos en los que habían incrustado cuchillas de afeitar y gritaban para que todos se apartaran. El pánico invadió el lugar inmediatamente, la gente corría, Cristina no sabía muy bien qué hacer, aunque su instinto le decía que se quedara quieta y mirara hacia otro lado.

Pero no fue capaz de mover la cabeza, vio cómo el décimo chico se acercaba a uno de sus amigos, sacaba un puñal del bolsillo, lo agarraba por detrás y lo degollaba allí mismo. El grupo salió del mismo modo que había entrado, mientras el resto de las personas gritaban, corrían, se sentaban en el suelo y lloraban. Algunos se acercaron a la víctima para intentar socorrerla, aunque sabían que era demasiado tarde. Otros simplemente contemplaban la escena en estado de *shock*, como Cristina. Conocía al chico asesinado, sabía quién era el asesino, cuál el motivo del crimen (una pelea ocurrida en un bar poco antes de ir a la discoteca), pero parecía flotar en las nubes, como si todo fuera un sueño del que pronto despertaría sudando a mares, pero consciente de que las pesadillas se acaban.

No era un sueño.

Al cabo de pocos minutos estaba de vuelta en la Tierra, gritando para que alguien hiciera algo, gritando para que nadie hiciera nada, gritando sin saber por qué, y sus gritos hacían que los demás se pusieran más nerviosos todavía. El lugar se convirtió en un pandemónium, la policía acababa de entrar con las armas en la mano, médicos, detectives que pusieron a todos los jóvenes en fila contra una pared, comenzaron a interrogarlos de inmediato, les pidieron la documentación, el teléfono, la dirección. ¿Quién lo había hecho? ¿Por qué razón? Cristina no era capaz de decir nada. Retiraron el cadáver, cubierto con una sábana. Una enfermera la obligó a tomar una pastilla, explicándole que no podía conducir hasta su casa, que debía coger un taxi o un medio de transporte público.

Al día siguiente, bien temprano, sonó el teléfono de su casa. Su madre había decidido pasar el día con su hija, que parecía estar ausente del mundo. La policía insistió en hablar directamente con ella: debía presentarse en una comisaría antes de mediodía y preguntar por cierto inspector. La madre se negó. La policía la amenazó: no tenían elección.

Llegaron a la hora prevista. El inspector quería saber si conocía al asesino.

Las palabras de su madre todavía resonaban en su cabeza: «No digas nada. Somos inmigrantes, somos negros, ellos son blancos, ellos son belgas. Cuando salgan de prisión, irán a por ti.»

—No sé quién fue. Nunca lo había visto antes.

Sabía que, al decir eso, estaba perdiendo totalmente su amor por la vida.

—Claro que lo sabes —replicó el policía—. No te preocupes, no te va a pasar nada. Casi todo el grupo está preso, sólo necesitamos testigos para el juicio.

—No sé nada. Estaba lejos cuando todo ocurrió. No vi quién fue.

El inspector meneó la cabeza, desesperado.

—Tendrás que repetirlo en un tribunal —dijo—. Sabes que el perjurio, es decir, mentir delante de un juez, te puede costar una pena de cárcel tan grande como la de los asesinos.

Meses después, la citaron para el juicio; todos los chicos estaban allí, con sus abogados, y parecían estar divirtiéndose con la situación. Una de las chicas presentes en la fiesta señaló al criminal.

Luego le llegó el turno a Cristina. El fiscal le pidió que identificase a la persona que había degollado a su amigo.

—No sé quién fue —repitió.

Era negra. Hija de inmigrantes. Una estudiante con una beca del gobierno. Todo cuanto deseaba ahora era recuperar las ganas de vivir, pensar que tenía un futuro. Se había pasado semanas mirando el techo de su habitación, sin ganas de estudiar ni de hacer nada. No, el mundo en el que había vivido hasta ese momento ya no le pertenecía: a los dieciséis años supo de la peor manera posible que era absolutamente incapaz de luchar por su propia seguridad. Tenía que salir de Amberes como fuera, viajar por el mundo, recuperar su alegría y sus fuerzas.

Los chicos fueron puestos en libertad por falta de pruebas: eran necesarios dos testigos para sostener la acusación y conseguir que los culpables pagasen por el crimen. A la salida del tribunal, Cristina llamó a los números de las dos tarjetas de visita que los fotógrafos le habían dado y concertó una cita. Después fue directamente a la tienda de alta costura en la que el dueño había salido a hablar con ella.

No consiguió nada; las vendedoras le dijeron que el propietario tenía más tiendas por Europa, que estaba muy ocupado y que no estaban autorizadas para darle su número de teléfono.

Pero los fotógrafos tienen memoria: sabían quién llamaba y en seguida concertaron una cita.

Cristina volvió a casa y le comunicó su decisión a su madre. No se lo pidió, no intentó convencerla, simplemente quería dejar la ciudad para siempre.

Y su única oportunidad era aceptar el trabajo de modelo.

Jasmine vuelve a mirar a su alrededor. Todavía faltan tres horas para el desfile y las modelos comen ensalada, beben té, hablan unas con otras sobre adónde irán después. Proceden de diferentes países, tienen aproximadamente su edad, diecinueve años, y sólo les preocupan dos cosas: conseguir un nuevo contrato esa misma tarde o casarse con un hombre rico.

Conoce la rutina de cada una de ellas: antes de dormir,

usan varias cremas para limpiar los poros y conservar la piel hidratada, viciando desde muy pronto el organismo, haciéndolo depender de elementos externos para mantener la tonicidad ideal. Se despiertan, se masajean el cuerpo con más cremas, más hidratantes. Toman una taza de café solo, sin azúcar, acompañado de frutas con fibra, para que los alimentos que van a ingerir durante el día pasen rápidamente por el intestino. Hacen algún tipo de ejercicio antes de salir a buscar trabajo; generalmente, estiramientos. Todavía es muy pronto para la gimnasia, o sus cuerpos acabarán teniendo rasgos masculinos. Se suben a la báscula tres o cuatro veces al día (la mayoría viajan con una, porque no siempre se hospedan en hoteles, sino en habitaciones de pensiones). Caen en depresión cada vez que la aguja marca un gramo de más.

Sus madres las acompañan cuando pueden, porque la mayoría tienen entre diecisiete y dieciocho años. Nunca confiesan que están enamoradas de alguien —aunque todas lo están—, ya que el amor hace que los viajes sean más largos y más insoportables, y despierta en los novios la extraña sensación de que están perdiendo a la mujer —¿o niña?— amada. Sí, piensan en el dinero, ganan una media de cuatrocientos euros al día, lo cual es un salario envidiable para alguien que muchas veces ni siquiera alcanza la edad mínima para tener el carnet de conducir. Pero el sueño va mucho más allá: todas son conscientes de que en breve serán sustituidas por nuevos rostros, nuevas tendencias, y deben demostrar urgentemente que su talento va más allá de las pasarelas. Se pasan la vida pidiéndoles a sus agencias que les consigan una prueba, un modo de demostrar que pueden trabajar como actrices. El gran sueño.

Las agencias, por supuesto, dicen que lo harán, pero que tienen que esperar un poco, están empezando sus carreras. En realidad, no tienen ningún contacto fuera del mundo de la moda, ganan un buen porcentaje, compiten con otras agencias, el mercado no es tan grande. Es mejor conseguir todo lo que se pueda ahora, antes de que pase el tiempo y la modelo cruce la peligrosa barrera de los veinte años, momento en el que su piel estará destrozada por el exceso de cremas, su cuerpo viciado en la alimentación de bajo contenido calórico y su mente afectada por los medicamentos para inhibir el apetito, que acaban dejándoles la mirada y la cabeza completamente vacías.

Contrariamente a lo que dice la leyenda, pagan sus propios gastos: el pasaje, el hotel y las ensaladas de siempre. Son convocadas por los ayudantes de los estilistas para hacer el denominado casting, es decir, la selección que se subirá a la pasarela o que hará la sesión de fotos. En ese momento se enfrentan a personas invariablemente malhumoradas que utilizan el poco poder que tienen para superar sus frustraciones diarias y nunca dicen una palabra amable ni de ánimo: «horrible» es generalmente el comentario que más suele oírse. Salen de una prueba, van a la siguiente, se aferran a sus móviles como si fueran tablas de salvación, la revelación divina o el contacto con el Mundo Superior al que sueñan con ascender, proyectarse más allá de las caras bonitas y convertirse en estrellas.

Los padres se sienten orgullosos de sus hijas por haber empezado tan bien, se arrepienten de haber comentado que estaban en contra de esa carrera; al fin y al cabo, está ganando dinero y ayudando a la familia. Sus novios tienen crisis de celos pero se controlan, porque a sus egos les sienta bien estar con una profesional de la moda. Sus agentes trabajan al mismo tiempo con docenas de chicas de la misma edad y con las mismas fantasías, y tienen las respuestas adecuadas a las preguntas de siempre: «¿Sería posible participar en la Semana de la Moda de París?» «¿No crees que tengo carisma suficiente como para intentar hacer algo en el cine?» Sus amigas las envidian secreta o abiertamente.

Acuden a todas las fiestas a las que las invitan. Se comportan como si fuesen mucho más importantes de lo que realmente son, pero en el fondo saben que, si alguien consigue cruzar la barrera de hielo artificial que crean a su alrededor, esa persona será bienvenida. Miran a los hombres mayores con una mezcla de repulsa y atracción: saben que en sus bolsillos está la llave del gran salto, pero al mismo tiempo no quieren que se las juzgue como prostitutas de lujo. Siempre se las ve con una copa de champán en la mano, pero eso sólo forma parte de la imagen que desean proyectar. Saben que el alcohol engorda, así que su bebida favorita es el agua mineral sin gas (el gas, aunque no afecta al peso, tiene consecuencias inmediatas sobre el contorno del estómago). Tienen ideales, sueños, dignidad, aunque todo eso desaparece el día en el que ya no son capaces de esconder los indicios precoces de la celulitis.

Hacen un pacto secreto consigo mismas: no pensar jamás en el futuro. Se gastan gran parte de lo que ganan en productos de belleza que prometen la eterna juventud. Les encantan los zapatos pero son carísimos; aun así, de vez en cuando se dan el lujo de comprar los mejores. Consiguen vestidos y ropa de amigos por la mitad de precio. Viven en pequeños apartamentos con el padre, la madre, el hermano que está en la universidad, la hermana que ha elegido la carrera de biblioteconomía o de ciencias. Todo el mundo cree que ganan una fortuna y se pasan la vida pidiéndoles dinero prestado. Ellas se lo prestan, porque quieren parecer importantes, ricas, generosas, por encima de los demás mortales. Cuando van al banco, el saldo de la cuenta está siempre en números rojos, y el límite de la tarjeta de crédito agotado.

Acumulan cientos de tarjetas de visita, conocen a hombres bien vestidos con propuestas de trabajo que saben que son falsas; llaman de vez en cuando para mantener el contacto, sabiendo que es posible que en algún momento necesiten ayuda, aunque esa ayuda tenga un precio. Todas caen en la trampa. Todas sueñan con el éxito fácil, para después entender que no existe. Todas sufren, a los diecisiete años, infinitas decepciones, traiciones, humillaciones, pero aun así siguen creyendo.

Duermen mal por culpa de las pastillas. Oyen historias sobre la anorexia, la enfermedad más común en ese medio, una especie de desorden nervioso causado por la obsesión por el peso y la apariencia, que educa al organismo para rechazar cualquier tipo de alimento. Aseguran que eso no les va a suceder a ellas. Pero nunca notan los primeros síntomas.

Salen de la infancia y van a pasar directamente al mundo del lujo y el glamour, sin pasar por la adolescencia ni por la juventud. Cuando les preguntan cuáles son sus planes de futuro, siempre tienen la respuesta preparada: «Facultad de filosofía. Sólo estoy aquí para poder pagar mis estudios.»

Saben que no es verdad. Mejor dicho, saben que hay algo extraño en la frase, pero no pueden identificarlo. ¿Quieren de verdad un título universitario? ¿Necesitan ese dinero para pagar sus estudios? Después de todo, no pueden permitirse el lujo de frecuentar la universidad: siempre hay alguna prueba por la mañana, una sesión de fotos por la tarde, un cóctel al anochecer, una fiesta a la que tienen que ir para que las vean, las admiren y las deseen.

Para la gente que las conoce, viven en un mundo de cuento de hadas. Y, durante un cierto período, ellas también creen que ése es realmente el sentido de la vida: poseen casi todo lo que siempre han envidiado de las chicas que aparecían en las revistas y en los anuncios de cosméticos. Con un poco de disciplina, incluso pueden ahorrar algún dinero. Hasta que, a través del minucioso examen diario de la piel, descubren la primera marca del paso del tiempo. A partir de ahí, saben que es una simple cuestión de suerte antes de que el estilista o el fotógrafo también lo noten. Sus días están contados.

Yo tomé el menos transitado,
y eso hizo toda la diferencia.

En vez de volver al libro, Jasmine se levanta, llena una copa de champán (se lo permiten, aunque casi nunca lo beben), coge un perrito caliente y se acerca a la ventana. Se queda en silencio mirando al mar. Su historia es diferente.

13.46 horas

Se despierta sudando. Mira el reloj en la mesilla de noche, se da cuenta de que ha dormido sólo cuarenta minutos. Está exhausto, asustado, aterrado. Siempre se creyó incapaz de hacerle daño a nadie, pero había matado a esas dos personas inocentes esa mañana. No era la primera vez que destruía un mundo, pero siempre había tenido buenas razones para hacerlo.

Soñó que la chica del banco de la playa iba hacia él y que, en vez de condenarlo, lo bendecía. Él lloraba en su regazo, le pedía perdón, pero ella parecía no darle importancia a eso; sólo acariciaba su pelo y le pedía que se calmara. Olivia, la generosidad y el perdón. Ahora se pregunta si su amor por Ewa merece lo que está haciendo.

Prefiere pensar que sí. Si la chica está de su lado, si se ha encontrado con ella en un plano mayor y más cercano a lo Divino, si las cosas han sido más fáciles de lo que imaginaba, debe de haber alguna razón para lo que está sucediendo.

No fue complicado burlar la vigilancia de los «amigos» de Javits. Conocía a ese tipo de gente: además de estar físicamente preparados para reaccionar con rapidez y precisión, estaban educados para grabar cada rostro, acompañar todos los movimientos, intuir el peligro. Seguramente sabían que iba armado, y por eso estuvieron vigilándolo durante largo rato. Pero se relajaron al entender que no era una amenaza. Puede que incluso pensaran que formaba parte del mismo equipo, que se había adelantado para examinar el recinto y comprobar que no había ningún peligro para su jefe.

Él no tenía jefe. Y era una amenaza. En el momento en que entró y decidió cuál era su próxima víctima, ya no podía echarse atrás, o perdería el respeto por sí mismo. Observó que la rampa que llevaba hasta la carpa estaba vigilada, pero nada más fácil que pasar por la playa. Salió diez minutos después de haber entrado, esperando que los «amigos» de Javits lo vieran. Dio una vuelta, bajó por la rampa reservada para los huéspedes del Martínez (tuvo que enseñar la tarjeta magnética que hace las veces de llave) y se dirigió otra vez hacia el lugar del «almuerzo». Caminar por la arena con zapatos no era la cosa más agradable del mundo, e Igor se dio cuenta de lo cansado que estaba debido al viaje, al miedo de haber planeado algo imposible de realizar y a la tensión que sufrió justo después de haber destruido el universo y las generaciones futuras de la pobre vendedora de bisutería. Pero tenía que llegar hasta el final.

Antes de entrar de nuevo en la carpa sacó del bolsillo la pajita del zumo de piña, que había guardado con todo el cuidado. Abrió el pequeño frasco de cristal que le había enseñado a la vendedora de artesanía: al contrario de lo que le había dicho, no contenía gasolina, sino algo absolutamente insignificante: una aguja y un pedazo de corcho. Utilizando una lámina de metal, la adaptó para que tuviera el diámetro de la paja.

Acto seguido, volvió a la fiesta, que para entonces estaba llena de invitados, que andaban de un lado a otro dándose besos, abrazos, grititos de reconocimiento, con cócteles de todos los colores para tener las manos ocupadas y así poder disminuir la ansiedad, esperando a que abrieran el bufet para poder comer (con moderación, ya que había dietas y cirugías que había que mantener, y cenas al final del día en las que se verían eventualmente obligados a comer aun sin hambre, porque así lo recomienda la etiqueta).

La mayor parte de los invitados eran gente mayor, lo que significaba: «Este evento es para profesionales.» La edad de los participantes era otro punto a favor en su plan, ya que casi todos necesitaban gafas para ver de cerca. Nadie las usaba, por supuesto, porque la «vista cansada» es un síntoma de la edad. Allí todos deben vestirse y comportarse como gente que está en la flor de la vida, de «espíritu joven», «disposición envidiable», fingiendo que no prestan atención porque les preocupan otras cosas, cuando en realidad la única razón es que no son capaces de ver exactamente lo que está pasando. Sus lentes de contacto les permitían distinguir a una persona a unos metros de distancia: ya averiguarían después con quién estaban hablando.

Sólo dos de los invitados se fijaban en todo y en todos: los «amigos» de Javits. Pero, esta vez, eran ellos los que estaban siendo observados.

Igor introdujo una pequeña aguja dentro de la pajita y fingió meterla otra vez en el vaso de zumo.

Un grupo de chicas bonitas, cerca de la mesa, parecía escuchar con atención las historias extraordinarias de un jamaicano; en realidad, cada una de ellas debía de estar haciendo planes para apartar a las competidoras y llevárselo a la cama, ya que la leyenda decía que los jamaicanos eran imbatibles en el sexo.

Él se acercó, sacó la pajita del vaso y sopló el alfiler en dirección a la víctima. Permaneció cerca sólo el tiempo suficiente para ver cómo el hombre se llevaba las manos a la espalda.

Después, se apartó para volver al hotel e intentar dormir.

El curare, utilizado originalmente por los indios de Sudamérica para cazar con dardos, se encuentra también en los hospitales europeos, porque en dosis controladas se usa para paralizar ciertos músculos, lo que facilita el trabajo del cirujano. En dosis mortales —como la punta del alfiler que había disparado— hace que los pájaros caigan al suelo en dos minutos, que los jabalís agonicen durante un cuarto de hora, y los grandes mamíferos —como el hombre— tarden veinte minutos en morir.

Al alcanzar el torrente sanguíneo, todas las fibras nerviosas del cuerpo se relajan en el primer momento y después dejan de funcionar, lo que provoca una lenta asfixia. Lo más curioso —o lo peor, como dirían algunos— es que la víctima es absolutamente consciente de lo que le ocurre, pero no puede moverse ni para pedir ayuda, ni para impedir el proceso de parálisis que va invadiendo lentamente su cuerpo.

En la selva, si durante una cacería alguien se corta el dedo con el dardo o la flecha envenenada, los indios saben qué hacer: respiración boca a boca y el uso de un antídoto a base de hierbas que siempre llevan consigo, ya que dichos accidentes son comunes. En las ciudades, el procedimiento habitual de los médicos es absolutamente inútil porque piensan que están ante un ataque cardíaco.

Igor no miró atrás mientras se iba. Sabía que en ese momento alguno de los «amigos» estaba buscando al culpable, mientras el otro llamaba a la ambulancia, que llegaría rápidamente al lugar, pero sin saber muy bien lo que pasaba. Bajarían con su ropa colorida, sus chalecos rojos, un desfibrilador —un aparato para aplicar descargas en el corazón— y una unidad portátil de electrocardiograma.

En el caso del curare, el corazón parece ser el último músculo en ser afectado, y sigue latiendo incluso después de la muerte cerebral.

No iban a notar nada raro en la frecuencia cardíaca, le pondrían un suero, eventualmente considerarían que se trata de un mal pasajero debido al calor o a una intoxicación alimentaria, pero aun así era necesario adoptar los procedimientos habituales, lo que podía incluir la máscara de oxígeno. Para entonces, los veinte minutos ya habrían pasado, y aunque el cuerpo aún estuviera vivo, el estado vegetativo era inevitable.

Igor deseó que Javits no tuviera la suerte de ser socorrido a tiempo; se pasaría el resto de sus días en una cama de hospital, en estado vegetativo.

Sí, lo había planeado todo. Utilizó su avión particular para entrar en Francia con una pistola que no pudiera ser identificada y con los diferentes venenos que consiguió utilizando sus contactos con criminales chechenos que actuaban en Moscú. Cada paso, cada movimiento, había sido rigurosamente estudiado y ensayado con precisión, tal como solía hacer en las reuniones de negocios. Hizo una lista de las víctimas en su cabeza: salvo la única que conocía personalmente, todas las demás debían ser de clases, edades y nacionalidades diferentes. Analizó durante meses la vida de asesinos en serie, usando un programa de ordenador muy popular entre los terroristas, que no dejaba pistas de las indagaciones que hacía. Tomó todas las precauciones necesarias para escapar sin que se notara después de haber cumplido su misión.

Está sudando. No, no se trata de arrepentimiento —puede que Ewa merezca todo este sacrificio— sino de la inutilidad de su proyecto. Es evidente que la mujer que más amaba tenía que saber que él sería capaz de cualquier cosa por ella, incluso destruir universos, ¿pero merecía realmente la pena? ¿O en determinados momentos hay que aceptar el destino, dejar que las cosas fluyan normalmente y que las personas recuperen la razón?

Está cansado. Ya no puede pensar con claridad, y puede que mejor que el asesinato sea el martirio. Entregarse, y de ese modo, demostrar el mayor sacrificio del que ofrece su propia vida por amor. Fue eso lo que Jesús hizo por el mundo, es su mejor ejemplo; cuando lo vieron derrotado, preso en la cruz, pensaron que todo se había acabado. Salieron orgullosos con su gesto, vencedores, seguros de que habían acabado con su problema para siempre.

Está confuso. Su plan es destruir universos, no ofrecer su libertad por amor. La chica de las cejas espesas parecía una Pietà en su sueño; la madre con el hijo en brazos, al mismo tiempo orgullosa y sufridora.

Va al baño, mete la cabeza debajo de la alcachofa de la ducha abierta, de la que sale agua helada. Puede que sea la falta de sueño, el lugar extraño, la diferencia horaria, o el hecho de estar haciendo aquello que planeó, y que nunca pensó que sería capaz de realizar. Recuerda la promesa que hizo ante las reliquias de santa Magdalena en Moscú. Pero ¿realmente está actuando correctamente? Necesita una señal.

El sacrificio. Sí, debería haber pensado en eso, pero puede que la experiencia con los dos mundos que ha destruido esa mañana le haya permitido ver con más claridad lo que sucede. La redención del amor a través de la entrega total. Su cuerpo será entregado a los verdugos, que simplemente juzgan los gestos y olvidan las intenciones y las razones que están por detrás de cualquier acto considerado «insano» por la sociedad. Jesús, que entiende que el amor merece cualquier cosa, recibirá su espíritu, y Ewa se quedará con su alma. Sabrá de lo que fue capaz: entregarse, inmolarse ante la sociedad, todo en nombre de alguien. No será condenado a muerte, ya que la guillotina fue abolida en Francia hace muchas décadas, pero probablemente pasará muchos años en prisión. Ewa se arrepentirá de sus pecados. Irá a visitarlo, le llevará comida, tendrán tiempo para hablar, para reflexionar, para amar; aunque sus cuerpos no se toquen, sus almas por fin estarán más unidas que nunca. Aunque tengan que esperar para irse a vivir a la casa que tiene pensado construir cerca del lago Baikal, esa espera los purificará y los bendecirá.

Sí, el sacrificio. Cierra el grifo de la ducha, contempla un rato su rostro en el espejo y no se ve a sí mismo, sino al Cordero que está a punto de ser inmolado de nuevo. Se pone la misma ropa que llevaba por la mañana, baja a la calle, va hasta el lugar en el que la joven vendedora solía sentarse y se acerca al primer policía que ve.

—Yo maté a la chica que estaba aquí.

El policía mira al hombre bien vestido que lleva el pelo alborotado y tiene unas profundas ojeras.

—¿La que vendía piezas de artesanía?

Asiente con la cabeza: la que vendía artesanía.

El policía no presta mucha atención a la conversación. Saluda con la cabeza a una pareja que pasa, cargada con bolsas del supermercado.

—¡Deberían contratar a alguien! —dice.

—Si le paga usted el salario —responde la mujer, sonriendo—. Es imposible conseguir gente para trabajar en este lugar del mundo.

—Cada semana lleva usted un diamante diferente en el dedo. No creo que ésa sea la verdadera razón.

Igor observa la escena sin entender nada. Acababa de confesar un crimen.

—¿No ha comprendido lo que le he dicho?

—Hace mucho calor. Vaya a dormir un poco, descanse. Cannes tiene mucho que ofrecer a los visitantes.

—Pero ¿y la chica?

—¿La conocía usted?

—Nunca la había visto antes, en toda mi vida. Ella estaba aquí por la mañana. Yo…

—… usted vio que llegaba la ambulancia, que se llevaban a una persona. Entiendo. Y concluyó que había sido asesinada. No sé de dónde es usted, no sé si tiene hijos, pero tenga cuidado con las drogas. Dicen que no son tan dañinas, pero mire lo que le ha ocurrido a la pobre hija de los portugueses.

Y se aparta sin esperar respuesta.

¿Debía insistir, darle los detalles técnicos, y así al menos lo tomaría en serio? Claro, era imposible matar a una persona a plena luz del día en la principal avenida de Cannes. Estaba dispuesto a hablar del otro mundo que se apagó en una fiesta llena de gente.

Pero el representante de la ley, del orden, de las buenas costumbres, no le había hecho caso. ¿En qué mundo vivían? ¿Tenía que sacar el arma del bolsillo y comenzar a disparar en todas las direcciones para que lo creyesen? ¿Tenía que comportarse como un bárbaro que reacciona sin motivo alguno para sus actos, hasta que por fin lo escucharan?

Igor acompaña con la mirada al policía, ve que cruza la calle y entra en una cafetería. Decide permanecer allí más tiempo, esperando a que cambie de idea, que reciba alguna información de la comisaría y vuelva para hablar con él y pedirle más información sobre el crimen.

Pero está casi seguro de que eso no va a pasar: recuerda el comentario sobre el diamante de la mujer. ¿Acaso sabía de dónde procedía? Por supuesto que no: en caso contrario, el policía ya se la habría llevado a la comisaría y la habría acusado de uso de material criminal.

Para la mujer, evidentemente, el brillante había aparecido por arte de magia en una tienda de lujo, después de haber sido —como decían siempre los vendedores— tallado por joyeros holandeses o belgas. Se clasificaban por la transparencia, el peso y el tipo de corte. El precio podía variar entre algunos cientos de euros hasta una cifra considerada verdaderamente ultrajante por la mayoría de los mortales.

Diamante. Brillante, si quieren llamarlo así. Como todo el mundo sabía, un simple trozo de carbón, trabajado por el calor y por el tiempo. Como no es orgánico, es imposible saber cuánto tiempo tarda en modificar su estructura, pero los geólogos estiman que entre trescientos millones y un billón de años. Generalmente se forma a ciento cincuenta kilómetros de profundidad y poco a poco va subiendo a la superficie, lo que permite su mineralización.

Diamante, el material más resistente y más duro creado por la naturaleza, que sólo puede ser cortado y tallado con otro. Las partículas, los restos que queden después de tallarlo, serán utilizados en la industria, en máquinas de pulir, de cortar, y nada más. El diamante sólo sirve como joya, y en eso reside su importancia: es absolutamente inútil para cualquier otra cosa.

La suprema manifestación de la vanidad humana.

Hace pocas décadas, en un mundo que parecía dirigirse hacia cosas prácticas y hacia la igualdad social, estaban desapareciendo del mercado. Hasta que la mayor compañía de mineralización del mundo, con sede en Sudáfrica, decidió contratar a una de las mejores agencias de publicidad del planeta. La Superclase se reúne con la Superclase, se hacen sondeos, y el resultado es simplemente una única frase de cinco palabras: «Un diamante es para siempre.»

Ya está, problema resuelto, las joyerías empezaron a invertir en la idea, y la industria volvió a florecer. Si los diamantes son para siempre, nada mejor para expresar el amor, que teóricamente también debe ser para siempre. Nada más determinante para distinguir a la Superclase de los otros billones de habitantes que están en la parte inferior de la pirámide. La demanda de piedras aumentó, los precios también. En pocos años dicho grupo sudafricano, que hasta entonces dictaba las reglas del mercado internacional, se vio rodeado de cadáveres.

Igor sabe de qué va el tema; cuando tuvo que ayudar a los ejércitos que combatían en un conflicto tribal, se vio obligado a recorrer un arduo camino. No se arrepiente: consiguió evitar muchas muertes, aunque casi nadie lo sabe. Lo comentó de pasada durante una cena olvidada con Ewa, pero decidió no seguir adelante; al hacer caridad, que tu mano izquierda jamás sepa lo que hace la derecha. Salvó muchas vidas con diamantes, aunque eso jamás aparecerá en su biografía.

Ese policía al que no le importa que un criminal confiese sus pecados y, en cambio, elogia la joya que lleva en el dedo una mujer que carga bolsas con papel higiénico y productos de limpieza no está a la altura de su profesión. No sabe que esa industria inútil mueve alrededor de cincuenta billones de dólares al año, da empleo a un gigantesco ejército de mineros, transportistas, compañías privadas de seguridad, talleres, seguros, vendedores al por mayor y tiendas de lujo. No se da cuenta de que empieza en el lodo y atraviesa ríos de sangre antes de llegar a un escaparate.

Lodo en el que está el trabajador que se pasa la vida buscando la piedra que al fin le otorgará la fortuna deseada. Encuentra varias, vende por una media de veinte dólares lo que al consumidor acabará costándole diez mil. Pero después de todo está contento, porque en el lugar en el que vive la gente gana menos de cincuenta dólares al año, y cinco piedras son suficientes para llevar una vida corta y feliz, ya que las condiciones de trabajo no pueden ser peores.

Las piedras salen de sus manos a través de compradores no identificados, y son inmediatamente transferidas a ejércitos irregulares en Liberia, el Congo o Angola. En esos lugares se designa a un hombre para ir hasta una pista de aterrizaje ilegal, rodeado de guardias armados hasta los dientes. Un avión aterriza, baja un señor de traje, acompañado de otro, que generalmente va en mangas de camisa, con un maletín. Se saludan fríamente. El hombre con los guardaespaldas entrega pequeños paquetes; puede que por superstición, esos paquetes se hacen con calcetines usados.

El hombre en mangas de camisa saca una lente especial de su bolsillo, la coloca en su ojo izquierdo y verifica pieza por pieza. Al cabo de una hora y media ya se ha hecho una idea sobre el material; entonces saca una pequeña balanza electrónica de precisión de su maletín y pone los calcetines en el plato. Hace algunos cálculos en un trozo de papel. El material se introduce en el maletín con la balanza, el hombre del traje les hace una señal a los guardias armados, y cinco o seis de ellos entran en el avión. Comienzan a descargar grandes cajas, que dejan allí mismo, al lado de la pista, mientras el avión levanta el vuelo. Toda la operación se desarrolla en medio día.

Abren las grandes cajas. Rifles de precisión, minas antipersona, balas que explotan al primer impacto, lanzando docenas de mortíferas y pequeñas bolas de metal. El armamento se les entrega a los mercenarios y a los soldados y en breve el país está de nuevo ante un golpe de Estado cuya crueldad no tiene límites. Tribus enteras son asesinadas, niños que pierden los pies y los brazos por culpa de la munición fragmentada, mujeres violadas. Al mismo tiempo, muy lejos de allí, generalmente en Amberes o en Ámsterdam, hombres serios y compenetrados trabajan con cariño, dedicación y amor, cortando cuidadosamente las piedras, extasiados con su propia habilidad, hipnotizados por el brillo que surge en cada una de las nuevas caras de aquel pedazo de carbón cuya estructura ha sido transformada por el tiempo. Un diamante cortando un diamante.

Mujeres que gritan desesperadas por un lado, el cielo cubierto de nubes de humo. Por otro lado, hermosos edificios antiguos se ven a través de las salas bien iluminadas.

En el año 2002, las Naciones Unidas promulgan una resolución, el Proceso Kimberley, que intenta determinar el origen de las piedras y prohibir que las joyerías compren aquellas que proceden de zonas de conflicto. Durante algún tiempo, los respetables talladores europeos vuelven al monopolio sudafricano en busca de material. Pero en seguida encuentran fórmulas para convertir en «oficial» un diamante, y la resolución sólo sirve para que los políticos puedan decir que «están haciendo algo para acabar con los diamantes de sangre», que es como se los conoce.

Hace cinco años, Igor intercambió piedras por armas, creó un pequeño grupo destinado a zanjar un sangriento conflicto al norte de Liberia, y lo consiguió; sólo mataron a los asesinos. Las pequeñas aldeas volvieron a tener paz, y los diamantes se vendieron a joyeros americanos, sin preguntas indiscretas.

Cuando la sociedad no reacciona para acabar con el crimen, el hombre tiene todo el derecho a hacer aquello que cree que es más correcto.

Algo semejante había ocurrido hacía algunos minutos en esa playa. Cuando descubrieran los asesinatos, alguien saldría a decir lo mismo de siempre: «Estamos haciendo lo posible por identificar al asesino.»

Pues que lo hiciesen. Otra vez el destino, siempre generoso, le había mostrado el camino que tenía que recorrer. El martirio no compensa. Pensándolo bien, Ewa iba a sufrir mucho con su ausencia, no iba a tener con quién hablar durante las largas noches y los interminables días que pasaría esperando su libertad. Lloraría cada vez que se lo imaginase pasando frío, mirando las paredes blancas de la prisión. Y cuando llegase el momento de partir definitivamente hacia la casa del lago Baikal, puede que la edad ya no les permitiese vivir todas las aventuras que habían planeado juntos.

El policía salió de la cafetería y volvió a la calle.

—¿Todavía está usted aquí? ¿Está perdido? ¿Necesita ayuda?

—No, gracias.

—Vaya a descansar como le he dicho. A esta hora, el sol puede ser muy peligroso.

Vuelve al hotel. Abre el grifo, se da una ducha. Le pide a la telefonista que lo despierte a las cuatro de la tarde; así podrá descansar lo suficiente para recuperar la lucidez necesaria y no hacer tonterías como la que casi acaba con sus planes.

Llama al conserje y reserva una mesa en la terraza para cuando despierte; le gustaría tomar un té sin que lo molestaran. Después se queda mirando al techo, esperando que lo invada el sueño.

No importa el origen de los diamantes siempre que brillen.

En este mundo, sólo el amor lo merece absolutamente todo. El resto no tiene la menor lógica.

Igor volvió a notar, como ya había notado muchas veces en su vida, que estaba ante una sensación de libertad total. La confusión desaparecía poco a poco, la lucidez regresaba.

Había dejado su destino en manos de Jesús. Jesús había decidido que tenía que seguir con su misión.

Se durmió sin ningún sentimiento de culpa.

13.55 horas

Gabriela decide ir caminando despacio hasta el lugar que le han indicado. Tiene que poner la cabeza en orden, necesita calmarse. Está en un momento en el que tanto sus sueños más secretos como sus pesadillas más tenebrosas pueden convertirse en realidad.

El teléfono emite una señal. Es un mensaje de su agente: «Enhorabuena. Acepta lo que sea. Besos.»

Mira hacia la multitud que parece ir de un lado a otro de la Croisette sin saber lo que quiere. ¡Ella tiene un objetivo! Ya no es una de esas aventureras que llegan a Cannes y no saben muy bien por dónde empezar. Tenía un currículum serio, un bagaje profesional respetable, nunca había intentado vencer en la vida usando solamente sus dotes físicas: ¡tenía talento! Por eso la habían seleccionado para reunirse con el famoso director, sin ayuda de nadie, sin ir vestida de manera provocativa, sin tener tiempo para ensayar bien el papel.

Por supuesto, él tendría en cuenta todo eso.

Paró para comer algo —hasta ese momento no había comido absolutamente nada—, y en cuanto bebió el primer trago de café su cabeza pareció volver a la realidad.

¿Por qué la habían escogido a ella?

¿Cuál iba a ser realmente su papel en la película?

¿Y si, cuando Gibson recibiera el vídeo, descubría que no era exactamente la persona que estaba buscando?

«Cálmate. No tienes nada que perder», intenta con-

154

vencerse a sí misma. Pero una voz insiste: «Estás ante la oportunidad de tu vida.» «No hay oportunidades únicas, la vida siempre te da otra oportunidad.» Y la voz insiste otra vez: «Puede ser. ¿Pero cuánto tiempo va a tardar en llegar? Sabes la edad que tienes, ¿o no?» «Sí, claro. Veinticinco años, en una carrera en la que las actrices, incluso las que más se esfuerzan…», etc.

No es necesario repetirlo. Paga el sándwich, el café, camina hasta el muelle, esta vez, intentando controlar su optimismo, reprimiéndose para no llamar a la gente aventurera, recitando mentalmente las reglas del pensamiento positivo que es capaz de recordar, así evita pensar en la reunión.

«Si crees en la victoria, la victoria creerá en ti.»

«Arriésgalo todo por una oportunidad, y apártate de todo lo que te ofrezca un mundo de comodidad.»

«El talento es un don universal. Pero hay que tener mucho valor para usarlo; no tengas miedo de ser la mejor.»

No basta con concentrarse en lo que dicen los grandes maestros, hay que pedirle ayuda al cielo. Comienza a rezar, como hace siempre que está angustiada. Siente que necesita hacer una promesa, y decide ir andando de Cannes al Vaticano si consigue el papel.

Si la película se hace realmente.

«Si consigue un gran éxito mundial.»

No, bastaba con participar en una película con Gibson, ya que eso llamaría la atención de otros directores y productores. Si eso sucede, hará la peregrinación prometida.

Llega al lugar indicado, mira al mar, comprueba otra vez el mensaje que ha recibido de su agente; si ella ya lo sabía es porque el compromiso debe de ser realmente serio. Pero ¿qué significaba aceptar cualquier cosa? ¿Acostarse con el director? ¿Con el actor principal?

Nunca lo había hecho antes, pero ahora estaba dispuesta a todo. Y, en el fondo, ¿quién no sueña con acostarse con alguna de las celebridades del cine?

Vuelve a concentrarse en el mar. Podría haber pasado por casa para cambiarse de ropa, pero es supersticiosa: si había llegado hasta ese muelle con unos vaqueros y una camiseta blanca, al menos debía esperar hasta el final del día para hacer cualquier cambio en su vestuario. Se afloja el cinturón, se sienta en la posición del loto, y empieza a hacer yoga. Respira lentamente y su cuerpo, su corazón, su pensamiento, todo parece volver a su sitio. Ve que la lancha se acerca, un hombre salta fuera y se dirige hacia ella:

—¿Gabriela Sherry?

Ella asiente con la cabeza, el hombre le pide que lo acompañe. Suben a la lancha y navegan por un mar congestionado de yates de todas las formas y tamaños. Él no le dirige ni una sola palabra, como si estuviese lejos de allí, puede que soñando también con lo que ocurre en las cabinas de esos pequeños navíos, y cómo le gustaría tener uno propio. Gabriela vacila: su cabeza está llena de preguntas, de dudas, y cualquier palabra amable puede hacer que el desconocido se convierta en su aliado, ayudándola, proporcionándole valiosa información sobre la manera en que debe comportarse en ese momento. Pero ¿quién es? ¿Tendrá alguna influencia sobre Gibson, o será simplemente un trabajador de quinta categoría que se encarga de trabajos como recoger a las actrices desconocidas y llevarlas hasta su jefe?

Mejor estarse callada.

Cinco minutos después se detienen junto a un enorme barco todo pintado de blanco. Lee el nombre escrito en la proa: *Santiago*. Un marinero hace descender una escalera y la ayuda a subir a bordo. Pasan por el amplio pasillo central, donde, al parecer, están preparando una gran fiesta para esa noche. Van hasta la popa, en la que hay una pequeña piscina, dos mesas con sombrilla y algunas tumbonas. Disfrutando del sol de esa tarde, ¡allí están Gibson y la Celebridad!

«No me importaría acostarme con ninguno de los dos», se dice, sonriendo. Ahora se siente más segura, aunque su corazón late más de prisa que de costumbre.

La Celebridad la mira de arriba abajo y le dedica una sonrisa amable, tranquilizadora. Gibson le da la mano de manera firme y decidida, se levanta, coge una de las sillas que están junto a la mesa más cercana y le pide que se siente.

Luego llama a alguien por teléfono y pide el número de una habitación de hotel.

Lo repite en alto, mirando en su dirección.

Era lo que imaginaba. La habitación de un hotel.

Cuelga el teléfono.

—Al salir de aquí, ve a esta suite del Hilton. Allí están expuestos los vestidos de Hamid Hussein. Esta noche estás invitada a la fiesta de Cap d'Antibes.

No era lo que ella imaginaba. ¡El papel era suyo! Y la fiesta en Cap d'Antibes, ¡la fiesta en CAP D'ANTIBES!

Él se dirige entonces a la Celebridad:

—¿Qué te parece?

—Es mejor escucharla un poco a ella, para ver qué tiene que decir.

Gibson asiente con la cabeza, haciendo un gesto con la mano que sugiere «Háblanos un poco de ti». Gabriela empieza por el curso de teatro, los anuncios en los que ha participado. Nota que ambos ya no le están prestando atención, deben de haber oído esa misma historia miles de veces. Aun así, no puede parar, cada vez habla más de prisa, pensando que no tiene nada más que decir, la oportunidad de su vida depende de una palabra adecuada que no consigue encontrar. Respira hondo, procura aparentar que está cómoda, quiere ser original, bromea un poco, pero es incapaz de salirse del guión que su agente le ha enseñado para un momento como ése.

Dos minutos después, Gibson la interrumpe:

—Perfecto, todo eso ya lo sabemos por tu currículum. ¿Por qué no nos hablas de ti?

Alguna barrera se rompe en su interior sin avisar. En vez de sentir pánico, su voz ahora suena más calmada y firme.

—Soy una más de entre los millones de personas en el mundo que siempre han soñado con estar en este yate, mirando al mar, hablando sobre la posibilidad de trabajar al menos con uno de vosotros. Y ambos sois conscientes de ello. Aparte de eso, creo que no hay nada que pueda decir que vaya a cambiar algo. ¿Si estoy soltera? Sí. Como toda mujer soltera, tengo a un hombre enamorado, que en este momento me espera en Chicago y que está deseando que todo me salga mal.

Ambos se ríen. Ella se relaja un poco más.

—Quiero luchar hasta donde sea posible, aunque sé que estoy casi al límite de mis posibilidades, ya que mi edad empieza a ser un problema para los cánones del cine. Sé que hay mucha gente con el mismo talento o incluso más que yo. Me han escogido, no sé muy bien para qué, pero he decidido aceptar sea lo que sea. Puede que ésta sea mi última oportunidad, y puede que el hecho de decir esto ahora disminuya mi valor; sin embargo, no tengo elección. Durante toda mi vida me he imaginado un momento como éste: participar en una prueba, que me escogieran y poder trabajar con profesionales de verdad. Este momento ha llegado. Si no fuera más allá de esta reunión, si volviera a casa con las manos vacías, al menos sabría que he llegado hasta aquí gracias a dos cosas que creo que tengo: integridad y perseverancia.

»Soy mi mejor amiga y mi peor enemiga. Antes de venir aquí pensaba que no me merecía nada de esto, era incapaz de corresponder a lo que se esperaba de mí y creía que seguramente se habían equivocado al elegirme como candidata. Al mismo tiempo, otra parte de mi corazón me decía que estaba siendo recompensada porque no había desistido, porque había tomado una decisión y había llegado hasta el final de la lucha.

Desvió la mirada de ambos; de repente, sintió unas terribles ganas de llorar, pero se controló porque eso podría interpretarse como un chantaje emocional. La bonita voz de la Celebridad interrumpió el silencio:

—Como en cualquier otro sector, aquí también hay personas honestas que valoran el trabajo profesional. Es por eso por lo que he llegado hasta donde estoy hoy. Y lo mismo pasó con nuestro director. Yo pasé por la misma situación que tú estás viviendo ahora. Sabemos lo que sientes.

Toda su vida hasta ese momento desfiló por delante de sus ojos. Todos los años que buscó sin encontrar, que llamó sin que la puerta se abriera, que pidió sin oír siquiera una palabra como respuesta; simplemente la indiferencia, como si no existiera para el resto del mundo. Todos los «no» que había oído cuando alguien se dio cuenta de que sí, ella estaba viva, y merecía al menos saber algo.

«No puedo llorar.»

Toda la gente que le había dicho que perseguía un sueño inalcanzable y que, si ahora todo salía bien, le dirían: «¡Sabía que tenías talento!» Sus labios empezaron a temblar: era como si todo eso estuviera saliendo de repente de su corazón. Estaba contenta por tener el valor de mostrarse humana, frágil, y eso suponía una gran diferencia para su alma. Si ahora Gibson se arrepentía de la elección, podría subir a la lancha de regreso sin arrepentirse lo más mínimo; en el momento de la lucha, había demostrado que tenía valor.

Dependía de los demás. Le había costado mucho aprender esa lección, pero por fin había entendido que dependía de los demás. Conocía a gente que se enorgullecía de su independencia emocional, aunque en realidad eran tan frágiles como ella, lloraban a escondidas, nunca pedían ayuda. Creían en una regla no escrita, que afirma que «el mundo es para los fuertes», que «sólo sobrevive el más apto». Si así fuera, los seres humanos no existirían porque forman parte de una especie que hay que proteger durante un largo período. Su padre le había contado una vez que no alcanzamos cierta capacidad para sobrevivir hasta después de los nueve años de edad, mientras que a una jirafa no le lleva más que cinco horas, y una abeja ya es independiente antes de que pasen cinco minutos.

—¿En qué piensas? —le pregunta la Celebridad.

—En que no tengo que fingir que soy fuerte y eso me alivia mucho. Durante parte de mi vida tuve problemas constantes a la hora de relacionarme porque pensaba que sabía mejor que todos cómo llegar a donde quiero. Mis novios me detestaban y yo no entendía la razón. Una vez, durante la gira de una obra de teatro, cogí una gripe que no me dejó salir de la habitación, por más que me aterrase la idea de que otra persona interpretase mi papel. No comía, deliraba con la fiebre; llamaron a un médico, que me mandó regresar a casa. Creí que había perdido el trabajo y el respeto de mis compañeros. Pero no pasó nada de eso: recibía flores y llamadas. Querían saber cómo estaba. De repente, aquellas personas que yo creía mis adversarios, que competían por el mismo sitio bajo los focos, ¡se preocupaban por mí! Una de ellas me envió una tarjeta con el texto de un médico que se fue a trabajar a un país lejano: «Todos conocemos una patología del África central llamada enfermedad del sueño. Lo que tenemos que saber es que existe otra enfermedad parecida que ataca al alma, y que es muy peligrosa porque se instala sin que nos demos cuenta. Cuando notes el primer indicio de indiferencia y de falta de entusiasmo respecto a tus semejantes, ¡estáte alerta! La única manera de prevenir esa enfermedad es entendiendo que el alma sufre, y sufre mucho, cuando la obligamos a vivir superficialmente. Al alma le gustan las cosas bellas y profundas.»

Frases. La Celebridad recordó su verso favorito, un poema que había aprendido en el colegio y que lo asustaba a medida que pasaba el tiempo: *«Tendrían que dejar a un lado todo lo demás, pues yo tengo la pretensión de ser su patrón único y exclusivo.»* Decidir algo era tal vez la cosa más difícil en la vida de un ser humano; a medida que la actriz contaba su historia, él se veía a sí mismo reflejado.

La primera gran oportunidad, también gracias a su talento como actor teatral. La vida, que cambiaba de un momento a otro; la fama, que crecía a más velocidad que su capacidad para adaptarse a ella, de manera que acababa aceptando invitaciones a lugares a los que no debía ir, o rechazando reuniones que le habrían ayudado a ir más allá en su carrera. El dinero, que, aunque no fuera mucho, le daba la sensación de que lo podía todo. Los regalos caros, los viajes a un mundo desconocido, los aviones privados, los restaurantes de lujo, las suites de hotel que se parecían a las habitaciones de reyes y reinas que solía imaginar en su infancia. Las primeras críticas: respeto, elogios, palabras que tocaban su alma y su corazón. Las cartas que le llegaban de todo el mundo y que al principio contestaba una a una, concertar citas con las mujeres que le enviaban fotos, hasta que descubrió que era imposible mantener ese ritmo. Su agente no sólo se lo desaconsejaba, sino que lo amedrentaba diciéndole que podía estar cayendo en una trampa. Aun así, seguía sintiendo un placer especial cuando se encontraba con los fans que seguían cada paso de su carrera, abrían páginas en Internet dedicadas a su trabajo, distribuían pequeños periódicos que contaban todo lo que sucedía en su vida —mejor dicho, las cosas positivas— y defendiéndolo de cualquier ataque de la prensa, cuando el papel elegido no se celebraba como era debido.

Y los años seguían pasando. Lo que antes era un milagro o una oportunidad del destino por la que había jurado no dejarse esclavizar empezaba a convertirse en su única razón para seguir viviendo. Hasta que ve un poco más allá y el corazón se encoge: «Esto puede acabarse algún día.» Aparecen otros actores jóvenes, que aceptan menos dinero a cambio de más trabajo y visibilidad. Oye comentarios de la gran película que lo ha proyectado, que todos citan, aunque haya hecho noventa y nueve películas más pero nadie se acuerde demasiado bien.

Las condiciones económicas ya no son las mismas, porque pensó que era un trabajo que nunca se iba a terminar y forzó a su agente a mantener el precio por las nubes. Resultado: cada vez lo llaman menos, aunque ahora cobre la mitad por participar en una película. La desesperación empieza a dar sus primeras muestras en un mundo que hasta entonces estaba hecho de esperanza por llegar cada vez más lejos, más alto, más rápido. No puede desvalorizarse de un momento a otro; cuando aparece un contrato cualquiera, tiene que decir que le ha gustado mucho el papel y que ha decidido hacerlo de cualquier manera, aunque el salario no sea equiparable a lo que acostumbra a cobrar. Los productores fingen que se lo creen. El agente finge que ha conseguido engañarlos, pero sabe que su «producto» tiene que seguir viéndose en festivales como ése, siempre ocupado, siempre amable, siempre distante, como todos los mitos.

El asesor de prensa le sugiere que se deje fotografiar besándose con alguna actriz famosa, lo cual le puede suponer alguna portada en revistas de escándalos. Ya se han puesto en contacto con la persona escogida, que también necesita publicidad extra; es cuestión de elegir el momento adecuado durante la cena de gala de esa noche. La escena debe parecer espontánea, tienen que estar seguros de que hay algún fotógrafo cerca, aunque ambos no puedan, de ninguna manera, «percatarse» de que los están vigilando. Más tarde, cuando se publiquen las fotos, saldrán de nuevo en los titulares negando lo sucedido, diciendo que es una invasión de su intimidad, sus abogados abrirán procesos contra las revistas y los asesores de prensa de ambos intentarán mantener el asunto vivo el mayor tiempo posible.

En el fondo, a pesar de los años de trabajo y de la fama mundial, su situación no era muy diferente de la de la chica que tenía delante. «Tendrás que desistir de todo, yo seré tu único y exclusivo patrón.»

Gibson interrumpe el silencio que se había instalado durante treinta segundos en ese escenario perfecto: el yate, el sol, las bebidas heladas, el chillido de las gaviotas, la brisa soplando y apartando el calor.

—En primer lugar, creo que te gustará saber qué papel vas a hacer, ya que el título de la película puede cambiar hasta el día del estreno. La respuesta es la siguiente: vas a actuar con él.

Y señala a la Celebridad.

—Es decir, uno de los papeles principales. Y tu siguiente pregunta, lógicamente, será: ¿y por qué yo, y no una celebridad femenina?

—Exacto.

—Explicación: el precio. En el caso del guión que me han encargado dirigir, y que será la primera película producida por Hamid Hussein, tenemos un presupuesto limitado. Y la mitad está destinada a la promoción, no al producto final. Por tanto, necesitamos a una celebridad para atraer al público, y a alguien desconocido y barato, pero que obtendrá la proyección que merece. Eso no sólo pasa hoy: desde que la industria del cine empezó a mandar en el mundo, los estudios hacen lo mismo para mantener viva la idea de que fama y dinero son sinónimos. Recuerdo, cuando era pequeño, que veía aquellas grandes mansiones de Hollywood, y pensaba que los actores ganaban una fortuna.

»Mentira. Sólo diez o veinte celebridades de todo el mundo pueden decir que ganan una fortuna. El resto viven de las apariencias; la casa es alquilada por el estudio, los modistos y los joyeros les prestan su ropa, los coches se los ceden por determinados períodos de tiempo, de modo que se los asocia con el lujo. El estudio paga todo lo que significa glamour, y los actores ganan un salario pequeño. Ése no es el caso de la persona que está aquí sentada con nosotros, sino que será tu caso.

La Celebridad no sabe si Gibson está siendo sincero, si realmente creía que estaba ante uno de los mejores actores del mundo, o si estaba siendo sarcástico. Pero eso no tiene la menor importancia siempre que firmen el contrato, que el productor no cambie de idea en el último momento, que los guionistas sean capaces de entregar el texto el día previsto, que se cumpla rigurosamente el presupuesto y se ponga en marcha una excelente campaña publicitaria. Ya había visto cómo se interrumpían cientos de proyectos; formaba parte de la vida. Pero después de que su más reciente trabajo hubiera pasado casi desapercibido entre el público, necesitaba desesperadamente un éxito arrollador. Y Gibson podía hacerlo.

—Acepto —dijo la chica.

—Ya hemos hablado con tu agente. Firmarás un contrato exclusivo con nosotros. En la primera película ganarás dos mil dólares al mes durante un año, y tendrás que ir a fiestas, ser promocionada por nuestro departamento de relaciones públicas, viajar a donde te digamos, decir lo que queramos y nunca decir lo que piensas. ¿Está claro?

Gabriela asiente con la cabeza. ¿Qué más podía decir: que dos mil dólares es el salario de una secretaria en Europa? Lo tomas o lo dejas, y ella no quería mostrar sus dudas: evidentemente entendía las reglas del juego.

—Entonces —continúa Gibson, vivirás como una millonaria, te comportarás como una gran estrella, pero no olvides que nada de eso es verdad. Si todo sale bien, aumentaremos tu salario a diez mil dólares en la próxima película. Después volveremos a hablar, ya que siempre tendrás un único pensamiento en la cabeza: «Algún día me vengaré por todo esto.» Tu agente, está claro, escuchó nuestra propuesta; ella ya sabía qué podía esperar. No sé si tú lo sabías.

—Eso no importa. Tampoco pretendo vengarme de nada.

Gibson fingió que no escuchaba.

—No te he hecho venir para hablar de la prueba: fue excelente, lo mejor que he visto en mucho tiempo. Nuestra encargada de seleccionar a los actores piensa lo mismo. Te he llamado para que quede claro, desde el primer momento, qué terreno pisas. Muchas actrices y actores, después de la primera película, tras darse cuenta de que tienen el mundo a sus pies, quieren cambiar las reglas. Pero han firmado contratos, saben que eso es imposible, y entonces sufren crisis depresivas, autodestructivas, cosas de ese tipo. Hoy en día nuestra política ha cambiado: os explicamos claramente lo que va a suceder. Tendrás que convivir con dos mujeres: si todo sale bien, una de ellas será la que todo el mundo adora. La otra es la que sabe, en todo momento, que no tiene ningún poder en absoluto.

»Así pues, te aconsejo que antes de ir al Hilton para recoger la ropa para esta noche pienses bien en todas las consecuencias. En el momento en el que entres en la suite, cuatro copias de un enorme contrato te estarán esperando. Antes de firmarlo, tu vida te pertenece y puedes hacer con ella lo que quieras. En el momento en que pongas tu firma en el papel, ya no serás dueña de nada; controlaremos desde tu corte de pelo hasta los lugares en los que debes comer, aunque no tengas apetito. Evidentemente podrás ganar dinero en publicidad, utilizando tu fama, y es por eso por lo que la gente acepta estas condiciones.

Los dos hombres se levantan.

—¿Quieres actuar con ella?

—Será una actriz excelente. Ha mostrado emoción en un momento en el que todos quieren demostrar eficacia.

—No creas que este yate es mío —dice Gibson, después de llamar a alguien para que la acompañe a la lancha que la llevará de vuelta al puerto.

Ella captó la indirecta.

15.44 horas

—Subamos al primer piso a tomar un café —dice Ewa.

—Pero el desfile es dentro de una hora, y ya sabes cómo está el tráfico.

—Tenemos tiempo para un café.

Suben la escalera, giran a la derecha, van hasta el final del pasillo, el guardia de seguridad de la puerta ya los conoce y simplemente los saluda. Pasan frente a algunos escaparates de joyas —diamantes, rubís, esmeraldas— y salen de nuevo al sol de la terraza del primer piso. Allí, la famosa marca de joyas alquilaba todos los años el espacio para recibir a amigos, celebridades, periodistas. Muebles de buen gusto, un gran bufet con manjares selectos que se reponen constantemente. Se sientan a una mesa protegida con una sombrilla. Se acerca un camarero, piden agua mineral con gas y café expreso. El camarero les pregunta si desean algo del bufet. Le dan las gracias pero dicen que ya han comido.

Al cabo de menos de dos minutos vuelve con lo que le han pedido.

—¿Está todo bien?

—Perfecto.

«Está todo fatal —piensa Ewa—. Salvo el café.»

Hamid sabe que algo raro le pasa a su mujer, pero deja la conversación para otro momento. No quiere pensar en eso. No quiere arriesgarse a oír algo como «voy a dejarte». Es lo suficientemente disciplinado como para controlarse.

167

En una de las otras mesas está uno de los estilistas más famosos del mundo, con su máquina fotográfica a su lado y la mirada distante, como el que desea dejar claro que no quiere que lo molesten. Nadie se acerca, y cuando alguien pretende aproximarse a él, la relaciones públicas del local, una simpática señora de cincuenta años, le dice amablemente que lo deje en paz, que necesita descansar un poco del constante asedio de las modelos, los periodistas, los clientes, los empresarios.

Recuerda la primera vez que lo vio; hace tantos años que parece una eternidad. Ya llevaba en París más de once meses, tenía algunos amigos en el sector, había llamado a varias puertas, y gracias a los contactos del jeque —que había dicho no conocer a nadie en el sector pero que tenía amigos en otros puestos de poder—, consiguió un empleo como dibujante en una de las más respetadas marcas de alta costura. En vez de hacer sólo los esbozos basados en los materiales que tenía delante, solía permanecer en el taller hasta altas horas de la noche, trabajando por cuenta propia con las muestras del material que había llevado consigo de su país. Durante ese período tuvo que volver dos veces: la primera porque se enteró de que su padre había muerto y le había dejado como herencia la pequeña empresa familiar de compraventa de tejidos. Antes incluso de tener tiempo para reflexionar, se enteró por un emisario del jeque de que alguien se encargaría de administrar el negocio, invertirían lo necesario para que prosperase y todos los derechos seguirían a su nombre.

Preguntó la razón, porque el jeque había demostrado un absoluto desconocimiento o desinterés por el tema.

—Una firma francesa, fabricante de maletas, pretende instalarse aquí. Lo primero que han hecho es buscar a nuestros proveedores de tejidos, prometiendo que iban a usarlos en alguno de sus productos de lujo. Así pues, ya tenemos clientes, honramos nuestras tradiciones y mantenemos el control de la materia prima.

Volvió a París sabiendo que el alma de su padre estaba en el Paraíso y que su memoria permanecería en la tierra que tanto había amado. Siguió trabajando fuera de su horario, elaborando diseños con motivos beduinos, probando muestras que había llevado consigo. Si dicha firma francesa —conocida por su atrevimiento y su buen gusto— estaba interesada en lo que producían en su país, seguramente en breve la noticia llegaría a la capital de la moda y la demanda sería grande.

Todo era una cuestión de tiempo. Pero, por lo visto, las noticias corrían rápidamente.

Una mañana lo llamó el director. Por primera vez entraba en esa especie de templo sagrado, la sala del gran modisto, y se quedó impresionado con la desorganización del lugar. Periódicos por todas partes, papeles apilados encima de la mesa antigua, una cantidad enorme de fotos personales con celebridades, portadas de revista enmarcadas, muestras de material, y un bote lleno de plumas blancas de todos los tamaños.

—Eres muy bueno en tu trabajo. He echado un vistazo a los esbozos que dejas allí expuestos para que todo el mundo pueda verlos. Debes tener más cuidado con eso; nunca se sabe si alguien cambiará de empleo mañana y se llevará las buenas ideas a otra marca.

A Hamid no le gustó saber que lo estaban espiando, pero guardó silencio mientras el director hablaba.

—¿Por qué digo que eres bueno? Porque vienes de una tierra donde la gente se viste de forma distinta y empiezas a entender cómo adaptar eso a Occidente. Sólo hay un problema: aquí no podemos encontrar ese tipo de tejido. Esa clase de dibujo tiene connotaciones religiosas; la moda es sobre todo la vestimenta de la carne, aunque refleja bien lo que el espíritu quiere decir.

El director se dirigió a uno de los montones de revistas que había en una esquina y, como si supiera de memoria todo lo que allí había, sacó algunas ediciones, probablemente compradas en los *bouquinistes*, los libreros que desde la época de Napoleón muestran sus libros a orillas del Sena. Abrió un antiguo *Paris Match* con Christian Dior en la portada.

—¿Qué es lo que hace que este hombre sea una leyenda? Supo entender al género humano. Entre las muchas revoluciones que ha provocado la moda, hay una que debe ser destacada: tras la segunda guerra mundial, cuando Europa no tenía prácticamente cómo vestirse debido a la escasez de tejidos, creó diseños que requerían una enorme cantidad de material. De ese modo, no sólo mostraba a una hermosa mujer vestida, sino el sueño de que todo iba a volver a ser como antes; elegancia, abundancia, hartazgo. Lo atacaron y lo difamaron por eso, pero sabía que iba por el camino correcto, que es siempre la dirección contraria.

Dejó el *Paris Match* exactamente en el mismo lugar de donde lo había sacado y volvió con otra revista.

—Y aquí está Coco Chanel. Abandonada en la infancia por sus padres, ex cantante de cabaret, el tipo de mujer que sólo puede esperar lo peor de la vida. Pero aprovechó la única oportunidad que tuvo (amantes ricos), y al cabo de poco tiempo se convirtió en la mujer más importante de su época en el mundo de la costura. ¿Qué hizo? Liberó a las demás mujeres de la esclavitud de los corsés, aquellos objetos de tortura que moldeaban el tórax e impedían cualquier movimiento natural. Sólo se equivocó en una cosa: escondió su pasado, cuando eso la habría ayudado a convertirse en una leyenda más poderosa todavía: la mujer que sobrevivió a pesar de todo.

Volvió a colocar la revista en su sitio, y continuó:

—Y tú te preguntarás: ¿por qué no lo hicieron antes?

Nunca sabremos la respuesta. Evidentemente, debieron de intentarlo, costureros que fueron absolutamente olvidados por la historia porque no supieron reflejar en sus colecciones el espíritu del tiempo en que vivían. Para que el trabajo de Chanel pudiera tener la repercusión que tuvo, no bastaba con el talento de la creadora o con los amantes ricos: la sociedad tenía que estar preparada para la gran revolución feminista que se dio en el mismo período.

El director hizo una pausa.

—Y ahora es el momento de la moda en Oriente Medio. Precisamente porque las tensiones y el miedo que mantienen al mundo en vilo proceden de tu tierra. Lo sé porque soy el director de esta casa. Al fin y al cabo, todo empieza con una reunión de los principales proveedores de tinte y pigmentos.

«Al fin y al cabo, todo empieza con una reunión de los principales proveedores de tinte y pigmentos.» Hamid miró otra vez al gran estilista sentado solo, en la azotea, con la cámara fotográfica posada en la silla a su lado. Probablemente él también lo había visto entrar, y en ese momento estaba pensando de dónde había sacado tanto dinero para llegar a ser su mayor competidor.

El hombre que ahora mira al vacío y finge no preocuparse por nada había hecho todo lo posible para que no ingresara en la federación. Imaginaba que el petróleo estaba financiando sus negocios, y eso era competencia desleal. No sabía que, ocho meses después de la muerte de su padre, y dos meses después de que el director de la marca para la que trabajaba le ofreciera un puesto mejor —aunque su nombre no pudiera aparecer, ya que la casa tenía otro estilista contratado para brillar bajo los focos y en las pasarelas—, el jeque lo había mandado llamar otra vez, en esta ocasión para una reunión personal.

Cuando llegó a la que antes era su ciudad, le costó reconocer el lugar. Esqueletos de rascacielos formaban una fila interminable en la única avenida de la ciudad, el tráfico era insoportable, el antiguo aeropuerto estaba cerca del caos absoluto, pero la idea del gobernante empezaba a materializarse: ése sería el lugar de paz en medio de las guerras, el paraíso de las inversiones en medio de los tumultos del mercado financiero mundial, la cara visible de la nación que tantos se complacían en criticar, humillar, rodear de prejuicios. Otros países de la región empezaron a creer en la ciudad que se erigía en medio del desierto, y el dinero comenzó a manar, primero como una fuente, después como un caudaloso río.

El palacio, sin embargo, seguía siendo el mismo, aunque se estaba construyendo otro mucho más grande no lejos de allí. Hamid llegó animado para la reunión, diciendo que había recibido una excelente propuesta de trabajo y ya no necesitaba la ayuda económica; al contrario, devolvería cada céntimo que habían invertido en él.

—Presenta tu dimisión —dijo el jeque.

Hamid no entendió. Sí, sabía que la empresa que su padre le había dejado le estaba reportando excelentes beneficios, pero tenía otros sueños para su futuro. Sin embargo, no podía desafiar por segunda vez al hombre que tanto lo había ayudado.

—En nuestra única reunión, pude decirle «no» a su alteza porque defendía los derechos de mi padre, que siempre han sido lo más importante de este mundo. Ahora, sin embargo, tengo que acatar la voluntad de mi gobernante. Si cree que ha perdido su dinero invirtiendo en mi trabajo, haré lo que me pide. Volveré y cuidaré de mi herencia. Si debo renunciar a mi sueño para honrar el código de mi tribu, lo haré.

Pronunció estas palabras con voz firme. No podía mostrar debilidad ante un hombre que respeta la fuerza del otro.

—No te he pedido que vuelvas. Si te han ascendido es porque ya sabes lo que necesitas para crear tu propia marca. Es eso lo que quiero.

«¿Que cree mi propia marca? ¿He entendido bien?»

—Veo que, cada vez más, las grandes marcas de lujo se instalan aquí —continuó el jeque—. Y saben lo que hacen: nuestras mujeres están empezando a cambiar su modo de pensar y de vestir. Más que cualquier inversión extranjera, lo que realmente ha influido en nuestra región es la moda. He hablado con hombres y mujeres que saben del tema; simplemente soy un viejo beduino que, cuando vio su primer coche, pensó que había que alimentarlo como a los camellos.

»Me gustaría que los extranjeros leyesen a nuestros poetas, que escuchasen nuestra música, que cantasen y bailasen los temas que se transmiten de generación en generación a través de la memoria de nuestros antepasados. Pero, por lo visto, eso no le interesa a nadie. Sólo hay una manera de que aprendan a respetar nuestra tradición: la manera en que tú trabajas. Si entienden quiénes somos a través de nuestra forma de vestirnos, acabarán por comprender el resto.

Al día siguiente se reunió con un grupo de inversores de otros países. Pusieron a su disposición una fantástica suma de dinero, y marcaron un plazo para devolverlo. Le preguntaron si aceptaba el desafío, si estaba preparado para eso.

Hamid pidió tiempo para pensarlo. Fue hasta la tumba de su padre, rezó durante toda la tarde. Caminó durante la noche por el desierto, sintió que el viento congelaba sus huesos, y volvió al hotel en el que se hospedaban los extranjeros. «Bendito aquel que consigue darles a sus hijos alas y raíces», dice un proverbio árabe.

Necesitaba las raíces: hay un lugar en el mundo en el que nacemos, aprendemos una lengua, descubrimos cómo

173

nuestros antepasados superaban sus problemas. En un determinado momento pasamos a ser responsables de ese lugar.

Necesitaba las alas. Ellas nos muestran los horizontes sin fin de la imaginación, nos llevan hasta nuestros sueños, nos conducen a lugares lejanos. Son las alas las que nos permiten conocer las raíces de nuestros semejantes y aprender de ellas.

Le pidió inspiración a Dios y se puso a rezar. Dos horas después, recordó una conversación de su padre con uno de los amigos que frecuentaban la tienda de tejidos:

—Esta mañana, mi hijo me ha pedido dinero para comprar un carnero; ¿debo ayudarlo?

—No es una situación de emergencia, así que espera una semana antes de atender la petición de tu hijo.

—Pero estoy en condiciones de ayudarlo; ¿qué diferencia hay si espero una semana?

—Una diferencia muy grande. La experiencia me ha demostrado que la gente sólo da valor a algo cuando se les da la oportunidad de dudar si conseguirán o no lo que desean.

Hizo que los emisarios esperasen una semana y después aceptó el desafío. Necesitaba a gente que se ocupara del dinero, que lo invirtiera de la manera que dijese. Necesitaba empleados, preferentemente de la misma aldea. Necesitaba otro año en su actual trabajo para aprender lo que le faltaba.

Sólo eso.

«Todo empieza en una fábrica de tintes.»

No es exactamente así: todo empieza cuando las compañías que rastrean las tendencias del mercado, conocidas como estudios de mercado (en francés, «*cabinets de tendence*»; en inglés, «*trend adapters*»), notan que un determinado estrato social de la población se interesa más por determinados asuntos que por otros, y eso no tiene absolutamente nada que ver con la moda. Ese estudio se hace basándose en encuestas hechas a los consumidores, monitorización por estadísticas, pero, sobre todo, a través de la observación cuidadosa de un ejército de personas —generalmente de entre veinte y treinta años— que frecuentan discotecas, caminan por las calles, leen todo lo que se publica en los blogs de Internet. Jamás ven los escaparates, aunque sean de marcas reputadas; lo que hay en ellos ya ha llegado al gran público, y está condenado a morir.

Lo que los genios de los estudios de tendencias quieren saber exactamente es: ¿cuál será la siguiente preocupación o curiosidad del consumidor? Los jóvenes, al no tener dinero suficiente para consumir productos de lujo, se ven obligados a inventar nuevos estilos. Como viven pegados al ordenador, comparten sus intereses con otros, y muchas veces eso acaba convirtiéndose en una especie de virus que contagia a toda la comunidad. Los jóvenes influencian a sus padres en la política, en la lectura, en la música, y no al revés, como piensan los ingenuos. Por otro lado, ellos influyen en los jóvenes en eso que llaman «sistema de valores». Aunque los adolescentes sean rebeldes por naturaleza, siempre piensan que la familia tiene razón; pueden vestirse de manera rara y gustarles cantantes que sueltan aullidos y destrozan guitarras, pero eso es todo. No tienen valor para seguir adelante y provocar una verdadera revolución de costumbres.

«Ya lo hicieron en el pasado. Pero menos mal que esa ola pasó y volvió al mar.»

Porque en este momento los estudios de tendencias demuestran que la sociedad se dirige hacia un estilo más conservador, lejos de la amenaza que significaron las su-

175

fragistas (mujeres de principios del siglo xx que lucharon por conseguir el derecho al voto femenino), o los peludos y antihigiénicos hippies (un grupo de locos que un día creyó que vivir únicamente de la paz y el amor libre era posible).

En 1960, por ejemplo, un mundo envuelto en las sangrientas guerras del período poscolonial, aterrado ante el peligro de una bomba atómica y, al mismo tiempo, en plena prosperidad económica, necesitaba desesperadamente un poco de alegría. De la misma manera que Christian Dior había entendido que la esperanza de la abundancia estaba en el exceso de tejidos, los estilistas buscaron una combinación de colores que levantara el estado de ánimo general: llegaron a la conclusión de que el rojo y el violeta podían calmar y provocar al mismo tiempo.

Cuarenta años más tarde, la visión colectiva había cambiado por completo: el mundo ya no estaba bajo la amenaza de la guerra, sino de problemas medioambientales: los estilistas optaron por colores vinculados a la naturaleza, como la arena del desierto, los bosques, el agua del mar. Entre un período y otro surgen y desaparecen varias tendencias: psicodélica, futurista, aristocrática, nostálgica.

Antes de que se definan las grandes colecciones, los estudios de mercado ofrecen un panorama general del estado de ánimo del mundo. Y en la actualidad, parece que el tema central de las preocupaciones humanas —a pesar de las guerras, del hambre en África, del terrorismo, de la falta de respeto hacia los derechos humanos y de la arrogancia de algunas naciones desarrolladas— es cómo vamos a salvar a nuestra pobre Tierra de las muchas amenazas que se han creado en la sociedad.

«Ecología. Salvar el planeta. Qué ridiculez.»

Hamid sabe que no sirve de nada luchar contra el inconsciente colectivo. Los tonos, los accesorios, los tejidos, los supuestos actos benéficos de la Superclase, los libros que se publican, la música que suena en la radio, los documentales de ex políticos, las nuevas películas, el material que se usa para hacer zapatos, los sistemas de abastecimiento de coches, los abajo firmantes para los congresistas, los bonos que venden los mayores bancos del mundo, todo parece estar concentrado en una sola cosa: salvar el planeta. Se están creando fortunas de la noche a la mañana, las grandes multinacionales consiguen espacios en la prensa gracias a alguna que otra acción irrelevante en esa área, organizaciones no gubernamentales sin escrúpulos ponen anuncios en poderosas cadenas de televisión y reciben cientos de millones de dólares en donaciones, porque todos parecen absolutamente preocupados por el destino de la Tierra.

Cada vez que veía en los periódicos o en las revistas a los políticos de siempre utilizando el calentamiento global o la destrucción del medio ambiente como plataforma para sus campañas electorales, pensaba para sí: «¿Cómo podemos ser tan arrogantes? El planeta fue, es y será siempre más fuerte que nosotros. No podemos destruirlo; si traspasamos una determinada frontera, nos eliminará por completo de su superficie, y seguirá existiendo. ¿Por qué no hablan de "no dejar que el planeta nos destruya"?»

Porque «salvar el planeta» da sensación de poder, de acción, de nobleza. Mientras que «no dejar que el planeta nos destruya» puede conducirnos a la desesperación, a la impotencia, a la verdadera dimensión de nuestras pobres y limitadas capacidades.

Sin embargo, eso era lo que las tendencias mostraban, y la moda tiene que adaptarse a los deseos de los consumidores. Las fábricas de tintes estaban ocupadas con las nuevas tonalidades para la siguiente colección. Los fabricantes de tejidos buscaban fibras naturales, los creadores de accesorios como cinturones, bolsos, gafas, relojes, hacen lo posible por adaptarse, o al menos fingir que se adaptan, generalmente utilizando folletos explicativos, en papel reciclado, sobre cómo han hecho un enorme esfuerzo para preservar el medio ambiente. Todo eso les sería mostrado a los grandes estilistas en la mayor feria de moda, cerrada al público, con el sugerente nombre de *première vision* («primera vista»).

A partir de ahí, cada uno diseñaría sus colecciones, usaría su creatividad, y todos tendrían la sensación de que la alta costura es absolutamente creativa, original, diferente. En absoluto. Todos seguían al pie de la letra lo que decían los estudios de tendencias del mercado. Cuanto más importante es la marca, menores las ganas de correr riesgos, ya que el empleo de cientos de miles de personas en todo el mundo depende de las decisiones de un pequeño grupo, la Superclase de la costura, que ya está exhausta de fingir que vende algo diferente cada seis meses.

Los primeros diseños los hacen los «genios incomprendidos», que sueñan con ver algún día su nombre en la etiqueta de una prenda. Trabajan aproximadamente entre seis y ocho meses, al principio sólo con lápiz y papel, después haciendo patrones con material más barato, pero que se puede fotografiar en modelos y ser analizado por los directores. De cada cien patrones, seleccionan alrededor de veinte para el desfile siguiente. Se hacen ajustes: nuevos botones, cortes diferentes en las mangas, distintos tipos de costura.

Más fotos —esta vez, con las modelos sentadas, acostadas, andando—, y más ajustes, porque comentarios del tipo «sólo sirve para maniquís de pasarela» podrían destruir toda una colección y poner la reputación de la marca en juego. En ese proceso, algunos de los «genios incomprendidos» acababan en la calle, sin derecho a indemnización, ya que siempre están de «prácticas». Los de más talento debían revisar varias veces su colección, y ser absolutamente conscientes de que, por más éxito que alcance el modelo, en la etiqueta sólo aparecerá el nombre de la marca.

Todos prometían venganza algún día. Todos decían que acabarían abriendo su propia tienda y que por fin serían reconocidos. Sin embargo, todos sonreían y seguían trabajando como si estuvieran entusiasmados por haber sido escogidos. Pero a medida que se iban seleccionando los modelos finales, se despedía a más gente, se contrataba a más gente (para la siguiente colección), y finalmente los tejidos elegidos se utilizaban para producir los vestidos que se iban a presentar en el desfile.

Como si fuera la primera vez que se mostraban al público. Lo que formaba parte de la leyenda, claro.

Porque para entonces, los revendedores de todo el mundo ya tienen en sus manos fotos de las modelos en todas las posiciones posibles, detalles de los accesorios, tipos de texturas, precio recomendado, lugares en los que encargar el material. En función de la marca y de su importancia, la «nueva colección» se empezaba a producir a gran escala en diferentes lugares del mundo.

Finalmente llegaba el gran día, mejor dicho, las tres semanas que marcaban el inicio de una nueva era (que, como todos sabían, sólo duraba seis meses). Empezaba en Londres, pasaba por Milán y terminaba en París. Periodistas de todo el mundo eran invitados, los fotógrafos se disputaban un lugar privilegiado, todo se mantenía en gran secreto, los periódicos y las revistas dedicaban páginas y páginas a las novedades, las mujeres quedan deslumbradas, los hombres miran con cierto desdén lo que creen que no es más que una «moda», y piensan que hay que reservar algunos miles de dólares para gastar en algo que no tiene la menor importancia para ellos, pero que sus mujeres consideran el gran emblema de la Superclase.

Una semana después, eso que fue presentado como absoluta exclusividad ya está en las tiendas de todo el mundo. Nadie se pregunta cómo ha viajado tan rápido y se ha producido en tan poco tiempo.

Pero la leyenda es más importante que la realidad.

Los consumidores no se dan cuenta de que la moda la crean aquellos que obedecen a la moda ya existente, de que la exclusividad es simplemente una mentira en la que quieren creer, de que gran parte de las colecciones elogiadas por la prensa especializada pertenecen a los grandes conglomerados de artículos de lujo, que sustentan a esas mismas revistas y periódicos con anuncios a toda página.

Por supuesto, había excepciones, y tras algunos años de lucha, Hamid Hussein era una de ellas. Y ahí es donde reside su poder.

Observa que Ewa comprueba otra vez su móvil. No solía hacerlo. En realidad, detestaba ese artilugio, tal vez porque le recordaba una relación pasada, un período de su vida en el que él jamás pudo saber qué le había pasado, porque no solían hablar del tema. Mira el reloj; todavía pueden acabarse el café sin prisas. Mira otra vez al modisto.

Ojalá todo empezara en una fábrica de tintes y acabara en el desfile. Pero no era así.

Tanto él como el hombre que ahora contempla solo el horizonte se ven por primera vez en una *première vision*. Hamid todavía trabajaba en la gran marca que lo había contratado como dibujante, aunque el jeque ya estaba movilizando a un pequeño ejército de once personas que llevaría a la práctica la idea de usar la moda como una manera de mostrar su mundo, su religión, su cultura.

—La mayor parte del tiempo la pasamos escuchando explicaciones de cómo las cosas simples se pueden presentar de la manera más complicada —dijo.

Paseaban por los stands de nuevos tejidos, tecnologías revolucionarias, los colores que se utilizarían los dos años siguientes, los accesorios cada vez más sofisticados: hebillas de cinturón de platino, carteras para tarjetas de crédito que se abren con sólo pulsar un botón, pulseras que se ajustan al milímetro por medio de un círculo incrustado de brillantes.

El otro lo miró de arriba abajo.

—El mundo siempre ha sido, y seguirá siendo, complicado.

—No lo creo. Y si algún día tuviera que dejar la posición en la que estoy, sería para abrir mi propio negocio, que irá exactamente en contra de todo esto que estamos viendo.

El modisto se rió.

—Sabes cómo es el mundo. ¿Ya has oído hablar de la federación, verdad? Los extranjeros sólo ingresan después de mucho, mucho esfuerzo.

La Federación Francesa de Alta Costura era uno de los clubes más exclusivos del mundo. Decidía quién participaba y quién no en las Semanas de la Moda de París y dictaba los cánones de los participantes. Fundada en 1868, tenía un poder enorme: registró la marca «Alta Costura» (*Haute-Couture*) para que nadie más pudiera usar esa expresión sin correr el riesgo de ser procesado. Editaba las diez mil copias del catálogo oficial de los dos grandes eventos anuales, decidían cómo se distribuían las dos mil credenciales para periodistas de todo el mundo, seleccionaba a los grandes compradores y escogía los lugares del desfile, según la importancia del estilista.

—Sé como es —respondió Hamid, acabando la conversación ahí. Presentía que ese hombre con el que hablaba sería un gran estilista en el futuro. También comprendió que jamás serían amigos.

Seis meses después, todo estaba listo para su gran aventura: presentó la dimisión en su trabajo, abrió su primera tienda en Saint-Germain-des-Prés y luchó como pudo. Perdió muchas batallas, pero comprendió una cosa: no podía rendirse ante la tiranía de las grandes marcas que dictaban las tendencias de la moda. Debía ser original y lo consiguió, porque traía la simplicidad de los beduinos, la sabiduría del desierto, el aprendizaje en la marca en la que trabajó durante más de un año, la presencia de gente especializada en finanzas, y tejidos absolutamente originales y desconocidos.

Dos años más tarde, abrió cinco o seis tiendas en todo el país y lo aceptaron en la federación, no sólo por su talento, sino por los contactos del jeque, cuyos emisarios negociaban con rigor la concesión de filiales de compañías francesas en su país.

Y mientras el agua corría por debajo del puente, la gente cambiaba de opinión, los presidentes eran elegidos o acababan sus mandatos, la tecnología iba ganando cada vez más adeptos, Internet dominaba las comunicaciones del planeta, la opinión pública era más transparente en todos los sectores de las actividades humanas, el lujo y el glamour volvían a ocupar el espacio perdido. Su trabajo crecía y se extendía por el resto del mundo: ya no sólo era una moda, sino los accesorios, el mobiliario, los productos de belleza, los relojes, los tejidos exclusivos.

Ahora Hamid era el dueño de un imperio, y todos aquellos que habían invertido en su sueño se veían plenamente recompensados con los dividendos que les pagaba a los accionistas. Seguía supervisando personalmente gran parte del material que sus empresas producían, acudía a las sesiones de fotos más importantes, le gustaba diseñar la mayoría de los modelos, visitaba el desierto al menos tres veces al año, rezaba en el lugar en el que estaba enterrado su padre y le rendía cuentas al jeque. Ahora tenía ante sí un nuevo desafío: producir una película.

Mira el reloj. Le dice a Ewa que es hora de irse. Ella le pregunta si realmente es tan importante.

—No es tan importante, pero me gustaría estar presente.

Ewa se levanta. Hamid ve por última vez al modisto solitario y famoso que contempla el Mediterráneo, ajeno a todo.

16.07 horas

Todos los jóvenes tienen el mismo sueño: salvar el mundo. Algunos lo olvidan rápidamente, convencidos de que hay otras cosas importantes que hacer, como formar una familia, ganar dinero, viajar y aprender una lengua extranjera. Otros, sin embargo, deciden que es posible tomar parte en algo que suponga una diferencia en la sociedad y en la manera en que el mundo les será entregado a las generaciones futuras.

Y empieza la elección de profesión: políticos (que al principio siempre desean ayudar a la comunidad), activistas sociales (que creen que el crimen se debe a la diferencia de clases), artistas (que creen que todo está perdido, que hay que empezar de cero) y… policías.

Savoy estaba completamente seguro de que podía ser útil. Después de leer muchas novelas policíacas, imaginaba que si los malos estaban entre rejas, los buenos siempre tendrían un lugar bajo el sol. Ingresó en la academia con entusiasmo, sacó excelentes notas en los exámenes teóricos, se entrenó físicamente para enfrentarse a situaciones de peligro y aprendió a disparar con precisión, aunque su intención nunca fue matar a nadie.

El primer año pensó que estaba aprendiendo la realidad de la profesión; sus compañeros se quejaban de los bajos salarios, de la incompetencia de la justicia, de los prejuicios relacionados con el trabajo y de la ausencia casi completa de acción en el área en que actuaban. A medida que el tiempo fue pasando, la vida y las quejas continuaron siendo las mismas; sólo una cosa aumentó.

El papeleo.

Interminables informes sobre el *dónde*, el *cómo* y el *porqué* de determinada incidencia. Un simple caso de basura dejada en un lugar prohibido exigía revolver el material en cuestión en busca del culpable (siempre había pistas, como sobres o billetes de avión), fotografiar la zona, trazar un mapa cuidadosamente, identificar a la persona, enviarle una notificación amigable, enviarle luego algo menos gentil, llevar el asunto a la justicia en el caso de que el transgresor pensara que todo eso era una tontería interminable, las declaraciones, las sentencias y los recursos hechos por abogados competentes. O sea, que podían pasar dos años hasta que el caso fuese definitivamente archivado, sin consecuencia alguna para ambas partes.

Los asesinatos eran rarísimos. Las estadísticas más recientes demostraban que gran parte de las incidencias que tenían lugar en Cannes se reducían a conflictos de niños ricos en discotecas caras, robos en apartamentos que sólo se utilizaban en verano, infracciones de tráfico, denuncias de trabajo clandestino y conflictos entre parejas. Obviamente, debería alegrarse por eso; en un mundo cada vez más complicado, el sur de Francia era un remanso de paz incluso en la época en la que miles de extranjeros invadían la ciudad para ir a la playa, o para vender y comprar películas. El año anterior se había encargado de cuatro casos de suicidio (lo que significaba seis o siete kilos de papeleo que había que mecanografiar, rellenar y firmar), y dos, dos únicas agresiones que habían desembocado en muerte.

En tan sólo unas horas, las estadísticas de todo un año se habían visto superadas. ¿Qué estaba pasando?

Los guardaespaldas habían desaparecido antes de prestar declaración, y Savoy anotó mentalmente que en cuanto tuviera ocasión les echaría una bronca por escrito a los policías encargados del caso. Al fin y al cabo habían dejado escapar a los únicos verdaderos testigos de lo ocurrido, porque la mujer que estaba en la sala de espera no sabía absolutamente nada. Antes de dos minutos comprendió que ella estaba lejos en el momento en el que el veneno fue disparado, y todo lo que quería era aprovecharse de la situación para acercarse al famoso distribuidor.

Así pues, lo que le queda, es más papeleo.

Está sentado en la sala de espera del hospital con dos informes.

El primero, escrito por el médico de guardia y compuesto por dos hojas de aburridos datos técnicos, analizaba los daños en el organismo del hombre que ahora se encontraba en la unidad de cuidados intensivos del hospital: envenenamiento por perforación de la zona lumbar izquierda, causado por una sustancia desconocida que en ese momento está siendo investigada en el laboratorio, utilizando la aguja que ha inoculado la sustancia tóxica en el torrente sanguíneo. El único agente clasificado en la lista de venenos capaz de causar una reacción tan violenta y rápida es la estricnina, pero ésta provoca convulsiones y espasmos en el cuerpo. Según las declaraciones de los de seguridad, que fueron confirmadas tanto por los médicos como por la mujer que estaba en la sala de espera, dicho síntoma no se había presentado. Al contrario, se observó una parálisis inmediata de los músculos, con el tórax proyectado hacia adelante, por lo que se pudo sacar a la víctima del lugar sin llamar la atención de los demás invitados a la fiesta.

El otro informe, mucho más extenso, provenía del EPCTF, el European Police Chiefs Task Force (la Fuerza

Europea Especial de Jefes de Policía), y de la Europol (Policía Europea), que acompañaban cada paso de la víctima desde que había pisado suelo europeo. Los agentes se turnaban, pero en el momento del incidente estaba siendo vigilado por un agente negro, llegado de Guadalupe, con aspecto de jamaicano.

«Y aun así, la persona encargada de vigilarlo no vio nada. O mejor dicho: cuando todo ocurrió, su visión era parcial, ya que alguien pasaba por delante con un zumo de piña en la mano.»

Aunque la víctima no tenía antecedentes policiales y era conocida en la industria cinematográfica por ser uno de los más revolucionarios distribuidores de películas de la actualidad, sus negocios no eran más que una fachada para algo mucho más rentable. Según la Europol, Javits Wild había sido un productor de cine de segunda categoría hasta hacía cinco años, cuando un cártel especializado en la distribución de cocaína en territorio americano contactó con él para lavar su dinero.

«Esto se pone interesante.»

Por primera vez, a Savoy le gusta lo que lee. Puede que tenga entre manos un caso importante, lejos de la rutina de los problemas con la basura, de las peleas de parejas, de los robos en apartamentos de temporada y de los dos asesinatos al año.

Conoce el mecanismo. Sabe a qué se refiere ese informe. Los traficantes ganan fortunas con la venta de sus productos, pero como no pueden demostrar su origen, no pueden abrir cuentas en el banco, comprar apartamentos, coches o joyas, hacer inversiones o transferir grandes cantidades de un país a otro, porque el gobierno les va a preguntar: «¿Cómo has conseguido ser tan rico? ¿Dónde has ganado todo ese dinero?»

Para superar ese obstáculo, utilizan un mecanismo financiero conocido como «lavado de dinero». Es decir, convertir los beneficios delictivos en activos financieros respetables que puedan formar parte del sistema económico y así generar todavía más dinero. El origen de la expresión se atribuye al gángster norteamericano Al Capone, que compró en Chicago la cadena de lavanderías Sanitary Cleaning Shops, y a través de ella depositaba en bancos el dinero que ganaba con la venta ilegal de bebidas durante la Ley Seca en Estados Unidos. De ese modo, si alguien le preguntaba por qué era tan rico, siempre podía decir: «La gente lava ahora más ropa que nunca. Me alegro de haber invertido en este sector.»

«Lo hizo todo bien. Simplemente se olvidó de hacer la declaración de la renta de su empresa», pensó Savoy.

El «lavado de dinero» no sólo sirve para las drogas, sino para muchos más objetivos: políticos que obtienen comisiones por la concesión de obras, terroristas que necesitan financiar operaciones en diferentes lugares del mundo, compañías que quieren ocultar sus beneficios y sus pérdidas a los accionistas, individuos que piensan que la declaración de la renta es una invención inaceptable... Antiguamente bastaba con abrir una cuenta numerada en un paraíso fiscal, pero los gobiernos sacaron una serie de leyes de colaboración mutua, y el mecanismo tuvo que adaptarse a los nuevos tiempos.

Sin embargo, una cosa era cierta: los delincuentes estaban siempre muchos pasos por delante de la policía y del fisco.

¿Cómo funciona ahora? De una manera mucho más elegante, sofisticada y creativa. Todo lo que hay que hacer es seguir tres pasos claramente definidos: colocación, ocultación e integración. Coger varias naranjas, hacer una naranjada con ellas, y servirla sin que se sospeche del origen de las frutas.

Hacer la naranjada es relativamente fácil: a partir de una serie de cuentas, pequeñas cuantías van pasando de banco a banco, muchas veces con sistemas elaborados por ordenador, de modo que puedan ir poco a poco reagrupándose más adelante. Los caminos son tan tortuosos que es casi imposible seguir el rastro de los impulsos electrónicos. Sí, porque a partir del momento en que el dinero es depositado, deja de ser papel y se transforma en códigos digitales compuestos por dos algoritmos, «0» y «1».

Savoy piensa en su cuenta bancaria; independientemente de lo que tiene allí, y no es mucho, está en manos de códigos que transitan por cables. ¿Y si se decide, de un momento a otro, cambiar el sistema de todos los archivos? ¿Y si el nuevo programa no funcionara? ¿Cómo probar que tenía una determinada cuantía de dinero? ¿Cómo transformar esos ceros y unos en algo más concreto, como una casa o unas compras en el supermercado?

No se puede hacer nada: está en manos del sistema. Pero decide que, en cuanto salga del hospital, pasará por un cajero y sacará un extracto de su cuenta. Anota en su agenda: a partir de ahora, deberá hacerlo todas las semanas, y si sucede alguna calamidad en el mundo, siempre tendrá una prueba en papel.

Papel, papeleo… Otra vez la misma palabra. ¿A qué viene desbarrar de esa manera? Sí, lavado de dinero.

Vuelve a recapitular sobre lo que sabe respecto al lavado de dinero. La última etapa es la más fácil de todas; el dinero se reagrupa en una cuenta respetable, como la de una compañía de inversiones inmobiliarias, o en un fondo de aplicaciones en el mercado financiero. Si el gobierno hace la misma pregunta: «¿De dónde viene ese dinero?», es fácil explicarlo: de pequeños inversores que creen en lo que vendemos. A partir de ese momento se puede invertir en más acciones, más terrenos, aviones, artículos de lujo, casas con piscina, tarjetas de crédito sin límite de gasto. Los socios de esas empresas son los mismos que han financiado originalmente las compras de droga, de armas, de cualquier negocio ilegal. Pero el dinero está limpio; al fin y al cabo, cualquiera puede ganar millones de dólares especulando en la Bolsa de Valores o en terrenos.

Queda el primer paso, el más difícil de todos: «¿Quiénes son esos pequeños inversores?»

Es ahí donde entra la creatividad criminal. Las «naranjas» son personas que circulan por casinos con dinero prestado de un «amigo», en países en los que la vigilancia de las apuestas es mucho menor que la corrupción: no está prohibido ganar fortunas. En ese caso, hay acuerdos previos con los propietarios, que se quedan con un porcentaje del dinero que pasa por las mesas.

Pero el jugador —una persona de renta baja— tiene cómo justificar ante su banquero, al día siguiente, la enorme cantidad depositada.

Suerte.

Y al día siguiente le transfiere la casi totalidad del dinero al «amigo» que se lo ha prestado, y él sólo se queda con un pequeño porcentaje.

Antiguamente se utilizaba la compra de restaurantes, que podían cobrar una fortuna por sus platos y depositar el dinero sin levantar sospechas. Aunque alguien pasara y viera las mesas completamente vacías, era imposible demostrar que nadie había comido en el restaurante en todo el día. Pero ahora, con el florecimiento de la industria del ocio, surge un proceso más creativo.

¡El siempre imponderable, arbitrario e incomprensible mercado del arte!

Gente de clase media y renta baja llevan a subasta piezas que valen mucho, y que alegan haber encontrado en el sótano de la vieja casa de sus abuelos. Son adjudicadas por mucho dinero, y revendidas a la semana siguiente a galerías especializadas por diez o veinte veces su precio original. La «naranja» se queda contenta, da las gracias a los dioses por la generosidad del destino, deposita el dinero en su cuenta y decide hacer una inversión en algún país extranjero, teniendo la precaución de dejar un poco —su porcentaje— en el banco original. Los dioses, en este caso, eran los verdaderos dueños de las pinturas, que volvían a subastarlas en galerías y a ponerlas de nuevo en el mercado a través de otras manos.

Pero había cosas más caras, como el teatro y la producción y la distribución de películas. Era con eso con lo que las manos invisibles del lavado de dinero hacían realmente la fiesta.

Savoy sigue leyendo el resumen de la vida del hombre que se encuentra en la unidad de cuidados intensivos, rellenando algunos vacíos con su imaginación.

Un actor que soñaba con convertirse en una celebridad. No consiguió empleo —aunque, hasta la actualidad, cuidaba su imagen como si fuera una gran estrella—, pero estaba familiarizado con el sector. A una edad avanzada, consigue reunir algún dinero procedente de inversores y hace una o dos películas, que son un sonoro fracaso, porque no obtienen la distribución adecuada. Aun así, su nombre aparece en los títulos de crédito y en las revistas especializadas como alguien que ha intentado hacer algo que rompiera los esquemas de los grandes estudios.

Está en un momento de desesperación, no sabe qué hacer con su vida, nadie le da una tercera oportunidad, se cansa de pedir dinero a gente a la que lo único que le interesa es invertir en éxitos garantizados. Un buen día se pone en contacto con él un grupo de personas, algunas de ellas amables, otras no dicen ni una palabra.

Le hacen una propuesta: que distribuya películas; su primera compra tiene que ser algo real, con posibilidades de llegar al gran público. Los principales estudios harán grandes ofertas por el producto, pero no tiene por qué preocuparse: cualquier cuantía que se proponga será cubierta por sus nuevos amigos. La película se proyectará en numerosas salas de cine, lo que reportará una fortuna en beneficios. Javits conseguirá lo que más necesita: reputación. Nadie, en ese momento, investigará la vida de ese productor frustrado. Dos o tres películas más tarde, sin embargo, las autoridades comenzarán a preguntarse de dónde sale el dinero, pero para entonces el primer paso ya estará oculto por el plazo de fiscalización, que es de cinco años.

Javits empieza una carrera victoriosa. Las primeras películas de su distribuidora dan beneficios, los propietarios de las salas de cine empiezan a creer en su talento para seleccionar lo mejor del mercado, directores y productores quieren trabajar con él. Para guardar las apariencias, acepta siempre dos o tres proyectos cada semestre; el resto son películas de gran presupuesto, estrellas de primera categoría, profesionales reputados y competentes, con mucho dinero para la promoción, financiados por grupos establecidos en paraísos fiscales. El resultado de la taquilla se deposita en un fondo de inversiones normal, alejado de cualquier sospecha, que tiene «parte de las acciones» de la película.

Ya está. El dinero sucio se ha transformado en una obra de arte maravillosa, que evidentemente no ha dado los beneficios esperados, pero que ha reportado millones de dólares, y uno de los socios ya los está invirtiendo.

En un determinado momento, un fiscal más atento —o la delación de un estudio— centra su atención en un hecho muy simple: ¿por qué tantos productores desconocidos están contratando a celebridades, a los directores de más talento, se gastan fortunas en publicidad y utilizan solamente UN distribuidor para sus películas? La respuesta es simple: los grandes estudios sólo están interesados en sus propias producciones, y Javits es el héroe, el hombre que está acabando con la dictadura de las grandes corporaciones, el nuevo mito, el David que lucha contra Goliat, representado por un sistema injusto.

Un fiscal más concienzudo decide ir más allá, a pesar de todas las explicaciones razonables. Empiezan las investigaciones, de manera sigilosa. Las compañías que han invertido en los grandes récords de taquilla son siempre sociedades anónimas, con sede en las Bahamas, en Panamá, en Singapur. En ese momento, alguien infiltrado en el departamento de impuestos —siempre hay alguien infiltrado— avisa de que ese canal ya no interesa: hay que buscar a un nuevo distribuidor para lavar el dinero.

Javits se desespera; se ha acostumbrado a vivir como un millonario y a ser cortejado como un semidiós. Viaja a Cannes, un excelente escenario para hablar con sus «financiadores» sin que lo molesten, para hacer ajustes, cambiar personalmente los códigos de las cuentas numeradas. No sabe que lo siguen hace tiempo, que su detención es una cuestión técnica, decidida por gente con corbata en despachos mal iluminados: ¿lo van a dejar seguir un poco más, para obtener más pruebas, o acabarán la historia allí mismo?

A los «financiadores», sin embargo, no les gusta correr riesgos innecesarios. Pueden detenerlo en cualquier momento, llegar a un acuerdo con la justicia y proporcionarle detalles del sistema que tienen montado (lo que, además de los nombres, incluye fotos con determinadas personas, que fueron tomadas sin que él lo supiese).

Sólo hay una manera de resolver el problema: acabar con él.

Todo estaba claro, y Savoy sabe exactamente cómo se han desarrollado los hechos. Ahora tiene que hacer lo de siempre.

Papeleo.

Redactar un informe, entregarlo a la Europol y dejar que sus burócratas encuentren a los asesinos, pues se trata de un caso que puede promocionar a mucha gente y resucitar carreras estancadas. Las investigaciones tienen que dar resultados y ninguno de sus superiores cree que un detective de una pequeña ciudad de Francia sea capaz de hacer grandes descubrimientos (sí, porque Cannes, a pesar del brillo y el glamour, no deja de ser una pequeña ciudad durante los otros trescientos cincuenta días del año).

Sospecha que el culpable es uno de los guardaespaldas que estaba en la mesa, ya que la proximidad era importante para poder aplicarle el veneno. Eso no va a mencionarlo. Usará más papel para hacer averiguaciones entre los empleados que estaban en la fiesta, no encontrará a ningún testigo, y dará el caso por cerrado en su jurisdicción, después de pasar algunos días intercambiando faxes y mensajes con los departamentos superiores.

Volverá a los homicidios anuales, las peleas, las multas, cuando ha estado tan cerca de algo que podría tener repercusión internacional. Su sueño de adolescente —mejorar el mundo, contribuir a que la sociedad sea más segura y más justa, ser ascendido, luchar por un puesto en el Ministerio de Justicia, darles a su mujer y a sus hijos una vida más cómoda y colaborar en el cambio de imagen de los agentes demostrando que todavía quedan policías honestos— termina siempre en la misma palabra.

Papeleo.

16.16 horas

La terraza situada junto al bar del Martínez está completamente llena, e Igor se siente orgulloso de su capacidad para planearlo todo; incluso sin haber visitado jamás esa ciudad, había reservado la mesa, imaginando que la situación iba a ser exactamente la misma que está viendo en ese momento. Pide té con tostadas, enciende un cigarrillo, mira a su alrededor y ve el mismo escenario de cualquier lugar chic del mundo: mujeres con Botox o anorexia, señoras cubiertas de joyas que toman un helado, hombres con mujeres más jóvenes, parejas que parecen aburridas, chicas sonrientes con refrescos sin calorías que fingen estar concentradas en las conversaciones de las demás, pero que en realidad recorren con los ojos el recinto con la esperanza de encontrar a alguien interesante.

Una única excepción: tres hombres y dos mujeres tienen papeles esparcidos entre latas de cerveza, discuten en voz baja y teclean números en una calculadora a cada instante. Parece que son los únicos que realmente están involucrados en un proyecto, pero no es verdad; allí todo el mundo trabaja, en busca de una misma cosa.

Vi-si-bi-li-dad.

Que, si todo iba bien, culminaría en Fama. Que, si todo iba bien, culminaría en Poder. La palabra mágica que transformaba al ser humano en un semidiós, en un icono inalcanzable, con el que resulta difícil hablar, acostumbrado a que siempre se cumplan sus deseos, capaz de provocar envidia y celos cuando circula en su limusina con cristales ahumados o en su carísimo coche deportivo, que ya no tiene más montañas difíciles que subir ni conquistas imposibles que alcanzar.

Los habituales de esa terraza ya han superado alguna barrera; no están del lado de fuera con cámaras fotográficas, detrás de las vallas metálicas, esperando a que alguien salga por la puerta principal y llene sus universos de luz. Sí, ya han llegado al vestíbulo del hotel, ahora sólo les falta el poder y la fama, no importa en qué área sea. Los hombres saben que la edad no es un problema, lo único que necesitan son los contactos adecuados. Las chicas que vigilan la terraza con la misma pericia que los guardias de seguridad experimentados notan que se acerca una edad peligrosa, en la que todas las posibilidades de conseguir algo gracias a su belleza desaparecerán de repente. A las mujeres más mayores les gustaría ser reconocidas y respetadas por sus dones y por su inteligencia, pero los diamantes ofuscan cualquier posibilidad de descubrir esos talentos. Los hombres acompañados de sus mujeres esperan a que alguien pase, les dé las buenas tardes, y todo el mundo se vuelva pensando: «Es conocido.» O tal vez famoso, ¿quién sabe?

El síndrome de la celebridad, capaz de destruir carreras, matrimonios y valores cristianos, capaz de cegar a los sabios y a los ignorantes. Grandes científicos se han visto agraciados con un premio importante y debido a eso han abandonado sus investigaciones, que podrían mejorar la humanidad, y viven de conferencias que alimentan su ego y su cuenta bancaria. El indio de la selva amazónica, súbitamente adoptado por un cantante famoso, que decide que está siendo explotado en su miseria. El fiscal que trabaja duro defendiendo los derechos de gente menos favorecida decide presentarse a un cargo público, lo consigue y empieza a creerse inmune a todo, hasta que un día lo descubren en un motel con un profesional del sexo, pagado por los contribuyentes.

El síndrome de la celebridad. Las personas olvidan quiénes son y creen lo que los demás dicen sobre ellas. La Superclase, el sueño de todos, el mundo sin sombras ni tinieblas, la palabra «sí» como respuesta a cualquier petición.

Igor es poderoso. Ha luchado toda su vida para llegar hasta donde está. Para que eso sucediese se vio obligado a participar en cenas aburridas, conferencias interminables, reuniones con gente que detestaba, sonreír cuando tenía ganas de insultar, insultar cuando en realidad sentía pena de los pobres «infelices» que siempre «servían de ejemplo». Trabajó día y noche, fines de semana, enterrado en reuniones con sus abogados, administradores, empleados, asesores de prensa. Partió de cero y tras la caída del régimen comunista consiguió llegar a la cima. Más aún, consiguió sobrevivir a las tormentas políticas y económicas que asolaron su país durante las dos primeras décadas del nuevo régimen.

¿Y todo eso por qué? Porque temía a Dios y sabía que el camino recorrido en su vida era una bendición que debía respetar, o podría perderlo todo.

Por supuesto, en algunos momentos algo le decía que estaba dejando de lado la parte más importante de esa bendición: Ewa. Pero durante muchos años tuvo la certeza de que ella lo comprendía, que aceptaba que aquello era una etapa más, y que pronto podrían disfrutar de todo el tiempo que quisieran juntos. Hacían grandes planes: viajes, paseos en barco, una casa aislada en medio de una montaña, con la chimenea encendida, y la seguridad de que podían quedarse allí el tiempo necesario, sin tener que pensar en dinero, deudas, obligaciones. Encontrarían un colegio para los numerosos niños que planeaban tener juntos, pasarían tardes enteras paseando por los bosques de los alrededores, cenarían en pequeños pero acogedores restaurantes locales.

Tendrían tiempo para ocuparse del jardín, leer, ir al cine, hacer las cosas simples con las que todo el mundo sueña, las únicas cosas capaces de llenar la vida de cualquier individuo sobre la faz de la Tierra. Cuando llegaba a casa, con un montón de papeles que esparcía sobre la cama, él le pedía un poco más de paciencia. Cuando el teléfono móvil sonaba precisamente el día que habían decidido pasar juntos, y se veía obligado a interrumpir la conversación y pasarse un rato discutiendo con la otra persona al otro lado de la línea, volvía a pedirle un poco más de paciencia. Sabía que Ewa hacía lo posible y lo imposible para que él se sintiera cómodo, aunque de vez en cuando se quejaba, con mucho cariño, diciéndole que tenían que aprovechar la vida mientras eran jóvenes, ya que tenían dinero suficiente para las cinco generaciones siguientes.

Igor lo confirmaba: podía dejarlo ese mismo día. Ewa sonreía, acariciaba su rostro, y en ese momento él recordaba que había olvidado algo importante, cogía el móvil o se acercaba al ordenador y llamaba o enviaba un mensaje.

Un hombre de aproximadamente cuarenta años se levanta, mira el bar a su alrededor, agita un periódico sobre su cabeza y grita:

—«Violencia y terror en Tokio», dice el titular. «Siete personas asesinadas en una tienda de juegos electrónicos.»

Todos dirigen la vista hacia él.

—¡Violencia! ¡No saben de qué hablan! ¡La violencia está aquí!

Igor siente que un escalofrío le recorre la espalda.

—Si un desequilibrado mata a puñaladas a un puñado de inocentes, todo el mundo se horroriza. Pero ¿quién presta atención a la violencia intelectual que tiene lugar en Cannes? Nuestro festival está siendo aniquilado en nombre de una dictadura. Ya no se trata de escoger la mejor película, sino de cometer crímenes contra la humanidad, obligando a la gente a comprar productos que no desean, olvidar el arte para pensar en la moda, dejar de asistir a proyecciones de películas para participar en comidas y cenas. ¡Eso es una barbaridad! Yo estoy aquí…

—Cállate —dice alguien—. A nadie le interesa saber por qué estás aquí.

—… ¡Estoy aquí para denunciar la esclavitud de los deseos del hombre, que toma sus decisiones no por su inteligencia, sino por la propaganda, la mentira! ¿Por qué os preocupáis por las puñaladas de Tokio y no dais importancia a las puñaladas que toda una generación de cineastas tienen que soportar?

El hombre hace una pausa, esperando la ovación consagradora, pero ni siquiera percibe el silencio de la reflexión; todos han vuelto a sus conversaciones en las mesas, indiferentes a lo que allí se acaba de decir. Vuelve a sentarse, aparentando un aire de suprema dignidad, pero con el corazón destrozado por culpa del ridículo que acaba de hacer.

«Vi-si-bi-li-dad —piensa Igor—. El problema es que nadie le ha prestado atención.»

Ahora le toca a él mirar a su alrededor. Ewa está en el mismo hotel, y después de muchos años de matrimonio, es capaz de jurar que está tomando un café o un té no muy lejos del lugar en el que él está sentado. Ha recibido sus mensajes, y seguramente ahora lo busca porque sabe que él también está cerca.

No consigue verla. Y no puede dejar de pensar en ella, su obsesión. Recuerda una noche, en que volvía tarde a casa en la limusina importada, conducida por un chófer que al mismo tiempo hacía las veces de guardia de seguridad (habían luchado juntos en la guerra de Afganistán, pero la suerte les había sonreído de manera diferente a ambos). Le pidió que parase en el hotel Kempinski, dejó el móvil y los papeles en el coche y subió hasta el bar que había en la azotea del edificio. Al contrario que esa azotea de Cannes, el lugar estaba casi vacío, a punto de cerrar. Les dio una generosa propina a los empleados e hizo que siguieran trabajando para él una hora más.

Y fue allí donde se dio cuenta de todo. No, no era cierto que lo dejaría al mes siguiente, ni al año siguiente, ni la década siguiente. Nunca tendrían la casa de campo ni la familia que soñaban. Esa noche, Igor se preguntaba por qué todo aquello era imposible, y sólo tenía una respuesta.

El camino del poder no tiene vuelta atrás. Iba a ser eternamente esclavo de aquello que había escogido, y si realizaba su sueño de dejarlo todo, caería en una profunda depresión.

¿Por qué se comportaba de ese modo? ¿Por culpa de las pesadillas nocturnas, cuando recordaba las trincheras, al chico joven y asustado que cumplía un deber que él no había escogido, que lo obligaba a matar? ¿Porque no podía olvidar a su primera víctima, un campesino que se había puesto en la línea de tiro cuando el Ejército Rojo luchaba contra los guerrilleros afganos? ¿Debido a las muchas personas que primero lo contemplaron con descrédito y después lo humillaron, cuando decidió que el futuro estaba en la telefonía móvil y empezó a buscar inversores para su negocio? ¿Porque al principio tuvo que aliarse con el poder en la sombra, los mafiosos rusos que querían lavar el dinero obtenido en la prostitución?

Consiguió devolver los préstamos sin tener que corromperse a sí mismo y sin deber favores a nadie. Consiguió negociar con el poder en la sombra, y a pesar de eso, mantener su luz. Sabía que la guerra era cosa de un pasado remoto y que nunca volvería a un campo de batalla. Encontró a la mujer de su vida. Trabajaba en lo que siempre había querido. Era rico, era riquísimo, de hecho y aunque el día de mañana volviera el régimen comunista, la mayor parte de su fortuna personal estaba fuera del país. Mantenía buenas relaciones con todos los partidos políticos. Conocía a grandes personalidades mundiales. Creó una fundación que se ocupaba de los huérfanos de soldados muertos durante la invasión soviética de Afganistán.

Pero allí, en aquel café cercano a la plaza Roja, siendo el único cliente y sabiendo que tenía poder suficiente como para pagarles a los camareros para que pasasen allí toda la noche, lo comprendió.

Lo comprendió porque vio que lo mismo le sucedía a su mujer, que ahora solía viajar, llegaba tarde cuando se encontraba en Moscú, e iba a sentarse directamente frente al ordenador en cuanto entraba por la puerta. Comprendió que, contrariamente a lo que todos pensaban, el poder absoluto es sinónimo de esclavitud. Cuando se llega ahí, ya no se quiere salir. Siempre hay una nueva montaña que conquistar. Siempre hay un competidor al que vencer o superar. Junto a otras dos mil personas, él formaba parte del club más exclusivo del mundo, que se reúne una vez al año en Davos, Suiza, en el Foro Económico Mundial; todas eran más que ricas, millonarias, poderosas. Y todas ellas trabajaban desde la mañana hasta la noche con el objetivo de querer llegar siempre más lejos, sin cambiar nunca de tema: adquisiciones, bolsas de valores, tendencias de mercado, dinero y más dinero. Trabajar no porque se necesitase algo, sino porque se creían necesarios; debían alimentar a miles de familias, creían que tenían una enorme responsabilidad para con sus gobiernos y para con sus socios. Trabajaban pensando honestamente que estaban ayudando al mundo, lo que podía ser verdad, pero el pago exigido eran sus propias vidas.

Al día siguiente hizo algo que siempre había detestado: buscó un psiquiatra; debía de haber algo que estaba mal. Entonces descubrió que tenía una enfermedad bastante común entre aquellos que habían alcanzado algo que parecía fuera de los límites de una persona común. Era un trabajador compulsivo, un *workaholic*, palabra con la que se denomina este tipo de desorden. Los trabajadores compulsivos, dijo el psiquiatra, cuando no están involucrados en los desafíos y los problemas de su compañía, corren el riesgo de caer en una profunda depresión.

—Un desorden cuyo motivo todavía no conocemos, pero que está asociado a la inseguridad, a ciertos miedos infantiles, a una realidad que se pretende negar. Es algo tan serio como la adicción a las drogas, por ejemplo.

»Pero, al contrario que éstas, que disminuyen la productividad, el trabajador compulsivo acaba contribuyendo enormemente a la riqueza de su país. Por tanto, a nadie le interesa que se cure.

—¿Y cuáles son las consecuencias?

—Usted debe de saberlo, por eso ha venido en mi busca. La más grave es la destrucción de la vida familiar. En Japón, uno de los países donde la enfermedad se manifiesta con más frecuencia y a veces con consecuencias fatales, hay varios procedimientos para controlar la obsesión.

En los dos últimos años de su vida, no recordaba haber escuchado a nadie con el mismo respeto que le dedicaba al hombre de gafas y bigote que estaba sentado enfrente de él.

—Entonces puedo pensar que hay una solución para esta enfermedad.

—Cuando un trabajador compulsivo va en busca de la ayuda de un psiquiatra es porque está preparado para curarse. De cada mil casos, sólo uno se da cuenta de que necesita ayuda.

—Necesito ayuda. Tengo dinero suficiente…

—Ésas son las palabras típicas de un trabajador compulsivo. Sí, sé que tiene dinero suficiente, como todos los demás. Sé quién es usted; he visto fotos suyas en fiestas benéficas, en congresos, y en una audiencia privada con nuestro presidente… Él también tiene los mismos síntomas de ese desorden, dicho sea de paso.

»El dinero no es suficiente. Quiero saber si tiene la voluntad necesaria.

Igor pensó en Ewa, en la casa en las montañas, en la familia que le gustaría formar, en los cientos de millones de dólares que tenía en el banco. Pensó en su prestigio y en su poder en ese momento, y en lo difícil que sería abandonarlo todo.

—No le estoy sugiriendo que abandone por completo lo que hace —añadió el psiquiatra, como si pudiera leer su pensamiento—. Le estoy diciendo que use su trabajo como fuente de alegría, y no como una obsesión compulsiva.

—Sí, estoy preparado.

—¿Y cuál es su gran motivo para eso? Al fin y al cabo, todos los trabajadores compulsivos piensan que están satisfechos con lo que hacen; ninguno de sus amigos en su misma situación reconocerá que necesita ayuda.

Igor bajó los ojos.

—¿Cuál es su gran motivo? ¿Quiere que yo responda por usted? Muy bien, lo haré. Como he dicho antes, su familia se está destruyendo.

—Peor que eso. Mi mujer tiene los mismos síntomas.

Empezó a distanciarse de mí a partir de un viaje que hicimos al lago Baikal. Y si existe en este mundo alguien por quien yo sería capaz de matar de nuevo…

Igor se percató de que había hablado más de la cuenta. El psiquiatra, sin embargo, parecía impasible al otro lado de la mesa.

—Si existe alguien en el mundo por quien yo podría hacer cualquier cosa, absolutamente cualquier cosa, es mi mujer.

El psiquiatra llamó a su ayudante y le pidió que concertase una serie de citas. No le preguntó a su cliente si estaría disponible en esas fechas: formaba parte del tratamiento dejar claro que cualquier compromiso, por importante que fuera, podía esperar.

—¿Puedo hacerle otra pregunta?

El médico asintió con la cabeza.

—¿El hecho de trabajar más de lo que debo no se puede considerar también como algo noble? ¿Como un profundo respeto a las oportunidades que Dios me ha dado en esta vida? Como una manera de corregir a la sociedad, aunque a veces uno se vea obligado a utilizar métodos un poco…

Silencio.

—… ¿un poco qué?

—Nada.

Igor salió de la consulta confuso y aliviado al mismo tiempo. Tal vez el médico no entendiera la esencia de todo lo que hacía: la vida siempre tiene una razón, todas las personas están unidas, y muchas veces hay que extirpar los tumores malignos para que el cuerpo siga estando sano. La gente se encierra en su mundo egoísta, hace planes que no incluyen al prójimo, creen que el planeta es un simple terreno que explotar, siguen sus instintos y sus deseos sin dedicarse en absoluto al bienestar colectivo.

No estaba destruyendo su familia, simplemente quería

dejarles un mundo mejor a los hijos que soñaba tener. Un mundo sin drogas, sin guerras, sin el escandaloso mercado del sexo, en el que el amor fuera la gran fuerza que une a todas las parejas, las naciones y las religiones. Ewa acabaría comprendiéndolo, aunque en ese momento su matrimonio atravesara por una crisis, sin duda enviada por el Maligno.

Al día siguiente le pidió a su secretaria que anulara todas las visitas: tenía otras cosas importantes que hacer. Estaba organizando un gran plan para purificar el mundo, necesitaba ayuda, y ya se había puesto en contacto con un grupo que se disponía a trabajar para él.

Dos meses después, la mujer que amaba lo abandonó. Por culpa del Mal que la había poseído. Porque no pudo explicarle exactamente las razones de ciertas actitudes suyas.

Volvió a la realidad de Cannes con el brusco sonido de una silla que era arrastrada. Delante de él hay una mujer con un vaso de whisky en una de las manos y un cigarrillo en la otra. Bien vestida, pero visiblemente borracha.

—¿Puedo sentarme aquí? Todas las mesas están ocupadas.

—Acaba usted de sentarse.

—No es posible —dice la mujer como si lo conociera desde hace mucho tiempo—. Simplemente no es posible. La policía me ha echado del hospital. Y el hombre por el que he viajado durante casi un día entero, ha alquilado una habitación de hotel pagando el doble de su precio, se debate ahora entre la vida y la muerte. ¡Mierda!

¿Alguien de la policía?

¿O acaso nada de lo que esa mujer decía tenía relación con lo que él estaba pensando?

—Usted, o mejor dicho, tú ¿qué haces aquí? ¿No tienes calor? ¿No crees que es mejor quitarte la chaqueta, o quieres impresionar a los demás con tu elegancia?

Como siempre, la gente escogía su propio destino. Esa mujer lo estaba haciendo.

—Siempre uso chaqueta, independientemente de la temperatura. ¿Es usted actriz?

La mujer soltó una carcajada histérica.

—Digamos que sí. Sí, soy actriz. Interpreto el papel de alguien que tiene un sueño desde su adolescencia, cree en él, lucha durante siete miserables años de su vida para hacer que se convierta en realidad, hipoteca su casa, trabaja sin parar...

—Sé lo que es eso.

—No, no lo sabes. Es pensar día y noche en una única cosa. Ir a sitios a los que no he sido invitada. Estrechar manos de gente que desprecias. Llamar una, dos, diez veces, hasta conseguir la atención de personas que no tienen ni la mitad de tu valor ni de tu coraje, pero que está en una determinada posición y decide vengarse de todas las frustraciones de su vida familiar, haciendo imposible la vida a los demás.

—... y no encontrar otro placer en la vida más que perseguir aquello que deseas. No tener diversiones. Pensar que todo es aburrido. Acabar destruyendo a tu familia.

La mujer lo mira con asombro. La borrachera parece haber desaparecido.

—¿Quién es usted? ¿Cómo puede saber lo que estoy pensando?

—Estaba pensando precisamente en eso cuando usted llegó. Y puede seguir tuteándome. Creo que puedo ayudarla.

—Nadie puede ayudarme. La única persona que podría ayudarme en este momento está en la unidad de cuidados intensivos del hospital. Y por lo poco que he podido saber antes de que llegara la policía, no va a salir con vida. ¡Dios mío!

Ella acaba de beber lo que le queda en el vaso. Igor le hace una seña al camarero, pero éste lo ignora y va a servir a otra mesa.

—En la vida siempre he preferido un elogio cínico a una crítica constructiva. Por favor, dígame que soy hermosa, que puedo serlo.

Igor se ríe.

—¿Cómo sabe que no puedo ayudarla?

—¿Es usted por casualidad distribuidor de películas? ¿Tiene contactos en el mundo entero, en las salas de cine de todo el planeta?

Puede que ambos estuviesen pensando en la misma persona. Si fuera el caso, y si eso era una trampa, era demasiado tarde para huir; debían de estar vigilándolo, y en cuanto se levantase lo detendrían. Nota que el estómago se le encoge, pero ¿por qué tiene miedo? Horas antes había intentado, sin éxito, entregarse a la policía. Había escogido el martirio, había ofrecido su libertad como sacrificio, pero dicho ofrecimiento había sido rechazado por Dios.

Y ahora, los Cielos habían reconsiderado su decisión.

Tiene que pensar cómo defenderse de la escena que se desarrollará a continuación: el sospechoso es identificado, una mujer que finge estar borracha va por delante, confirma los datos. Después, con discreción, un hombre entra y le pide que lo acompañe para hablar un momento. Ese hombre es un policía. En ese momento Igor lleva una especie de bolígrafo en la chaqueta que no despierta ninguna sospecha, pero la Beretta lo delatará. Ve su vida entera desfilar ante sus ojos.

¿Puede usar la pistola y reaccionar? El policía que aparecerá en cuanto se confirme la identificación debe de tener a otros amigos observando la escena, y lo matarán antes de que pueda hacer nada. Por otro lado, no ha ido allí a matar inocentes de manera salvaje e indiscriminada; tiene una misión, y sus víctimas —o mártires del amor, como prefiere llamarlos— sirven a un propósito mayor.

—No soy distribuidor —responde—. No tengo absolutamente nada que ver con el mundo del cine, ni de la moda, ni del glamour. Trabajo en telecomunicaciones.

—Perfecto —dice la mujer—. Debe de tener dinero. Debe de haber tenido sueños en la vida y sabe de qué le hablo.

Estaba perdiendo el rumbo de la conversación. Vuelve a hacerle una seña al camarero. Esta vez lo atiende y pide dos tazas de té.

—¿No ve usted que estoy tomando whisky?

—Sí. Pero como le he dicho antes, creo que puedo ayudarla. Y para eso tiene que estar sobria, ser consciente de cada paso.

Maureen cambió de tono. Desde que aquel extraño había adivinado lo que estaba pensando, tenía la impresión de estar volviendo a la realidad. Sí, tal vez pudiera ayudarla. Hacía muchos años que nadie intentaba seducirla con una de las frases más famosas en el sector: «Conozco a gente influyente.» No hay nada mejor para cambiar el estado de ánimo de una mujer que saber que alguien del sexo opuesto la desea. Tuvo el impulso de levantarse e ir al baño, a mirarse en el espejo, a retocarse el maquillaje. Pero eso podía esperar; antes debía dejar claro que estaba interesada.

Sí, necesitaba compañía, estaba abierta a las sorpresas del destino; cuando Dios cierra una puerta, abre una ventana. ¿Por qué, de todas las mesas que había en la terraza, ésa era la única ocupada por una sola persona? Tenía sentido, era una señal oculta: ambos tenían que encontrarse.

Se rió de sí misma. En su actual estado de desesperación, cualquier cosa era una señal, una salida, una buena noticia.

—En primer lugar, necesito saber qué necesita —dice el hombre.

—Ayuda. Tengo una película acabada, con un elenco de primera categoría, que debería ser distribuida por una de las pocas personas que todavía creen en el talento de alguien que no pertenece al sistema. Iba a reunirme con un distribuidor mañana. Estaba en el mismo almuerzo que él y de repente vi que se encontraba mal.

Igor se relaja. Puede que fuera verdad, ya que en el mundo real las cosas son más absurdas que en los libros de ficción.

—Salí, averigüé el nombre del hospital al que lo llevaron y fui allí. Por el camino imaginaba qué iba a decir: que era su amiga y que estábamos a punto de trabajar juntos. Nunca había hablado con él, pero estoy segura de que alguien que está en una situación crítica se siente cómodo cuando una persona, cualquier persona está cerca.

«Es decir, iba a aprovechar la tragedia en beneficio propio», pensó Igor.

Son todos iguales. Absolutamente iguales.

—¿Y qué es exactamente un elenco de primera categoría?

—Me gustaría ir al baño, si me disculpa.

Igor se levanta educadamente, se pone las gafas oscuras y, mientras ella se aleja, intenta aparentar calma. Se toma el té mientras sus ojos recorren incesantemente la terraza. En principio, no hay ninguna amenaza a la vista, pero en cualquier caso es mejor abandonar el lugar en cuanto la mujer vuelva.

Maureen se queda impresionada con la caballerosidad de su nuevo amigo. Hacía años que no veía a nadie comportarse según las reglas de etiqueta que sus padres le habían enseñado. Al salir de la terraza se dio cuenta de que algunas chicas jóvenes, guapas, que estaban en la mesa de al lado, seguramente habían escuchado parte de la conversación, lo miraban y sonreían. Vio que él se ponía las gafas oscuras, tal vez para poder observar a las mujeres sin que ellas se dieran cuenta. Quizá cuando volviera estarían tomando el té juntos.

Pero la vida es así: no hay nada de qué quejarse ni nada que esperar.

Se mira al espejo; ¿cómo un hombre podría interesarse por ella? Tenía que volver a la realidad, tal como él le había sugerido. Tiene los ojos cansados, vacíos, está exhausta como todos los que participan en el festival de cine, pero sabía que tenía que seguir luchando. Cannes aún no se había acabado, Javits podía recuperarse o tal vez apareciera otra persona que representara a su distribuidora. Tenía entradas para asistir a las películas de los demás, una invitación para la fiesta de la revista *Gala* —una de las más importantes de Francia—, y podía aprovechar el tiempo disponible para ver qué hacen los productores y los directores independientes en Europa para exhibir sus trabajos. Tenía que sobreponerse rápidamente.

En cuanto al hombre guapo, mejor dejar sus ilusiones de lado. Vuelve a la mesa convencida de que se va a encontrar a las chicas sentadas allí, pero el hombre está solo. Se levanta otra vez educadamente y le acerca la silla para que pueda sentarse.

—No me he presentado. Me llamo Maureen.

—Igor. Mucho gusto. Interrumpimos la conversación cuando decías que tenías al elenco ideal.

Ahora podía aprovechar para lanzarles un dardo a las chicas de la mesa de al lado. Habló un poco más alto de lo habitual.

—Aquí, en Cannes, o en cualquier otro festival, todos los años se descubren actrices, y todos los años una gran actriz pierde un gran papel porque la industria piensa que es demasiado vieja, aunque todavía sea joven y esté llena de entusiasmo. Entre las que se descubren —«ojalá las chicas de al lado estén escuchando»—, algunas toman el camino del puro glamour. Aunque ganen poco en las películas que hacen (todos los directores lo saben y se aprovechan cuanto pueden), invierten en la cosa más errónea del mundo.

—Es decir…

—La propia belleza. Se convierten en celebridades, cobran por acudir a las fiestas, las llaman para hacer anuncios, para recomendar productos. Conocen a los hombres más poderosos y a los actores más deseados del planeta. Ganan una cantidad inmensa de dinero, porque son jóvenes, guapas, y sus agentes les consiguen numerosos contratos.

»En verdad, se dejan guiar por sus agentes, que estimulan su vanidad en todo momento. Ellas son el sueño de las amas de casa, de las adolescentes, de los jóvenes artistas que no tienen dinero ni para desplazarse a la ciudad de al lado, pero que la consideran una amiga, alguien que está viviendo lo que a ellos les gustaría experimentar. Siguen haciendo películas, ganan un poco más, aunque los asesores de prensa divulgan salarios altísimos; todo una mentira, que ni los propios periodistas se creen, pero lo publican porque saben que al público le gusta la noticia, no la información.

—¿Y cuál es la diferencia? —pregunta Igor, cada vez más relajado, pero sin dejar de prestar atención a su alrededor.

—Supongamos que te has comprado un ordenador chapado en oro en una subasta en Dubai y que has decidido escribir un nuevo libro usando esa maravilla tecnológica. El periodista, en cuanto se entere, te llamará para preguntarte: «¿Cómo es tu ordenador de oro?» Ésa es la noticia. La verdadera información, es decir, lo que estás escribiendo, no tiene la menor importancia.

«¿Estará Ewa recibiendo noticias en vez de información?» Nunca se le había ocurrido pensar en ello.

—Sigue.

—El tiempo pasa. Mejor dicho, pasan siete u ocho años. De repente, ya no te llaman para hacer películas. Los eventos y el dinero de los anuncios empiezan a escasear. El agente parece más ocupado que antes; no atiende con la misma frecuencia a tus llamadas. La gran estrella se rebela: ¿cómo pueden hacerle eso a ella, el gran símbolo sexual, el mayor icono del glamour? Primero culpa al agente, decide cambiar a la persona que la representa y, para su sorpresa, se da cuenta de que éste no se enfada. Al contrario, le pide que firme un papel en el que dice que todo fue bien mientras estuvieron juntos, le desea buena suerte, y punto final de la relación.

Maureen recorre el local con los ojos para ver si encuentra algún ejemplo de lo que está diciendo. Gente que todavía es famosa pero que ha desaparecido por completo del escenario y que hoy en día busca desesperadamente una nueva oportunidad. Todavía se comportan como grandes divas, todavía tienen el mismo aire distante de siempre, pero su corazón está rebosante de amargura, la piel llena de Botox y cicatrices invisibles de cirugía estética. Vio Botox, vio cirugía estética, pero ninguna de las celebridades de la década pasada estaba allí. Puede que ni siquiera tuvieran dinero para ir a un festival como ése; en ese momento animaban bailes, fiestas de productos como chocolate y cerveza, comportándose siempre como si aún fuesen lo que una vez fueron, pero sabiendo que ya no lo son.

—Has dicho que había dos tipos de personas.

—Sí. El segundo grupo de actrices tiene exactamente el mismo problema, con una única diferencia. —Otra vez su voz subió de tono, porque entonces las chicas de la mesa de al lado estaban visiblemente interesadas en ella, alguien que conocía el medio—. Saben que la belleza es pasajera. No se las ve tanto en anuncios ni en las portadas de las revistas, porque están ocupadas en perfeccionar su arte. Siguen estudiando, consiguiendo contactos que serán importantes para el futuro, prestando su nombre y su imagen a determinados productos, no en la condición de modelos, sino de socias. Ganan menos, claro. Pero ganan el resto de su vida.

»Y entonces aparece alguien como yo, que tengo un buen guión, dinero suficiente y me gustaría que estuvieran en mi película. Aceptan; tienen el talento suficiente para interpretar los papeles que les son confiados, y la inteligencia necesaria para saber que, aunque la película no sea un gran éxito, al menos siguen en las pantallas, se las ve trabajando en la edad madura, y puede que algún otro productor se interese de nuevo por lo que hacen.

Igor también se da cuenta de que las chicas están atendiendo a la conversación.

—Tal vez sea buena idea caminar un poco —dice en voz baja—. En este bar no tenemos intimidad. Conozco un lugar más tranquilo, donde podemos ver la puesta de sol; es un hermoso espectáculo.

Eso era todo lo que quería oír en ese momento, ¡una invitación para pasear! ¡Para ver la puesta de sol, aunque todavía faltaba mucho para que el sol se escondiese! Nada de vulgaridades como «vamos a subir a mi habitación porque tengo que cambiarme los zapatos», y «no va a pasar nada, te lo prometo», pero una vez arriba dicen lo de siempre, «tengo contactos y sé exactamente a quién necesitas», mientras intentan agarrarla para darle el primer beso.

Honestamente, no le importaría que la besara esa persona que parecía tan encantadora, y de la que no sabía absolutamente nada. Pero la elegancia con la que seducía era algo que iba a tardar en olvidar.

Se levantan, a la salida él dice que le carguen la cuenta a su habitación (¡entonces, estaba hospedado en el Martínez!). Al llegar a la Croisette, él sugiere que giren a la izquierda.

—Es más tranquilo. Además, creo que la vista es más bonita, porque el sol desciende sobre las colinas que tendremos delante.

—Igor, ¿quién eres?

—Buena pregunta —respondió—. También a mí me gustaría conocer la respuesta.

Otro punto positivo. Nada de empezar a decir cuán rico era, cuán inteligente, capaz de hacer esto y aquello. Únicamente le interesaba contemplar el atardecer con ella, eso era todo. Caminaron en silencio hasta el final de la playa, cruzándose con todo tipo de gente, desde parejas mayores que parecían vivir en un mundo diferente, completamente ajenos al festival, hasta jóvenes con patines, la ropa ajustada y el iPod en los oídos. Desde vendedores ambulantes con sus mercancías expuestas sobre una manta cuyas esquinas estaban atadas con cuerdas para poder transformar sus «escaparates» en bolsas cuando apareciera la autoridad, hasta un lugar acordonado por la policía por alguna razón desconocida, pues no era más que un banco público. Nota que su compañero mira dos o tres veces hacia atrás, como si esperase a alguien. Pero no se trata de eso; puede que haya visto a algún conocido.

Se internan en un muelle en el que los barcos tapan un poco la vista de la playa, pero encuentran un lugar aislado. Se sientan en un banco cómodo, con respaldo. Están completamente solos. Nadie va a ese lugar porque allí no pasa absolutamente nada. Maureen está de un humor excelente.

—¡Qué paisaje! ¿Sabes por qué Dios decidió descansar el séptimo día?

Igor no entiende la pregunta, pero ella continúa:

—Porque el sexto día, antes de acabar el trabajo y dejar un mundo perfecto para el ser humano, un grupo de pro-

214

ductores de Hollywood se acercó a Él: «¡No te preocupes por el resto! ¡Nosotros nos encargaremos de la puesta de sol en tecnicolor, efectos especiales para las tempestades, iluminación perfecta, equipo de sonido con el que siempre que el hombre oiga el rumor de las olas pensará que es el mar de verdad!»

Se ríe sola. El hombre que está a su lado adopta un aire más grave.

—Me has preguntado quién soy —dice él.

—No sé quién eres, pero sé que conoces bien la ciudad. Y puedo añadir: ha sido una bendición encontrarte. En un solo día he vivido la esperanza, la desesperación, la soledad y el placer de tener compañía. Muchas emociones juntas.

Él saca un objeto del bolsillo; parece un tubo de madera de menos de quince centímetros.

—El mundo es peligroso —dice—. No importa dónde estés, siempre es arriesgado ser abordado por gente que no tiene el menor escrúpulo en asaltar, destruir, matar. Y nadie, absolutamente nadie, aprende a defenderse. Todos estamos en manos de los más poderosos.

—Tienes razón. Así pues, deduzco que ese tubo de madera es una forma de no dejar que te hagan daño.

Él dobla la parte superior del objeto. Con la delicadeza de un maestro que retoca su ópera prima, le quita la tapa: realmente no era exactamente una tapa, sino una especie de cabeza de lo que parecía ser un enorme clavo. Los rayos del sol se reflejan en la parte metálica.

—No te dejarían pasar por un aeropuerto con eso en la maleta —rió ella.

—Por supuesto que no.

Maureen comprendió que estaba con un hombre cortés, guapo, probablemente rico, y también capaz de protegerla de todos los peligros. Aunque no conocía las estadísticas sobre crímenes en la ciudad, siempre era bueno pensar en todo.

Para eso se hizo al hombre: para pensar en todo.

—Evidentemente, para poder utilizarlo, debo saber exactamente dónde hay que aplicar el golpe. Aunque esté hecha de acero, es frágil debido a su diámetro, y demasiado pequeña para causar grandes daños. Si no hay precisión, no habrá resultados.

Levantó la lámina y la puso a la altura de la oreja de Maureen. Su primera reacción fue de miedo, pero en seguida fue sustituido por la excitación.

—Éste sería uno de los lugares ideales, por ejemplo. Un poco más arriba, los huesos del cráneo protegen del golpe. Un poco más abajo, se alcanza la vena del cuello; la persona puede morir, pero estará en condiciones de reaccionar. Si fuera armada, contraatacaría, ya que yo estoy muy cerca.

La lámina descendió suavemente por su cuerpo. Pasó por encima de su seno y Maureen lo comprendió: quería impresionarla y excitarla al mismo tiempo.

—No se me había ocurrido que alguien que trabaja en telecomunicaciones supiera tanto al respecto. Pero, por lo que dices, matar con eso es bastante complicado.

Era una manera de decir: «Me interesa lo que me estás contando. Me interesas tú. Dentro de un rato, cógeme de la mano, por favor, para poder ver la puesta de sol juntos.»

La lámina se deslizó por su seno pero no se detuvo allí. Aun así, eso fue suficiente para que se excitase. Finalmente, se paró un poco por debajo de su brazo.

—Aquí estoy a la altura del corazón. Alrededor de él hay costillas, una protección natural. Si estuviésemos peleando, sería imposible causarte daño alguno con esta pequeña arma. Seguramente chocaría contra alguna de las costillas, y aunque penetrase en el cuerpo, el sangrado provocado por la herida no sería suficiente para disminuir la fuerza del enemigo. Puede que ni siquiera notara el golpe. Pero en este lugar de aquí, es mortal.

¿Qué estaba haciendo allí, en un lugar apartado, con un completo desconocido que hablaba sobre un asunto tan macabro? En ese momento sintió una especie de choque eléctrico que la dejó paralizada: la mano había empujado la lámina hacia el interior de su cuerpo. Pensó que la estaban asfixiando, quería respirar, pero en seguida perdió el conocimiento.

Igor la abrazó, como había hecho con la primera víctima. Pero esta vez la colocó de forma que quedara sentada. Su único gesto fue ponerse unos guantes, cogerle la cabeza y hacer que colgase hacia adelante.

Si alguien decidía aventurarse por ese rincón de la playa, todo cuanto vería sería a una mujer dormida, exhausta de tanto buscar productores y distribuidores en el festival de cine.

El chico, oculto detrás de un viejo almacén al que le encantaba ir a esconderse y esperar a que las parejas se acercaran y se acariciaran para masturbarse, llamó rápidamente a la policía. Lo había visto todo. Al principio pensó que era un juego, ¡pero el hombre le había clavado el estilete a la mujer! Debía esperar a que llegaran los guardias antes de salir de su escondite; ese loco podía volver en cualquier momento, y entonces estaría perdido.

Igor arroja la lámina al mar y toma el camino del hotel. Esa vez había sido la propia víctima la que había escogido su muerte. Estaba solo en la terraza del hotel, pensando qué hacer, volviendo al pasado, cuando ella se acercó. No imaginó que aceptaría pasear con un desconocido hasta un lugar apartado, pero ella siguió adelante. Tuvo posibilidades de huir cuando empezó a enseñarle los diferentes lugares en los que el pequeño objeto puede causar una herida mortal, pero siguió allí.

Un coche de policía pasa junto a él, por el carril cerrado al tráfico. Decide acompañarlo con la mirada y, para su sorpresa, ve que entra precisamente en el muelle que nadie, absolutamente nadie parece visitar durante el tiempo que dura el festival. Había estado allí por la mañana, y estaba igual de desierto que por la tarde, aunque era el mejor lugar para ver la puesta de sol.

Pocos segundos después, una ambulancia pasa con la sirena a todo volumen y las luces encendidas. Toma el mismo camino.

Sigue andando, seguro de una cosa: alguien ha visto el crimen. ¿Cómo lo describirá? Un hombre de pelo gris, con vaqueros, camisa blanca y chaqueta negra. El posible testigo haría un retrato robot, lo cual, además de llevar algún tiempo, les haría llegar a la conclusión de que hay docenas, puede que miles de personas que se parecen a él.

Desde que se presentó al guardia y éste lo mandó de regreso al hotel, estaba seguro de que nadie más sería capaz de interrumpir su misión. Las dudas eran otras: ¿realmente Ewa merecía los sacrificios que le estaba ofreciendo al universo? Había llegado a la ciudad convencido de que sí. Ahora, algo distinto empezaba a rondar su alma: el espíritu de la insignificante vendedora de artesanía, con sus cejas espesas y su sonrisa inocente.

«Todos formamos parte de la centella divina —parecía decirle—. Todos tenemos un propósito en la creación llamado Amor. Pero éste no debe concentrarse en una sola persona; está esparcido por el mundo, esperando a ser descubierto. Despierta, ábrete a ese amor. Lo que ha pasado no debe volver. Lo que llega debe ser reconocido.»

Él lucha contra esa idea; no descubrimos que algo está mal planificado hasta que llegamos a sus últimas consecuencias. O cuando Dios misericordioso nos guía en otra dirección.

Mira su reloj: todavía le quedan doce horas en la ciudad, tiempo suficiente antes de coger su avión con la mujer que ama y volver a…

¿… adónde? ¿A su trabajo en Moscú, después de todo lo que ha vivido, sufrido, reflexionado, planeado? ¿O finalmente renacer a través de todas sus víctimas, escoger la libertad absoluta, descubrir a la persona que no sabía que era y a partir de ese momento hacer exactamente todas las cosas que soñaba con hacer cuando todavía estaba con Ewa?

16.34 horas

Jasmine mira al mar mientras fuma un cigarrillo sin pensar en nada. En esos momentos siente una conexión profunda con el infinito, como si no fuera ella la que está allí, sino algo más poderoso, capaz de cosas extraordinarias.

Recuerda un viejo cuento que leyó en algún sitio. Nasrudin aparecó en la corte con un magnífico turbante, pidiendo dinero por caridad.

—Vienes a pedirme dinero pero llevas un ornamento muy caro en la cabeza. ¿Cuánto te ha costado esa pieza maravillosa? —preguntó el soberano.

—Fue una donación de alguien muy rico. Por lo que sé, el precio es de quinientas monedas de oro —respondió el sabio sufí.

El ministro susurró:

—Es mentira. Ningún turbante cuesta esa fortuna.

Nasrudin insistió:

—No he venido hasta aquí sólo para pedir, sino también para negociar. Sé que, en todo el mundo, sólo hay un soberano capaz de comprarlo por seiscientas monedas, para que yo pueda dar los beneficios a los pobres y, de ese modo, aumentar la donación que hay que hacer.

El sultán, lisonjeado, pagó lo que Nasrudin pedía. Al salir, el sabio comenta con el ministro:

—Puede que conozcas muy bien el valor de un turbante,

pero soy yo el que sabe hasta dónde puede conducir la vanidad a un hombre.

Ésa era la realidad a su alrededor. No tenía nada en contra de su profesión, no juzgaba a las personas por sus deseos, pero era consciente de lo que realmente importa en la vida. Y le gustaría seguir teniendo los pies en la tierra, aunque la tentación estuviera por todas partes.

Alguien abre la puerta y dice que falta solamente media hora para subir a la pasarela. Ésa, que generalmente era la peor parte del día, el largo tedio que precede al momento del desfile, está llegando a su fin. Las chicas dejan sus iPods y sus móviles a un lado, los maquilladores retocan los detalles, los peluqueros recolocan los mechones que no están en su lugar.

Jasmine se sienta delante del espejo del camerino y deja que los demás hagan su trabajo.

—No te pongas nerviosa sólo porque estés en Cannes —dice la maquilladora.

—No estoy nerviosa.

¿Por qué habría de estarlo? Al contrario, cada vez que pisaba la pasarela sentía una especie de éxtasis, la famosa inyección de adrenalina en las venas. La maquilladora parece dispuesta a charlar, habla de las arrugas de las celebridades que pasan por sus manos, promociona una nueva crema, dice que está cansada de todo ese mundo, le pregunta si está invitada a alguna fiesta. Jasmine la escucha con infinita paciencia porque su pensamiento está en las calles de Amberes, en el día en que decidió buscar a los fotógrafos.

Pasó por alguna dificultad, pero al final todo salió bien.

Igual que hoy. Igual que entonces, cuando —acompañada de su madre, que quería que su hija se recuperase rápidamente de la depresión y aceptó ir con ella— tocó el timbre del fotógrafo que la había abordado en la calle. La puerta daba a una pequeña sala, con una mesa transparente, cubierta de negativos de fotos, otra mesa con un ordenador y una especie de mesa de dibujo llena de papeles. El fotógrafo estaba acompañado de una mujer de aproximadamente cuarenta años, que la miró de arriba abajo y sonrió. Se presentó como coordinadora de eventos y los cuatro se sentaron.

—Estoy segura de que su hija tiene un gran futuro como modelo —dijo la mujer.

—Sólo estoy aquí para acompañarla —respondió la madre—. Si tiene algo que decirle, diríjase directamente a ella.

A la mujer le llevó algunos segundos recuperarse. Cogió una ficha y comenzó a anotar detalles y medidas mientras comentaba:

—Evidentemente, Cristina no es un buen nombre. Es demasiado común. Lo primero que hay que cambiar es eso.

«Cristina no era un buen nombre por otras razones», pensaba ella. Porque pertenecía a una chica que se había quedado paralizada el día que fue testigo de un asesinato, y murió cuando negó lo que sus ojos se empeñaban en olvidar. Cuando decidió cambiarlo todo, empezó por la manera en que la llamaban desde que era niña. Tenía que cambiarlo todo, absolutamente todo. Así que tenía la respuesta preparada:

—Jasmine Tiger. La dulzura de una flor, el peligro de un animal salvaje.

A la mujer pareció gustarle.

—La carrera de modelo no es fácil, y tienes suerte de que te hayan escogido para dar el primer paso. Evidentemente, hay que ajustar algunas cosas, pero estamos aquí precisamente para ayudarte a llegar a donde deseas. Te haremos fotos para enviarlas a las agencias especializadas. También vas a necesitar un *composite*.

Se quedó esperando a que Cristina preguntara: «¿Qué es un *composite*?»

Pero no lo preguntó. Otra vez, la mujer se recompuso rápidamente.

—Un *composite*, como imagino que debes de saber, es una hoja en papel especial, con tu mejor foto y tus medidas a un lado. Detrás, más fotos, en diversas situaciones. En biquini, de estudiante, eventualmente una sólo con la cara, otra con un poco más de maquillaje, para que también te puedan seleccionar en el caso de que necesiten a alguien mayor. Tus pechos…

Otro momento de silencio.

—… puede que tus pechos superen un poco las medidas convencionales de una modelo.

Se dirigió al fotógrafo:

—Hay que disimularlo. Anótalo.

El fotógrafo lo anotó. Cristina —transformándose rápidamente en Jasmine Tiger— pensaba: «¡Pero cuando me llamen descubrirán que tengo los pechos más grandes de lo que imaginan!»

La mujer cogió una bonita carpeta de cuero y sacó una especie de lista.

—Tenemos que llamar a un maquillador. A un peluquero. ¿No tienes ninguna experiencia en la pasarela, verdad?

—Ninguna.

—Pues ahí no se camina igual que se anda por la calle. Si lo haces, acabarás cayéndote debido a la velocidad y a los tacones altos. Hay que colocar los pies uno delante del otro, como un gato. No sonrías jamás. Y, sobre todo, la postura es fundamental.

Hizo tres marcas al lado de la lista del papel.

—Habrá que alquilar alguna ropa.

Otra marca.

—Pero creo que por ahora eso es todo.

Metió otra vez la mano en la elegante carpeta y sacó una calculadora. Cogió la lista, anotó algunos números y los sumó. Nadie en la sala se atrevía a pronunciar palabra.

—Alrededor de dos mil euros, creo. No vamos a contar las fotos, porque Yasser —se volvió hacia el fotógrafo— es carísimo, pero ha decidido hacerlo gratis, siempre que le permitas usar el material. Podemos quedar con el maquillador y con el peluquero para mañana por la mañana, y me voy a poner en contacto con el curso para ver si consigo una plaza. Seguro que sí. Al igual que estoy segura de que, al invertir en ti misma, estás creando nuevas posibilidades para tu futuro, y pronto podrás amortizar ese gasto.

—¿Está usted diciendo que tengo que pagar?

La «coordinadora de eventos» pareció desconcertada de nuevo.

Generalmente, las chicas que llegaban allí deseaban más que nada realizar el sueño de toda una generación; quieren ser las mujeres más deseadas del planeta, y nunca hacen preguntas indiscretas que pueden ocasionar que los demás se sientan incómodos.

—Escucha, querida Cristina...

—Jasmine. Desde el momento en el que entré por esa puerta, me convertí en Jasmine.

El teléfono sonó. El fotógrafo lo sacó del bolsillo y se dirigió al fondo de la sala, hasta entonces completamente a oscuras. Al descorrer una de las cortinas, Jasmine vio una pared cubierta de negro, trípodes con flashes, cajas con luces brillantes y varios focos de luz en el techo.

—Escucha, querida Jasmine, hay miles, millones de personas a las que les gustaría estar en tu sitio. Has sido seleccionada por uno de los fotógrafos más importantes de la ciudad, dispondrás de los mejores profesionales a tu servicio y yo me ocuparé personalmente de dirigir tu carrera. Sin embargo, como cualquier cosa en la vida, es necesario creer que vas a vencer, e invertir para que eso sea así. Sé que eres lo suficientemente hermosa como para tener éxito, pero eso no basta en este mundo extremadamente competitivo. También hay que ser la mejor, y eso cuesta dinero, por lo menos al principio.

—Pero si cree que tengo todas esas cualidades, ¿por qué no invierte su dinero?

—Lo haré más adelante. Por el momento, tenemos que ver cuál es tu grado de compromiso. Quiero estar segura de que realmente deseas ser una profesional y de que no eres una chica deslumbrada por la posibilidad de viajar, de conocer mundo, de encontrar a un marido rico.

El tono de la mujer era severo. El fotógrafo volvió del estudio.

—El maquillador está al teléfono, quiere saber a qué hora tiene que venir mañana.

—Si es realmente necesario, puedo conseguir el dinero... —dice la madre.

Pero Jasmine ya se había levantado y se dirigía hacia la puerta sin darles la mano a ninguno de los dos.

—Muchas gracias. No tengo ese dinero. Y si lo tuviera, lo usaría en otra cosa.

—¡Pero se trata de tu futuro!

—Precisamente. Es mi futuro, no el suyo.

Salió llorando. Primero había ido a una tienda de lujo y no solamente la habían tratado mal, sino que le habían insinuado que era mentira que conociera al dueño. Imaginaba que iba a empezar una nueva vida, tenía el nombre perfecto, y ¡necesitaba dos mil euros para dar el primer paso!

Madre e hija volvieron a casa sin decir nada. El teléfono sonó varias veces; ella veía el número y volvía a guardarlo en el bolsillo.

—¿Por qué no contestas? ¿No tenemos otra reunión esta tarde?

—Precisamente por eso. No tenemos dos mil euros.

La madre la agarró por los hombros. Sabía que el estado de su hija era frágil y tenía que hacer algo.

—Sí los tenemos. Trabajo todos los días desde que tu padre murió y tenemos esos dos mil euros. Tenemos más, si es necesario. Aquí, en Europa, una limpiadora gana bastante porque a nadie le gusta limpiar la porquería de los demás. Y estamos hablando de tu futuro. No vamos a volver a casa.

El teléfono sonó una vez más. Jasmine volvía a ser Cristina y obedeció a su madre. Del otro lado de la línea, una mujer se identificó, dijo que se retrasaría dos horas debido a un compromiso y luego se disculpó.

—No importa —respondió Cristina—. Pero antes de que pierda usted su tiempo, me gustaría saber cuánto me va a costar el trabajo.

—¿Cuánto va a costar?

—Sí. Acabo de salir de otra reunión y me cobran dos mil euros por las fotos, el maquillaje…

La mujer al otro lado de la línea se rió.

—No te va a costar nada. Conozco el truco, hablamos de eso cuando llegues.

El estudio era parecido, pero la conversación fue diferente. La fotógrafa quiso saber por qué su mirada parecía más triste; al parecer, todavía recordaba su primer encuentro. Cristina le comentó lo que le había ocurrido esa mañana; la mujer le explicó que era algo absolutamente normal, aunque actualmente ya estaba más controlado por las autoridades. En ese mismo momento, en muchos lugares del mundo, chicas relativamente guapas eran invitadas a mostrar el «potencial» de su belleza pagando caro para ello. Bajo el pretexto de buscar nuevos talentos, alquilaban habitaciones en hoteles de lujo, colocaban equipos de fotografía, prometían al menos un desfile al año o «devolvían el dinero», cobraban una fortuna por las fotos, llamaban a profesionales fracasados para que hicieran de maquilladores y peluqueros, sugerían escuelas de modelos y muchas veces desaparecían sin dejar rastro. Cristina tenía suerte de haber ido a un estudio de verdad, pero había sido lo bastante inteligente como para rechazar la oferta.

—Forma parte de la vanidad humana y no hay nada de malo en ello, siempre que sepas defenderte, claro. Eso no sólo sucede en el mundo de la moda, sino en muchos sectores: escritores que publican sus propios trabajos, pintores que patrocinan sus exposiciones, cineastas que se endeudan para poder disputarse un lugar con los grandes estudios, chicas de tu edad que lo dejan todo para trabajar como camareras en las grandes ciudades con la esperanza de que algún día un productor descubra su talento y las lance al estrellato.

No, no iba a hacerle las fotos ahora. Tenía que conocerla mejor, porque pulsar el botón de la cámara era el último paso de un largo proceso que empieza por desnudar el alma de la persona. Quedaron en verse al día siguiente para hablar más sobre el tema.

—Tienes que escoger un nombre.
—Jasmine Tiger.
Sí, el deseo había vuelto.

La fotógrafa la invitó a pasar un fin de semana en una playa en la frontera con Holanda, y pasaron más de ocho horas al día haciendo todo tipo de pruebas delante de la cámara. Tenía que expresar con el rostro las emociones que despiertan ciertas palabras: «¡fuego!», «¡seducción!» o «¡agua!». Mostrar el lado bueno y el lado malo de su alma. Mirar hacia adelante, a un lado, abajo, hacia el infinito. Imaginar gaviotas y demonios. Sentirse atacada por hombres mayores, abandonada en el servicio de un bar, violada por uno o más hombres, pecadora y santa, perversa e inocente.

Hicieron fotos al aire libre; su cuerpo parecía congelarse de frío, pero reaccionaba ante cada estímulo, obedecía cada sugerencia. Usaron un pequeño estudio que había montado en una de las habitaciones, en las que sonaban diferentes tipos de música y la iluminación cambiaba a cada momento. Jasmine se maquillaba, la fotógrafa se encargaba de arreglarle el pelo.

—¿Estoy bien? ¿Por qué pierdes tu tiempo conmigo?

—Hablamos después.

La mujer se pasaba las noches observando el trabajo, reflexionando, anotando cosas. Nunca decía si estaba contenta o decepcionada con los resultados.

El lunes por la mañana, Jasmine (Cristina, para entonces, estaba definitivamente muerta) escuchó una opinión. Estaban en la estación de tren de Bruselas, esperando la conexión para Amberes:

—Eres la mejor.

—No es cierto. —La mujer vio que estaba sorprendida.

—Sí, eres la mejor. Trabajo en esto desde hace veinte años, he fotografiado a una infinidad de personas, he trabajado con modelos profesionales y con artistas de cine, gente con experiencia. Pero nadie, absolutamente nadie demostró tu misma capacidad para expresar sentimientos.

»¿Sabes cómo se llama eso? Talento. Para cierta categoría de profesionales, es fácil medirlo: directores que son capaces de ponerse al frente de una empresa al borde de la quiebra y hacer que funcione. Deportistas que baten

228

récords. Artistas capaces de sobrevivir al menos dos generaciones a través de sus obras. Pero para una modelo, ¿cómo puedo decirlo y asegurarlo? Porque soy una profesional. Eres capaz de mostrar tus ángeles y tus demonios a través de la lente de una cámara, y eso no es fácil. No me refiero a jóvenes a las que les gusta vestirse de vampiro y asistir a fiestas góticas. No me refiero a chicas que tienen un aire inocente e intentan despertar la pedofilia escondida en los hombres. Me refiero a verdaderos ángeles y a verdaderos demonios.

La gente andaba de un lado a otro de la estación. Jasmine comprobó el horario del tren y sugirió salir fuera; se moría de ganas de fumar un pitillo y allí estaba prohibido. Pensaba en si debía decir o no lo que sucedía en su alma en ese momento.

—Puede que yo tenga talento, y si realmente es así, soy capaz de demostrarlo por una única razón. Por cierto, durante los días que hemos pasado juntas, no has dicho nada de tu vida privada y tampoco me has preguntado sobre la mía. ¿Quieres que te ayude con el equipaje? La fotografía debería ser una profesión exclusivamente masculina: siempre hay mucho equipo que transportar.

La mujer se rió.

—No tengo nada especial que decir, salvo que me encanta mi trabajo. Tengo treinta y ocho años, estoy divorciada, no tengo hijos y poseo una serie de contactos que me permiten vivir cómodamente, aunque sin grandes lujos. Por cierto, me gustaría añadir algo a lo que he dicho: en el caso de que todo salga bien, nunca, JAMÁS, te comportes como alguien que depende de su profesión para sobrevivir, aunque así sea.

»Si no sigues mi consejo, serás fácilmente manipulada por el sistema. Por supuesto que usaré tus fotos y que ganaré dinero con ellas, pero a partir de ahora te sugiero que contrates a una agente profesional.

Encendió otro cigarrillo; era ahora o nunca.

—¿Sabes por qué conseguí mostrar mi talento? Debido a algo que jamás imaginé que fuera a sucederme en la vida: enamorarme de una mujer, que me gustaría tener a mi lado, guiándome a través de los pasos que voy a tener que dar. Una mujer que, con su dulzura y su rigor, ha conseguido invadir mi alma soltando lo que había de peor y de mejor en los subterráneos del espíritu. No lo hizo a través de largas clases de meditación, ni con técnicas de psicoanálisis, a las que mi madre quería e insistía en que fuese. Usó…

Hizo una pausa. Tenía miedo, pero debía continuar: ya no tenía absolutamente nada que perder.

—Usó una cámara fotográfica.

El tiempo se detuvo en la estación de tren. La gente ya no caminaba, desapareció el ruido, el viento dejó de soplar, el humo del cigarrillo se congeló en el aire, se apagaron todas las luces, salvo los dos pares de ojos que brillaban más que nunca, fijos el uno en el otro.

—Listo —dice la maquilladora.

Jasmine se levanta y mira a su compañera, que camina sin cesar a través del salón improvisado en el camerino, ocupándose de detalles, cogiendo accesorios. Debe de estar nerviosa; después de todo, es su primer desfile en Cannes, y dependiendo de los resultados, puede conseguir un buen contrato con el gobierno belga.

Tiene ganas de acercarse a ella y calmarla. Decirle que todo va a salir bien, igual que hasta ese momento. Oiría un comentario del tipo: «Sólo tienes diecinueve años, ¿qué sabes tú de la vida?»

Le respondería: «Conozco tu capacidad, de la misma manera que tú conoces la mía. Conozco la relación que cambió nuestras vidas desde el día en que, hace tres años,

230

levantaste tu mano y tocaste suavemente mi cara en aquella estación de tren. Estábamos las dos asustadas, ¿recuerdas? Pero sobrevivimos a nuestro propio miedo. Gracias a eso, estoy aquí, y tú, además de ser una excelente fotógrafa, haces eso que siempre has querido hacer: diseñar y producir ropa.»

Sabe que el comentario no es una buena idea: pedirle a alguien que se calme hace que la persona se ponga aún más nerviosa.

Se acerca a la ventana y enciende otro cigarrillo. Está fumando mucho, pero ¿qué puede hacer? Es su primer gran desfile en Francia.

16.43 horas

Una chica de traje negro y blusa blanca está en la puerta. Le pregunta su nombre, comprueba la lista y le pide que espere un poco: la suite estaba llena. Dos hombres y otra mujer, tal vez más joven que ella, también están esperando.

Todos educados, en silencio, aguardando su turno. ¿Cuánto tiempo va a tardar? ¿Qué está haciendo exactamente allí?

Se pregunta a sí misma y oye dos respuestas.

La primera le recuerda que debe seguir adelante. Gabriela, la optimista, la que había perseverado lo suficiente para alcanzar el estrellato y ahora debe pensar en el gran estreno, en las invitaciones, en los viajes en avión privado, en los anuncios por las capitales del mundo, en los fotógrafos de guardia permanente frente a su casa, interesados en saber cómo se viste, en qué tiendas hace sus compras, quién es el hombre rubio y musculoso que estaba a su lado en una discoteca de moda. El regreso victorioso a la ciudad en la que nació, los amigos que la miran con envidia y sorpresa, los proyectos benéficos que pretende apoyar.

La segunda le recuerda que Gabriela, la optimista, la que había perseverado lo suficiente para alcanzar el estrellato, ahora camina por el filo de la navaja, donde es fácil resbalar hacia uno de los costados y caer en el abismo. Porque Hamid Hussein ni siquiera sabía de su existencia, nunca la habían visto maquillada y preparada para una fiesta, puede que el vestido no fuera de su talla, que necesitara ajustes, y eso provocaría que llegase tarde al evento en el Martínez. Ya tenía veinticinco años, era posible que en ese momento hubiera otra candidata en el yate, podrían haber cambiado de idea, o puede que fuera ésa la intención: hablar con dos o tres candidatas y ver cuál de ellas sobresalía entre la multitud. Las invitarían a las tres a la fiesta, sin que unas supieran de la existencia de las otras.

Paranoia.

No, no era paranoia, sino simple realidad. Además, aunque Gibson y la Celebridad sólo aceptasen proyectos importantes, el éxito no estaba garantizado. Y si algo salía mal, la culpa sería exclusivamente suya. El fantasma del Sombrerero Loco de *Alicia en el País de las Maravillas* sigue presente. No tenía el talento que imaginaba; sencillamente es alguien que se esfuerza. No fue bendecida con la suerte de los demás: hasta ese momento, nada importante había ocurrido en su vida, a pesar de luchar noche y día, día y noche. Desde que llegó a Cannes no había descansado: había distribuido sus *books* —que le habían costado carísimos— en varias compañías encargadas de hacer castings, y sólo le habían confirmado una prueba. Si realmente fuera alguien especial, para entonces ya podría estar escogiendo qué papel aceptar. Sus sueños eran demasiado ambiciosos, pronto iba a sentir el sabor de la derrota, e iba a ser muy amargo, ya que casi había llegado hasta allí, sus pies habían tocado la orilla del océano de la fama… y no lo había conseguido.

«Estoy atrayendo malas vibraciones. Sé que están aquí. Tengo que controlarme.»

No puede hacer yoga delante de esa mujer de traje y de las tres personas que esperan en silencio. Tiene que apartar los pensamientos negativos, pero ¿de dónde proceden? Según los entendidos —había leído mucho al respecto en una época en la que pensaba que no conseguía nada debido a la envidia ajena—, seguramente alguna actriz a la que habían rechazado estaba en ese momento concentrando toda su energía para volver a conseguir el papel. Sí, podía notarlo, ¡ERA LA VERDAD! La única salida era dejar que su mente abandonara ese pasillo y fuera en busca de su Yo Superior, que está conectado con todas las fuerzas del Universo.

Respira hondo, sonríe y se dice: «En este momento, estoy esparciendo la energía del amor a mi alrededor, es más poderosa que las fuerzas de las sombras, el Dios que habita en mí saluda al Dios que habita en todos los habitantes del planeta, incluso a aquellos que…»

Oye una carcajada. La puerta de la suite se abre, un grupo de jóvenes de ambos sexos, sonrientes, alegres, acompañados por dos celebridades femeninas, salen y se dirigen directamente hacia el ascensor. Luego entran los dos hombres y la mujer, recogen docenas de bolsas dejadas al lado de la puerta y se unen al grupo que los espera. Por lo visto, debían de ser ayudantes, chóferes, secretarios.

—Te toca —dice la mujer de traje.

«La meditación nunca falla.»

Le sonríe a la recepcionista y casi se muere a causa de la sorpresa: el interior del apartamento parece una cueva repleta de tesoros (gafas de todo tipo, percheros con ropa, maletas de diferentes modelos, joyas, productos de belleza, relojes, zapatos, medias, equipos electrónicos…). Una mujer rubia, que también tiene una lista en la mano y un móvil colgado del cuello, se acerca a ella. Le dice su nombre y le pide que la siga.

—No tenemos tiempo que perder. Vayamos directamente a lo que interesa.

Se dirigen a una de las habitaciones, y Gabriela ve más tesoros, lujo, glamour, cosas que siempre ha visto en escaparates, pero que nunca tuvo al alcance, salvo cuando las utilizaban otras personas.

Sí, todo eso la está esperando. Tiene que ser rápida y decidir exactamente qué va a usar.

—¿Puedo empezar por las joyas?

—No vas a escoger nada. Ya sabemos lo que HH desea. Y tendrás que devolvernos el vestido mañana por la mañana.

HH. Hamid Hussein. ¡Saben lo que él desea para ella!

Cruzan la habitación; sobre la cama y en los muebles de alrededor hay más productos: camisetas, montones de comida y aliños, un expositor de una conocida marca de cafeteras, con alguna envuelta para regalar. Entran por un pasillo y finalmente se abren las puertas de una sala más grande. Nunca había imaginado que los hoteles tuvieran suites tan grandes.

—Llegamos al templo.

Un elegante panel horizontal blanco, con el logotipo de la famosa marca francesa de alta costura, está colocado sobre una enorme cama de matrimonio. Una criatura andrógina —de la que Gabriela no sabría decir si es hombre o mujer— los espera en silencio. Extremadamente delgada, pelo largo sin color alguno, cejas depiladas, anillos en los dedos y cadenas que le cuelgan del pantalón ajustado al cuerpo.

—Desnúdate.

Gabriela se quita la camiseta y los vaqueros, intentando adivinar el sexo de la persona que está allí y que en ese momento se dirige a uno de los percheros horizontales y saca un vestido rojo.

—Quítate también el sujetador: deja marcas en el modelo.

Hay un gran espejo en la habitación, pero está al revés y no puede ver cómo le sienta el vestido.

—Tenemos que darnos prisa. Hamid ha dicho que, además de la fiesta, tienes que subir la escalera.

¡SUBIR LA ESCALERA!

¡La expresión mágica!

El vestido no le sienta bien. La mujer y el andrógino empiezan a ponerse nerviosos. La mujer le pide dos, tres alternativas diferentes, porque va a subir la escalera con la Celebridad, que para entonces ya debe de estar listo.

¡«Subir la escalera» con la Celebridad! ¿Acaso estaba soñando?

Deciden ponerle un vestido largo, dorado, ajustado al cuerpo, con un gran escote hasta la cintura. Encima, a la altura de los pechos, una cadena de oro hace que la abertura no vaya más allá de lo que la imaginación humana puede soportar.

La mujer está nerviosa. El andrógino vuelve a salir y regresa con una costurera, que hace los retoques necesarios en el dobladillo. Si pudiera decir algo en ese momento, les diría que dejasen de hacerlo: coser la ropa sobre el cuerpo significa que su destino también está siendo cosido e interrumpido. Pero no es momento para supersticiones, además, muchas actrices famosas deben de enfrentarse a ese mismo tipo de situaciones todos los días, sin que les pase nada malo.

Entonces llega una tercera persona con una maleta enorme. Se dirige hacia una esquina de la habitación y comienza a abrirla; es una especie de estudio portátil de maquillaje, que incluye un espejo rodeado de luces. El andrógino está delante de ella, arrodillado como una Magdalena arrepentida, probando un zapato tras otro.

¡Cenicienta! ¡Que dentro de un rato se va a encontrar con el Príncipe Encantado, y «subirá la escalera» con él!

—Éste está bien —dice la mujer.

El andrógino vuelve a colocar el resto de los zapatos en sus cajas.

—Desnúdate otra vez. Terminaremos los retoques del vestido mientras te preparan el pelo y el maquillaje.

Qué bien, se acabaron las costuras en el cuerpo. Su destino está abierto de nuevo.

Vestida solamente con las bragas, la conducen hasta el baño. Allí hay instalado un kit portátil de lavar y secar. Un hombre con la cabeza afeitada la espera, le pide que se siente y que eche la cabeza hacia atrás, en una especie de pila de acero. Utiliza un dispositivo adaptado al grifo para lavarle el pelo y, al igual que el resto, parece estar al borde de un ataque de nervios. Se queja del ruido que hay fuera; necesita que el lugar esté tranquilo para poder trabajar, pero nadie le presta atención. Además, nunca tiene tiempo suficiente para hacer lo que quiere; todo se hace siempre de prisa y corriendo.

—Nadie parece entender la enorme responsabilidad que pesa sobre mis hombros.

No le está hablando a ella, sino para sí mismo. Continúa:

—Cuando subes la escalera, ¿crees que te están viendo a ti? No, están viendo mi trabajo. MI maquillaje. MI estilo de peinado. Tú no eres más que el lienzo sobre el que yo pinto, dibujo, hago mis esculturas. Si está mal, ¿qué van a decir los demás? Puedo perder mi trabajo, ¿lo sabías?

Gabriela se siente ofendida, pero debe acostumbrarse a eso. El mundo del glamour y del brillo es así. Más tarde, cuando realmente sea alguien, escogerá a personas amables para que trabajen con ella. De momento, vuelve a concentrarse en su mayor virtud: la paciencia.

La conversación se ve interrumpida por el ruido del secador de pelo, semejante al de un avión al despegar. ¿Por qué se queja del ruido de fuera?

Le seca el pelo de forma brusca y le pide que se dirija rápidamente al estudio de maquillaje portátil. Allí, el humor del hombre cambia por completo: se queda en silencio, contempla la figura en el espejo, parece estar en otro mundo. Camina de un lado a otro utilizando el secador y el cepillo del mismo modo que Miguel Ángel empleaba el martillo y el cincel para trabajar la escultura de David. Y ella procura mantener la vista fija al frente, mientras recuerda los versos de un poeta portugués: «El espejo refleja la verdad; no se equivoca porque no piensa. Pensar es esencialmente equivocarse.»

El andrógino y la mujer vuelven; sólo faltan veinte minutos para que llegue la limusina para llevarla al Martínez, donde debe reunirse con la Celebridad. Allí no hay sitio para aparcar, tienen que ser puntuales. El peluquero murmura algo, como si fuera un artista incomprendido por sus señores, pero sabe que tiene que cumplir el horario. Comienza a trabajar en su cara como si fuera Miguel Ángel pintando la capilla Sixtina.

¡Limusina! ¡Subir la escalera! ¡Celebridad!

«El espejo refleja la verdad; no se equivoca porque no piensa.»

«No pienses, o te verás contagiada por el estrés y por el malhumor reinante: las vibraciones negativas pueden volver.» Le encantaría preguntar qué es esa suite llena de cosas tan diferentes, pero debe comportarse como si estuviera acostumbrada a frecuentar lugares como ése. Miguel Ángel da los últimos retoques ante el aspecto severo de la mujer y la mirada distante del andrógino. Se levanta, la visten rápidamente, la calzan, todo está en su sitio, gracias a Dios.

De algún lugar de la habitación cogen un pequeño bolso de cuero Hamid Hussein. El andrógino lo abre, saca un poco del papel que lleva dentro para conservar la forma y mira el resultado con el mismo aire distante de siempre, pero parece que aprueba el resultado y se lo da.

La mujer le da cuatro copias de un enorme contrato, con algunas marcas en los márgenes, en los que dice: «Firma aquí.»

—O firmas sin leer, o te lo llevas para casa y llamas a tu abogado si necesitas más tiempo para tomar una decisión. En cualquier caso, vas a subir la escalera, porque ya no hay nada que podamos hacer. Aun así, si este contrato no está aquí mañana por la mañana, sólo tienes que devolver el vestido.

Recuerda el mensaje que le envió su agente: «Acepta lo que sea.» Gabriela coge el bolígrafo que le ofrecen, va a las páginas en las que están las marcas y firma rápidamente. No tiene nada, absolutamente nada que perder. Si las cláusulas no son justas, seguro que podrá llevarlos a los tribunales, alegando que la presionaron para hacerlo, pero antes tiene que hacer lo que siempre ha soñado.

La mujer recoge las copias y desaparece sin despedirse. El Miguel Ángel está desmontando otra vez la mesa de maquillaje inmerso en su mundo, en el que la injusticia es la única ley; su trabajo nunca es reconocido, no tiene tiempo para hacer lo que le gustaría, y si algo sale mal, la culpa es exclusivamente suya. El andrógino le pide que lo siga hasta la puerta de la suite, consulta el reloj —Gabriela ve el símbolo de una calavera en su esfera— y le habla por primera vez desde que se conocen.

—Todavía faltan tres minutos. No puedes bajar así y quedar expuesta a la mirada de los demás. Debo acompañarte hasta la limusina.

Vuelve la tensión: ya no piensa en la limusina, ni en la Celebridad, ni en subir la escalera: tiene miedo. Necesita hablar.

—¿Qué es esta suite? ¿Por qué hay tantos objetos diferentes?

—Incluso un safari a Kenia —dice el andrógino señalando hacia una esquina. Ella no había visto un discreto cartel de una compañía aérea, con algunos sobres encima de una mesa—. Gratis, como todo lo que hay aquí, salvo la ropa y los accesorios del templo.

Cafeteras, aparatos electrónicos, vestidos, bolsos, relojes, joyas, safaris a Kenia…

¿Todo absolutamente gratis?

—Sé lo que estás pensando —dice el andrógino, con una voz que no es de hombre ni de mujer, sino de un ser interplanetario—. Sí, gratis. Mejor dicho, un intercambio justo, ya que no hay nada gratis en este mundo. Ésta es una de las muchas «habitaciones de regalos» que hay por todo Cannes durante el período del festival. Los elegidos entran aquí y escogen lo que quieren; son gente que andará por ahí luciendo la blusa de A, las gafas de B, recibirán a otras personas importantes en sus casas y, al final de la fiesta, irán a la cocina a preparar un café en un nuevo modelo de cafetera. Llevarán sus ordenadores en bolsas hechas por C, recomendarán las cremas de D, que se están introduciendo en este momento en el mercado, y se sentirán importantes haciéndolo porque poseen algo exclusivo que todavía no ha llegado a las tiendas especializadas. Irán a la piscina con las joyas de E, los fotografiarán con el cinturón de F (ninguno de esos productos está todavía en el mercado). Cuando lleguen al mercado, la Superclase ya habrá hecho la publicidad necesaria, no precisamente porque les guste, sino por la simple razón de que nadie más tiene acceso a esas cosas. Luego, los pobres mortales se gastarán todos sus ahorros en comprar esos productos. Nada más sencillo, querida. Los productores invierten en algunas muestras, y los elegidos se convierten en anuncios ambulantes.

»Pero no te emociones; tú todavía no has llegado ahí.

—¿Y qué tiene que ver el safari en Kenia con todo eso?

—¿Hay mejor publicidad que una pareja de mediana edad que regresa entusiasmada de su «aventura en la selva», con las cámaras llenas de fotos y recomendándole a todo el mundo ese paseo exclusivo? Todos sus amigos van a querer probar lo mismo. Repito: no hay nada absolutamente gratis en este mundo. Por cierto, ya han pasado los tres minutos, es hora de bajar y de prepararse para subir la escalera.

Un Maybach blanco los espera. El chófer, de guantes y gorra, abre la puerta. El andrógino le da las últimas instrucciones:

—Olvida la película, no es por eso por lo que vas a subir la escalera. Cuando llegues arriba, saluda al director del festival, al alcalde, y en cuanto entres en el Palacio de Congresos, dirígete al baño que queda en el primer piso. Ve hasta el final del pasillo, gira a la izquierda y sal por una puerta lateral. Habrá alguien esperándote allí; saben cómo vas vestida, y te llevarán a una nueva sesión de maquillaje, peinado, un momento de descanso en la terraza. Te veré allí para acompañarte a la cena de gala.

—¿Pero los directores y los productores no se molestarán?

El andrógino se encoge de hombros y regresa al hotel con su andar rítmico y extraño. ¿La película? La película no tenía la menor importancia. Lo realmente importante era:

¡SUBIR LA ESCALERA!

Es decir, la expresión local para referirse a la alfombra roja, el supremo pasillo de la fama, el lugar en el que todas las celebridades del mundo del cine, de las artes, del gran lujo, eran fotografiadas y el material distribuido por agencias para todos los lugares del mundo, para ser publicados en revistas, desde América hasta Oriente, de norte a sur del planeta.

—¿El aire acondicionado está bien, señora? —pregunta el chófer.

Ella asiente con la cabeza.

—Si le apetece, hay una botella de champán helado en la consola de la izquierda.

Gabriela abre la consola, coge una copa de cristal, aparta los brazos de su vestido y oye el ruido del corcho al salir de la botella. Se sirve una copa que bebe inmediatamente, vuelve a llenarla y bebe otra vez. Del lado de fuera, cabezas curiosas intentan ver quién va dentro del enorme coche de cristales ahumados que circula por el carril especial. En breve, ella y la Celebridad estarían allí juntos, el principio no sólo de una nueva carrera, sino de una increíble, hermosa e intensa historia de amor.

Es una mujer romántica y se siente orgullosa de ello.

Recuerda que se ha dejado la ropa y el bolso en la «habitación de los regalos». No tenía la llave del apartamento en el que estaba hospedada. No tenía adónde ir cuando la noche acabase. Es más, si algún día escribía un libro sobre su vida, sería incapaz de contar la historia de ese día: despertarse con resaca en un apartamento con ropa y colchones tirados por él, sin trabajo, de malhumor, y seis horas después, en una limusina, preparada para caminar por la alfombra roja ante una multitud de periodistas, al lado de uno de los hombres más deseados del mundo.

Sus manos tiemblan. Piensa en beber otra copa de champán, pero decide no correr el riesgo de aparecer borracha en la escalera de la fama.

«Relájate, Gabriela. No olvides quién eres. No te dejes llevar por todo esto que te está ocurriendo; sé realista.»

Repite sin cesar estas frases a medida que se acerca al Martínez. Pero, lo quisiera o no, ya nunca podría volver a ser quien era antes. No había puerta de salida, salvo aquella que el andrógino le indicó y que lleva a una montaña más alta todavía.

16.52 horas

Incluso el Rey de Reyes, Jesucristo, tuvo que enfrentarse a la misma prueba por la que Igor está pasando ahora: la tentación del demonio. Tiene que agarrarse con uñas y dientes a su fe para no flaquear en la misión que le ha sido encomendada.

El demonio le pide que se detenga, que perdone, que abandone. El demonio es un profesional de primera, y asusta a los débiles con sentimientos de miedo, preocupaciones, impotencia, desesperación.

En el caso de los fuertes, las tentaciones son mucho más sofisticadas: buenas intenciones. Eso fue lo que hizo con Jesús cuando lo encontró en el desierto: le sugirió que convirtiese las piedras en alimento. De ese modo, no sólo podría saciar el hambre, sino también la de todos aquellos que imploraban algo para comer. Jesús, sin embargo, reaccionó con la sabiduría que era de esperar del Hijo de Dios. Le respondió que no sólo de pan vive el hombre, sino también de todo aquello que proviene del Espíritu.

Buenas intenciones, virtud, integridad, ¿qué es eso exactamente? Personas que decían ser íntegras porque obedecían a su gobierno terminaron construyendo campos de concentración en Alemania. Médicos que estaban convencidos de que el comunismo era un sistema justo firmaron partes de locura y mandaron al exilio de Siberia a todos los intelectuales que estaban en contra del régimen. Los soldados van a la guerra a luchar en nombre de un ideal que apenas conocen, llenos de buenas intenciones, virtud, integridad.

No es nada de eso. El pecado, para el bien, es una virtud; la virtud, para el mal, es un pecado.

En su caso, el perdón es la manera que el Maligno ha encontrado para hacer que su alma entre en conflicto. Le dice: «No eres el único que pasa por esa situación. Hay mucha gente que se ha visto abandonada por la persona amada y aun así fueron capaces de transformar la amargura en felicidad. Piensa en las familias de las personas que, por tu culpa, acaban de dejar este mundo: se verán invadidas por el odio, la sed de venganza, la amargura. ¿Es así como pretendes mejorar el mundo? ¿Es eso lo que te gustaría ofrecerle a la mujer que amas?»

Pero Igor es más sabio que las tentaciones que parecen invadir su alma: si resiste un poco más, esa voz acabará cansándose y desaparecerá. Sobre todo porque una de las personas que ha enviado al Paraíso está, cada minuto que pasa, más presente en su vida; la chica de las cejas espesas dice que todo está bien, que hay una gran diferencia entre perdonar y olvidar. No hay el menor indicio de odio en su corazón, y no hace eso para vengarse del mundo.

El demonio insiste, pero él debe mostrarse firme, recordar la razón por la que está allí.

Entra en la primera pizzería que ve. Pide una margarita y una Coca-Cola normal. Mejor alimentarse ahora, pues no va a ser capaz —como nunca lo ha sido— de comer bien en las cenas con más gente a la mesa. Todos se ven obligados a mantener una conversación animada, relajada, y les encanta interrumpirla justo cuando está a punto de saborear un poco más el delicioso plato que tiene delante. Habitualmente, siempre tiene un plan para evitar eso: bombardea a los demás con preguntas, para que todos puedan decir cosas inteligentes mientras él cena tranquilo. Pero esa noche no está dispuesto a ser amable y social. Será antipático y distante. En última instancia, puede alegar que no habla la lengua.

Sabe que en las próximas horas la Tentación será más fuerte que nunca, diciéndole que pare, que desista de todo. Pero no tiene la intención de parar; su objetivo es terminar su misión, aunque la razón por la que se dispone a cumplirla está cambiando.

No tiene la menor idea de si tres muertes violentas forman parte de las estadísticas normales de un día en Cannes; de ser así, la policía no sospechará que esté pasando algo diferente. Seguirán con sus procedimientos burocráticos y podrá embarcar según lo previsto durante la madrugada. Tampoco sabe si ya lo han identificado; está la pareja que pasaba por la mañana y que saludó a la vendedora, uno de los guardaespaldas del hombre le había prestado atención y alguien había presenciado el asesinato de la mujer en el muelle.

La Tentación está cambiando de estrategia: quiere asustarlo, tal como hace con los débiles. Al parecer, el demonio no tiene la menor idea de todo lo que ha pasado y lo fortalecido que ha salido de la prueba que le ha impuesto el destino.

Coge el móvil y escribe un nuevo mensaje.

Se imagina cuál será la reacción de Ewa cuando lo reciba. Algo en su interior le dice que se asustará y que se alegrará al mismo tiempo. Está profundamente arrepentida del paso que dio hace dos años, dejándolo todo, incluso su ropa y sus joyas, y pidiéndole a su abogado que se pusiera en contacto con él para iniciar los trámites de divorcio.

Motivo: incompatibilidad de caracteres. Como si todas las personas interesantes del mundo pensaran igual y tuvieran muchas cosas en común. Por supuesto, era mentira: se había enamorado de otro.

Pasión. ¿Quién en el mundo puede decir que, tras cinco años de matrimonio, no ha mirado hacia otro lado y ha deseado estar en compañía de otra persona? ¿Quién puede decir que no ha traicionado al menos una vez en la vida, aunque esa traición no haya salido de su imaginación? ¿Y cuántos hombres y mujeres se van de su casa por culpa de eso, descubren que la pasión no dura y acaban volviendo con sus verdaderas parejas? Un poco de madurez y todo estará olvidado. Es absolutamente normal, aceptable, forma parte de la biología humana.

Claro que eso tuvo que comprenderlo poco a poco. Al principio, instruyó a sus abogados para que ejerciesen una rigidez nunca vista: si ella quería dejarlo, tenía que dejar también la fortuna que habían acumulado juntos, céntimo a céntimo, durante casi veinte años. Se emborrachó durante una semana, mientras esperaba la respuesta; poco le importaba el dinero, lo hacía porque quería que ella volviese a toda costa, y ésa era la única forma de presión que se le ocurría.

Ewa era una persona íntegra. Sus abogados aceptaron sus condiciones.

La prensa se enteró del asunto, y fue por los periódicos como él se enteró de la nueva relación de su ex mujer. Uno de los modistos de mayor éxito del planeta, alguien salido de la nada, como él. Tenía alrededor de cuarenta años, como él. Era conocido por no ser arrogante y trabajaba día y noche.

Como él.

No podía entender qué había pasado. Poco antes de marcharse a una feria de moda en Londres, pasaron uno de esos escasos momentos románticos de soledad en Madrid. Aunque habían viajado en el *jet* de la compañía, y se hospedaron en un hotel con todas las comodidades posibles e imaginables, decidieron redescubrir el mundo juntos. No reservaban restaurantes, guardaban enormes colas para entrar en los museos, usaban taxis en vez de limusinas con chófer que los esperaba siempre fuera, andaban y se perdían por la ciudad. Comían mucho, bebían más todavía, llegaban exhaustos y contentos, hacían el amor todas las noches.

Ambos debían contenerse para no conectar sus ordenadores portátiles, o para dejar los teléfonos móviles apagados. Pero lo consiguieron. Y volvieron a Moscú con el corazón lleno de recuerdos y una sonrisa en la cara.

Él se sumergió de nuevo en su trabajo, sorprendido al ver que las cosas habían seguido funcionando bien a pesar de su ausencia. Ella se fue a Londres a la semana siguiente y nunca más regresó.

Igor contrató a uno de los mejores despachos de vigilancia privada —normalmente utilizado para espionaje industrial o político—, y se vio obligado a ver cientos de fotos en las que su mujer aparecía de la mano de su nuevo compañero. Los detectives consiguen buscarle una «amiga» a medida, a través de información proporcionada por su marido. Ewa la conoce por casualidad en unos grandes almacenes; era de Rusia, «abandonada por su marido», no tenía trabajo debido a las leyes británicas y estaba a punto de pasar hambre. Al principio Ewa desconfía, después opta por ayudarla. Habla con su novio, que decide correr el riesgo y le consigue un empleo en uno de sus despachos, a pesar de no tener los papeles en regla.

Es su única «amiga» que habla la lengua materna. Está sola. Ha tenido problemas matrimoniales. Según los psicólogos de la empresa de vigilancia, el modelo ideal para obtener la información deseada: sabe que Ewa todavía no ha podido adaptarse a su nuevo medio, y forma parte del instinto normal de todo ser humano compartir cosas íntimas con un desconocido en circunstancias semejantes. No para encontrar una respuesta; simplemente para desahogar el alma.

La «amiga» graba todas las conversaciones, que acaban en la mesa de Igor, y son más importantes que los papeles que debe firmar, que las invitaciones que debe aceptar, que los regalos que debe enviarles a sus principales clientes, proveedores, políticos, empresarios.

Las cintas son mucho más útiles, y también mucho más dolorosas que las fotos. Descubre que la relación con el famoso modisto empezó dos años antes, en la Semana de la Moda de Milán, donde ambos se encontraban por motivos profesionales. Al principio, Ewa se resistió: el hombre vivía rodeado de las mujeres más hermosas del mundo y para entonces ella ya tenía treinta y ocho años. Aun así, acabaron en la cama, a la semana siguiente, en París.

Al oír eso, Igor se dio cuenta de que se había excitado, y no entendió demasiado bien la respuesta de su cuerpo. ¿Por qué el simple hecho de imaginar a su mujer con las piernas abiertas, siendo penetrada por otro hombre, le provocaba una erección en vez de repulsa?

Ése fue el único momento en el que creyó haber perdido el juicio. Y decidió hacer una especie de confesión pública para disminuir su sentimiento de culpa. Habló con sus compañeros, les contó que un «amigo suyo» sentía un inmenso placer al enterarse de que su mujer mantenía relaciones extramatrimoniales. Fue entonces cuando se sorprendió.

Sus compañeros, generalmente altos ejecutivos y políticos de diversas clases sociales y nacionalidades, al principio se quedaban horrorizados. Pero tras el décimo vaso de vodka confesaban que ésa era una de las cosas más excitantes que podían suceder en un matrimonio. Uno de ellos siempre le pedía a su mujer que le contase los detalles más sórdidos, las palabras que se habían dicho. Otro confesó que los clubes de swing —locales frecuentados por parejas que desean tener experiencias sexuales colectivas— eran la terapia ideal para salvar un matrimonio.

Una exageración. Pero se alegró al saber que no era el

único hombre que se excitaba al descubrir que su mujer mantenía relaciones con otros. Y se entristeció por conocer tan poco al género humano, sobre todo al masculino (sus conversaciones giraban solamente en torno a negocios, y rara vez entraban en el terreno personal).

Vuelve a pensar en las cintas. En Londres (las semanas de moda, para facilitar la vida de los profesionales, se celebraban de manera sucesiva), el modisto ya estaba enamorado; lo cual no era difícil de creer, ya que había encontrado a una de las mujeres más especiales del mundo. Ewa, a su vez, seguía invadida por las dudas: Hussein era el segundo hombre con el que hacía el amor en su vida, trabajaban en el mismo sector, ella se sentía infinitamente inferior. Tendría que renunciar a su sueño de trabajar en la moda, porque era imposible competir con su segundo marido, y sería otra vez ama de casa.

Peor que eso: no era capaz de entender por qué alguien tan poderoso podía sentir interés por una rusa de mediana edad.

Igor podría explicárselo si al menos le diera una oportunidad de hablar: su simple presencia era capaz de despertar la luz de todos los que la rodeaban, hacer que todos dieran lo mejor de sí mismos, que surgieran de las cenizas del pasado llenos de luz y esperanza. Porque era eso lo que había sucedido con el joven que regresó de una guerra sangrienta e inútil.

La Tentación regresa. El demonio dice que no es exactamente así, que él había superado sus traumas a través del trabajo compulsivo. Aunque eso fuese considerado un desorden psicológico por los psiquiatras, realmente era una manera de superar las propias heridas a través del perdón y el olvido. Ewa no era realmente tan importante: Igor debía dejar de identificar todas sus emociones con una relación que ya no existía.

«No eres el primero —repetía el demonio—. Te ves impulsado a hacer el mal pensando que así despiertas el bien.»

Igor empieza a ponerse nervioso. Era un hombre bueno, y siempre que había tenido que ser duro había sido en nombre de una causa mayor: servir a su país, evitar que los excluidos sufriesen innecesariamente, poner al mismo tiempo la otra mejilla y usar el látigo, como hizo Jesucristo, su único modelo de vida.

Hace la señal de la cruz, con la esperanza de que la Tentación se aleje. Se obliga a recordar las cintas, lo que Ewa decía, su infelicidad con su nuevo compañero. Pero está decidida a no regresar nunca al pasado porque se había casado con un «desequilibrado».

Qué absurdo. Al parecer, estaba pasando por un proceso de lavado cerebral en su nuevo ambiente. Debía de andar con pésimas compañías. Está seguro de que miente cuando le comenta a su amiga rusa que ha decidido casarse por una única razón: el miedo a estar sola.

En su juventud siempre se sentía rechazada por los demás, nunca era capaz de ser ella misma; constantemente se veía obligada a fingir que le interesaban las mismas cosas que a sus amigas, que participaba de los mismos juegos, que se divertía en las fiestas, que buscaba a un hombre guapo que le diese seguridad en el hogar, hijos y fidelidad conyugal. «Todo mentira», confiesa.

En verdad, siempre ha soñado con la aventura y con lo desconocido. Si pudiera haber escogido una profesión cuando era adolescente, se habría dedicado al arte. Desde niña le encantaba recortar y hacer *collages* con fotos de las revistas del partido comunista; aunque detestaba lo que veía en ellas, conseguía dar color a los vestidos sombríos y alegrarse del resultado. Debido a las dificultades para encontrar ropa para sus muñecas, las vestía con modelos hechos por su madre. Ewa no sólo admiraba esos vestiditos, sino que se decía que algún día sería capaz de hacerlos ella misma.

No existía la moda en la antigua Unión Soviética. No se enteraron de lo que pasaba en el resto del planeta hasta que cayó el Muro de Berlín y las revistas extranjeras empezaron a llegar al país. Para entonces, ella ya era una adolescente y pudo hacer *collages* más vivos y más interesantes, hasta que un día decidió comentar con su familia que su sueño era exactamente ése: diseñar ropa.

Al terminar el colegio, sus padres la enviaron a la Facultad de Derecho. Aunque estaban contentos con la libertad recién conquistada, había ciertas ideas capitalistas que estaban allí para destruir el país, para apartar al pueblo del verdadero arte, para cambiar los libros de Tolstói y de Pushkin por libros de espionaje, para corromper el ballet clásico con aberraciones modernas. Tenían que apartar inmediatamente a su hija de la degradación moral que había llegado con la Coca-Cola y los coches de lujo.

En la universidad conoció a un chico guapo, ambicioso, que pensaba exactamente como ella: no podemos seguir creyendo que el régimen en el que vivieron nuestros padres regresará algún día. Se ha ido para siempre. Es el momento de empezar una nueva vida.

El muchacho le encantó. Empezaron a salir juntos. Vio que era inteligente y que iba a conseguir muchas cosas en la vida. Era capaz de entenderla. Claro, había luchado en la guerra de Afganistán, lo habían herido durante un combate, pero nada serio; nunca se quejó del pasado, y en los muchos años que estuvieron juntos, nunca manifestó el menor síntoma de desequilibrio o de trauma.

Una mañana le llevó un ramo de rosas. Le dijo que dejaba la universidad para empezar un negocio por cuenta propia. Después le propuso matrimonio. Ella aceptó; aunque no sentía por él más que admiración y compañerismo, pensaba que el amor llegaría con el tiempo y la convivencia. Además, él era el único que la entendía y la estimulaba; si dejaba escapar esa oportunidad, tal vez no encontrara nunca más a nadie que la aceptara tal como era.

Se casaron sin grandes formalidades y sin el apoyo de la familia. Él consiguió dinero de gente que ella consideraba peligrosa, pero no podía hacer nada. Poco a poco, la compañía que había fundado empezó a crecer. Tras casi cuatro años juntos, ella le hizo —muerta de miedo— su primera exigencia: que les pagase ya a las personas que le habían prestado dinero en el pasado, que no parecían demasiado interesadas en que les fuera devuelto. Él siguió su consejo, y más tarde se lo agradecería muchas veces.

Pasaron los años, sufrieron las derrotas necesarias, se sucedían las noches en vela, hasta que las cosas empezaron a mejorar y, a partir de entonces, el patito feo siguió el guión de las historias infantiles: se transformó en un hermoso cisne, envidiado por todos.

Ewa se quejó de su vida como ama de casa. Él, en vez de reaccionar como los maridos de sus amigas, para los cuales el trabajo era sinónimo de falta de feminidad, adquirió una tienda para ella en uno de los mejores lugares de Moscú. Vendía modelos de los grandes modistos mundiales, aunque jamás se arriesgó a hacer sus propios diseños. Pero su trabajo tenía otras compensaciones: viajaba a los grandes salones de moda, se relacionaba con gente interesante, y entonces conoció a Hamid. Hasta hoy no sabía si lo amaba, probablemente, la respuesta era «no», pero se sentía cómoda a su lado. No tenía nada que perder cuando le confesó que nunca había conocido a nadie como ella y le propuso que vivieran juntos. No tenía hijos. Su marido estaba casado con su propio trabajo y eventualmente ni siquiera notaría su ausencia.

«Lo dejé todo —decía Ewa en una de las cintas—. Y no me arrepiento de mi decisión. Habría hecho lo mismo aunque Hamid, en contra de mi voluntad, no hubiera comprado la bonita finca en España y la hubiera puesto a mi nombre. Habría tomado la misma decisión aunque Igor, mi ex marido, me hubiera ofrecido la mitad de su fortuna. Tomaría la misma decisión porque sé que ya no debo tener miedo. Si uno de los hombres más deseados del mundo quiere estar a mi lado, soy mejor de lo que yo misma creo.»

En otra cinta, él se da cuenta de que su amada debe de tener problemas psicológicos muy serios.

«Mi marido ha perdido la razón. No sé si es por la guerra o por la tensión causada por el exceso de trabajo, pero cree que puede entender los designios de Dios. Antes de decidir marcharme, busqué a un psiquiatra para poder entenderlo mejor, para ver si era posible salvar nuestra relación. No entré en detalles para no comprometerlo, y no voy a entrar en detalles ahora contigo. Pero creo que sería capaz de hacer cosas terribles si creyera que está haciendo el bien.

»El psiquiatra me explicó que mucha gente generosa, que se compadece por sus semejantes, es capaz de cambiar de actitud de un momento a otro. Se han hecho algunos estudios al respecto y denominan a este cambio el "efecto Lucifer", el ángel más amado por Dios, que quiso ejercer el mismo poder que Él.»

«¿Y a qué se debe?», pregunta entonces otra voz femenina.

Pero, al parecer, no calcularon bien el tiempo de grabación, pues la cinta termina ahí.

Le gustaría mucho saber la respuesta. Porque sabe que no se está situando al mismo nivel que Dios. Porque está seguro de que su amada se inventa todo eso por miedo a volver y no ser aceptada. Por supuesto, ya ha tenido que matar por necesidad, pero ¿qué tiene eso que ver con el matrimonio? Mató en la guerra, con el permiso oficial que tienen los soldados. Mató a dos o tres personas, intentando hacer siempre lo mejor para ellas, puesto que ya no podían vivir con dignidad. En Cannes, sólo estaba cumpliendo una misión.

Y sólo mataría a alguien que ama si creyera que está loco, que ha perdido el rumbo y está destruyendo su propia vida. No permitiría nunca que la decadencia de la mente comprometiese un pasado generoso y brillante.

Sólo mataría a alguien que ama para salvarlo de una larga y dolorosa autodestrucción.

Igor mira el Maserati que acaba de parar delante de él, en zona prohibida; un coche absurdo e incómodo, obligado a circular a la misma velocidad que los demás a pesar de la potencia de su motor, demasiado bajo para carreteras secundarias, demasiado peligroso para las carreteras nacionales. Un hombre de unos cincuenta años que pretende aparentar treinta abre la puerta y sale, haciendo un enorme esfuerzo, ya que la puerta está muy cerca del suelo. Entra en la pizzería, pide una *quattro formaggi* para llevar.

Maserati y pizzería. Son dos cosas que no combinan, pero suceden.

Vuelve la Tentación. Pero ya no le habla de perdón, ni de generosidad, ni de olvidar el pasado y seguir adelante; es algo diferente, que siembra dudas de verdad en su mente. ¿Y si Ewa fuera, como ella decía, realmente infeliz? ¿Y si, a pesar de su profundo amor por él, estaba sumergida en el abismo sin fondo de una decisión mal tomada, como le sucedió a Adán en el momento en el que aceptó la manzana que le ofrecían y acabó condenando a todo el género humano?

254

Lo planeó todo, se repite por enésima vez. Su idea era volver a estar juntos, no dejar que una palabra tan corta como «adiós» pudiera arrasar por completo sus vidas. Comprende que un matrimonio siempre atraviesa algunas crisis, sobre todo después de dieciocho años.

Pero sabe que un buen estratega debe cambiar constantemente de planes. Envía un nuevo mensaje con el móvil, sólo para asegurarse de que lo va a recibir. Se levanta, dice una oración y pide no tener que beber del cáliz de la renuncia.

El alma de la insignificante vendedora de bisutería está a su lado.

Se da cuenta de que ha cometido una injusticia; no le costaba nada haber esperado un poco más hasta encontrar a un adversario que estuviera a su altura, como el tipo seudoatlético de pelo caoba del almuerzo bajo la carpa. O reaccionar ante la absoluta necesidad de evitarle a una persona nuevos sufrimientos, como había hecho con la chica del muelle.

La joven de las cejas espesas, sin embargo, parece flotar como una santa a su lado y le pide que no se arrepienta; ha actuado correctamente, salvándola de un futuro de sufrimiento y dolor. Su alma pura va apartando poco a poco a la Tentación, haciéndole comprender que la razón por la que está en Cannes no es forzar el regreso de un amor perdido; eso es imposible.

Está allí para salvar a Ewa de la decadencia y de la amargura. Aunque ella haya sido injusta con él, lo que hizo para ayudarlo merece una recompensa.

«Soy un buen hombre.»

Se acerca a la caja, paga la cuenta y pide una pequeña botella de agua mineral. Al salir, arroja todo el contenido sobre su cabeza. Necesita pensar con lucidez. Ha soñado tanto con que llegara ese día, y ahora se siente confuso.

17.06 horas

A pesar de que la moda se renueva cada seis meses, hay una cosa que permanece siempre igual: los guardias de seguridad de la puerta llevan siempre traje negro.

Hamid estudió alternativas para sus desfiles; guardias de seguridad con ropa de colores, por ejemplo, o todos vestidos de blanco. Pero en caso de salirse de la norma, los críticos se detendrían más en hacer comentarios sobre las «innovaciones inútiles» que en escribir sobre lo que realmente importaba: la colección que se presentaba en la pasarela. Además, el negro es un color perfecto: conservador, misterioso, grabado en el inconsciente colectivo gracias a las antiguas películas de Hollywood. Los buenos siempre vestían de blanco, y los malos de negro.

«Imagina que la Casa Blanca se llamara Casa Negra. Todo el mundo pensaría que en ella vivía el Príncipe de las Tinieblas.»

Todo color tiene un propósito, aunque se crea que se escogen al azar. El blanco significa pureza e integridad. El negro intimida. El rojo sorprende y paraliza. El amarillo llama la atención. El verde hace que todo parezca tranquilo, es posible seguir adelante. El azul calma. El naranja confunde.

Los guardaespaldas debían ir vestidos de negro. Había sido así desde el principio, y así debía seguir siendo.

Como siempre, tres entradas diferentes. La primera, para la prensa en general: pocos periodistas y muchos fotógrafos cargando con sus pesados equipos; parecen amables los unos con los otros, pero siempre están dispuestos a darles codazos a sus compañeros cuando llega el momento de conseguir el mejor ángulo, la foto única, el momento perfecto, la falta flagrante. La segunda, para los invitados, y la Semana de la Moda de París no era en absoluto distinta de ese balneario del sur de Francia: gente siempre mal vestida que seguramente no tiene dinero para comprar lo que se va a mostrar allí. Pero tienen que estar presentes con sus pobres vaqueros, sus camisetas de mal gusto, sus zapatillas de marca destacando entre todo el resto, convencidos de que eso significa tranquilidad y familiaridad con el ambiente, lo que era una absoluta mentira, por supuesto. Algunos llevan bolsos y cinturones que puede que fueran caros, y eso resultaba todavía más patético: como si pusieran un cuadro de Velázquez en un marco de plástico.

Finalmente, la entrada para los vips. Los de seguridad nunca saben nada, se limitan a mantener los brazos cruzados y a mirar de forma amenazadora, como si fueran los verdaderos dueños del local. La chica amable se acerca, educada para memorizar la cara de los famosos. Lleva una lista en la mano y se dirige a la pareja.

—Sean bienvenidos, señor y señora Hussein. Gracias por haber confirmado su asistencia.

Pasan por delante de todo el mundo; aunque el pasillo sea el mismo, una separación con pilares de metal y cintas de terciopelo rojo muestra en verdad quién es quién, y cuáles son las personas más importantes. Ése es el momento de la Pequeña Gloria, ser tratado de manera especial, y aunque ese desfile no forme parte del calendario oficial —al fin y al cabo, no hay que olvidar que Cannes es un festival de cine—, hay que respetar el protocolo rigurosamente. Debido a la Pequeña Gloria, en todos los eventos paralelos (como cenas, comidas, cócteles), hombres y mujeres se pasan horas delante del espejo, convencidos de que la luz artificial no hace tanto daño a la piel como el sol de fuera, donde tienen que usar toneladas de cremas protectoras. Están a dos pasos de la playa, pero prefieren las sofisticadas máquinas de broncear de los institutos de belleza que están siempre situados a una manzana del lugar en el que se hospedan. Disfrutarían de una hermosa vista si decidieran pasear por la Croisette, pero ¿cuántas calorías iban a perder con esa caminata? Mejor utilizar las cintas andadoras instaladas en los mini-gimnasios de los hoteles.

Así estarán en plena forma, vistiéndose de forma estudiadamente informal para los almuerzos en los que comen gratis y se sienten importantes porque los han invitado, las cenas de gala en las que hay que pagar mucho dinero o tener contactos en posiciones destacadas, las fiestas que se celebran después de las cenas y que duran hasta la madrugada, el último café o whisky en el bar del hotel. Todo eso con muchas visitas al baño para retocarse el maquillaje, ajustarse la corbata, retirar las partículas de piel o de polvo de los hombros del traje, comprobar si el carmín sigue teniendo el mismo contorno.

Finalmente, el regreso a sus habitaciones del hotel de lujo, donde encontrarán la cama hecha, el menú del desayuno, la previsión del tiempo, una chocolatina (que es inmediatamente retirada porque significa un exceso de calorías) y un sobre con sus nombres escritos con una bonita caligrafía (que nunca abren porque dentro está la carta modelo en la que el gerente del hotel les da la bienvenida) al lado de una cesta de fruta (ávidamente devorada porque contiene una razonable dosis de fibra, buena para el funcionamiento del organismo y perfecta para evitar gases). Se miran en el espejo mientras se quitan la corbata, el maquillaje, los vestidos y los esmóquines, mientras se dicen: «Nada, no me ha pasado nada importante hoy. Puede que mañana sea mejor.»

Ewa está bien vestida, lleva un HH que sugiere discreción y elegancia al mismo tiempo. Ambos se dirigen directamente a los asientos que quedan justo delante de la pasarela, al lado de donde estarán los fotógrafos, que ya empiezan a entrar y a colocar sus equipos.

Un periodista se acerca y hace la pregunta de siempre:

—Señor Hussein, ¿cuál es la mejor película que ha visto hasta ahora?

—Creo que es un poco prematuro dar una opinión —es la respuesta de siempre—. He visto cosas buenas e interesantes, pero prefiero esperar al final del festival.

En realidad, no ha visto absolutamente nada. Más tarde irá a hablar con Gibson para saber cuál es la «mejor película de la temporada».

La chica rubia, educada y bien vestida, le pide al periodista que se aparte. Les pregunta si van a participar en el cóctel que ofrecerá el gobierno de Bélgica después del desfile. Dice que uno de los ministros del gobierno está presente y que le gustaría hablar con él. Hamid considera la propuesta, ya que el país está invirtiendo una fortuna para hacer que sus modistos destaquen en la escena internacional, y poder recuperar así el esplendor perdido después de perder sus colonias en África.

—Sí, puede que vayamos a tomar una copa de champán…

—Creo que después tenemos una reunión con Gibson —lo interrumpe Ewa.

Hamid entiende la indirecta. Le dice a la productora que había olvidado ese compromiso, pero que se pondrá en contacto con el ministro más tarde.

Algunos fotógrafos descubren que están allí y comienzan a disparar sus cámaras. Por el momento son las únicas personas que interesan a la prensa. Más tarde llegan algunas modelos que causaban conmoción y furor en el pasado, que posan y sonríen, firman autógrafos a algunas de las personas mal vestidas del público y hacen lo posible por llamar la atención con la esperanza de volver a verse en las revistas. Los fotógrafos se vuelven hacia ellas, sabiendo que lo hacen simplemente para cumplir con su deber, para dar una satisfacción a sus editores; ninguna de esas fotos será publicada. La moda es el presente; a las modelos de hace tres años —excepto las que todavía son capaces de mantenerse en los titulares gracias a escándalos cuidadosamente estudiados por sus agentes, o porque realmente han conseguido destacar entre las demás— sólo las recuerdan aquellas personas que siempre están detrás de las vallas metálicas a la entrada de los hoteles, o mujeres que no son capaces de seguir la velocidad con la que las cosas cambian.

Las viejas modelos que acaban de entrar son conscientes de eso (y entiéndase como «vieja» alguien que ya ha alcanzado los veinticinco), y si desean aparecer no es porque sueñen con volver a las pasarelas: piensan en conseguir un papel en una película, o trabajar como presentadoras de un programa de televisión por cable.

¿Quién estará en la pasarela ese día, además de Jasmine, la única razón por la que está allí?

Seguramente, ninguna de las cuatro o cinco *top models* del mundo porque ésas hacen sólo lo que desean, cobran una fortuna y no tienen interés alguno en aparecer en Cannes para dar prestigio al evento de los demás. Hamid calcula que verá dos o tres Clase A, como debe de ser el caso de Jasmine, que gana alrededor de mil quinientos euros por trabajar esa tarde; para eso hay que tener carisma y, sobre todo, futuro en el sector. Otras dos o tres modelos Clase B, profesionales que saben desfilar a la perfección, tienen una figura adecuada, pero no han tenido la suerte de participar en eventos paralelos como invitadas especiales de los conglomerados de lujo, costarán entre ochocientos y seiscientos euros. El resto del grupo estará formado por la Clase C, chicas que acaban de entrar en el tiovivo de los desfiles, y que ganan entre doscientos y trescientos euros para «conseguir la experiencia necesaria».

Hamid sabe lo que pasa por la cabeza de algunas chicas de ese tercer grupo. «Voy a vencer. Voy a demostrarles a todos de lo que soy capaz. Voy a ser una de las modelos más importantes del planeta, aunque tenga que seducir a hombres mayores.»

Los hombres mayores, sin embargo, no son tan estúpidos como ellas piensan; la mayoría son menores de edad, y eso puede llevarlos a la cárcel en casi todos los países del mundo. La leyenda es completamente distinta de la realidad: nadie consigue llegar a la cima gracias a su generosidad sexual; hace falta mucho más que eso.

Carisma. Suerte. La agente adecuada. Y el momento oportuno, para los estudios de tendencias, no es el que esas chicas que acaban de entrar en el mundo de la moda creen. Ha leído las estadísticas más recientes, y todo indica que el público está cansado de ver a mujeres anoréxicas, diferentes, con miradas provocativas y edad indefinida. Las agencias de castings (que seleccionan a las modelos) buscan algo que parece extremadamente difícil de encontrar: la vecina de al lado. Es decir, alguien que sea absolutamente normal, que les transmita a todos los que vean los carteles y las fotos de las revistas especializadas la sensación de que «yo soy como ella».

Y encontrar a una mujer extraordinaria que aparente ser una «persona normal» es una tarea casi imposible.

Quedaron atrás los tiempos en que las modelos eran simples perchas ambulantes de los estilistas. Por supuesto, es más fácil vestir a alguien delgado: la ropa siempre le sienta mejor. Quedaron atrás los tiempos en los que la publicidad para productos de lujo masculinos se hacía con hermosas modelos; funcionó muy bien en la época yuppie, al final de los ochenta, pero hoy en día ya no vende absolutamente nada. Al contrario que la mujer, el hombre no tiene un canon definido de belleza: lo que realmente quiere encontrar es algo que lo vincule al compañero de trabajo o de copas.

El nombre de Jasmine llegó hasta Hamid como «ella es el verdadero rostro de tu nueva colección», simplemente porque la vieron desfilar; llegó acompañado de comentarios del tipo «tiene un carisma extraordinario, pero aun así, todo el mundo puede identificarse con ella». Al contrario que las modelos de Clase C, que buscan contactos y hombres poderosos y capaces de convertirlas en estrellas, la mejor promoción en el mundo de la moda —y probablemente en cualquier cosa que se quiera promocionar— son los comentarios que se hacen en el sector. En el momento en que alguien está a punto de ser «descubierta», las apuestas aumentan sin que haya una razón lógica para ello. A veces sale bien. A veces sale mal. Pero el mercado es así, no se puede ganar siempre.

La sala empieza a llenarse. Los asientos de la primera fila están reservados, un grupo de hombres de traje y mujeres elegantemente vestidas ocupan algunas sillas, y el resto sigue vacío. El público se coloca en la segunda, tercera y cuarta filas. Una famosa modelo casada con un jugador de fútbol, que ya ha hecho muchos viajes a Brasil porque «le encanta el país», es ahora el centro de atención de los fotógrafos. Todo el mundo sabe que «viaje a Brasil» es sinónimo de «cirugía estética», pero nadie se atreve a comentarlo abiertamente. Sin embargo, tras algún tiempo de convivencia, preguntan discretamente si, además de visitar las bellezas de Salvador y de bailar en el carnaval de Río, pueden encontrar allí a algún médico con experiencia en operaciones de cirugía plástica. Una tarjeta de visita pasa de mano en mano rápidamente y la conversación termina ahí.

La chica rubia y amable espera a que los profesionales de la prensa acaben su trabajo (también le preguntan a la modelo cuál es la mejor película que ha visto hasta el momento), y la guía hasta el único asiento libre al lado de Hamid y de Ewa. Los fotógrafos se acercan y sacan docenas de fotos del trío: el gran modisto, su esposa y la modelo convertida en ama de casa.

Algunos periodistas quieren saber qué piensa del trabajo de la estilista. Él está acostumbrado a ese tipo de preguntas.

—He venido para conocer su trabajo. Dicen que tiene mucho talento.

Los periodistas insisten, como si no hubieran oído la respuesta. Casi todos son belgas; la prensa francesa aún no está interesada en el tema. La chica rubia y simpática les pide que dejen tranquilos a los invitados.

Se apartan. La ex modelo que se ha sentado a su lado busca conversación, diciendo que le encanta todo lo que hace. Él se lo agradece gentilmente; si ella esperaba como respuesta «tenemos que hablar después del desfile», debe de estar decepcionada. Aun así, ella empieza a contarle lo que le ha pasado en la vida: las fotos, las invitaciones, los viajes.

Él la escucha con infinita paciencia, pero en cuanto tiene oportunidad (ella acaba de volverse para hablar con alguien), se vuelve hacia Ewa y le pide que lo rescate de ese diálogo de besugos. Su mujer, sin embargo, está más rara que nunca, y se niega a hablar; la única salida es leer lo que dice el folleto explicativo del desfile.

La colección es un homenaje a Ann Salens, considerada la pionera de la moda belga. Empezó a finales de los años sesenta, con una pequeña tienda, pero en seguida comprendió que la manera de vestirse creada por los jóvenes hippies que viajaban a Ámsterdam procedentes de todas partes del mundo tenía un enorme potencial. Capaz de enfrentarse —y de vencer— a los sobrios estilos que predominaban entre la burguesía de la época, vio cómo sus trabajos eran utilizados por iconos, como la reina Paola, o la gran musa del movimiento existencialista francés, la cantante Juliette Gréco. Fue una de las creadoras del «desfile-show», que mezclaba en la pasarela la ropa con espectáculos de luz, sonido y arte. Aun así, no obtuvo mucha proyección más allá de las fronteras de su país. Siempre le tuvo mucho miedo al cáncer; y como dice la Biblia, en el Libro de Job, «todo lo que más temía me ha sucedido». Murió de la enfermedad que más la asustaba, mientras veía que sus negocios se desmoronaban debido a su absoluta falta de talento para manejar el dinero.

Como todo lo que sucede en un mundo que se renueva cada seis meses, fue completamente olvidada. La actitud de la estilista que iba a mostrar su colección dentro de unos minutos era muy valiente: volver al pasado en vez de intentar inventar el futuro.

Hamid guarda el folleto en el bolsillo; si Jasmine no era lo que esperaba, iría a hablar con la estilista para ver si tenía algún proyecto que poder desarrollar en común. Siempre hay lugar para nuevas ideas, siempre que la competencia esté bajo su supervisión.

Mira a su alrededor: los reflectores están bien colocados, la cantidad de fotógrafos presentes es relativamente buena; no lo esperaba, la verdad. Puede que la colección sea realmente digna de ver, o puede que el gobierno belga haya utilizado toda su influencia para atraer a la prensa, regalando billetes y alojamientos. Aún hay otra posibilidad más para todo ese interés, pero Hamid desea estar equivocado: Jasmine. Si quiere llevar adelante sus planes, tiene que ser una completa desconocida para el gran público. Hasta ese momento sólo ha oído comentarios de gente vinculada con el sector en el que trabaja. En el caso de que ya haya aparecido en muchas revistas, sería una pérdida de tiempo contratarla. Primero porque ya habrá alguien que haya llegado antes. Segundo, estaría fuera de lugar asociarla a algo nuevo.

Hamid hace los cálculos; ese evento no debe de resultar barato, pero el gobierno belga está tan seguro como el jeque: la moda, para las mujeres; el deporte, para los hombres; las celebridades, para ambos sexos. Ésos son los únicos temas que interesan a todos los mortales, los únicos que pueden proyectar la imagen de un país en el escenario internacional. Por supuesto, en el caso específico de la moda, está la negociación —que puede durar años— con la federación. Pero uno de sus dirigentes está sentado al lado de los políticos belgas; al parecer, no desean perder el tiempo.

Llegan otros vips, siempre acompañados de la simpática chica rubia. Parecen un poco desorientados, no saben muy bien qué hacen en ese lugar. Van demasiado bien vestidos; debe de ser el primer desfile al que asisten en Francia, llegados directamente de Bruselas. Seguramente no forman parte de la fauna que en ese momento inunda la ciudad con motivo del festival de cine.

Cinco minutos de retraso. Al contrario que la Semana de la Moda de París, en la que ningún desfile comienza a la hora prevista, hay otros muchos eventos en la ciudad, y los periodistas no pueden esperar durante mucho tiempo. Pero en seguida se da cuenta de que está equivocado: la mayor parte de los periodistas presentes están hablando y entrevistando a los ministros; son casi todos extranjeros, llegados del mismo país. La política y la moda sólo combinan en una situación como ésa.

La simpática chica rubia se dirige hacia donde están y les pide que vuelvan a sus asientos: el espectáculo va a comenzar. Hamid y Ewa no se dicen ni una palabra. Ella no parece ni contenta ni descontenta; eso es lo peor de todo. ¡Si se quejara, si sonriera, si dijera algo! Pero nada, ni una señal de lo que pasa en su interior.

Es mejor concentrarse en el interior del panel que ve al fondo, por donde van a salir las modelos. Al menos allí sabe lo que está pasando.

Hace algunos minutos, las modelos se han quitado toda la ropa interior, quedando completamente desnudas, para no dejar marcas en los vestidos que van a presentar. Ya se han puesto el primero y esperan a que las luces se apaguen, empiece la música y alguien, generalmente una mujer, les dé un toque en la espalda para indicarles el momento exacto para salir en dirección a los reflectores y el público.

Entre las modelos de clase A, B y C hay diferentes grados de nerviosismo: las que menos experiencia tienen son las que más excitadas están. Algunas dicen una oración, otras intentan ver a través de la cortina si hay algún conocido, o si su padre o su madre han conseguido un buen lugar. Deben de ser diez o doce, cada una con su foto delante del lugar en el que están colgadas las prendas que se cambian en cuestión de segundos, y luego vuelven a la pasarela totalmente relajadas, como si llevaran el modelo desde el principio de la tarde. Ya se han hecho los últimos retoques en el maquillaje y en el peinado.

Repiten para sí: «No puedo resbalar. No puedo tropezar con el dobladillo. La estilista me eligió a mí entre sesenta modelos. Estoy en Cannes. Debe de haber gente importante entre el público. Sé que HH está ahí y que me puede escoger para su marca. Dicen que el local está lleno de fotógrafos y de periodistas.

»NO PUEDO SONREÍR porque es la norma. Los pies deben seguir una línea invisible. ¡Tengo que caminar como si esto fuera una marcha militar, debido a los tacones! No importa que el andar resulte artificial, que no me siente bien, ¡no puedo olvidarlo!

»Tengo que llegar a la marca, volverme hacia un lado, pararme durante dos segundos y volver rápidamente, a la misma velocidad, sabiendo que en cuanto yo desaparezca de escena habrá alguien esperando para quitarme la ropa y ponerme la siguiente, ¡sin poder mirarme siquiera al espejo! Tengo que confiar en que todo va a salir bien. ¡No sólo tengo que mostrar mi cuerpo, y el vestido, sino la fuerza de mi mirada!»

Hamid mira al techo: allí está la marca, un foco de luz más intenso que los demás. Si la modelo camina más allá de ese punto, no saldrá bien fotografiada; en ese caso, los editores de la revista —mejor dicho, los directores de revistas belgas— escogerán a otra. En ese momento, la prensa francesa está frente a los hoteles, en la alfombra roja, en los cócteles al atardecer, o comiendo un sándwich y preparándose para la cena de gala más importante de esa noche.

Las luces de la sala se apagan. Se encienden los reflectores de la pasarela.

Ha llegado el gran momento.

Un poderoso sistema de sonido llena el ambiente con música de los años sesenta y setenta. Eso transporta a Hamid a un mundo que nunca pudo conocer, pero del que había oído hablar. Sentía cierta nostalgia de lo que nunca conoció, y también cierto malestar: ¿por qué él no había vivido el gran sueño de los jóvenes que recorrían el mundo en aquella época?

Entra la primera modelo y la imagen se mezcla con el sonido, la ropa colorida, llena de vida, que cuenta una historia que ocurrió hace mucho tiempo pero que al mundo aún le gusta escuchar. A su lado, oye decenas, cientos de clics procedentes de las máquinas de fotos. Las cámaras están grabando. La primera modelo desfila perfectamente: camina hasta el punto de luz, gira hacia la derecha, se detiene dos segundos y regresa. Tiene aproximadamente quince segundos para llegar a los bastidores, donde deja de posar y corre hacia el perchero donde la espera la prenda siguiente, se desviste con rapidez, se viste más rápidamente aún, ocupa su lugar en la fila, y ya está lista para el siguiente turno. La estilista asiste a todo a través de un circuito interno de televisión, mordiéndose los labios y deseando que nadie resbale, que el público entienda lo que quiere decir, que la aplaudan al final, que el emisario de la federación se deje impresionar.

El desfile continúa. En el lugar en el que está, tanto Hamid como las cámaras de televisión observan el porte elegante, las piernas que caminan con paso firme. Para la gente sentada en las filas laterales —y que no están acostumbradas a los desfiles, como debe de ser el caso de la mayoría de los vips allí presentes— la sensación es extraña: ¿por qué «desfilan como militares» en vez de andar, como la mayoría de las modelos que suelen ver en los programas de moda? ¿Sería una idea de la estilista para darle un toque de originalidad?

No, responde Hamid para sí. Es por culpa de los tacones. Para tener la firmeza suficiente en cada paso que dan. Lo que las cámaras muestran —porque filman de frente— no es exactamente lo que sucede en el mundo real.

La colección es mejor de lo que pensaba: una regresión en el tiempo con toques contemporáneos y creativos. Nada de excesos, porque el secreto de la moda es el mismo que el de la cocina: saber dosificar los ingredientes que se usan. Flores y abalorios que recuerdan a los años locos, pero dispuestos de tal forma que parecen absolutamente modernos. Ya han desfilado seis modelos por la pasarela, y ha visto que una de ellas tenía un punto en la rodilla que el maquillaje no disimula: seguro que minutos antes se ha aplicado allí una dosis de heroína, para calmarse y controlar su apetito.

De repente, aparece Jasmine. Lleva una blusa blanca de manga ancha, toda bordada a mano, y una falda también blanca por debajo de la rodilla. Camina con seguridad, y al contrario de las que han desfilado antes, su seriedad no es estudiada: es natural, absolutamente natural. Hamid lanza una rápida mirada hacia el público: todos en la sala parecen hipnotizados por la presencia de Jasmine, nadie presta atención a la modelo que sale o entra después de que ella completa su recorrido y vuelve al camerino.

«¡Perfecta!»

En sus dos siguientes apariciones en la pasarela, él estudia cada detalle de su cuerpo, y nota que irradia algo mucho más fuerte que sus curvas bien diseñadas. ¿Cómo definirlo? El matrimonio del Cielo y el Infierno, del Amor y del Odio, caminando de la mano.

Como cualquier desfile, ése no dura más de quince minutos, aunque haya costado meses de trabajo concebirlo y montarlo. Al final, la estilista entra en escena, agradece los aplausos, las luces se encienden y la música se detiene, y es entonces cuando él se da cuenta de que ésta le encantaba. La chica simpática se acerca de nuevo para decirles que alguien del gobierno belga está muy interesado en hablar con ellos. Él abre su cartera de piel y saca una tarjeta, le dice que se hospeda en el hotel Martínez y que será un placer concertar una reunión para el día siguiente.

—Pero me gustaría mucho hablar con la estilista y con la modelo negra —añade—. ¿Por casualidad sabe a qué cena van a acudir esta noche? Puedo esperar aquí para conocer la respuesta.

Deseó que la simpática rubia regresase pronto. Los periodistas se acercaron y empezaron la serie de preguntas de siempre: mejor dicho, la misma pregunta repetida por periodistas diferentes: «¿Qué le ha parecido el desfile?»

—Muy interesante —la respuesta también era siempre la misma.

—¿Y eso qué quiere decir?

Con la delicadeza de un profesional experimentado, Hamid se dirige al siguiente periodista. No tratar mal a la prensa nunca, pero no responder nunca a ninguna pregunta, sino decir simplemente lo correcto en ese momento.

Vuelve la simpática rubia. No, no van a la gran cena de gala de esa noche. A pesar de todos los ministros presentes, la política del festival la dictaba otro tipo de poder.

Hamid dice que hará que les entreguen en mano las invitaciones necesarias, lo cual aceptan inmediatamente. Seguramente la estilista esperaba ese tipo de respuesta, y era consciente del producto que tenía entre manos.

Jasmine.

Sí, ella es la persona. Podría utilizarla en contadas ocasiones para un desfile, porque ella es más fuerte que la ropa que lleva. Pero para ser la «imagen visible de Hamid Hussein» no había nadie mejor.

Ewa enciende de nuevo el móvil al salir. Segundos después aparece un sobre volando por un cielo azul, bajando hacia la base de la pantalla, y se abre. Todo eso para decirle: «Tiene un mensaje nuevo.»

«Qué animación tan ridícula», piensa Ewa.

Otra vez un número oculto. Duda si abrir o no el mensaje, pero la curiosidad es más fuerte que el miedo.

—Por lo visto, algún admirador ha descubierto tu número —bromea Hamid—. Nunca has recibido tantos mensajes como hoy.

—Puede ser.

Realmente, le gustaría decir: «¿Es que no te das cuenta? Tras dos años juntos, ¿no eres capaz de ver que estoy aterrada, o es que simplemente piensas que tengo la regla?»

Finge leer despreocupadamente lo que está escrito: «He destruido otro mundo por ti. Y empiezo a preguntarme si realmente merece la pena hacerlo, porque parece que no entiendes nada. Tu corazón está muerto.»

—¿Quién es? —pregunta Hamid.

—No tengo la menor idea. El número está oculto. Pero siempre está bien tener admiradores secretos.

17.15 horas

Tres crímenes. Todas las estadísticas habían sido superadas en unas horas, y mostraban un aumento del 50 por ciento sobre el total.

Se dirige al coche y usa la frecuencia especial de radio.

—Hay un asesino en serie en la ciudad.

Una voz murmuró algo al otro lado. El ruido de las interferencias corta algunas palabras, pero Savoy entiende lo que dice.

—No estoy seguro. Pero tampoco tengo dudas al respecto.

Más comentarios, más interferencias.

—No estoy loco, comandante, y no me contradigo. Por ejemplo, es como que no estoy seguro de que vayan a pagarme mi sueldo a fin de mes, pero no tengo dudas al respecto, ¿me explico?

Interferencias y voz enfadada al otro lado.

—No estoy hablando de un aumento de sueldo, pero se pueden tener dudas y estar seguro al mismo tiempo, sobre todo en una profesión como la nuestra. Sí, dejemos ese tema y vayamos a lo que nos interesa. Es muy posible que los telediarios anuncien que ha habido tres crímenes, porque el individuo del hospital acaba de morir. Evidentemente, sólo nosotros sabemos que todos se han cometido con técnicas bastante sofisticadas, y gracias a eso nadie sospechará que haya una conexión entre ellos. Pero de repente se pensará en Cannes como en una ciudad insegura. Y si esto sigue mañana, se empezará a especular sobre la posibilidad de que haya un único asesino. ¿Qué quiere que haga?

Comentarios alterados del comandante.

—Sí, están aquí cerca. El chaval que presenció el asesinato se lo está contando todo a ellos; durante estos diez días tenemos fotógrafos y periodistas en todos los rincones. Creí que estarían todos en la alfombra roja, pero, al parecer, estaba equivocado; creo que allí hay muchos reporteros y pocas novedades.

Más comentarios alterados. Saca un bloc del bolsillo y anota una dirección.

—Está bien. Salgo de aquí y voy a Montecarlo a hablar con la persona que me dice.

Las interferencias se interrumpieron: la persona al otro lado de la línea había cortado.

Savoy camina hasta el final del muelle, pone la sirena sobre el techo del coche al máximo volumen y sale conduciendo como un loco, esperando atraer a los reporteros hacia otro crimen inexistente. Pero ellos conocen el truco y no se mueven, sino que siguen entrevistando al muchacho.

Empezaba a ponerse nervioso. Por fin iba a poder dejar todo el papeleo para que se encargara de ello un subalterno y dedicarse a aquello que siempre había soñado: desenmascarar a asesinos que desafiaban la lógica. Le gustaría tener razón: hay un asesino en serie en la ciudad y aterroriza a sus habitantes. Debido a la velocidad con la que se difunden las noticias actualmente, pronto estaría bajo los focos, explicando que «todavía no está demostrado», pero de tal manera que nadie lo creyera totalmente, y así los focos seguirían brillando hasta que el criminal fuera descubierto. Porque a pesar de todo el brillo y el glamour, Cannes todavía es una pequeña ciudad, donde todos saben lo que pasa y no será difícil encontrar al criminal.

Fama. Celebridad.

¿Estará pensando sólo en sí mismo, y no en el bienestar de los ciudadanos?

Pero ¿qué hay de malo en buscar un poco de gloria, cuando hace años que se ve obligado a enfrentarse a esos doce días en los que todo el mundo quiere brillar más allá de su propia capacidad? Todo el mundo acaba contagiándose. A todo el mundo le gusta que el público reconozca su trabajo; los cineastas hacen lo mismo.

«Deja de pensar en la gloria; ya llegará, siempre que hagas bien tu trabajo. Además, la fama es caprichosa: piensa qué pasaría si al final creen que no estabas capacitado para la misión que te ha sido confiada. La humillación también será pública.

»Concéntrate.»

Después de trabajar casi veinte años en la policía ocupando todo tipo de cargos, siendo ascendido por méritos propios, leyendo montañas de informes y documentos, había comprendido que la mayor parte de las veces que llegan hasta el criminal, la intuición es siempre tan importante como la lógica. El peligro en este preciso momento en que se dirige a Montecarlo no es el asesino, que debe de estar exhausto por culpa de la enorme cantidad de adrenalina que se ha mezclado con su sangre, y aterrado, porque alguien lo ha reconocido. El gran enemigo es la prensa. Los periodistas siguen siempre el mismo principio de mezclar técnica e intuición: si consiguieran establecer una conexión, por ínfima que fuera, una relación entre los tres asesinatos, la policía perdería totalmente el control y el festival podría convertirse en un caos absoluto, con la gente sin querer salir a la calle, visitantes que se marcharían antes de tiempo, comerciantes protestando por la ineficacia de la policía y titulares en todos los periódicos del mundo; al fin y al cabo, un asesino en serie siempre es mucho más interesante en la vida real que en la pantalla.

En los años siguientes, el certamen cinematográfico ya no sería el mismo: se instalaría el mito del terror, el lujo y el glamour escogerían un lugar más adecuado para exhibir sus productos, y poco a poco toda esa celebración con más de sesenta años de existencia acabaría por convertirse en un evento menor, lejos de los focos y de las revistas.

Tiene una gran responsabilidad. Mejor dicho, tiene dos grandes responsabilidades: la primera es saber quién está cometiendo los crímenes y cogerlo antes de que aparezca otro cadáver más en su jurisdicción. La segunda es controlar a la prensa.

Lógica. Necesita pensar con lógica. ¿Cuál de los reporteros presentes, en su mayoría llegados de ciudades lejanas, tiene una noción exacta de cuántos crímenes se cometen habitualmente allí? ¿A cuántos de ellos se les podría ocurrir telefonear a la Guardia Nacional para conocer las estadísticas?

Respuesta lógica: a ninguno. Sólo piensan en lo que acaba de suceder. Están alborotados porque un gran productor ha tenido un ataque cardíaco durante uno de los almuerzos tradicionales que se celebran durante el período del festival. Todavía nadie sabe que ha sido envenenado; el informe del forense está en el asiento trasero de su coche. Nadie sabe todavía —y posiblemente nunca lo sabrá— que formaba parte de un gran proceso de lavado de dinero.

Respuesta no lógica: siempre hay alguien que piensa de manera distinta que los demás. Es preciso, en cuanto sea posible, dar todas las explicaciones necesarias, organizar una entrevista colectiva, pero sólo para hablar del crimen de la productora americana en un banco del muelle; de ese modo, los demás incidentes serán momentáneamente olvidados.

Han asesinado a una mujer importante del mundo del cine. ¿A quién le importa la muerte de una chica anónima? En ese caso, todos llegarán a la misma conclusión que él, ya desde el principio de la investigación: muerte por sobredosis.

No hay riesgo.

Volvamos a la productora cinematográfica; puede que no sea tan importante como piensa, de lo contrario, el comisario ya estaría llamándolo al móvil. Hechos: un hombre bien vestido de aproximadamente cuarenta años, de pelo grisáceo, que estuvo hablando con ella durante algún tiempo mientras miraban el horizonte y eran observados por el joven escondido detrás de las piedras. Después de clavarle un estilete con la precisión de un cirujano, se aleja caminando lentamente, y ahora ya andará por ahí entre cientos, miles de personas parecidas a él.

Apaga la sirena durante unos momentos y llama al inspector suplente que se quedó en la escena del crimen y al que deben de estar interrogando en vez de ser él el que interroga. Le pide que les diga a sus interrogadores, periodistas que siempre confunden con sus conclusiones precipitadas, que están «prácticamente seguros» de que se trata de un crimen pasional.

—No digas que estás seguro. Di que, dadas las circunstancias, se puede concluir eso, ya que ambos estaban juntos, ligando. No se trata de robo ni de venganza, sino de un dramático ajuste de cuentas por problemas personales.

»Asegúrate de no mentir: grabarán tus declaraciones y podrán utilizarlas más tarde en tu contra.

—¿Y por qué tengo que decir eso?

—Por las circunstancias. Y cuanto antes se sientan satisfechos con alguna explicación, mejor para nosotros.

—Me preguntan cuál fue el arma del crimen.

—«Todo indica» que fue un puñal, tal como dijo el testigo.

—Pero no está seguro.

—Si el testigo no sabe lo que vio, ¿qué vas a decir tú, aparte del «todo indica»? Asusta al chico; dile que sus palabras también las están grabando los periodistas y que más tarde se podrán utilizar en su contra.

Cuelga. En breve, el inspector suplente empezará a hacer preguntas inconvenientes.

«Todo indica» que fue un crimen pasional, aunque la víctima acabara de llegar a la ciudad, procedente de Estados Unidos. Aunque se hospedara sola en la habitación del hotel. Aunque, por lo poco que había conseguido averiguar, su único compromiso fuese una reunión sin mayores consecuencias durante la mañana, en el mercado abierto de películas que hay al lado del Palacio de Congresos. Los periodistas no tendrían acceso a toda esa información.

Además, había algo mucho más importante que sólo él sabía; nadie más de su equipo, nadie más en el mundo.

La víctima había estado en el hospital. Hablaron un rato y la mandó marcharse… a la muerte.

Vuelve a poner la sirena para que el ruido ensordecedor aparte cualquier sentimiento de culpa. No, no fue él quien clavó el estilete en su cuerpo.

Claro que puede pensar: «Tal señora estaba allí, en la sala de espera, porque está vinculada a la mafia de la droga, y quería saber si realmente el asesinato había salido bien.» Es coherente con la «lógica», y si le comenta el encuentro casual a su superior, investigarán en esa dirección. Claro que puede ser verdad; la habían matado con un método sofisticado, igual que al distribuidor de Hollywood. Ambos eran americanos. Ambos habían sido asesinados con instrumentos puntiagudos. Todo indicaba que se trataba del mismo grupo, y que ambos tenían relación entre sí.

¿Puede ser que se equivoque y que no haya ningún asesino en serie en la ciudad?

277

Porque tal vez la chica que habían encontrado en el banco, con marcas de asfixia provocadas por manos experimentadas, hubiera entrado en contacto la noche anterior con alguien del grupo que había ido allí para reunirse con el productor. Tal vez vendiera otras cosas, aparte de las que solía exponer en la calle: drogas.

Imagina la escena: los extranjeros llegan para arreglar cuentas. En uno de los muchos bares, el distribuidor local le presenta a la chica de las cejas espesas a uno de ellos, «que trabaja con nosotros». Se van a la cama, pero el extranjero ha bebido más de lo que debía, tiene la lengua suelta, Europa tiene un aire diferente, pierde el control y habla más de lo que debería. Al día siguiente, ya por la mañana, se da cuenta del error y le encarga al asesino profesional —que siempre acompaña a bandas como ésa— que resuelva el problema.

En fin, todo perfectamente claro, encaja, sin lugar a dudas.

Todo encaja tan claramente que, precisamente por eso, no tiene ningún sentido. No era probable que un cártel de cocaína hubiera decidido saldar sus cuentas en una ciudad que, por culpa del evento que allí se celebraba, había movilizado a numerosos policías extras llegados del resto del país, además de los guardaespaldas privados, de los guardias de seguridad contratados para las fiestas, los detectives que se encargaban de vigilar veinticuatro horas al día las carísimas joyas que circulaban por las calles y los salones.

Y si ése era el caso, también sería bueno para su carrera: los ajustes de cuentas de la mafia atraían tantos focos como la presencia de un asesino en serie.

Puede relajarse; en cualquier caso, obtendrá la notoriedad que siempre creyó que merecía.

278

Apaga la sirena. En media hora ya ha recorrido casi toda la autopista, ha cruzado la barrera invisible y ha entrado en otro país; está a unos minutos de su destino. Pero su cabeza está pensando en cosas que, teóricamente, deberían estar prohibidas.

Tres crímenes en el mismo día. Sus oraciones estaban con las familias de los fallecidos, como dicen los políticos. Evidentemente es consciente de que el Estado le paga para mantener el orden, y no para alegrarse cuando alguien rompe ese orden de manera tan violenta. Para entonces, el comisario debe de estar dándose de cabezazos contra la pared, consciente de la enorme responsabilidad de resolver dos problemas: encontrar al criminal (o criminales, porque puede que aún no esté convencido de su tesis), y apartar a la prensa. Todos están muy preocupados, las comisarías de la zona ya han sido avisadas, los coches están recibiendo a través del ordenador un retrato robot del asesino. Es probable que algún político vea interrumpido su merecido descanso, porque el jefe de policía cree que el asunto es muy delicado, y quiere delegar la responsabilidad a esferas más altas.

El político difícilmente caerá en la trampa, diciendo que se limiten a hacer que la ciudad vuelva a la normalidad cuanto antes, ya que «millones o cientos de millones de euros dependen de eso». No quiere enfadarse; tiene asuntos más importantes que atender, como la marca de vino que servirá esa noche a los invitados de alguna delegación extranjera.

«¿Y yo? ¿Voy por el buen camino?»

Vuelven los pensamientos prohibidos: es feliz. El momento más importante de toda su carrera dedicada al papeleo y a encargarse de asuntos irrelevantes. Nunca imaginó que una situación semejante lo haría ponerse tan eufórico como está ahora: el verdadero detective, el hombre que tiene una teoría que va en contra de la lógica, al que acabarán condecorando por ser el primero en ver algo que nadie más fue capaz de deducir. No se lo confesará a nadie, ni siquiera a su mujer, que se quedaría horrorizada con la actitud de su marido, segura de que ha perdido el juicio por culpa del peligroso ambiente en el que trabaja.

«Estoy contento. Excitado.»

Sus oraciones estaban con las familias de los fallecidos; su corazón, tras algunos años de inercia, volvía al mundo de los vivos.

Al contrario de lo que Savoy había imaginado: una gran biblioteca llena de libros con polvo, montones de revistas por las esquinas y una mesa cubierta de papeles desordenados, el despacho era inmaculadamente blanco, con algunas lámparas de buen gusto, un confortable sillón, la mesa transparente con una enorme pantalla de ordenador. Completamente vacía, salvo por el teclado inalámbrico y un pequeño bloc de notas con un lujoso bolígrafo Montegrappa encima de él.

—Deje de sonreír y muestre un cierto aire de preocupación —dice el hombre de barba blanca, chaqueta de *tweed* a pesar del calor, corbata, pantalones de buen corte, lo cual no combina en absoluto con la decoración de su despacho ni con el tema que estaban tratando.

—¿A qué se refiere?

—Sé cómo se siente. Está ante el caso de su vida, en un lugar en el que nunca pasa nada. Pasé por el mismo conflicto cuando vivía y trabajaba en Penycae, Swansea, West Glamorgan, SA9 1GB, Gran Bretaña. Y fue gracias a un asunto semejante que me transfirieron a Scotland Yard en Londres.

«París. Ése es mi sueño.» Pero no dice nada. El extranjero lo invita a sentarse.

—Espero que realice su sueño profesional. Un placer, Stanley Morris.

Savoy decide cambiar de tema.

—El comisario teme que la prensa especule respecto a la teoría de un asesino en serie.

—Que especulen lo que quieran, estamos en un país libre. Es el tipo de asunto que hace vender periódicos, convirtiendo en algo excitante la aburrida vida de los jubilados, que siguen atentamente en todos los medios de comunicación posibles cualquier novedad sobre el asunto, con una mezcla de miedo y de seguridad de que «a nosotros no nos va a pasar».

—Supongo que habrá recibido una descripción detallada de las víctimas. En su opinión, ¿es eso característico de un asesino en serie o estamos ante una venganza de los grandes cárteles de la droga?

—Sí, la he recibido. Por cierto, querían enviarla por fax, ese artilugio que ya no resulta nada útil en la actualidad. Les pedí que la mandasen por correo electrónico, pero ¿sabe que me respondieron? Que no están acostumbrados. ¡Imagínese, una de las fuerzas policiales mejor equipadas del mundo y todavía usan el fax!

Savoy se revuelve en su silla, mostrando impaciencia. No está allí para hablar sobre los avances o los retrocesos de la tecnología moderna.

—Vayamos al grano —dice el señor Morris, que se convirtió en una celebridad en Scotland Yard y decidió retirarse al sur de Francia, y que probablemente también estaba tan contento como él porque salía de la rutina aburrida de las lecturas, los conciertos, los tés y las cenas benéficas.

—Como nunca he estado ante un caso como éste, puede que primero sea necesario saber si está usted de acuerdo con mi teoría de que sólo hay un único criminal. Dígame qué terreno estoy pisando.

El señor Morris le explica que en teoría tiene razón: tres crímenes con algunas características en común son suficientes para pensar que se enfrentan a un asesino en serie. Normalmente, suceden en la misma zona geográfica (en este caso, la ciudad de Cannes), y...

—Entonces, el asesino en masa...

El señor Morris lo interrumpe y le pide que no use términos incorrectos. Los asesinos en masa son terroristas o adolescentes inmaduros que entran en un colegio o una cafetería, disparan a todo lo que ven y luego acaban muertos a tiros por la policía o se suicidan. Prefieren las armas de fuego y las bombas, capaces de causar el mayor daño posible en el menor espacio de tiempo, generalmente, dos o tres minutos como máximo. A esas personas no les importan las consecuencias de sus actos, porque ya conocen el final de la historia.

En el inconsciente colectivo, el asesino en masa es más fácil que sea aceptado, ya que se lo considera un «desequilibrado mental» y, por tanto, es fácil establecer una diferencia entre «nosotros» y «ellos». El asesino en serie, sin embargo, se enfrenta a algo mucho más complicado: al instinto destructivo que toda persona lleva dentro.

Hace una pausa.

—¿Ha leído *El extraño caso del doctor Jekyll y mister Hyde*, de Robert Louis Stevenson?

Savoy le explicó que tenía poco tiempo para la lectura, ya que trabajaba mucho. La mirada de Morris se tornó glacial.

—¿Acaso cree usted que yo no tengo trabajo?

—No es eso lo que he querido decir. Mire, señor Morris, estoy aquí en una misión de urgencia. Prefiero no hablar ni de tecnología ni de literatura. Quiero saber su conclusión sobre los informes.

—Lo siento mucho, pero en este caso tenemos que desviarnos a la literatura. *El extraño caso del doctor Jekyll y mister Hyde* es la historia de un sujeto absolutamente normal, el doctor Jekyll, que en ciertos momentos tiene impulsos destructivos incontrolables y se transforma en alguien diferente, mister Hyde. Todos tenemos esos instintos, inspector. Cuando un asesino en serie actúa, no sólo amenaza nuestra seguridad, sino también nuestra cordura. Porque cada ser humano sobre la faz de la Tierra, lo quiera o no, tiene un enorme poder destructivo en su interior, y muchas veces desea experimentar la sensación más reprimida por la sociedad: acabar con una vida.

»Las razones pueden ser muchas: la idea de que está arreglando el mundo, venganza por algo lejano que le sucedió en la infancia, odio reprimido por la sociedad, etc. Pero, consciente o inconscientemente, todo ser humano lo ha pensado, aunque haya sido durante su infancia.

Otro silencio intencionado.

—Supongo que usted, independientemente del cargo que ocupa, ya debe de saber exactamente qué sensación es ésa. Habrá descuartizado a algún gato, o habrá sentido un placer morboso al prenderles fuego a insectos que no le hacían daño alguno.

Es el turno de Savoy para devolverle la mirada glacial sin decir nada. Morris, sin embargo, interpreta el silencio como un «sí», y continúa hablando con la misma soltura y comodidad que antes:

—No piense que va a encontrar a una persona visiblemente desequilibrada, con el pelo alborotado y una sonrisa de odio en la cara. Si leyera un poco más, aunque sé que es una persona muy ocupada…, le sugeriría un libro de Hannah Arendt, *Eichmann en Jerusalén*. En el libro, ella analiza el juicio de uno de los mayores asesinos en serie de la historia. Claro que en el caso ése en cuestión necesitó ayudantes o no podría haber llevado a cabo la enorme tarea que le encomendaron realizar: purificar la raza humana. Un momento.

Se mueve por la pantalla de su ordenador. Sabe que el hombre que tiene delante sólo quiere resultados, lo cual es absolutamente imposible en ese terreno. Tiene que educarlo, prepararlo para los difíciles días que están por venir.

—Aquí está. Arendt hace un análisis detallado del juicio de Adolf Eichmann, responsable del exterminio de seis millones de judíos en la Alemania nazi. En la página veinticinco, dice que la media docena de psiquiatras encargados de examinarlo llegaron a la conclusión de que era una persona normal. Su perfil psicológico, su actitud respecto a su mujer, hijos, padre y madre, estaban totalmente dentro de los patrones sociales que se esperan de un hombre responsable. Y Arendt continúa: «El problema de Eichmann fue precisamente que había muchos como él, y que esos muchos no eran pervertidos ni sádicos; que eran, y siguen siendo, terrible y aterradoramente normales [...]. Desde el punto de vista de nuestras instituciones, su normalidad era tan aterradora como los crímenes que cometió.»

Ahora puede entrar en materia.

—Según los informes de las autopsias, he observado que no ha habido ningún intento de abuso sexual hacia las víctimas...

—Señor Morris, tengo un problema que resolver, y debo hacerlo rápidamente. Quiero estar seguro de que nos encontramos ante un asesino en serie. Es evidente que nadie podía violar a un hombre en una fiesta o a una chica en un banco de la calle.

Es como si no hubiese dicho nada. El otro ignora sus palabras y continúa:

—... lo que es común en muchos asesinos en serie. Algunos tienen varias características, digamos, «humanas». Enfermeras que matan a pacientes en estado terminal, mendigos que son asesinados y nadie se da cuenta, funcionarios de Asuntos Sociales que, compadecidos por las dificultades de ciertos pensionistas mayores e inválidos, llegan a la conclusión de que la otra vida será mucho mejor para ellos; un caso así se dio recientemente en California. También los hay que intentan reorganizar la sociedad: en este caso, las prostitutas son las principales víctimas.

—Señor Morris, no he venido aquí…

Esta vez, Morris levanta ligeramente la voz.

—Yo tampoco lo he invitado. Le estoy haciendo un favor. Si quiere, puede irse. Si se queda, deje de interrumpir a cada momento mi razonamiento; cuando queremos capturar a una persona, tenemos que entender cómo piensa.

—¿Entonces cree que realmente es un asesino en serie?

—Todavía no he acabado.

Savoy se controló. ¿Y por qué tenía tanta prisa? ¿Acaso no era interesante dejar que la prensa montara el follón de siempre, antes de aparecer con la solución deseada?

—Está bien. Continúe.

Morris se acomoda en la silla y mueve el monitor para que Savoy pueda verla: en la enorme pantalla, un grabado, probablemente del siglo XIX.

—Éste es el más famoso de los asesinos en serie: Jack el Destripador. Actuó en Londres, sólo en la segunda mitad del año 1888, y acabó con la vida de siete mujeres en lugares públicos o semipúblicos. Les abría el vientre, les sacaba los intestinos y el útero. Nunca lo encontraron. Se convirtió en un mito, y hasta el día de hoy se sigue buscando su identidad.

La pantalla del ordenador cambió a algo que se parecía a un mapa astral.

—Ésta era la firma del Asesino del Zodíaco. Está demostrado que mató a cinco parejas en California, durante diez meses; jóvenes que detenían sus coches en lugares aislados para disfrutar de un poco de intimidad. Enviaba una carta a la policía con este símbolo, parecido a una cruz celta. Hasta el día de hoy, nadie ha sido capaz de saber quién era.

»Tanto en el caso de Jack como en el del Asesino del Zodíaco, los estudiosos creen que eran personas que intentaban restablecer la moral y las buenas costumbres en su región. Tenían, por así decirlo, una misión que cumplir. Y al contrario de lo que la prensa quiere hacer creer con los nombres que inventan para asustar, como el «Estrangulador de Boston» o el «Infanticida de Toulouse», conviven con sus vecinos los fines de semana y trabajan duro para ganarse el sustento. Ninguno de ellos se beneficia económicamente de sus actos criminales.

La conversación empezaba a parecerle interesante a Savoy.

—Es decir, puede ser absolutamente cualquier persona que haya venido a Cannes durante el período del festival…

—… decidido, conscientemente, a sembrar el terror por alguna razón absolutamente absurda, como, por ejemplo, «luchar contra la dictadura de la moda» o «acabar con la divulgación de películas que fomentan la violencia». La prensa crea una expresión horripilante para denominarlo, y empieza a levantar sospechas. Crímenes que nada tienen que ver con el asesino se le atribuyen a él. Cunde el pánico y éste no desaparece hasta que, por casualidad, repito: por casualidad, lo detienen. Porque muchas veces actúa durante un período de tiempo y desaparece sin dejar rastro. Ha dejado su huella en la historia, eventualmente escribe algún diario que será descubierto después de su muerte, y eso es todo.

Savoy ya no mira el reloj. Su teléfono suena pero decide no contestar: el asunto es más complicado de lo que imaginaba.

—Está usted de acuerdo conmigo, entonces.

—Sí —dice la máxima autoridad de Scotland Yard, el hombre que se había convertido en leyenda al resolver cinco casos que todo el mundo daba por perdidos.

—¿Por qué cree que estamos ante un asesino en serie?

Morris ve en su ordenador lo que parece ser un correo electrónico y sonríe. Por fin el inspector que tiene delante respeta lo que le está diciendo.

—Por la completa ausencia de móvil en los crímenes que comete. La mayoría de esos criminales tienen lo que denominamos «firma»: sólo escogen a un tipo de víctima, que puede ser homosexual, prostituta, mendigo, parejas que se ocultan en el bosque, etc. A otros se los denomina «asesinos asimétricos»: matan porque no son capaces de controlar el impulso. Llegan a un punto en el que ese impulso es satisfecho y dejan de matar hasta que la presión les resulta de nuevo incontrolable. Estamos ante uno de ésos.

»Hay varios factores que debemos considerar en este caso: el criminal tiene un alto nivel de sofisticación. Ha escogido armas diferentes: sus propias manos, veneno, un estilete. No lo mueven los motivos clásicos: sexo, alcoholismo, desórdenes mentales visibles… Conoce la anatomía humana, y por ahora ésa es su única firma. Debe de haber planeado los crímenes con mucha antelación, porque el veneno no debe de haber sido fácil de conseguir, de modo que podemos clasificarlo entre aquellos que creen que «están cumpliendo una misión» que todavía no sabemos cuál es. Por lo que he podido deducir de la chica, y ésa es la única pista que tenemos hasta el momento, utilizó un tipo de arte marcial rusa, llamada sambo.

»Podría ir más lejos, y decir que forma parte de su firma

acercarse a la víctima y trabar amistad con ella durante algún tiempo. Pero esa teoría no encaja con el asesinato cometido en pleno almuerzo, en una playa de Cannes. Al parecer, la víctima estaba con dos guardaespaldas que habrían reaccionado. Y también la estaba vigilando la Europol.

Ruso. Savoy piensa en coger el teléfono y pedir que investiguen urgentemente todos los hoteles de la ciudad. Hombre de aproximadamente cuarenta años, bien vestido, de pelo ligeramente gris, ruso.

—El hecho de que haya usado una técnica marcial rusa no significa que sea de esa nacionalidad. —Morris adivinaba su pensamiento, como buen ex policía que era—. Del mismo modo que no podemos deducir que sea un indio sudamericano porque haya utilizado curare.

—¿Entonces?

—Entonces hay que esperar al siguiente crimen.

18.50 horas

¡Cenicienta!

Si la gente creyera más en los cuentos de hadas en vez de escuchar solamente a sus maridos y a sus padres —que piensan que todo es imposible—, vivirían lo mismo que ella en ese momento, en el interior de una de las muchas limusinas que se dirigen, lenta pero inexorablemente, hacia la escalera, hacia la alfombra roja, hacia la mayor pasarela de moda del planeta.

La Celebridad está a su lado, siempre sonriente, con un bonito traje de gala. Le pregunta si está tensa. Por supuesto que no: en los sueños no hay tensiones, nerviosismo, ansiedad ni miedo. Todo es perfecto, las cosas suceden como en el cine: la heroína sufre, lucha, pero consigue hacer lo que siempre ha querido.

—Si Hamid Hussein decide llevar adelante el proyecto, y si la película tiene el éxito que él espera, prepárate para más momentos como éste.

«¿Si Hamid Hussein decide llevar adelante el proyecto? ¿Pero no está ya todo decidido?»

—Firmé un contrato cuando fui a recoger la ropa a la habitación de los regalos.

—Olvida lo que te he dicho, no quiero estropearte este momento tan especial.

—Por favor, sigue.

La Celebridad esperaba exactamente ese tipo de comentario por parte de la chica boba. Es un placer hacer lo que le pide.

—Ya he participado en infinitos proyectos que empiezan pero que no terminan nunca. Forma parte del juego, pero no te preocupes por eso ahora.

—¿Y el contrato?

—Los contratos son para que los abogados discutan mientras ganan dinero. Por favor, olvida lo que te he dicho. Disfruta de este momento.

El «momento» se está acercando. Debido a la lentitud del tráfico, la gente puede ver quién va dentro de los coches, incluso a través de los cristales ahumados que separan a los mortales de los elegidos. La Celebridad hace un gesto, algunas manos golpean la ventanilla para pedirle que la abra un momento, que les firme un autógrafo, para sacar una foto.

La Celebridad hace un gesto con la mano como si no entendiera lo que quieren, y convencido de que una sonrisa es suficiente para inundar el mundo con su luz.

Hay un verdadero ambiente de histeria en el lado de fuera. Señoras con sus pequeños bancos portátiles que deben de estar allí desde por la mañana haciendo calceta, hombres con barrigas cerveceras que parecen morirse de aburrimiento pero que se ven obligados a acompañar a sus esposas de mediana edad, vestidas como si ellas también fueran a pisar la alfombra roja, niños que no entienden absolutamente nada de lo que sucede pero saben que se trata de algo importante. Asiáticos, negros, blancos, gente de todas las edades separada por vallas metálicas del estrecho carril por el que circulan las limusinas, queriendo creer que están a tan sólo dos metros de distancia de los grandes mitos del planeta, cuando, en verdad, esa distancia es de cientos de miles de kilómetros. Porque no son sólo las vallas metálicas y el cristal del coche los que marcan la diferencia, sino la suerte, la oportunidad, el talento.

¿Talento? Sí, ella quiere creer que el talento también

cuenta, pero sabe que es el resultado de un juego de dados entre los dioses, que escogen a determinadas personas mientras las demás quedan al otro lado del abismo infranqueable, con la única misión de aplaudir, adorar y condenar cuando llega el momento en que la corriente cambia de rumbo.

La Celebridad finge hablar con ellos, pero en realidad no dice nada, sólo mira y mueve los labios, como el gran actor que es. No lo hace ni con deseo ni con placer; Gabriela entiende inmediatamente que no quiere ser antipático con sus fans, pero al mismo tiempo ya no tiene paciencia para gesticular, sonreír, dar besos.

—Debes de pensar que soy una persona arrogante, cínica, con el corazón de piedra —por fin dice algo—. Si algún día llegas a donde quieres, entenderás lo que siento: no hay salida. El éxito esclaviza al mismo tiempo que vicia, y al final del día, con un hombre o una mujer diferente en la cama, te preguntarás: «¿Ha merecido la pena? ¿Por qué siempre he deseado esto?»

Hace una pausa.

—Sigue.

—No sé por qué te estoy contando esto.

—Porque quieres protegerme. Porque eres un hombre de bien. Por favor, sigue.

Gabriela podía ser ingenua en muchas cosas, pero era una mujer, y sabía cómo conseguir casi todo lo que quería de un hombre. En este caso, la herramienta adecuada era la vanidad.

—No sé por qué siempre he deseado esto. —La Celebridad había caído en la trampa, y ahora mostraba su lado frágil, mientras los fans gesticulaban desde fuera—. Muchas veces, cuando vuelvo al hotel tras un exhaustivo día de trabajo, me meto debajo de la ducha y me quedo allí durante un largo tiempo, sintiendo solamente el agua resbalar sobre mi cuerpo. Dos fuerzas opuestas luchan dentro de mí: la que me dice que debería dar gracias al cielo, y la que me dice que debería abandonarlo todo mientras aún estoy a tiempo.

»En estos momentos me siento la persona más ingrata del mundo. Tengo a mis fans, pero ya no tengo paciencia. Me invitan a las fiestas más deseadas del mundo, pero a mí lo único que me apetece es marcharme pronto, volver a mi habitación y permanecer allí en silencio leyendo un buen libro. Hombres y mujeres con buena voluntad me dan premios, organizan eventos y hacen lo que sea para que yo me sienta feliz, pero en realidad me siento exhausto, inhibido, pienso que no merezco nada de eso porque no soy digno de mi éxito. ¿Me entiendes?

Por una fracción de segundo, Gabriela siente compasión por el hombre que está a su lado: imagina a cuántas fiestas se ha visto obligado a ir durante el año, siempre con alguien pidiéndole una foto, un autógrafo, contándole una historia absolutamente aburrida mientras él finge prestar atención, proponiendo algún nuevo proyecto, molestándolo con el clásico «¿Te acuerdas de mí?», cogiendo sus móviles y pidiéndole que hable aunque sea un momento con su hijo, su mujer, su hermana. Y él siempre alegre, siempre atento, siempre bien dispuesto y educado, un profesional de primera categoría.

—¿Entiendes?

—Sí. Pero me gustaría tener los mismos conflictos que tú, y sé que todavía me falta mucho.

Otras cuatro limusinas, y llegarán a su destino. El chófer les dice que se preparen. La Celebridad hace descender un pequeño espejo del techo, se ajusta la corbata y ella hace lo mismo con el pelo. Gabriela ya puede ver un pedazo de alfombra roja, aunque la escalera todavía está fuera de su campo de visión. La histeria ha desaparecido por arte de magia, ahora la multitud se constituye de gente que lleva una tarjeta de identificación colgada del cuello, hablan los unos con los otros y no prestan la menor atención a los que viajan dentro de los coches, porque ya están cansados de ver la misma escena una y otra vez.

Faltan dos coches. A su izquierda aparecen algunos peldaños de la pasarela. Hombres vestidos de traje y corbata abren las puertas y las agresivas vallas metálicas han sido sustituidas por cintas de terciopelo que se apoyan en pilares de madera y bronce.

—¡Vaya! —exclama la Celebridad.

Gabriela se sobresalta.

—¡Vaya! ¡Mira quién está ahí! ¡Mira quién está saliendo del coche en este momento!

Gabriela ve a una Supercelebridad femenina, también vestida de Hamid Hussein, que acaba de poner los pies en un extremo de la alfombra roja. La Celebridad vuelve la cabeza en la dirección opuesta al Palacio de Congresos. Ella acompaña su mirada y ve algo completamente inesperado. Una pared humana, de casi tres metros de altura, con flashes que disparan sin cesar.

—Está mirando hacia el lado equivocado —se consuela la Celebridad, que parece haber perdido todo su encanto, su gentileza y sus problemas existenciales—. Ésos de ahí no están acreditados. Son de la prensa secundaria.

—¿Por qué has dicho «vaya»?

La Celebridad no es capaz de esconder su irritación. Todavía falta un coche para llegar.

—¿Es que no lo ves? ¿En qué mundo vives tú, chica? ¡Cuando entremos en la alfombra roja, las cámaras de los fotógrafos escogidos, que están exactamente a la mitad del recorrido, estarán enfocándola a ella!

Y dirigiéndose al chófer, añade:

—¡Vaya más despacio!

El conductor señala a un hombre vestido de paisano, que también lleva una tarjeta de identificación colgada del cuello, que les indica con la mano que sigan, que no entorpezcan el tráfico.

La Celebridad respira hondo; ése no es su día de suerte. ¿Por qué le habría dicho todo eso a la actriz principiante que estaba a su lado? Sí, era verdad, estaba harto de la vida que llevaba, pero aun así no podía imaginar algo diferente.

—No salgas corriendo —dice—. Vamos a hacer lo posible para demorarnos aquí abajo. Dejemos un buen espacio entre ella y nosotros.

«Ella» era la Supercelebridad.

La pareja que va en el coche de delante no parece atraer tanta atención; aunque de todos modos debe de ser importante, porque nadie llega al inicio de la escalera sin haber escalado antes muchas montañas en la vida. Su compañero parece relajarse un poco, pero ahora Gabriela se pone tensa, pues no sabe exactamente cómo debe comportarse. Le sudan las manos. Agarra el bolso lleno de papel, respira hondo y dice una oración.

—Anda despacio —dice la Celebridad—. Y no te quedes demasiado cerca de mí.

La limusina llega y se abren las dos puertas.

De repente, un ruido inmenso parece invadir todo el universo, gritos que llegan de todas partes (hasta ese momento no se había dado cuenta de que iba en un coche insonorizado y no podía oír nada). La Celebridad baja sonriente, como si nada hubiera sucedido dos minutos antes y siguiera siendo el centro del universo, independientemente de las declaraciones que había hecho en el coche, que parecían ser sinceras. Un hombre en conflicto consigo mismo, con su mundo, con su historia, que ya no puede dar marcha atrás.

«¿En qué estoy pensando? ¡Debo concentrarme, vivir el momento! ¡Subir la escalera!»

Ambos saludan a la prensa «secundaria» y permane-

294

cen unos momentos allí. La gente le tiende papeles, él les firma autógrafos y da las gracias a sus fans. Gabriela no sabe exactamente si debe colocarse a su lado o seguir en dirección a la alfombra roja y la entrada del Palacio de Congresos, pero entonces la salva alguien que le tiende un papel, un boli y le pide un autógrafo.

No es el primer autógrafo de su vida, pero sí el más importante hasta el momento. Observa a la señora que ha conseguido colarse hasta la zona reservada, le sonríe, le pregunta su nombre, pero no puede oír nada por culpa de los gritos de los fotógrafos.

¡Oh, cómo le gustaría que estuvieran retransmitiendo en directo esa ceremonia para el mundo entero, que su madre la viera llegar con un vestido deslumbrante, acompañada de un actor famosísimo (aunque empezaba a tener dudas, pero debía apartar rápidamente esas malas vibraciones de su cabeza), firmando el autógrafo más importante de sus veinticinco años de vida! No consigue oír el nombre de la mujer, sonríe y escribe algo como «con amor».

La Celebridad se acerca a ella:

—Vamos. El camino está libre.

La mujer a la que acaba de escribirle unas palabras de cariño lee lo que está escrito y reclama:

—¡Esto no es un autógrafo! ¡Necesito tu nombre para poder identificarte en la foto!

Gabriela finge que no la oye: nada en el mundo puede destruir ese momento mágico.

Empiezan a subir la suprema pasarela europea, con policías formando una especie de cordón de seguridad, aunque el público está lejos de allí. A ambos lados, en la fachada del edificio, enormes pantallas de plasma muestran a los pobres mortales que están fuera lo que sucede en ese santuario al aire libre. De lejos oyen los gritos histéricos y los aplausos. Al llegar a una especie de peldaño más ancho, como si hubieran alcanzado el primer piso, ve otra multitud de fotógrafos, sólo que esta vez van de traje, gritando el nombre de la Celebridad, pidiéndole que se vuelva hacia aquí, hacia allí, sólo una más, por favor, acércate, mira hacia arriba, mira hacia abajo. Otras personas pasan por su lado y siguen subiendo la escalera, pero a los fotógrafos no les interesan; la Celebridad todavía mantiene intacto su glamour, finge una cierta displicencia, bromea un poco para demostrar que está relajado y acostumbrado a eso.

Gabriela nota que también está llamando la atención; aunque no griten su nombre (no tienen la menor idea de quién es), imaginan que será la nueva amante del famoso actor. Les piden que se acerquen el uno al otro para fotografiarlos juntos, lo cual hace la Celebridad durante unos segundos, siempre a una prudente distancia, evitando cualquier contacto físico con ella.

¡Sí, han conseguido escapar de la Supercelebridad! Que para entonces ya está en la puerta del Palacio de los Festivales, saludando al presidente del festival de cine y al alcalde de Cannes.

La Celebridad hace un gesto con la mano para indicarle que sigan subiendo la escalera. Ella obedece.

Mira hacia adelante, ve otra pantalla gigante colocada estratégicamente para que las personas puedan verse a sí mismas. Una voz anuncia por el altavoz instalado en el lugar:

—En este momento llega…

Y dice el nombre de la Celebridad y el de su película más famosa. Más tarde, alguien le contará que todos los que están dentro de la sala asisten por un circuito interno a la misma escena que el monitor de plasma muestra del lado de fuera.

Suben los peldaños que quedan, llegan hasta la puerta, saludan al presidente del festival, al alcalde, y entran en el recinto propiamente dicho. Todo aquello ha durado menos de tres minutos.

En ese momento, la Celebridad está rodeada de gente que quiere hablar un poco, admirar un poco, sacarse fotos (incluso los elegidos lo hacen, se sacan fotos con gente famosa). Hace un calor sofocante allí dentro, Gabriela teme que su maquillaje se resienta, y...

¡El maquillaje!

Sí, lo había olvidado totalmente. Ahora debe salir por una puerta situada a la izquierda, alguien la está esperando allí fuera. Baja la escalera de manera mecánica y pasa junto a dos o tres guardias de seguridad. Uno de ellos le pregunta si sale a fumar y va a volver para la película. Ella responde que no y sigue adelante.

Cruza otra serie de vallas metálicas, nadie le pregunta nada (porque está saliendo, no intentando entrar). Puede ver por detrás a la multitud que sigue gesticulando y gritando a las limusinas que no dejan de llegar. Un hombre se dirige a ella, le pregunta su nombre y le pide que lo siga.

—¿Puede esperar un minuto?

El hombre parece sorprendido, pero asiente con la cabeza. Gabriela mantiene los ojos clavados en un tiovivo antiguo, que probablemente está allí desde principios del siglo pasado y sigue girando, mientras los niños saltan sobre los caballitos.

—¿Podemos irnos? —pregunta el hombre directamente.

—Sólo un minuto más.

—Vamos a llegar tarde.

Pero Gabriela no puede contener el llanto, la tensión, el miedo, el terror de esos tres minutos que acababa de vivir. Solloza compulsivamente; poco importa el maquillaje, la van a retocar de todos modos. El hombre le tiende un brazo para que se apoye y no tropiece con los altos tacones; ambos echan a andar por la plaza que va a dar a la Croisette; el ruido de la multitud se oye ahora cada vez más distante, los sollozos compulsivos son cada vez más altos. Está llorando todas las lágrimas del día, de la semana, de los años en que soñó con ese momento, que se acabó sin que pudiera darse cuenta de lo que había sucedido.

—Disculpa —le dice al hombre que la acompaña.

Él le acaricia la cabeza. Su sonrisa destila cariño, comprensión y piedad.

19.31 horas

Por fin había entendido que era imposible buscar la felicidad a cualquier precio: la vida ya le había dado lo máximo, y empezaba a entender que había sido generosa con él. Ahora, y el resto de sus días, se dedicaría a desenterrar los tesoros escondidos en su sufrimiento, y a aprovechar cada segundo de alegría como si fuera el último.

Había vencido a las tentaciones. Estaba protegido por el espíritu de la chica que entendía perfectamente su misión, y que ahora empezaba a abrirle los ojos hacia las verdaderas razones de su viaje a Cannes. Durante algunos instantes en aquella pizzería, mientras recordaba lo que había escuchado en las cintas, la Tentación lo acusó de ser un desequilibrado mental, capaz de creer que todo estaba permitido en nombre del amor. Pero, gracias a Dios, el momento más difícil ya había pasado.

Es una persona absolutamente normal; su trabajo exige disciplina, horarios, capacidad de negociación, planificación. Muchos de sus amigos dicen que últimamente está más aislado que antes; lo que no saben es que siempre ha sido así. El hecho de verse obligado a participar en fiestas, ir a bodas y bautizos, fingir que se divertía jugando al golf los domingos, no es más que una estrategia para conseguir su objetivo profesional. Siempre ha detestado la vida mundana, en la que la gente esconde detrás de sonrisas la verdadera tristeza de sus almas. No le llevó mucho tiempo entender que la Superclase es tan dependiente de su éxito como un adicto a las drogas, y mucho más infeliz que los que no aspiran a más que una casa, un jardín, un niño jugando, un plato de comida en la mesa y una chimenea encendida en invierno. ¿Son conscientes de sus limitaciones? ¿Saben que la vida es corta y por qué deben seguir adelante?

La Superclase intenta vender sus valores. Los seres humanos normales se quejan de la injusticia divina, envidian el poder, sufren al ver que los demás se divierten; no se dan cuenta de que nadie se divierte, todos están preocupados, inseguros, esconden su enorme complejo de inferioridad detrás de sus joyas, sus coches, sus carteras repletas de dinero.

Igor es una persona de gustos simples, aunque Ewa siempre protestaba por su forma de vestir. Pero ¿por qué comprar una camisa por encima de un precio razonable, si la etiqueta va escondida detrás del cuello? ¿Qué ventaja tiene acudir a los restaurantes de moda si en ellos no se dice nada importante? Ewa solía decir que no hablaba mucho en las ocasiones en que su trabajo lo obligaba a frecuentar fiestas y eventos. Igor intentaba cambiar su comportamiento y se esforzaba en ser simpático, pero aquello no le resultaba interesante en absoluto. Observaba a la gente a su alrededor hablando sin parar, comparando precios de acciones de Bolsa, comentando las maravillas de su nuevo yate, haciendo largas reflexiones sobre pintores expresionistas sencillamente porque habían grabado lo que les había dicho el guía turístico durante un viaje a un museo de París, afirmando que un determinado escritor es mejor que otro porque habían leído las críticas, ya que nunca tienen tiempo para leer un libro de ficción.

Todos cultos. Todos ricos. Todos absolutamente encantadores. Y todos se preguntan al final del día: «¿No será el momento de parar?» Y todos se responden a sí mismos: «Si lo hago, mi vida pierde el sentido.»

Como si supiesen cuál es el sentido de la vida.

La Tentación ha perdido la batalla. Quería hacerle creer que estaba loco: una cosa es planear el sacrificio de ciertas personas, y otra muy distinta, tener la capacidad y el valor para hacerlo. La Tentación decía que todos soñamos con cometer crímenes, pero que sólo los desequilibrados transforman esa idea macabra en realidad.

Igor es un hombre equilibrado. Tiene éxito. Si quisiera, podría contratar a un asesino profesional, el mejor del mundo, para que ejecutase su tarea y le enviase los mensajes necesarios a Ewa. O podría contratar a la mejor agencia de relaciones públicas del mundo; al cabo de un año, el asunto no sólo aparecería en los mejores periódicos especializados en economía, sino también en las revistas que hablan de éxito, brillo y glamour. Seguramente, en ese momento su mujer sopesaría las consecuencias de su decisión equivocada y él sabría cuál era el momento adecuado para enviarle flores y pedirle que volviera: estaba perdonada. Tiene contactos en todas las clases sociales, desde empresarios que han llegado a la cima gracias a la perseverancia y el esfuerzo, hasta criminales que nunca han tenido una oportunidad para mostrar su mejor lado.

Si está en Cannes no es porque sienta un placer morboso en ver los ojos de alguien cuando se halla ante lo Inevitable. Si ha decidido ponerse en el punto de mira, en la posición arriesgada en la que se encuentra ahora, es porque está seguro de que los pasos que está dando en ese día que parece no acabar nunca serán fundamentales para que el nuevo Igor que lleva dentro pueda resurgir de las cenizas de su tragedia.

Siempre ha sido un hombre capaz de tomar decisiones difíciles y de llegar hasta el final, aunque nadie, ni siquiera Ewa, supiera lo que sucedía en los oscuros pasillos de su alma. Sufrió en silencio muchos años las amenazas de personas y de grupos, reaccionó con discreción cuando se creyó lo suficientemente fuerte para liquidar a la gente que lo amenazaba. Tuvo que ejercer un enorme autocontrol para no dejar que su vida quedara marcada por las malas experiencias por las que tuvo que pasar. Nunca se llevó sus miedos y sus terrores a casa: Ewa necesitaba una vida tranquila, ajena a los sobresaltos que todo hombre de negocios vive. Eligió ahorrárselo, y no fue correspondido, ni siquiera comprendido.

El espíritu de la chica lo tranquilizaba con ese pensamiento, pero acentuaba algo que no había pensado hasta entonces: no estaba allí para reconquistar a la persona que lo había abandonado, sino para comprender, por fin, que ella no merecía todos aquellos años de dolor, todos aquellos meses de planificación, toda su capacidad de perdonar, de ser generoso, de ser paciente.

Le mandó uno, dos, tres mensajes, pero Ewa no reaccionó. Sería muy fácil para ella intentar averiguar dónde se hospedaba. Cinco o seis llamadas a los hoteles no resolverán la situación, ya que se había registrado con un nombre y una profesión diferentes; pero el que busca encuentra.

Leyó las estadísticas: Cannes tiene solamente setenta mil habitantes; esa cifra generalmente se triplica durante el período del festival, pero las personas que llegan van siempre a los mismos lugares. ¿Dónde estaba ella? Hospedada en el mismo hotel que él, frecuentando el mismo bar, porque los había visto a los dos la noche anterior. Aun así, Ewa no caminaba por la Croisette en su busca. No llamaba a los amigos comunes, intentando saber dónde estaba él; al menos, uno de ellos tenía todos los datos, ya que Igor pensó que la que creía que era la mujer de su vida se pondría en contacto con él al saber que estaba tan cerca.

El amigo tenía instrucciones de decirle cómo podían verse, pero hasta el momento, absolutamente nada.

Se quita la ropa y entra en la ducha. Ewa no merecía todo aquello. Está casi seguro de que la verá esa noche, pero a cada momento que pasa eso parece perder importancia. Puede que su misión sea mucho mayor que simplemente recuperar el amor de la persona que lo ha traicionado, que dice cosas negativas sobre él. El espíritu de la chica de las cejas espesas hace que recuerde la historia contada por un viejo afgano en medio de una batalla.

La población de una ciudad en lo alto de una de las montañas desiertas de Herat, después de muchos años de desorden y malos gobernantes, está desesperada. No puede abolir la monarquía de repente y, al mismo tiempo, ya no soporta las muchas generaciones de reyes arrogantes y egoístas. Reúne a la Loya Jirga, como se denomina al consejo de sabios del lugar.

La Loya Jirga decide entonces que cada cuatro años elegirán a un rey, que tendrá el poder total y absoluto. Podría aumentar los impuestos, exigir obediencia total, escoger a una mujer diferente todas las noches para llevarla a su cama, beber y comer hasta más no poder. Se vestiría con las mejores ropas, montaría los mejores animales. En fin: cualquier orden, por absurda que fuese, sería acatada sin que nadie pudiera cuestionar su lógica ni su justicia.

Sin embargo, al final de esos cuatro años, sería obligado a renunciar al trono y a abandonar el lugar, llevando consigo sólo a su familia y la ropa que llevase puesta. Todos sabían que eso significaba la muerte en tres o cuatro días como máximo, ya que en ese valle no había nada salvo un inmenso desierto, congelado en invierno e insoportablemente caluroso en verano.

Los sabios de la Loya Jirga imaginan que nadie se atreverá a tomar el poder y podrán volver al antiguo sistema de elecciones democráticas. La decisión fue promulgada: el tro-

no del gobernante estaba vacío, pero las condiciones para ocuparlo eran duras. En un primer momento, varias personas se animaron con la posibilidad. Un viejo con cáncer aceptó el desafío, pero murió de su enfermedad durante el mandato, con una sonrisa en la cara. Lo sucedió un loco, pero, debido a su estado mental, se fue cuatro meses después (lo había entendido mal) y desapareció en el desierto. A partir de entonces, empezaron a correr rumores de que el trono estaba maldito y nadie más decidió arriesgarse. La ciudad se quedó sin gobernante, se instaló la confusión, los habitantes comprendieron que había que olvidar las tradiciones monárquicas para siempre, y se prepararon para cambiar sus usos y sus costumbres. La Loya Jirga celebra la sabia decisión de sus miembros: no han obligado al pueblo a hacer una elección; sencillamente, eliminaron la ambición de aquellos que deseaban el poder a toda costa.

En ese momento aparece un joven, casado y padre de tres hijos.

—Acepto el cargo —dice.

Los sabios intentan explicarle los riesgos del poder. Le dicen que tiene familia, que aquello no era más que una invención para desanimar a los aventureros y a los déspotas. Pero el hombre se mantiene firme en su decisión. Y como es imposible volver atrás, la Loya Jirga no tiene más remedio que esperar otros cuatro años antes de llevar sus planes adelante.

El chico y su familia se convierten en excelentes gobernantes; son justos, distribuyen mejor la riqueza, bajan el precio de los alimentos, dan fiestas populares para celebrar los cambios de estación, estimulan el trabajo artesanal y la música. Sin embargo, todas las noches, una gran caravana de caballos deja el lugar arrastrando pesadas carretas cuyo contenido va cubierto por tejidos de yute, de modo que nadie puede ver lo que va dentro.

Y nunca regresan.

Al principio, los sabios de la Loya Jirga piensan que están saqueando el tesoro. Pero al mismo tiempo se consuelan con el hecho de que el chico nunca se haya aventurado más allá de las murallas de la ciudad; si lo hubiera hecho, si hubiera subido la primera montaña, habría descubierto que los caballos morían antes de llegar muy lejos (están en medio de uno de los lugares más inhóspitos del planeta). Se reúnen de nuevo, y dicen: «Dejemos que haga lo que quiera. En cuanto termine su reinado, vamos hasta el lugar en el que los caballos hayan caído exhaustos y los caballeros muertos de sed y lo recuperaremos todo.»

Dejan de preocuparse y aguardan con paciencia.

Al final de los cuatro años, el chico es obligado a bajar del trono y a abandonar la ciudad. La población se rebela: ¡Hacía mucho tiempo que no tenían un gobernante tan sabio y tan justo!

Pero deben respetar la decisión de la Loya Jirga. El chico se dirige a su mujer y a sus hijos y les pide que lo acompañen.

—Lo haré —dice su mujer—. Pero al menos deja que nuestros hijos se queden aquí; podrán sobrevivir y contar tu historia.

—Confía en mí.

Como las tradiciones tribales son estrictas, la mujer no tiene más alternativa que obedecer a su marido. Montan en sus caballos, se dirigen a la puerta de la ciudad y se despiden de los amigos que han hecho mientras gobernaban el lugar. La Loya Jirga está contenta: incluso con todos esos aliados, el destino debe cumplirse. Nadie más se arriesgará a subir al trono, y las tradiciones democráticas serán por fin restablecidas.

En cuanto puedan, recuperarán el tesoro que para entonces debe de estar abandonado en el desierto, a menos de tres días de allí.

La familia se dirige en silencio hacia el valle de la muerte, los niños no entienden lo que pasa, y el joven parece estar sumido en sus pensamientos. Suben una colina, pasan todo el día cruzando una vasta planicie, y duermen en lo alto de la colina siguiente.

La mujer se despierta de madrugada: quiere aprovechar sus últimos dos días de vida para admirar las montañas de la tierra que tanto ama. Va hasta la cima y mira hacia abajo, hacia lo que cree que es una planicie absolutamente desierta. Y se lleva un sobresalto.

Durante cuatro años, las caravanas que partían por la noche no llevaban joyas ni monedas de oro.

Llevaban ladrillos, semillas, madera, tejas, especias, animales, objetos tradicionales para perforar el suelo y encontrar agua. Ante sus ojos hay otra ciudad, mucho más moderna y hermosa, funcionando.

—Éste es tu reino —le dice el joven, que se ha despertado y se ha reunido con ella—. Desde que conocí el decreto, sabía que era inútil corregir en cuatro años lo que siglos de corrupción y mala administración habían destruido. Pero estaba seguro de algo: era posible empezar de nuevo.

Está empezando de nuevo mientras el agua resbala por su cara. Por fin lo comprende porque la primera persona con la que realmente habló en Cannes está ahora a su lado, corrigiendo su camino, ayudándolo a hacer los ajustes necesarios, explicándole que su sacrificio no fue en balde ni tampoco innecesario. Por un lado, le hizo comprender que Ewa siempre fue una entidad perversa, a la que sólo le interesaba ascender socialmente, aunque eso significase abandonar a su familia.

«Cuando vuelvas a Moscú, intenta hacer deporte. Mucho deporte. Eso te ayudará a liberarte de las tensiones.»

Puede ver su rostro en las nubes de vapor generadas por el agua caliente. Nunca ha estado tan cerca de alguien como lo está ahora de Olivia, la chica de las cejas espesas.

«Sigue adelante. Aunque no estés convencido, sigue adelante; los designios de Dios son inescrutables, y a veces el camino no se ve hasta que uno echa a andar.»

Gracias, Olivia. ¿Está allí para mostrarle al mundo las aberraciones del presente, de las que Cannes es la suprema manifestación? No está seguro. Pero sea lo que sea, está allí por alguna razón, y esos dos años de tensión, planificación, miedo e inseguridades por fin tienen sentido.

Se imagina cómo será el siguiente festival: la gente va a necesitar tarjetas magnéticas incluso en las fiestas de la playa, habrá francotiradores en todos los tejados, cientos de policías de paisano mezclándose con la multitud, detectores de metal en las puertas de los hoteles, donde los grandes hijos de la Superclase tendrán que esperar hasta que la policía revise sus bolsas, les hagan quitarse los zapatos, les pidan que vuelvan porque han olvidado algunas monedas en el bolsillo y el dispositivo pita, les ordenen a los señores de pelo gris que levanten los brazos y los registren como a un vulgar criminal, lleven a las mujeres a la única caseta de lona instalada en la entrada —desentonando totalmente con la elegancia de siempre—, donde deberán esperar pacientemente en una fila para que las cacheen, hasta que la policía femenina descubra qué es lo que ha hecho que sonase la alarma: los aros metálicos de los sujetadores.

La ciudad mostrará su verdadero rostro. El lujo y el glamour serán sustituidos por la tensión, los insultos, las miradas indiferentes de los policías y el tiempo perdido. Un aislamiento cada vez mayor, esta vez, provocado por el sistema, no por la arrogancia de los elegidos. Costes prohibitivos que deberán afrontar los contribuyentes por culpa de las fuerzas militares desplazadas a un simple balneario con el único objetivo de proteger a gente que trata de divertirse.

Manifestaciones. Trabajadores honestos protestando contra aquello que creen absurdo. El gobierno hace una declaración diciendo que empieza a considerar la posibilidad de cargarles los costes a la organización del festival. Los patrocinadores —que podrían correr con esos gastos— ya no están interesados, porque uno de ellos fue humillado por un agente de quinta categoría, que le mandó guardar silencio y respetar el sistema de seguridad.

Cannes se muere. Dos años más tarde se dan cuenta de que todo lo que han hecho para mantener la ley y el orden ha merecido la pena: ningún crimen durante el festival. Los terroristas ya no siembran el pánico.

Quieren volver atrás, pero es imposible; Cannes sigue muriendo. La nueva Babilonia es destruida. La Sodoma de los tiempos modernos desaparece del mapa.

Sale del baño con una determinación: cuando vuelva a Rusia, les dirá a sus empleados que averigüen el nombre de la familia de la chica. Les hará donaciones anónimas a través de bancos fuera de sospecha. Mandará a un escritor de talento que escriba su historia, y correrá con los gastos de las traducciones al resto del mundo.

«La historia de una chica que vendía objetos de artesanía, maltratada por su novio, explotada por sus padres, hasta que un día le entregó su alma a un desconocido y eso cambió una parte del planeta.»

Abre el armario, coge la camisa inmaculadamente blanca, el esmoquin bien planchado, los zapatos hechos a mano. No tiene problemas con el nudo de la pajarita, lo hace al menos una vez a la semana.

Pone la televisión: es la hora de las noticias locales. El

desfile por la alfombra roja ocupa gran parte del telediario, pero hay un breve reportaje sobre una mujer que ha sido asesinada en el muelle. La policía ha acordonado la zona, el chico que ha presenciado la escena (Igor presta atención, pero no tiene el más mínimo interés en vengarse de nada) dice que vio a una pareja de novios sentarse a hablar, el hombre sacó un pequeño estilete de metal y empezó a pasarlo por el cuerpo de la víctima. La mujer parecía contenta, por eso no llamó en seguida a la policía: estaba convencido de que era un juego.

«¿Cómo era?»

Blanco, de aproximadamente cuarenta años, con tal y tal ropa, de maneras delicadas.

No hay por qué preocuparse. Abre su portafolios de cuero y saca dos sobres. Una invitación para la fiesta que empezará dentro de una hora (aunque, realmente, todos saben que habrá un retraso de al menos noventa minutos) y donde sabe que se encontrará con Ewa: si ella no fue hasta él, paciencia, ahora es tarde. En cualquier caso, él irá a su encuentro. Menos de veinticuatro horas fueron suficientes para comprender con qué tipo de mujer se había casado y cómo había sufrido inútilmente durante dos años.

El otro es un sobre plateado, herméticamente cerrado, en el que se lee «Para ti» con una bonita caligrafía, que tanto podría ser femenina como masculina.

Los pasillos están vigilados por cámaras de vídeo, como es habitual en la mayoría de los hoteles hoy en día. En algún sótano del edificio hay una sala oscura, llena de monitores, donde un grupo de personas atentas anotan cada detalle de lo que sucede. Sus energías están puestas en todo lo que se salga de lo normal, como el hombre que hace unas horas subía y bajaba la escalera del hotel: enviaron a un agente para saber qué pasaba y recibieron como respuesta «ejercicio gratis». Como se hospedaba allí, el agente le pidió disculpas y se alejó.

Por supuesto, no se interesan por los huéspedes que entran en las habitaciones de otros y no salen hasta el día siguiente, generalmente después del desayuno. Eso es normal. No les interesa.

Los monitores están conectados a sistemas especiales de grabación digital; todo lo que ocurre en las dependencias públicas del hotel se almacena durante seis meses en un archivo del que sólo los gerentes tienen la llave. Ningún hotel del mundo quiere perder a su clientela porque algún marido celoso, con bastante dinero, ha conseguido sobornar a alguna de las personas que vigilan el movimiento de determinado ángulo del pasillo, y cedió (o vendió) el material a una revista de escándalos, tras presentar las pruebas ante la justicia y evitar que su mujer se beneficie de parte de su fortuna.

Si algún día sucediera algo así, sería un trágico golpe para el prestigio del establecimiento, que se distingue por su discreción y su fiabilidad. La tasa de ocupación sufriría inmediatamente un descenso radical; después de todo, si una pareja elige ir a un hotel de lujo es porque sabe que sus empleados nunca ven más allá de aquello para lo que están educados para ver. Si alguien pide que le lleven algo a la habitación, por ejemplo, el camarero entra con los ojos clavados en el carrito, tiende la cuenta para que se la firme la persona que ha abierto la puerta, y nunca, NUNCA, mira directamente a la cama.

Las prostitutas y los prostitutos de lujo se visten como personas discretas, aunque los hombres que en este momento están en la sala oscura llena de monitores saben exactamente quiénes son, pues utilizan una base de datos facilitada por la policía. Eso tampoco les importa, pero prestan especial atención a la puerta por la que entraron hasta que los ven salir. En algunos hoteles, la telefonista es la encargada de inventarse una falsa llamada para ver si el huésped está bien: él coge el teléfono, una voz femenina pregunta por una persona inexistente, oye una respuesta del tipo «se ha equivocado de habitación» y el ruido del teléfono al colgar. Misión cumplida: no hay motivo para preocuparse.

Los borrachos se sorprenden cuando se caen al suelo, cuando prueban la llave de una habitación que no es la suya, ven que la puerta no se abre y la golpean. En ese momento, surgido de la nada, aparece un empleado solícito del hotel que pasa «casualmente» por allí y le propone acompañarlo al lugar adecuado (normalmente en un piso y un número diferentes).

Igor sabe que todos sus pasos están registrados en el sótano del hotel: el día, la hora, el minuto y el segundo de cada una de sus entradas en el vestíbulo, salidas del ascensor, caminatas hasta la puerta de la suite, y el momento en el que usa la tarjeta magnética que hace las veces de llave. A partir de ahí ya puede respirar aliviado; nadie tiene acceso a lo que sucede dentro de la habitación; eso ya sería demasiado violar la intimidad ajena.

Cierra la puerta y sale.

Tuvo tiempo para estudiar las cámaras del hotel en cuanto llegó de viaje la noche anterior. Igual que los coches —por más espejos retrovisores que tengan, siempre hay un «punto ciego» que impide que el conductor vea algún vehículo en el momento del adelantamiento—, las cámaras muestran claramente todo lo que sucede en el pasillo, salvo las cuatro habitaciones que quedan en las esquinas. Es evidente que si uno de los hombres del sótano ve que una persona pasa por un determinado lugar y no aparece en la pantalla siguiente, algo sospechoso ha sucedido —puede que un desmayo—, y en seguida enviará a alguien a comprobar la incidencia. Si al llegar allí no ve a nadie, es evidente que lo han invitado a entrar, y entonces se trata de un asunto privado entre huéspedes.

311

Pero Igor no pretende detenerse. Camina por el pasillo con el aire más natural del mundo y a la altura de la curva que conduce al vestíbulo de los ascensores, desliza el sobre plateado por debajo de la puerta de la habitación —probablemente una suite— que se encuentra en el ángulo.

Tarda una fracción de segundo; si alguien desde allí abajo decidió acompañar sus movimientos, no habrá notado nada. Mucho más tarde, cuando requisen las cintas para intentar identificar al culpable de lo ocurrido, será muy difícil determinar el momento exacto de la muerte. Puede ser que el huésped no esté allí y que no abra el sobre hasta que vuelva de alguno de los eventos de la noche. Puede ser que haya abierto el sobre en seguida, pero el producto que contiene no actúa inmediatamente.

Durante todo ese tiempo, habrán pasado por el mismo lugar varias personas, todos serán sospechosos, y si alguien mal vestido —o dedicado a trabajos menos ortodoxos como masajes, prostitución, entrega de drogas— tiene la mala suerte de hacer el mismo recorrido, será inmediatamente detenido e interrogado. Durante un festival de cine, las probabilidades de que un individuo con tales características aparezca en el monitor son enormes.

Es consciente de que existe un peligro que no había considerado: alguien presenció el asesinato de la mujer en la playa. Después de alguna burocracia, lo llamarán para ver las cintas. Pero se ha registrado con un nombre inventado y un pasaporte falso, en cuya foto aparece un hombre de gafas con bigote (en el hotel no se tomaron la molestia de comprobarlo, y en caso de haberlo hecho, les habría explicado que se había afeitado el bigote y que ahora llevaba lentes de contacto).

Suponiendo que sean más rápidos que cualquier policía del mundo y hayan concluido que una única persona decidió crear algunos inconvenientes para entorpecer el buen funcionamiento del festival, esperarán su vuelta y en cuanto regrese a la habitación será invitado a prestar declaración. Pero Igor sabe que ésa es la última vez que camina por los pasillos del Martínez.

Entrarán en su habitación. Encontrarán una maleta completamente vacía, sin ninguna huella dactilar. Irán hasta el baño, y pensarán: «¡Mira, un tipo tan rico y se lava la ropa en el lavabo del hotel! ¿Acaso no puede pagar la lavandería?»

Un policía apoyará la mano para recoger lo que considera que son restos de ADN, huellas dactilares, pelos. Y soltará un grito: sus dedos se habrán quemado con el ácido sulfúrico que en ese momento disuelve todo el material que ha dejado atrás. Sólo necesita su pasaporte falso, tarjetas de crédito y dinero en efectivo; todo en los bolsillos del esmoquin, junto con la pequeña Beretta, una arma despreciada por los entendidos.

Viajar siempre ha sido fácil para él: detesta llevar peso. Incluso teniendo una misión complicada que cumplir en Cannes, eligió material ligero, fácil de transportar. No puede entender cómo hay gente que lleva maletas gigantes incluso cuando sólo van a estar uno o dos días fuera de casa.

No sabe quién va a abrir el sobre, y no le importa: la elección no la hace él, sino el Ángel de la Muerte. Pueden pasar muchas cosas en ese intervalo de tiempo, o tal vez nada.

El huésped puede llamar a recepción, decir que le han entregado algo a la persona equivocada y pedir que vayan a recogerlo. O tirarlo a la basura, pensando que es otra de las notas amables de la dirección del hotel para preguntar si todo está bien; tiene otras cosas que leer y prepararse para alguna fiesta. Si es un hombre que espera que su mujer llegue en cualquier momento, lo meterá en el bolsillo, seguro de que la mujer que conoció por la tarde y que intentó seducir a toda costa le está dando ahora una respuesta positiva. Puede ser una pareja; como ninguno de los dos sabe a quién va dirigido el «Para ti», aceptan mutuamente que no es el momento de sospechar el uno del otro y arrojan el sobre por la ventana.

Sin embargo, a pesar de todas esas posibilidades, si el Ángel de la Muerte está decidido a rozar con sus alas el rostro del destinatario, entonces él (o ella) romperá la parte superior del sobre para ver lo que hay dentro.

Algo que le ha costado mucho trabajo meter allí.

Necesitó de la ayuda de sus antiguos «amigos y colaboradores», que anteriormente le habían prestado una suma considerable para poder montar su compañía y que no se alegraron nada cuando descubrieron que él había decidido devolverles el dinero, pues no querían cobrar hasta que a ellos les conviniese; al fin y al cabo, estaban muy contentos de tener un negocio absolutamente legal que les permitía integrar de nuevo en el sistema financiero ruso un dinero cuyo origen era difícil de explicar.

Aun así, tras un período en el que apenas se hablaban, volvieron a relacionarse. Siempre que le pedían cualquier favor —como obtener una plaza en la universidad para una hija, o conseguir entradas para algún concierto al que sus «clientes» querían asistir—, Igor removía cielo y tierra para complacerlos. Después de todo fueron los únicos que creyeron en sus sueños, independientemente de los motivos que tuvieran para ello. Ewa —ahora, cada vez que pensaba en ella sentía una irritación difícil de controlar— los acusaba de haber utilizado la inocencia de su marido para lavar dinero procedente del tráfico de armas. Como si eso supusiera alguna diferencia; él no estaba involucrado ni en la compra, ni en la venta, y en cualquier negocio en el mundo las partes tienen que lucrarse.

Y todos pasan por momentos difíciles. Algunos de sus antiguos financiadores estuvieron algún tiempo en prisión pero él jamás los abandonó, incluso sabiendo que ya no necesitaba ayuda. La dignidad de la gente no se mide por las personas que uno tiene a su alrededor cuando está en la cima del éxito, sino por la capacidad de no olvidar las manos que le tendieron cuando más lo necesitaba. Si esas manos estaban manchadas de sangre o de sudor, no importaba: una persona que está al borde del precipicio no pregunta quién lo está ayudando a volver a tierra firme.

El sentimiento de gratitud es importante en un hombre: nadie llega muy lejos si se olvida de aquellos que estaban a su lado cuando lo necesitaba. Y nadie tiene que recordar que ayudó o que lo ayudaron: Dios tiene los ojos fijos en sus hijos y en sus hijas, y sólo recompensa a aquellos que se comportan a la altura de las bendiciones que les fueron confiadas.

Así, cuando necesitó el curare, supo a quién recurrir, aunque tuvo que pagar un precio elevadísimo por algo que es relativamente común en los bosques tropicales.

Llega al salón del hotel. El local donde se celebra la fiesta está a más de media hora en coche, iba a ser muy difícil encontrar un taxi si se quedaba parado en el arcén. Comprendió que lo primero que hay que hacer al llegar a un lugar como ése es darle —sin pedir nada a cambio— una generosa propina al conserje; todos los hombres de negocios de éxito suelen hacerlo, y siempre consiguen reservas para los mejores restaurantes, entradas para los espectáculos a los que quieren asistir, información sobre ciertos puntos de la ciudad que no aparecen en las guías turísticas porque escandalizarían a las familias de clase media.

Con una sonrisa, pide y consigue un coche al momento, mientras que a su lado, otro huésped se queja de los problemas de transporte que se ve obligado a afrontar. Gratitud, necesidad y contactos. Así se resuelve cualquier problema.

Incluso la complicada producción del sobre plateado, con el sugerente «Para ti» escrito con una bonita caligrafía. Lo había dejado para usarlo al final de su tarea, porque si Ewa, por casualidad, no entendía los demás mensajes, ése —el más sofisticado de todos— no dejaría lugar a dudas.

Sus antiguos amigos le facilitaron lo que necesitaba. Se lo dieron gratis, pero él prefirió pagar; tenía dinero y no le gustaba contraer deudas.

No hizo preguntas innecesarias; sólo sabía que la persona que lo había cerrado herméticamente había tenido que usar guantes y una máscara antigás. Sí, en ese caso, el precio fue más justo que el del curare, porque su manipulación es más delicada, aunque el producto no es muy difícil de conseguir, ya que se utiliza en la metalurgia, en la producción de papel, de ropa y de plástico. Tiene un nombre relativamente intimidante: cianuro, pero su olor es parecido al de las almendras, y su aspecto, inofensivo.

Deja de pensar en quién lo cerró y comienza a imaginar quién abrirá el sobre, cerca de la cara, como es normal. Encontrará una tarjeta blanca, en la que está escrito con un ordenador una frase en francés: «Katyusha, *je t'aime.*»

«¿Katyusha? ¿Qué es esto?», se preguntará la persona que lo abra.

Notará que la tarjeta está llena de polvo. El contacto del polvo con el aire convertirá el producto en gas. Un olor a almendras invadirá el ambiente.

La persona se sorprenderá; podrían haber escogido un aroma mejor. «Debe de ser otra de esas propagandas de perfume», dirá. Saca el papel, lo mira por un lado y por el otro y el gas que se desprende del polvo se esparce cada vez más rápidamente.

«¿Qué tipo de broma es ésta?»

Ésa será su última reflexión consciente. Dejará la tarjeta encima de la mesa de la entrada, se dirigirá al baño, pensando en darse una ducha, acabar de maquillarse, ajustarse la corbata.

En ese momento, descubrirá que su corazón está disparado. No podrá establecer inmediatamente una relación con el perfume que ha invadido la habitación; al fin y al cabo, no tiene enemigos, sólo competidores y adversarios. Incluso antes de llegar al baño se dará cuenta de que no es capaz de mantenerse en pie. Se sentará en el borde de la cama. Un dolor de cabeza insoportable y dificultad para respirar serán los siguientes síntomas; después llegarán las ganas de vomitar. Pero no le dará tiempo, pues perderá rápidamente el conocimiento, incluso antes de poder establecer una relación entre el contenido del sobre y su estado.

Al cabo de pocos minutos —porque pidió expresamente que la concentración del producto fuera lo más densa posible—, sus pulmones dejarán de funcionar, el cuerpo se le contraerá, empezarán las convulsiones, el corazón dejará de bombear la sangre y le llegará la muerte. Indolora. Piadosa. Humana.

Igor entra en el taxi y da la dirección: hotel du Cap, Eden Roc, Cap d'Antibes.

La gran cena de gala de esa noche.

19.40 horas

El andrógino, vestido con una camisa negra, pajarita blanca y una especie de túnica india sobre los mismos pantalones ajustados que realzan su delgadez, dice que la hora a la que llegan puede ser algo muy bueno o muy malo.

—El tráfico está mejor de lo que yo pensaba. Vamos a ser de los primeros en entrar en Eden Roc.

Gabriela, que para entonces ya ha pasado por otra sesión de «retoques» del peinado y del maquillaje —esta vez con una maquilladora que parecía totalmente aburrida de su trabajo—, no entiende el comentario.

—¿Con todos esos atascos no es mejor que seamos precavidos? ¿Cómo puede ser malo?

El andrógino respira profundamente antes de responder, como si tuviera que explicarle lo obvio a alguien que ignora las más elementales leyes del brillo y el glamour.

—Puede ser bueno porque estarás sola en el pasillo…

La mira. Nota que no comprende lo que le está diciendo, suelta otro suspiro y empieza otra vez:

—Nadie entra en ese tipo de fiestas por la puerta. Siempre pasa por un pasillo, donde a un lado están los fotógrafos y al otro hay una pared con la marca del patrocinador de la fiesta pintada y repetida varias veces. ¿No has visto nunca las revistas del corazón? ¿No te has fijado que las celebridades siempre posan con la marca de algún producto detrás mientras sonríen a las cámaras?

Celebridad. Al andrógino arrogante se le había escapado una palabra inadecuada. Admitía, sin querer, que estaba acompañando a una de ellas. Gabriela saboreó la victoria en silencio, aunque era lo suficientemente adulta como para saber que todavía le quedaba mucho camino por recorrer.

—¿Y qué hay de malo en llegar a la hora?

Otro suspiro.

—Puede que los fotógrafos todavía no hayan llegado. Pero esperemos que todo salga bien, así me libro de estos folletos con tu biografía.

—¿Mi biografía?

—¿Acaso crees que todo el mundo sabe quién eres? No, hija, no. Tengo que ir allí, entregarles este maldito papel a cada uno de ellos, decirles que dentro de un rato llegará la gran estrella de la siguiente película de Gibson y que preparen sus cámaras. Les haré una seña en cuanto aparezcas por el pasillo.

»No voy a ser demasiado amable con ellos; están acostumbrados a que los traten siempre como a los que están en la parte más baja de la escala de poder en Cannes. Les diré que les estoy haciendo un gran favor y eso es todo; a partir de ahí, no correrán el riesgo de perder una oportunidad como ésa porque pueden llegar a despedirlos, y lo que no falta en este mundo es gente con una cámara y una conexión a Internet, ávida de colgar en la red mundial lo que todos, absolutamente todos, han pasado por alto. Creo que en algunos años los periódicos sólo utilizarán los servicios de personas anónimas, disminuyendo así sus costes, ya que la circulación de revistas y de periódicos es cada vez menor.

Quería demostrar sus conocimientos sobre los medios de comunicación, pero a la chica que está a su lado no le interesa; coge uno de los papeles y comienza a leer.

—¿Quién es Lisa Winner?

—Tú. Te hemos cambiado el nombre. Mejor dicho, el nombre ya estaba escogido incluso antes de que te seleccionasen. A partir de ahora te llamas así: Gabriela es demasiado italiano, y Lisa puede ser de cualquier nacionalidad. Los estudios de mercado aseguran que los apellidos de entre cuatro y seis letras son siempre más fáciles de retener para el gran público: Fanta. Taylor. Burton. Davis. Woods. Hilton. ¿Quieres que siga?

—Ya veo que sabes cómo funciona el mercado; ahora tengo que descubrir quién soy, según mi nueva biografía.

No intentó disimular la ironía en su voz. Estaba ganando terreno; empezaba a comportarse como una estrella. Empezó a leer lo que estaba allí escrito: la gran revelación escogida entre más de mil participantes para trabajar en la primera producción cinematográfica del famoso modisto y empresario Hamid Hussein…, etc.

—Los folletos están impresos desde hace más de un mes —dice el andrógino, haciendo que la balanza se incline otra vez a su favor y saboreando su pequeña victoria—. Lo escribió el equipo de marketing del grupo; nunca se equivocan. Fíjate en ciertos detalles como «Ha trabajado como modelo, ha hecho un curso de arte dramático». Va contigo, ¿no crees?

—Eso significa que me han seleccionado más por mi biografía que por la calidad de la prueba que me hicieron.

—Todas las personas que estaban allí tenían la misma biografía.

—¿Qué tal si dejamos de provocarnos e intentamos ser más humanos y más amigos?

—¿En este medio? Olvídalo. No hay amigos, sólo intereses. No hay humanos, sólo máquinas enloquecidas que se lo llevan todo por delante, hasta que consiguen llegar a donde quieren, o se estrellan contra un poste.

A pesar de la respuesta, Gabriela siente que ha acertado de lleno; la animosidad de su compañero de limusina se diluye.

Sigue leyendo: «Durante muchos años se negó a trabajar en el cine, ya que prefería el teatro como forma de expresión de su talento.»

—Eso te da muchos puntos: eres una persona íntegra que sólo has aceptado el papel porque te apasionaba realmente, aunque tenías ofertas para seguir trabajando en Shakespeare, Beckett o Genet.

El andrógino es culto. A Shakespeare lo conoce todo el mundo, pero Beckett y Genet sólo son para determinadas personas.

Gabriela —o Lisa— asiente. El coche llega a su destino, y allí están otra vez los famosos guardaespaldas vestidos de negro, camisa blanca y pequeñas radios en la mano, como si fuesen verdaderos policías (lo que tal vez sea el sueño colectivo de ese grupo). Uno de ellos le dice al chófer que siga adelante, todavía es muy temprano.

A esas alturas, sin embargo, el andrógino ya ha sopesado los riesgos y decide que llegar temprano es mejor. Sale de la limusina y se dirige a un hombre que mide el doble de su tamaño. Gabriela necesita distraerse, mejor pensar en otra cosa.

—¿Cuál es la marca de este coche? —le pregunta al chófer.

—Un Maybach 57S —responde él con acento alemán—. Una verdadera obra de arte, la máquina perfecta, el lujo supremo.

Pero ella ya no le presta atención. Ve al andrógino discutiendo con un hombre que mide el doble de su tamaño. El tipo no parece hacerle caso, y le hace un gesto para que vuelva al coche y dejen de interrumpir el tráfico. El andrógino, un mosquito, le da la espalda al elefante y camina hasta el coche.

Abre la puerta y le pide que salga; van a entrar de cualquier manera.

Gabriela teme lo peor: el escándalo. Pasa con el mosquito junto al elefante, que les dice: «¡Eh, no podéis entrar!», pero ambos continúan andando. Se oyen entonces otras voces: «¡Por favor, respeten las reglas, todavía no hemos abierto las puertas!» No tiene valor para mirar atrás y ver que la manada los persigue, dispuesta a masacrarlos en un momento.

Pero no pasa nada, aunque en ningún momento el andrógino haya acelerado el paso, tal vez por respeto al vestido largo de su compañera. Ahora caminan por el jardín inmaculado, el horizonte se ha teñido de rosa y azul, el sol se está poniendo.

El andrógino saborea otra victoria.

—Son muy machos mientras nadie se queja. Pero basta con levantarles la voz, mirarlos fijamente a los ojos y seguir adelante, y ya no se arriesgan. Tengo las invitaciones y eso es todo cuanto debo mostrarles; son grandes pero no son estúpidos, saben que sólo la gente importante es capaz de tratarlos como yo lo he hecho.

Y concluye, con una sorprendente humildad:

—Estoy acostumbrado a fingir que soy importante.

Llegan a la puerta del hotel de lujo, completamente aislado de la agitación de Cannes, donde se hospedan solamente aquellos que no tienen que andar de un lado a otro por la Croisette. El andrógino le dice a Gabriela/Lisa que vaya al bar y pida dos copas de champán: así sabrán que está acompañada. Nada de hablar con extraños. Nada de vulgaridades, por favor. Él va a ver cómo está el ambiente y a distribuir los folletos.

—Aunque no sea más que una cuestión de protocolo. Nadie publicará tu foto, pero me pagan para eso. Vuelvo dentro de un minuto.

—Pero acabas de decir que los fotógrafos…

Vuelve la arrogancia. Antes de que Gabriela pueda acabar, él ya ha desaparecido.

No hay mesas vacías; el local está lleno, todo el mundo va de esmoquin o vestido largo. Todos hablan en voz baja; eso si hablan, porque la mayoría tienen los ojos fijos en el océano que se ve a través de las grandes vidrieras. Aunque es su primera vez en un sitio como ése, nota un sentimiento palpable, inconfundible, que planea sobre todas esas cabezas coronadas: un profundo tedio.

Todos han participado en cientos, miles de fiestas como ésa. Antes se preparaban para la excitación de lo desconocido, de encontrar un nuevo amor, de hacer contactos profesionales importantes, pero ya han llegado a la cima de su carrera, ya no hay desafíos, sólo les queda comparar un yate con otro, las joyas propias con las de la vecina, los que están sentados en las mesas más cercanas a las vidrieras con los que están más lejos, señal inconfundible del estatus superior del primer grupo. Sí, ése es el fin de la línea: tedio y comparación. Tras décadas intentando llegar a donde están ahora, parece que no les ha quedado absolutamente nada, ni siquiera el placer de contemplar otra puesta de sol en un lugar como ése.

¿Qué piensan esas mujeres, tan ricas, silenciosas y distantes de sus maridos?

Edad.

Tienen que volver a cierto cirujano plástico y rehacer lo que el tiempo va consumiendo. Gabriela sabe que eso también le pasará a ella algún día y, de repente —puede que por culpa de todas las emociones de ese día, que termina de una manera tan diferente de como empezó—, nota que vuelven los pensamientos negativos.

De nuevo la sensación de terror mezclada con alegría. Una vez más, el sentimiento de que, a pesar de toda su lucha, no merece lo que le está pasando; simplemente es una chica que se esfuerza en su trabajo, pero que no está preparada para la vida. No conoce las reglas, está yendo más allá de lo que el buen juicio le dicta, ese mundo no le pertenece, y jamás conseguirá formar parte de él. Se siente desamparada, no sabe exactamente qué ha ido a hacer a Europa; no hay nada de malo en ser actriz en el interior de Estados Unidos, haciendo lo que le gusta y no lo que otros le imponen. Quiere ser feliz y no está segura de ir por el buen camino.

«Deja eso. ¡Aparta esos pensamientos!»

No puede hacer yoga allí, pero intenta concentrarse en el mar y en el cielo rojo y dorado. Está ante una oportunidad de oro, tiene que superar su repulsa y hablar más con el andrógino en los pocos momentos libres antes del «pasillo». No puede cometer errores; ha tenido suerte y debe aprovecharla. Abre el bolso para coger el maquillaje y retocarse los labios, pero todo lo que ve dentro es un papel de seda arrugado. Estuvo por segunda vez en la habitación de los regalos con la maquilladora aburrida, y otra vez olvidó coger su ropa y sus documentos, ¿dónde iba a dejarlos?

Ese bolso es una metáfora perfecta para lo que está viviendo: bonito por fuera, totalmente vacío por dentro.

«Contrólate.

»El sol desaparece en el horizonte y renacerá mañana con la misma fuerza. Yo también tengo que renacer ahora. El hecho de haber vivido tantas veces en sueños este momento debería ser suficiente para estar preparada, segura. Creo en los milagros, Dios me bendice, ha escuchado mis oraciones. Debo recordar lo que el director me decía siempre antes de cada ensayo: aunque estuviera haciendo la misma cosa, era necesario descubrir algo nuevo, fantástico, increíble, que me hubiera pasado desapercibido la vez anterior.»

Un hombre de aproximadamente cuarenta años, guapo, de pelo gris, vestido con un impecable esmoquin hecho a mano por algún maestro de sastrería, entra y se dirige hacia ella, pero ve la segunda copa de champán y se va hacia el otro extremo del bar. Tiene ganas de hablar con él; el andrógino tarda. Pero recuerda sus duras palabras: «Nada de vulgaridades.»

De hecho, es condenable, inadecuado, inconveniente, ver a una mujer joven, sola en el bar de un hotel de lujo, abordar a un cliente mayor, ¿qué van a pensar?

Bebe el champán y pide otra copa. Si el andrógino ha desaparecido para siempre, no tiene cómo pagar la cuenta, pero eso no tiene importancia. Sus dudas e inseguridades desaparecen con la bebida, y ahora lo que la asusta es no poder entrar en la fiesta y cumplir con el compromiso asumido.

No, ya no es la muchacha de provincia que luchó para ascender en la vida, y nunca volverá a ser la misma persona. Adelante sigue el camino, pero otra copa de champán y el miedo a lo desconocido se transforma en el pánico a no volver a tener la oportunidad de descubrir lo que significa realmente estar allí. Lo que ahora la aterra es saber que todo puede cambiar de un momento a otro; ¿cómo hacer para que el milagro de hoy siga manifestándose mañana? ¿Qué garantía tiene de que todas las promesas que ha oído en las últimas horas se cumplirán realmente? Ha estado muchas veces ante puertas magníficas, oportunidades fantásticas, ha soñado durante días y semanas con la posibilidad de cambiar para siempre su vida, para descubrir finalmente que el teléfono no sonaba, que su currículum había sido olvidado en una esquina, el director llamaba para disculparse y decirle que había encontrado a otra persona más adecuada para el papel, «aunque tienes mucho talento y no debes darte por vencida». La vida tiene muchas formas de poner a prueba la voluntad de una persona; o haciendo que no pase nada, o haciendo que todo pase al mismo tiempo.

El hombre que ha entrado solo mantiene los ojos fijos

en ella y en la segunda copa de champán. ¡Le gustaría tanto que se acercara! Desde por la mañana no había tenido la oportunidad de hablar con nadie de lo que le estaba pasando. Pensó varias veces en llamar a su familia, pero el teléfono estaba dentro de su verdadero bolso, probablemente lleno de mensajes de sus compañeras de habitación, que quieren saber dónde está, si tiene alguna invitación, si le gustaría acompañarlas a algún evento de segunda categoría, al que «determinada persona podría asistir».

No puede compartir nada con nadie. Ha dado un gran paso en su vida, está sola en el bar de un hotel, aterrada con la posibilidad de que el sueño se acabe, y al mismo tiempo sabiendo que nunca más volverá a ser quien era. Ha llegado cerca de la cima de la montaña: o hace un esfuerzo extra o será derribada por el viento.

El hombre de pelo gris, de aproximadamente cuarenta años, que está bebiendo un zumo de naranja, sigue allí. En un determinado momento sus miradas se cruzan y él sonríe. Ella finge que no lo ha visto.

¿Por qué tiene tanto miedo? Porque no sabe muy bien cómo comportarse a cada nuevo paso que da. Nadie la ayuda; todo lo que hacen es darle órdenes, esperando que las cumpla con rigor. Se siente como una niña encerrada en un cuarto oscuro, intentando buscar su propio camino hacia la puerta, porque alguien muy poderoso la está llamando y espera ser obedecido.

El andrógino, que acaba de entrar, la interrumpe.

—Esperaremos un poco más. Empiezan a entrar en este momento.

El hombre guapo se levanta, deja la cuenta pagada y se dirige a la salida. Parece decepcionado; puede que estuviera esperando el momento adecuado para acercarse, decir su nombre y...

—... hablar un poco.

—¿Qué?

Se le había escapado algo. Dos copas de champán y su lengua ya estaba demasiado suelta.

—Nada.

—Sí, has dicho que necesitas hablar un poco.

El cuarto oscuro y la niña que no tiene a nadie que la guíe. Humildad. Hará lo que se prometió a sí misma hace unos minutos.

—Sí. Me gustaría saber qué hago aquí. Cómo he venido a parar a este universo que gira a nuestro alrededor, y del que todavía no comprendo casi nada. Todo es diferente de como lo imaginé. ¿Puedes creerlo?, cuando te fuiste a hablar con los fotógrafos, me sentí abandonada y asustada. Cuento con tu ayuda y quiero saber si eres feliz en tu trabajo.

Algún ángel —al que seguro que le gusta el champán— hace que diga las palabras adecuadas.

El andrógino la mira sorprendido; ¿acaso está intentando ser su amiga? ¿Por qué hace preguntas que nadie se atreve a hacer si lo conoce desde hace tan sólo unas horas?

Nadie confía en él porque no pueden compararlo con nada, es único. Al contrario de lo que piensan, no es homosexual; simplemente ha perdido el interés en el ser humano. Se decoloró el pelo, se viste como siempre ha querido, pesa exactamente lo que quiere pesar, sabe que provoca una impresión de extrañeza en la gente, pero no se siente obligado a ser simpático con nadie, siempre que haga bien su papel.

¿Y ahora esa mujer quiere saber lo que piensa? ¿Cómo se siente? Tiende la mano hacia la copa de champán que estaba allí esperándolo y bebe todo el contenido de una vez.

Ella debe de pensar que forma parte del grupo de Hamid Hussein, que tiene alguna influencia, quiere su colaboración y su ayuda para saber los pasos que debe dar. Él sabe los pasos, pero sólo lo contrataron para trabajar durante el festival, para hacer determinadas cosas, y se va a limitar a cumplir con su cometido. Cuando se acaben los días de lujo y glamour, volverá a su apartamento en uno de los suburbios de París, donde sus vecinos lo discriminan simplemente porque su aspecto no encaja en los cánones establecidos por algún loco que un día gritó: «Todos los seres humanos son iguales.» No es verdad: todos los seres humanos son diferentes, y deben ejercer ese derecho hasta sus últimas consecuencias.

Se quedará viendo la televisión, yendo al supermercado que está al lado de casa, comprando y leyendo revistas, saliendo de vez en cuando al cine. Como es una persona responsable, a veces recibirá llamadas de agentes que seleccionan auxiliares con «mucha experiencia» en el sector de la moda; que sepan vestir a las modelos, escoger los accesorios, acompañar a personas que todavía no saben comportarse correctamente, evitar errores de etiqueta, explicarles lo que hay que hacer y lo que no se puede tolerar bajo ningún concepto.

Sí, tiene sueños. Es único, repite para sí. Es feliz, porque no espera nada más de la vida; aunque parece mucho más joven, ya tiene cuarenta años. Sí, intentó seguir la carrera de estilista, no consiguió ningún trabajo decente, se peleó con las personas que podrían haberlo ayudado y actualmente ya no espera nada más de la vida, aunque tiene cultura, buen gusto y una disciplina férrea. Ya no cree que nadie vea su manera de vestir y diga: «Fantástico, nos gustaría que viniera a hablar con nosotros.» Recibió una o dos ofertas para posar como modelo, pero de eso hace muchos años; no aceptó porque no formaba parte de su proyecto de vida, y no se arrepiente.

Se hace su propia ropa, con telas que sobran en los talleres de alta costura. En Cannes se hospeda, con otras dos personas, en lo alto de la montaña, puede que no muy lejos de la mujer que está a su lado. Pero ella tiene su oportunidad y, por más que crea que la vida es injusta, no debe dejarse dominar por la frustración ni por la envidia; dará lo mejor de sí, de lo contrario, no volverán a llamarlo para ser «ayudante de producción».

Claro que es feliz: una persona que no desea nada es feliz. Mira el reloj; puede que sea un buen momento para entrar.

—Vamos. Hablaremos en otro momento.

Paga las bebidas y pide la factura para poder hacer cuentas de cada céntimo cuando esos días de lujo y glamour se acaben. Algunas personas se levantan y hacen lo mismo; tiene que darse prisa para que no confundan a la chica con la multitud que empieza a llegar. Caminan por el salón del hotel hasta el principio del pasillo; él le entrega las dos invitaciones que guardaba cuidadosamente en el bolsillo: después de todo, una persona importante jamás se preocupa de esos detalles, siempre tiene a un asistente para hacerlo.

Él es el asistente. Ella es la mujer importante y empieza a dar muestras de grandeza. Muy pronto sabrá lo que significa este mundo: absorber el máximo de su energía, llenarle la cabeza de sueños, manipular su vanidad, para que la descarten precisamente cuando crea que es capaz de todo. Fue lo que le pasó a él, y a todos los que llegaron antes que él.

Bajan la escalera. Se detienen en el pequeño recibidor antes del «pasillo»; la gente anda despacio porque justo después de la curva están los fotógrafos y la posibilidad de aparecer en alguna revista, aunque sea en Uzbekistán.

—Yo iré delante para avisar a algunos fotógrafos que conozco. No te apresures; esto es diferente de la alfombra roja. Si alguien te llama, vuélvete y sonríe. En ese caso, lo más probable es que los demás también comiencen a sacar fotos, ya que al menos uno de ellos conoce tu nombre y debes de ser alguien importante. No poses más de dos minutos, porque sólo se trata de la entrada a una fiesta, aunque parezca algo del otro mundo. Si quieres ser una celebridad, debes estar a la altura.

—¿Y por qué entro sola?

—Parece que ha habido algún contratiempo. Él ya debería estar aquí, al fin y al cabo, es un profesional. Pero debe de haberse retrasado.

«Él» es la Celebridad. Podría haberle dicho lo que pensaba realmente: «Seguro que ha conocido a alguna chica loca por acostarse con él y, al parecer, no salió de la habitación a la hora prevista.» Sin embargo, eso podía herir el corazón de esa principiante, que seguro que albergaba sueños de una hermosa historia de amor, aunque no tuviese razón alguna para ello.

No debía ser cruel, como tampoco debía ser su amigo; bastaba con cumplir con su deber y podría salir de allí. Además, si la inocente chica no era capaz de controlar sus emociones, las fotos en el pasillo iban a salir mal.

Se coloca delante de ella en la fila y le pide que lo siga, pero dejando algunos metros de distancia entre los dos. En cuanto pase por el pasillo, irá directamente a los fotógrafos, para ver si consigue despertar el interés de alguno.

Gabriela espera unos segundos, pone su mejor sonrisa, agarra el bolso correctamente, cambia de postura y echa a andar con seguridad, preparada para enfrentarse a los flashes. La curva daba a un lugar fuertemente iluminado, con una pared blanca cubierta con los logotipos del patrocinador; al otro lado, una pequeña grada en la que diferentes objetivos apuntaban en su dirección.

Siguió caminando, procurando ser consciente de cada

paso: no quería repetir la frustrante experiencia de la alfombra roja, que acabó antes de que pudiera darse cuenta de lo que estaba viviendo. Tiene que vivir el momento como si la película de su vida pasase a cámara lenta. En algún momento los flashes empezarían a disparar.

—¡Jasmine! —gritó alguien.

¿Jasmine? ¡Pero su nombre era Gabriela!

Se detiene por una fracción de segundo, con una sonrisa congelada en la cara.

No, su nombre ya no era Gabriela. ¿Cómo era? ¡Jasmine!

De repente, oye el ruido de las cámaras, objetivos que se abren y se cierran, pero todas las lentes apuntan a la persona que está detrás de ella.

—¡Muévete! —le dice un fotógrafo—. Tu momento de gloria ya ha pasado. ¡Déjame trabajar!

No puede creerlo. Sigue sonriendo, pero empieza a moverse más rápidamente hacia el túnel oscuro que parece comenzar donde termina el pasillo de luz.

—¡Jasmine! ¡Mira hacia aquí! ¡Aquí!

Los fotógrafos parecen poseídos por la histeria colectiva.

Ha llegado al final del «pasillo» sin que nadie se haya molestado siquiera en gritar su nombre, que por cierto ha olvidado totalmente. El andrógino la esperaba allí.

—No te preocupes —dice, mostrando por primera vez un poco de humanidad—. Verás que eso también le pasará a otra gente esta noche. Peor: verás a gente cuyo nombre se gritaba hace algún tiempo y que hoy pasa sonriendo, esperando alguna foto, sin que absolutamente nadie tenga la piedad de disparar un solo flash. Debes mantener la sangre fría. Controlarte. No es el fin del mundo, los demonios ya no pueden aparecer.

—No estoy preocupada. Al fin y al cabo, he empezado hoy. ¿Quién es Jasmine?

—También ha empezado hoy. Al final de la tarde anunciaron un gran contrato con Hamid Hussein. Pero no es para hacer películas, no te preocupes.

No estaba preocupada. Simplemente quería que la Tierra se abriese y la tragase entera.

Sonríe.

Finge que no sabe por qué tanta gente está interesada en su nombre. Camina como si fuera una alfombra roja y no una pasarela.

Atención, hay gente entrando, los segundos necesarios para las fotos se han agotado, mejor seguir adelante.

Pero los fotógrafos no dejan de gritar su nombre. Se siente incómoda, porque la siguiente persona —en realidad, una pareja— tiene que esperar hasta que todos están satisfechos, lo cual no va a suceder nunca, porque siempre quieren el ángulo ideal, la foto única (¡como si eso fuera posible!), una mirada directa al objetivo de su cámara.

Ahora dice adiós, sonriendo como siempre. Y sigue adelante.

Al llegar al final del pasillo se ve rodeada por un grupo de periodistas. Quieren saberlo todo sobre el gran contrato con uno de los estilistas más importantes del mundo. Lo que le gustaría decir es: «No es verdad.»

—Estamos estudiando los detalles —responde.

Insisten. Una televisión se acerca, la reportera con el micrófono en la mano. Le pregunta si está contenta con las novedades. Sí, cree que el desfile ha sido perfecto, y que el siguiente paso de la estilista —dice su nombre— será la Semana de la Moda de París.

La periodista parece no saber que han presentado una colección durante la tarde. Las preguntas continúan, pero esta vez las están filmando.

«No te relajes, responde únicamente a lo que te interese y no a lo que quieren sonsacarte. Finge que no conoces los detalles y habla del éxito del desfile, del merecido homenaje a Ann Salens, el genio olvidado porque no tuvo el privilegio de nacer en Francia.» Un chico que quiere hacerse el gracioso le pregunta qué le parece la fiesta. Ella responde con la misma ironía: «Todavía no me has dejado entrar.» Una ex modelo, convertida en presentadora de una televisión por cable, le pregunta cómo se siente al ser contratada para ser la imagen exclusiva de la próxima colección de HH. Un profesional mejor informado quiere saber si es verdad que va a ganar al año una cantidad de más de seis cifras:

—Deberían haber puesto siete cifras en la nota de prensa, ¿no crees? De más de seis cifras suena un poco absurdo, ¿no crees? O podrían decir que es más de un millón de euros, en vez de obligar a los espectadores a contar las cifras, ¿no te parece? Además, podrían llamarlos «ceros», en vez de «cifras», ¿no crees?

No cree nada.

—Lo estamos estudiando —repite—. Por favor, dejadme respirar un poco de aire puro. Dentro de un rato os contesto a todo lo que pueda.

Mentira. Dentro de un rato cogerá un taxi para volver a casa.

Alguien le pregunta por qué no lleva un Hamid Hussein.

—Siempre he trabajado para esta estilista.

Vuelve a decir su nombre. Algunos lo anotan. Otros simplemente lo ignoran; están allí por una noticia que quieren publicar, no para descubrir la verdad detrás de los hechos.

Se ve salvada gracias al ritmo que las cosas siguen en una fiesta como ésa: en el «pasillo», los fotógrafos están gritando otra vez. Como en un movimiento orquestado por un maestro invisible, los periodistas que la rodean se vuelven y descubren que una Celebridad mayor, más importante, acaba de llegar. Jasmine aprovecha el segundo de duda del grupo y decide caminar hasta la barandilla del bonito jardín convertido en salón donde la gente bebe, fuma y anda de un lado a otro.

Dentro de un rato también podrá beber, fumar, mirar al cielo, dar media vuelta y marcharse.

Sin embargo, una mujer y una criatura extraña —parece un androide de película de ciencia ficción— tienen los ojos fijos en ella, siguen sus pasos. Sí, no saben qué están haciendo allí; mejor acercarse y charlar un poco. Se presenta. La criatura extraña saca el teléfono móvil del bolsillo, hace una mueca, se disculpa y se aparta por algún tiempo.

La chica se queda callada, mirándola, como diciendo «me has estropeado la noche».

Se arrepiente de haber aceptado la invitación a la fiesta. Llegó gracias a dos personas, cuando ella y su compañera se preparaban para ir a una pequeña recepción ofrecida por la BCA (Belgium Clothing Association, el órgano que controla y fomenta la moda en su país). Pero no todo son nubes negras en el horizonte: verán su vestido si publican las fotos, y puede que alguien se interese por lo que lleva puesto.

Los hombres que le llevaron la invitación parecían muy educados. Le dijeron que había una limusina esperando fuera; estaban seguros de que una modelo con su experiencia no tardaría más de quince minutos en estar lista.

Uno de ellos abrió el maletín, sacó un ordenador y una impresora también portátil y le dijo que estaban allí para cerrar el gran contrato de Cannes. Ahora todo era cuestión de detalles. Negociarían las condiciones y su agente —sabían que la mujer que estaba a su lado también era su agente— se encargaría de firmar.

Le prometieron a su compañera todas las facilidades posibles para su siguiente colección. Sí, claro que sería posible mantener el nombre y la etiqueta. ¡Por supuesto que podrían usar su servicio de prensa! Es más: a HH le gustaría comprar la marca e inyectar el dinero necesario para que tuviese buena visibilidad en la prensa italiana, francesa e inglesa.

Pero había dos condiciones. La primera, que el asunto se decidiera inmediatamente para poder enviar una nota a la prensa antes de que las redacciones de los periódicos cerrasen la edición del día siguiente.

La segunda: que tendría que transferir el contrato de Jasmine Tiger, que pasaría a trabajar exclusivamente para Hamid Hussein. No faltaban modelos en el mercado, así que la estilista belga en seguida podría encontrar una para sustituirla. Además, como también era su agente ganaría bastante dinero.

—Acepto transferir el contrato de Jasmine —respondió inmediatamente su compañera—. En cuanto al resto, hablamos después.

¿Aceptó así de rápido? ¿Una mujer que era la responsable de todo lo que le había sucedido en la vida y ahora parecía alegrarse de separarse de ella? Se sentía apuñalada por la espalda por la persona a la que más quería en el mundo.

El hombre saca una blackberry del bolsillo.

—Mandaremos un comunicado de prensa ahora. Ya está escrito: «Me emociona la oportunidad…»

—Un momento. Yo no estoy emocionada. No sé exactamente de qué estáis hablando.

Su compañera, sin embargo, revisa el texto, cambiando «emocionada» por «alegre», y «oportunidad» por «invitación». Estudia cuidadosamente cada palabra y cada frase. Exige que mencionen un precio desorbitado. Ellos no estaban de acuerdo, si lo hacían podían inflacionar el mercado. Entonces no hay trato, es la respuesta. Los dos hombres se disculpan, salen, usan los móviles y vuelven en seguida. Dirían algo vago: un contrato de más de seis cifras, sin decir exactamente la cuantía. Les dan la mano a las dos, dedican algunos elogios a la colección y a la modelo, guardan el ordenador y la impresora en el maletín, le piden que graben en el teléfono de uno de ellos un acuerdo formal, para tener alguna prueba de que las negociaciones sobre Jasmine han sido aceptadas. Salen con la misma rapidez con la que entraron, con los teléfonos móviles en acción, y le piden que no tarde más de quince minutos; la fiesta de esa noche formaba parte del contrato que acababan de cerrar.

—Prepárate para la fiesta.

—No tienes poder para decidir sobre mi vida. Sabes que no estoy de acuerdo y ni siquiera he tenido oportunidad de manifestar mi opinión. No me interesa trabajar para otros.

La mujer se dirige hacia los vestidos que estaban desordenadamente esparcidos por la habitación, escoge el más bonito: un modelo blanco con bordados de mariposa. Permanece algún tiempo pensando qué zapatos y qué bolso debería llevar, pero se decide rápidamente, no hay tiempo que perder.

—Se olvidaron de pedirnos que llevases un HH esta noche. Tendremos la oportunidad de mostrar algo de mi colección.

Jasmine no puede creer lo que está oyendo.

—¿Fue sólo por eso?

—Sí. Sólo por eso.

Estaban una frente a la otra y ninguna desviaba la mirada.

337

—Mientes.

—Sí. Estoy mintiendo.

Se abrazaron.

—Desde aquel fin de semana en la playa, cuando sacamos las primeras fotos, sabía que este día llegaría. Ha tardado un poco, pero ahora ya tienes diecinueve años, eres suficientemente adulta como para aceptar el desafío. Me lo habían propuesto antes. Yo siempre les decía «no» y me preguntaba si era por miedo a perderte o porque todavía no estabas preparada. Hoy, al ver a Hamid Hussein entre el público, supe que no estaba allí sólo para rendirle tributo a Ann Salens; debía de tener otra cosa en mente, y sólo podías ser tú.

»Me dieron el recado de que quería hablar con nosotras. No sabía muy bien qué hacer, pero le di el nombre de nuestro hotel. No me sorprendí cuando llegaron aquí con la propuesta.

—Pero ¿por qué aceptaste?

—Porque el que ama libera. Sé que tu potencial es mucho mayor de lo que yo puedo ofrecerte. Bendigo tus pasos. Quiero que tengas todo lo que te mereces. Seguiremos juntas, porque tienes mi corazón, mi cuerpo, mi alma.

»Pero mantendré mi independencia, aunque sé que en este sector los padrinos son importantes. Si Hamid me propusiera comprar mi marca, no tendría ningún problema en venderla y trabajar para él. Sin embargo, la propuesta no fue respecto a mi trabajo, sino al tuyo. No sería digna de mí misma si aceptase esa parte de la propuesta.

La besó.

—No puedo aceptar. Cuando te conocí, era una niña asustada, cobarde por haber prestado falso testimonio, infeliz por haber dejado a unos criminales en libertad, considerando seriamente la posibilidad del suicidio. Eres la responsable de todo lo que me ha pasado en la vida.

Su compañera le pidió que se sentara delante del espejo. Antes de empezar a peinarla, le acarició el pelo.

—Cuando te conocí, yo también había perdido el entusiasmo por la vida. Abandonada por un hombre que encontró a una joven más guapa y más rica, obligada a hacer fotografías para sobrevivir, pasando los fines de semana en casa leyendo, o viendo antiguas películas en la televisión. El gran sueño de convertirme en estilista parecía cada vez más lejano, porque no podía conseguir la financiación necesaria, y ya no tenía fuerzas para seguir llamando a puertas que no se abrían, o hablando con gente que no escuchaba lo que decía.

»Entonces apareciste tú. Aquel fin de semana, debo confesarlo, sólo pensaba en mí misma; tenía una joya en mis manos, podría hacer una fortuna si firmáramos un contrato exclusivo. Te propuse ser tu agente, ¿te acuerdas? Pero no fue por la necesidad de protegerte del mundo; mis pensamientos eran tan egoístas como los de HH en este momento. Sabía cómo explotar mi tesoro. Me haría rica con las fotos.

Le dio un toque final al peinado, y le limpió el exceso de maquillaje en la parte izquierda de la frente.

—Y tú, a pesar de tus dieciséis años, me enseñaste cómo el amor puede transformar a una persona. Gracias a ti, descubrí quién era. Para poder mostrarle al mundo tu talento, diseñé la ropa que usabas, y que siempre estaba allí, en mi cabeza, esperando una oportunidad para convertirse en tejidos, bordados, accesorios. Caminamos juntas, aprendimos juntas, aunque yo ya te doblaba la edad. Gracias a todo eso, la gente empezó a prestarle atención a lo que yo hacía, decidían invertir, y por primera vez pude realizar todo aquello que deseaba. Llegamos juntas a Cannes; no será un contrato lo que nos separe.

Cambió de tono. Fue hasta el baño, volvió con el estuche de maquillaje y se puso a trabajar.

—Tienes que estar deslumbrante esta noche. Hasta ahora ninguna modelo ha pasado del anonimato total a la gloria súbita, así que la prensa tendrá mucho interés en saber lo que ha sucedido. Di que no conoces los detalles y ya está. Insistirán. Peor que eso; te sugerirán respuestas como «Siempre he soñado con trabajar para él», o «Éste es un paso importante en mi carrera».

La acompañó hasta abajo; el chófer abrió la puerta del coche.

—Manténte firme: no conoces los detalles del contrato, es tu agente la que se ocupa de eso. Y disfruta de la fiesta.

La fiesta.

En realidad, la cena, aunque no ve mesas ni comida, sólo a camareros que van de un lado a otro con todo tipo de bebidas, incluso agua mineral. Se forman pequeños grupos, las personas que han llegado solas se sienten perdidas. Está en un enorme jardín con sillones y sofás por todas partes, varios pilares de un metro de altura en los que hay modelos semivestidas, con cuerpos esculturales, bailando al son de la música que sale de los altavoces estratégicamente escondidos.

Las celebridades siguen llegando. Los invitados parecen felices, sonríen, se tratan los unos a los otros con la intimidad de los que se conocen hace muchos años, pero Jasmine sabe que es mentira: se ven de vez en cuando en ocasiones como ésa, nunca recuerdan el nombre de la persona con la que están hablando, pero tienen que demostrarles a todos que son influyentes, conocidos, admirados, con muchos contactos.

La chica, que antes parecía irritada ahora está totalmente perdida. Le pide un cigarrillo y se presenta. Al cabo de pocos minutos una ya sabe la vida de la otra. La lleva hasta la barandilla, se quedan mirando el océano mientras la fiesta se llena de conocidos y desconocidos. Descubren que trabajan para el mismo hombre, aunque en proyectos diferentes. Ninguna de las dos lo conoce y para ambas todo surgió ese mismo día.

De vez en cuando pasa algún grupo de hombres, tratan de darles conversación, pero ambas fingen que no va con ellas. Gabriela era la persona que necesitaba para compartir el sentimiento de abandono que la oprime, a pesar de todas las palabras bonitas que su compañera le había dicho. Si tuviera que escoger entre su carrera y el amor de su vida, no dudaría: lo dejaría todo, aunque ése fuera el comportamiento típico de una adolescente. Lo que pasa es que el amor de su vida desea que elija su carrera y ha aceptado la propuesta de HH sólo para que se sienta orgullosa de todo lo que ha hecho por ella, el cuidado con el que guió sus pasos, el cariño con el que corrigió sus errores, el entusiasmo presente en cada palabra y en cada acción, incluso las más agresivas.

Gabriela también necesitaba encontrar a Jasmine. Para pedirle consejo, para agradecerle el hecho de no estar sola en ese momento, creer que pasan cosas buenas en el mundo. Confesarle que le preocupaba la manera en que su compañero la había dejado allí, cuando en verdad tenía orden de presentarle a gente que debía conocer.

—Él piensa que puede esconder sus emociones. Pero creo que hay algo que no va bien.

Jasmine le dice que no se preocupe, que se relaje, que beba un poco de champán, que disfrute de la música y del paisaje. Siempre surgen imprevistos, pero hay un ejército de personas para resolverlos, para que nadie absolutamente nadie descubra lo que sucede en los bastidores del lujo y el glamour. La Celebridad llegará dentro de nada.

—Pero, por favor, no me dejes sola; no me voy a quedar mucho rato.

Gabriela le promete que no la va a dejar sola. Es su única amiga en el nuevo mundo en el que acaba de entrar.

Sí, es su única amiga, pero es demasiado joven y eso la hace sentir como si ya no tuviera edad para empezar nada. La Celebridad demostró ser una persona absolutamente superficial mientras se dirigían a la alfombra roja, el encanto había desaparecido por completo, necesita estar al lado de alguien del sexo masculino, buscar compañía para esa noche, por más que la chica que está a su lado sea agradable y simpática. Se da cuenta de que el hombre que había visto en el bar también está en la barandilla del gran jardín, contemplando el océano, de espaldas a la fiesta, completamente ajeno a lo que sucede en la gran cena de gala. Es carismático, guapo, elegante, misterioso. Cuando llegase el momento oportuno, le sugeriría a su nueva amiga acercarse para hablar con él, de cualquier cosa.

Al fin y al cabo, y a pesar de todo, ése era su día de suerte, y eso incluía encontrar un nuevo amor.

20.21 horas

El forense, el comisario, el detective Savoy y una cuarta persona —que no se identificó pero que venía con el comisario— están sentados alrededor de una mesa.

La tarea no es exactamente hablar sobre un nuevo crimen, sino la declaración conjunta que van a hacer ante los periodistas concentrados frente al hospital; acaba de morir una Celebridad mundial, un famoso director se encuentra en la unidad de cuidados intensivos, y las agencias de noticias de todo el planeta deben de haberles enviado un mensaje radical a sus periodistas: o conseguís algo o estáis despedidos.

—La medicina legal es una de las ciencias más antiguas del planeta. Gracias a ella, se pueden identificar muchos rastros de venenos y producir antídotos. Aun así, la realeza y los nobles siempre han preferido tener «un catador oficial de comida», para evitar sorpresas no previstas por los médicos.

Savoy ya había estado con el «sabio» durante la tarde. Esa vez deja que el comisario entre en escena y acabe la conversación erudita.

—Ya basta de demostrar su cultura, doctor. Un criminal anda suelto por la ciudad.

El médico no se deja impresionar.

—Como forense, no tengo autoridad para determinar que se ha cometido un asesinato. No puedo emitir opiniones, sino definir la causa de la muerte, el arma utilizada, la identidad de la víctima, la hora aproximada a la que se cometió el crimen.

—¿Ve usted alguna relación entre las dos muertes? ¿Hay algún vínculo entre el asesinato del productor y el del actor?

—Sí. ¡Ambos trabajaban en el cine!

Suelta una carcajada. Nadie mueve ni un músculo; la gente de esa sala no tiene el más mínimo sentido del humor.

—La única relación es que en ambos casos se utilizaron productos tóxicos que afectan al organismo con una velocidad impresionante. Sin embargo, la gran sorpresa del segundo asesinato es la manera en que estaba envuelto el cianuro. El sobre contenía en su interior una fina membrana de plástico herméticamente sellada al vacío, pero fácil de romper en el momento en que se rasga el papel.

—¿Podría haber sido fabricado aquí? —pregunta el cuarto hombre, con un fuerte acento extranjero.

—Sí. Pero sería muy difícil, porque la manipulación es complicada, y el que lo manipuló sabía que el objetivo sería un asesinato.

—Es decir, no lo fabricó el asesino.

—Lo dudo. Estoy casi seguro de que le fue encargado a un grupo especializado. En el caso del curare, el propio criminal podría haber sumergido la aguja en el veneno, pero el cianuro precisa métodos especiales.

Savoy piensa en Marsella, en Córcega, en Sicilia, en los países del Este europeo, en los terroristas de Oriente Medio. Se disculpa, sale de la sala un momento y llama a la Europol. Les explica la gravedad de la situación y les pide una lista completa de los laboratorios en los que se puedan producir armas químicas de esa naturaleza.

Lo ponen en contacto con alguien, que le dice que acaban de solicitarle lo mismo desde una central de inteligencia de Estados Unidos. ¿Qué está pasando?

—Nada. Por favor, contéstenme en cuanto tengan alguna pista. Y por favor, tengan esa pista en los próximos diez minutos.

—Imposible —dice la voz al otro lado de la línea—. Le daremos la respuesta en cuanto la tengamos; ni antes ni después. Debemos hacer una solicitud por escrito para…

Savoy cuelga y vuelve a unirse al grupo.

Papeleo.

Ésa parece ser la obsesión de todos los que trabajan en la seguridad pública. Nadie quiere arriesgarse a dar un paso sin tener antes todas las garantías de que sus superiores aprueban lo que van a hacer. Hombres con una carrera brillante por delante, que empezaron a trabajar con creatividad y entusiasmo, ahora sienten miedo al saber que están ante desafíos serios, que hay que actuar con rapidez, pero que hay que respetar la jerarquía; la prensa está lista para acusar a la policía de brutalidad, los contribuyentes se quejan de que no se soluciona nada, por todo eso es mejor delegar la responsabilidad en alguien superior.

Su llamada no es más que una estrategia: ya sabe quién es el asesino. Lo va a detener él solo, sin que nadie más pueda adjudicarse los laureles del descubrimiento del mayor caso policial en la historia de Cannes. Debe mantener la sangre fría, pero está deseando que se acabe esa reunión.

Cuando vuelve, el comisario le dice que Stanley Morris, el gran especialista de Scotland Yard, acaba de llamar desde Montecarlo. Dice que no se preocupe demasiado, duda que el criminal utilice otra vez el mismo tipo de arma.

—Podríamos estar ante una nueva amenaza terrorista —dice el extranjero.

—Sí —responde el comisario—. Pero, al contrario que vosotros, lo último que queremos es sembrar el pánico entre la población. Lo que tenemos que definir aquí es un comunicado de prensa para evitar que los periodistas saquen sus propias conclusiones y las divulguen en el telediario de la noche.

»Estamos ante un caso aislado de terror: probablemente un asesino en serie.

—Pero...

—No hay «peros»... —la voz del comisario es dura y autoritaria—. Nos pusimos en contacto con su embajada porque el muerto es de su país. Usted está aquí como invitado. En el caso de las otras dos personas muertas, también americanas, no ha habido el menor interés en enviar a un representante, aunque en uno de esos casos también se haya utilizado veneno.

»Así que si lo que está insinuando es que estamos ante una amenaza colectiva, en la que se usan armas biológicas, puede irse. No vamos a convertir un problema criminal en algo político. El año que viene queremos volver a tener un festival con todo el brillo y el glamour que merece, creemos lo que dice el especialista de Scotland Yard y vamos a emitir un comunicado que siga esas normas.

El extranjero se calla.

El comisario llama a un ayudante, le pide que se dirija al grupo de periodistas y les diga que en diez minutos tendrán las conclusiones que están esperando. El forense informa de que es posible trazar el origen del cianuro, ya que deja una «firma», pero que eso llevaría más de diez minutos, puede que una semana.

—Había restos de alcohol en el organismo. La piel estaba roja, la muerte fue casi inmediata. No hay duda en cuanto al tipo de veneno utilizado. Si hubiera sido algún ácido, encontraríamos quemaduras alrededor de la nariz y de la boca; en el caso de la belladona, las pupilas estarían dilatadas si...

—Doctor, sabemos que ha ido usted a la universidad,

que está facultado para darnos la causa de la muerte, y no dudamos de su competencia. Así pues, debemos deducir que fue cianuro.

El doctor asiente con la cabeza y se muerde los labios, controlando su irritación.

—¿Y en cuanto al otro hombre que está en el hospital? El director de cine…

—En ese caso, utilizamos oxígeno puro, 600 miligramos de Kelocyanor por vía intravenosa cada quince minutos, y si no da resultado, podemos añadir tiosulfato sódico diluido al 25 por ciento...

El silencio en la sala es casi palpable.

—Disculpen. La respuesta es: se salvará.

El comisario hace algunas anotaciones en una hoja de papel amarillo. Sabe que ya no tiene más tiempo. Les da las gracias a todos, le dice al extranjero que no salga con ellos, para evitar más especulaciones. Va al baño, se ajusta la corbata y le dice a Savoy que haga lo mismo.

—Morris dice que el asesino no utilizará veneno la próxima vez. Por lo que he podido saber desde que saliste, sigue una pauta, aunque sea inconscientemente. ¿Sabes cuál?

Savoy había pensado en eso mientras volvía de Montecarlo. Sí, había una firma en la que ni siquiera el gran inspector de Scotland Yard había reparado:

Víctima en el banco de la calle: el criminal está cerca.

Víctima en el almuerzo: el criminal está lejos.

Víctima en el muelle: el criminal está cerca.

Víctima en el hotel: el criminal está lejos.

Por consiguiente, el próximo crimen sería cometido con la víctima al lado del asesino. Mejor dicho: ése debía de ser su plan, porque lo detendrían en la próxima media hora. Todo eso, gracias a sus contactos en la comisaría, que le pasaron la información sin darle demasiada importancia al caso. Y Savoy, a su vez, respondió que era irrelevante. No lo era, por supuesto; estaba ante el eslabón perdido, la pista segura, lo único que faltaba.

Su corazón está disparado: ha soñado con eso toda su vida y esa reunión parece no acabar nunca.

—¿Me estás escuchando?

—Sí, señor comisario.

—Pues ten en cuenta lo siguiente: las personas de ahí fuera no esperan una declaración oficial, técnica, con respuestas precisas a sus preguntas. En realidad harán lo posible para que respondamos aquello que quieren oír: no podemos caer en esa trampa. No han venido aquí para escucharnos, sino para vernos, y para que su público también nos pueda ver.

Mira a Savoy con aire de superioridad, como si fuese la persona con más experiencia de todo el planeta. Al parecer, demostrar su cultura no era un privilegio exclusivo de Morris y del forense; todos tenían una manera indirecta de decir «conozco mi trabajo».

«Sé visual. Mejor dicho: el cuerpo y la cara dicen más que las palabras. Mantén la mirada firme, la cabeza erguida, los hombros bajos y ligeramente inclinados hacia atrás; los hombros altos denotan tensión, y todos se percatarán de que no tenemos la menor idea de lo que está pasando.»

—Sí, señor comisario.

Salen hasta la entrada del Institut de Médecine Légale. Se encienden las luces, se acercan los micrófonos, la gente empieza a empujarse. Después de algunos minutos, el desorden parece organizarse. El comisario saca el papel del bolsillo.

—El famoso actor de cine ha sido asesinado con cianuro, un veneno mortal que puede ser administrado de diversas formas, pero en este caso el procedimiento utilizado fue el gas. El director de cine se salvará; en su caso, fue un accidente entrar en una habitación cerrada en la que todavía había restos de ese producto en el aire. Los guardias de seguridad vieron, a través de los monitores, a un hombre andando por el pasillo, entró en una de las habitaciones, y cinco minutos después salía corriendo y caía en el pasillo del hotel.

Omitió que la habitación en cuestión no era visible para la cámara. La omisión no es una mentira.

—Los guardias de seguridad actuaron con rapidez, llamando inmediatamente a un médico. Cuando éste se acercó, percibió el olor a almendras, que para entonces ya estaba demasiado diluido como para causar daño. Avisaron a la policía, que llegó al lugar menos de cinco minutos después, aisló la zona, llamó a la ambulancia, llegaron los médicos con máscaras de oxígeno y pudieron socorrerlo.

Savoy se queda realmente impresionado con la desenvoltura del comisario. ¿Estarán obligados, para ocupar ese tipo de puesto, a hacer un curso de relaciones públicas?

—El veneno iba dentro de un sobre, con una caligrafía que todavía no hemos podido determinar si es de hombre o de mujer. Dentro había un papel.

Omitió que la tecnología utilizada para cerrar el sobre era la más sofisticada; había una probabilidad entre un millón de que alguno de los periodistas presentes supiera algo sobre el tema, aunque más tarde ese tipo de pregunta fuera inevitable. Omitió que otro hombre del sector había sido envenenado esa tarde; al parecer, todos pensaban que el famoso distribuidor había muerto de un ataque al corazón, aunque nadie, absolutamente nadie hubiera mentido al respecto. Es bueno saber que a veces la prensa —por vagancia o por dejadez— llega a sus propias conclusiones sin molestar a la policía.

—¿Qué decía el papel? —fue la primera pregunta.

El comisario les explica que no puede revelar esa información, o correrá el riesgo de interferir en las investigaciones. Savoy empieza a comprender hacia adónde está conduciendo la entrevista, y se sorprende cada vez más; realmente, ese hombre merece el puesto que ocupa.

—¿Puede haber sido un crimen pasional? —fue la primera pregunta.

—Se barajan todas las posibilidades. Discúlpennos, señores, pero debemos volver al trabajo.

Entra en el coche de policía, pone la sirena y sale a toda velocidad. Savoy se dirige a su vehículo, orgulloso del comisario. ¡Qué maravilla! Ya podía imaginar los titulares de los telediarios que se iban a emitir en breve: «Se cree que ha sido víctima de un crimen pasional.»

Nada más podría sustituir el interés que eso despierta. La Celebridad era tan importante que los otros crímenes pasaron desapercibidos. ¿A quién le importa una pobre chica, posiblemente drogada, encontrada en un banco público? ¿Qué relevancia tiene un distribuidor de pelo color caoba que puede haber sufrido un ataque cardíaco durante un almuerzo? ¿Qué decir sobre un crimen —también pasional— en el que están involucradas dos personas totalmente desconocidas, que nunca han estado bajo los focos, en un muelle alejado de todo el movimiento de la ciudad? Eso sucede todos los días, habían dicho en el telediario de las ocho, y seguirían especulando sobre el tema si no fuese…

… ¡por la Celebridad mundial! ¡Un sobre! ¡Un papel dentro con algo escrito!

Pone la sirena y toma la dirección opuesta a la comisaría. Para no levantar sospechas, usa la radio del coche. Entra en la frecuencia del comisario.

—¡Enhorabuena!

El comisario también se siente orgulloso de sí mismo. Han ganado algunas horas, tal vez algunos días, pero ambos saben que hay un asesino en serie suelto, con armas sofisticadas, de sexo masculino, pelo grisáceo, bien vestido, de unos cuarenta años. Con experiencia en el arte de matar. Que puede estar satisfecho con los crímenes que ya ha cometido, o que puede atacar de nuevo en cualquier momento.

—Envía agentes a todas las fiestas —ordena el comisario—. Buscad a hombres solos que coincidan con esa descripción. Que los vigilen. Pedid refuerzos, quiero policías de paisano, discretos, vestidos según el ambiente; vaqueros o traje de gala. En todas las fiestas, repito. Aunque tengamos que movilizar a los guardias de tráfico.

Savoy hace inmediatamente lo que le piden. Mientras, recibe un mensaje en su teléfono móvil: la Europol necesita más tiempo para determinar los laboratorios solicitados. Tres días hábiles como mínimo.

—Por favor, envíenme eso por escrito. No quiero ser el responsable de lo que pueda seguir ocurriendo aquí.

Se ríe para sí. Les pide que también le envíen una copia al agente extranjero, ya que para él no tiene la menor importancia. Se dirige a toda velocidad al hotel Martínez, deja el coche en la entrada, molestando a los de los demás. El portero se queja, pero él le lanza las llaves para que lo aparque, le enseña la placa de policía y entra corriendo.

Sube hasta el salón privado del primer piso, donde un policía está al lado de la gerente de turno y de un camarero.

—¿Cuánto tiempo nos vamos a quedar aquí? —pregunta la gerente.

Él la ignora y se dirige al camarero:

—¿Estás seguro de que la mujer asesinada, que salió en el telediario, es la misma que estaba sentada aquí esta tarde?

—Casi seguro, señor. En la foto parece más joven, lleva el pelo teñido, pero estoy acostumbrado a quedarme con la cara de mis clientes, por si acaso alguno decide marcharse sin pagar.

—¿Estás seguro de que estaba con el huésped que reservó la mesa?

—Absolutamente. Un hombre de unos cuarenta años, buen aspecto y pelo gris.

Savoy tiene la impresión de que el corazón se le va a salir por la boca. Se dirige a la gerente y el policía:

—Vayamos a su habitación.

—¿Tiene usted una orden de registro? —pregunta la gerente.

Sus nervios no aguantan más:

—¡NO LA TENGO! ¡Yo no me ocupo del papeleo! ¿Sabe cuál es el problema de nuestro país, señora? ¡Todo el mundo es muy obediente! ¡Es más, no es un problema exclusivamente nuestro, sino del mundo entero! ¿Obedecería usted si le mandasen un hijo a la guerra? ¿Obedecería su hijo? ¡Pues eso! ¡Y ya que es usted tan obediente, acompáñeme, por favor, o la detengo por complicidad!

La mujer parece asustarse. Junto con el policía, se acerca al ascensor, que en ese momento baja, parando en cada piso, sin entender que una vida humana depende de la rapidez con la que puedan reaccionar.

Deciden usar la escalera; la gerente se queja, lleva tacones altos, pero él le dice que se quite los zapatos y que lo siga. Suben la escalera de mármol, pasan por las elegantes salas de espera, con las manos agarradas al pasamanos de bronce. La gente que espera el ascensor se pregunta quién será esa mujer sin zapatos y qué hace un policía uniformado en el hotel, corriendo de esa manera. ¿Habrá pasado algo grave? Y, si es así, ¿por qué no usan el ascensor, que es más rápido? Se dicen: «Esto se está convirtiendo en un festival de quinta categoría, los hoteles ya no seleccionan a sus huéspedes, y la policía invade el local como si fuera un burdel.» En cuanto puedan irán a quejarse a la gerente.

No saben que es la mujer sin zapatos, que sube corriendo la escalera.

Por fin llegan a la puerta de la suite donde se hospeda el asesino. Para entonces, un miembro del «departamento de vigilancia de pasillos» ha enviado a alguien para ver lo que sucede. Reconoce a la gerente y le pregunta si puede ayudar.

Savoy le pide que hable más bajo, y sí, puede ayudar. ¿Lleva una arma? El guardia de seguridad dice que no.

—Aun así, quédese por aquí.

Hablan en susurros. Le piden a la gerente que llame a la puerta, mientras los tres —Savoy, el policía y el guardia de seguridad— se quedan pegados a la pared de al lado. Savoy desenfunda su arma. El policía hace lo mismo. La gerente llama varias veces, sin obtener respuesta.

—Seguro que ha salido.

Savoy le pide que use la llave maestra. Ella le explica que no estaba preparada para eso y, aunque lo estuviera, sólo abriría esa puerta con la autorización del director general.

Por primera vez, habla con delicadeza:

—No importa. Ahora quiero bajar y quedarme en la sala, junto al equipo de seguridad que vigila el local. Tarde o temprano volverá y me gustaría ser el primero en interrogarlo.

—Tenemos una fotocopia de su pasaporte y el número de su tarjeta de crédito abajo. ¿Por qué les interesa tanto ese hombre?

—Eso tampoco importa.

21.02 horas

A media hora en coche de Cannes, en otro país que habla la misma lengua, usa la misma moneda, no tiene control en la frontera, pero sigue un sistema político totalmente diferente del de Francia —el poder lo ocupa siempre un príncipe, como en los viejos tiempos—, un hombre está sentado delante de un ordenador. Hace quince minutos recibió un correo electrónico que decía que un famoso actor había sido asesinado.

Morris mira la foto de la víctima; no tiene la menor idea de quién es, hace tiempo que no va al cine, pero debe de ser alguien importante porque un portal de noticias está dando la información.

Aunque ya estaba retirado, asuntos como ése eran su gran juego de ajedrez, en el que raramente se dejaba derrotar por el adversario. No era su carrera la que estaba en juego, sino su autoestima.

Existen algunas reglas que siempre le gustó obedecer mientras trabajaba en Scotland Yard: empezar pensando en todas las posibilidades equivocadas, y a partir de ahí, todo es posible, porque no está condicionado para acertar. En las reuniones que mantenía con los aburridos comités de evaluación de trabajo, le gustaba provocar a los asistentes: «Todo cuanto saben proviene de la experiencia acumulada a lo largo de años de trabajo. Pero esas soluciones antiguas sólo sirven para problemas igualmente pasados. ¡Si quieren ser creativos, dejen un poco de lado que tienen experiencia!»

Los licenciados fingían que tomaban notas, los jóvenes lo miraban con sorpresa, y la reunión seguía como si ninguna de esas palabras hubiera sido pronunciada. Pero él sabía que la indirecta estaba echada, y al cabo de poco tiempo —sin darle el crédito merecido, claro— sus superiores exigían más ideas nuevas.

Imprime los informes que la policía de Cannes le ha enviado; detesta usar papel, porque no quiere que lo acusen de ser un asesino en serie de bosques, pero, a veces, era necesario.

Se dispone a estudiar el modus operandi, es decir, la manera utilizada para cometer los crímenes. Hora del día (tanto por la mañana, como por la tarde o la noche), el arma (las manos, veneno, el estilete), el tipo de víctima (dos de ellas con contacto físico directo, otras dos sin ningún contacto en absoluto), reacción de las víctimas contra el agresor (inexistente en todos los casos).

Cuando se ve ante un túnel sin salida, lo mejor es dejar que su pensamiento vague un poco, mientras el inconsciente trabaja. Abre una nueva pantalla en el ordenador, con los gráficos de la Bolsa de Valores de Nueva York. Como no tiene dinero invertido en acciones, eso no podía ser más tedioso, pero era así cómo actuaba: la experiencia de muchos años analiza toda la información que ha conseguido hasta el momento, y la intuición va formulando respuestas, nuevas y creativas. Veinte minutos después, vuelve a mirar los informes; su cabeza ya está vacía otra vez.

El proceso dio resultado: sí, había algo en común en todos los crímenes.

El asesino tiene una gran cultura. Debe de haberse pasado días, semanas en una biblioteca, estudiando la mejor manera de llevar a cabo su misión. Sabe cómo usar venenos sin correr riesgos, y seguro que no ha manipulado directamente el cianuro. Conoce bastante bien la anatomía humana como para clavar un estilete en el lugar exacto, sin encontrar ni un hueso en el camino. Aplica golpes mortales sin mucho esfuerzo. Pocas personas en el mundo conocen el poder destructivo del curare. Posiblemente, leyó sobre crímenes en serie y sabía que la firma siempre lleva al agresor, de modo que cometía los asesinatos de manera aleatoria, sin respetar un modus operandi.

Pero eso es imposible: sin duda alguna, el inconsciente del asesino debía de estar dejando una firma, que todavía no ha sido capaz de descifrar.

Hay algo más importante aún: tiene dinero. El suficiente para hacer un curso de sambo y tener un conocimiento absoluto de los puntos del cuerpo necesarios para paralizar a la víctima. Tiene contactos: no ha comprado esos venenos en la farmacia de la esquina, ni siquiera en el submundo del crimen local. Son armas biológicas altamente sofisticadas, que requieren cuidados en la manipulación y en la aplicación. Debe de haber utilizado a otras personas para conseguirlas.

Finalmente trabaja con rapidez. Lo que hace que Morris concluya que el asesino no se va a quedar demasiado tiempo por allí. Puede que una semana, tal vez unos días más.

¿Adónde podría llegar?

Si no es capaz de llegar a una conclusión ahora, es porque se ha acostumbrado a las reglas del juego. Ha perdido la inocencia que tanto les exigía a sus subordinados. Eso es lo que el mundo le exige a un hombre: que se convierta en mediocre a medida que pasa la vida, para que no lo vean como algo exótico, entusiasmado. Para la sociedad, la vejez es un estigma, y no una señal de sabiduría. Todo el mundo piensa que alguien que ha superado la barrera de los cincuenta, ya no está en condiciones de seguir la velocidad con la que las cosas pasan en el mundo de hoy.

Obviamente, ya no puede correr como antes y necesita

gafas para leer. Sin embargo, su mente está más afinada que nunca, o al menos eso quiere pensar.

Pero ¿y el crimen? Si es tan inteligente como piensa, ¿por qué no es capaz de resolver lo que antes parecía tan fácil?

No puede llegar a ninguna conclusión por el momento. Tiene que esperar a que haya algunas víctimas más.

21.11 horas

Una pareja pasa sonriendo y le dice que es un hombre con suerte: ¡dos hermosas mujeres a su lado!

Igor da las gracias; realmente necesita distraerse. Dentro de poco se va a dar el tan esperado encuentro, y aunque es un hombre acostumbrado a aguantar todo tipo de presión, recuerda las patrullas en las cercanías de Kabul: antes de cualquier misión más peligrosa, sus compañeros bebían, hablaban de mujeres y de deporte, charlaban como si no estuvieran allí, sino en sus ciudades natales, alrededor de una mesa con la familia y los amigos. De ese modo, apartaban el nerviosismo, recuperaban sus verdaderas identidades, y se sentían más conscientes y más atentos a los desafíos a los que se iban a enfrentar.

Como buen soldado, sabe que el combate no tiene nada que ver con la lucha, sino con alcanzar un objetivo. Como buen estratega —al fin y al cabo, surgió de la nada y transformó su pequeña compañía en una de las empresas más respetadas de Rusia—, es consciente de que ese objetivo debe ser siempre el mismo, aunque muchas veces la razón que lo lleva hasta él se va modificando con el paso del tiempo. Eso le ha pasado hoy: llegó a Cannes por un motivo, pero al empezar a actuar se dio cuenta de las verdaderas razones que lo motivaban. Había estado ciego durante todos esos años, y ahora podía ver la luz; por fin se había producido la revelación.

Y, precisamente por eso, tiene que llegar hasta el final.

Tomó sus decisiones con coraje, desapego, y a veces con una cierta dosis de locura; no la que destruye, sino la que lleva al ser humano a dar pasos más allá de sus límites. Siempre lo ha hecho en la vida; venció porque ejerció su locura controlada en el momento de tomar decisiones. Sus amigos pasaban del comentario «te estás arriesgando demasiado» a la conclusión «estaba seguro de que dabas el paso correcto» a una velocidad nunca vista. Era capaz de sorprender, innovar y, sobre todo, de correr riesgos necesarios.

Pero allí, en Cannes, tal vez por culpa del ambiente, que le era totalmente desconocido, se había arriesgado de manera innecesaria. Estaba confuso con la falta de sueño, y todo podría haber acabado antes de lo planeado. Y si eso hubiera ocurrido, nunca habría llegado al momento de lucidez que ahora hace que vea con otros ojos a la mujer de la que creía estar enamorado, que merecía sacrificios y martirio. Recuerda el momento en que se acercó al policía para confesarle sus actos. Fue entonces cuando empezó la transición. Fue entonces cuando el espíritu de la chica de las cejas espesas lo protegió y le explicó que estaba haciendo lo correcto, pero por razones equivocadas. Acumular amor significa suerte; acumular odio significa calamidad. El que no reconoce la puerta de sus problemas, la deja abierta y las tragedias pueden entrar.

Él había aceptado el amor de la chica. Era un instrumento de Dios, enviado para rescatarla de un futuro sombrío; ahora ella lo ayudaba a seguir adelante.

Es consciente de que, por más precauciones que haya tomado, puede que no haya pensado en todo, y todavía puede ver interrumpida su misión antes de ser capaz de llegar al final. Pero no hay por qué preocuparse o qué temer: ha hecho lo que ha podido, actuó de manera impecable, y, si Dios no quiere que termine su trabajo, debe aceptar Sus decisiones.

«Relájate. Habla un poco con las chicas. Deja que tus músculos descansen antes del golpe final, así estarán mejor preparados.» Gabriela —la joven que estaba sola en el bar cuando llegó a la fiesta— parece extremadamente excitada, y siempre que un camarero pasa con una bandeja, le devuelve su copa, aunque todavía esté por la mitad, y coge otra.

—¡Helada, siempre helada!

Su alegría lo contagia un poco. Por lo que ha contado, acaban de contratarla para una película, aunque no sabe el título ni el papel que va a hacer, pero según sus palabras, «será la actriz principal». El director es conocido por la capacidad que tiene para seleccionar buenos actores y buenos guiones. El actor principal, al que Igor conoce y admira, inspira respeto. Cuando ella menciona el nombre del productor, él hace un gesto con la cabeza, como diciendo «sí, sé quién es», pero sabiendo que ella va a entender «no sé quién es, pero no quiero parecer un ignorante». Habla sin parar sobre habitaciones llenas de regalos, la alfombra roja, la reunión en el yate y la selección absolutamente rigurosa, los proyectos que tiene para el futuro.

—En ese momento, hay miles de chicas en esta ciudad, y millones en todo el mundo, a las que les gustaría estar aquí hablando contigo, pudiendo contar estas historias. Mis oraciones han sido escuchadas. Mi esfuerzo ha sido recompensado.

La otra chica parece más discreta y también más triste, puede que por su edad y por la falta de experiencia. Igor estaba justamente detrás de los fotógrafos cuando ella pasó, vio que gritaban su nombre, que la entrevistaban al final del «pasillo». Pero, al parecer, la otra gente de la fiesta no sabía de quién se trataba; tan asediada al principio, y de repente dejada a un lado.

Con toda seguridad, fue la chica habladora la que decidió acercarse a preguntarle qué hacía allí. Al principio le molestó, pero sabía que si no fuera por ellas, otra gente sola iba a hacer lo mismo para evitar dar la impresión de que está perdida, aislada de este mundo, sin amigos en la fiesta. Por eso aceptó su conversación, mejor dicho, aceptó la compañía, aunque su mente estuviera concentrada en otra cosa. Dio su nombre (Gunther), les explicó que era un empresario alemán especializado en maquinaria pesada (un tema que no le interesa a nadie), y lo habían invitado algunos amigos esa noche. Se iba al día siguiente (lo que esperaba que fuese verdad, aunque los caminos del Señor son inescrutables).

Cuando supo que no trabajaba en la industria del cine, y que no iba a estar en el festival durante mucho tiempo, la actriz estuvo a punto de marcharse, pero la otra lo impidió, alegando que siempre está bien conocer a gente nueva. Y allí estaban los tres: él esperando al amigo que no llegaba, ella esperando a un asistente que había desaparecido, y la chica callada sin esperar absolutamente nada, sólo un poco de paz.

Todo sucedió muy de prisa. La actriz debió de notar una mota de polvo en la chaqueta del esmoquin, acercó su mano antes de que él pudiera reaccionar y se quedó sorprendida:

—¿Fumas puros?

Menos mal: puros.

—Sí, después de la cena.

—Si queréis os invito a los dos a una fiesta en un yate esta noche. Pero antes tengo que localizar a mi asistente.

La otra chica le sugiere que no se apresure. En primer lugar, acababan de contratarla para una película y aún faltaba mucho para poder rodearse de amigos (o *entourage*, la palabra universalmente conocida para los parásitos que pululan en torno a las celebridades). Debía ir sola, seguir las normas del protocolo.

La actriz le agradece el consejo. Pasa otro camarero; la copa de champán está por la mitad, pero la coloca en la bandeja y coge otra llena.

—Creo que también deberías dejar de beber tan rápido —dice Igor/Gunther, cogiendo delicadamente la copa de su mano y tirando su contenido por la balaustrada. La actriz hace un gesto de desesperación, pero después se conforma: se da cuenta de que el hombre que está a su lado sólo quiere su bien.

—Estoy muy alterada —confiesa—. Tengo que calmarme un poco. ¿Me darías de fumar uno de tus puros?

—Lo lamento, sólo tengo uno. Y, además, está científicamente probado que la nicotina es estimulante, y no calmante.

Puro. Sí, la forma era parecida pero, aparte de eso, ambos objetos no tenían nada más en común. En el bolsillo superior izquierdo de su chaqueta llevaba un supresor de ruidos, también llamado silenciador. Una pieza de aproximadamente diez centímetros de largo que, una vez acoplada al cañón de la Beretta, guardada en el bolsillo del pantalón, podía hacer un gran milagro: convertir el «¡BANG!» en «pufff…».

Eso porque algunas leyes simples de física entraban en acción al disparar el arma: la velocidad de la bala disminuía un poco porque tenía que atravesar una serie de anillos de goma, mientras los gases del disparo llenaban el compartimento hueco alrededor del cilindro, se enfriaban rápidamente e impedían que el ruido de la explosión de la pólvora se oyera.

Pésimo para tiros a larga distancia, pues interfiere en el curso del proyectil. Ideal para disparos a quemarropa.

Igor empieza a impacientarse; ¿habrán cancelado la invitación? ¿O será que —se siente perdido por una fracción de segundo— la suite en la que dejó el sobre era precisamente en la que ellos estaban hospedados?

No, no puede ser; sería muy mala suerte. Piensa en la familia de los que han muerto. Si su único objetivo todavía fuese reconquistar a la mujer que lo había abandonado por un hombre que no la merecía, todo ese trabajo habría sido inútil.

Comienza a perder su sangre fría; ¿será ésa la razón por la que Ewa no ha intentado ponerse en contacto con él, a pesar de todos los mensajes que le ha enviado? Llamó dos veces a un amigo que tenían en común y le informó de que no había novedad alguna.

La duda se va convirtiendo en seguridad: sí, la pareja ya estaba muerta en ese momento. Eso explicaba la repentina salida del «asistente» de la actriz que está a su lado. El abandono completo de la chica de diecinueve años que había sido contratada para aparecer al lado del gran estilista.

¿Quién sabe si Dios no lo estaba castigando por haber amado tanto a una mujer que no lo merecía? Fue su ex mujer la que usó sus manos para estrangular a una chica que tenía toda la vida por delante, que podría haber descubierto la cura para el cáncer o la manera de hacer que la humanidad fuese consciente de que está destruyendo el planeta. Aunque Ewa no supiera nada, fue ella la que lo estimuló para usar los venenos; Igor estaba seguro, absolutamente seguro, de que nada de aquello sería necesario, un simple mundo destruido y el mensaje llegaría a su destino. Llevó todo el arsenal consigo, sabiendo que todo aquello no era más que un juego; al llegar al bar al que había ido a beber champán antes de ir a la fiesta, descubrió allí su presencia, entendería que la perdonaba por toda la maldad y la destrucción que había causado a su alrededor. Sabe, gracias a investigaciones científicas, que las personas que han pasado mucho tiempo juntas son capaces de presentir la presencia del otro en un mismo ambiente, aunque no sepan exactamente dónde está.

Eso no sucedió. La indiferencia de Ewa la noche anterior —o tal vez el sentimiento de culpa por lo que le había hecho— no dejó que presintiese al hombre que fingía esconderse detrás de una columna, pero que tenía en su mesa revistas de economía escritas en ruso, pista más que suficiente para el que siempre está buscando a alguien que ha perdido. Una persona enamorada siempre cree ver en la calle, en las fiestas, en los teatros, al gran amor de su vida: puede que Ewa hubiera cambiado su amor por el brillo y el glamour.

Empieza a calmarse. Ewa era el veneno más poderoso que había sobre la faz de la Tierra, y si la había matado el cianuro, no era nada. Merecía algo mucho peor.

Las dos chicas seguían hablando; Igor se aparta, no puede dejarse dominar por el pánico a haber destruido su propia obra. Necesita aislamiento, frialdad, capacidad de reaccionar con rapidez ante el súbito cambio de rumbo.

Se acerca a otro grupo de personas, que hablan animadamente sobre los métodos utilizados para dejar de fumar. Sí, ése era uno de los pocos temas preferidos en ese mundo: demostrarles a los amigos que son capaces de tener fuerza de voluntad, hay un enemigo que hay que vencer y pueden dominarlo. Para distraerse, enciende un cigarrillo, sabiendo que eso es una provocación.

—No es bueno para tu salud —comenta la mujer cubierta de diamantes, cuerpo esquelético, con un vaso de zumo en la mano.

—Lo malo para la salud es estar vivo —responde—. Siempre acaba en muerte, tarde o temprano.

Los hombres se ríen. Las mujeres miran al recién llegado con interés. Pero en ese momento, en el pasillo en el que se encuentra, a unos pocos metros de distancia, los fotógrafos vuelven a gritar:

—¡Hamid! ¡Hamid!

Aunque de lejos, y con la vista entorpecida por la gente que circula por el jardín, puede ver al modisto entrando con su compañera, esa que en el pasado hizo el mismo recorrido con él, en otros lugares del mundo, esa que agarraba su brazo con cariño, delicadeza, elegancia.

Antes incluso de poder respirar aliviado, algo lo hace mirar hacia el lado opuesto: un hombre entra por el otro lado del jardín, sin que ninguno de los de seguridad se lo impida y mueve la cabeza en todas las direcciones: estaba buscando a alguien, y no era a un amigo perdido de la fiesta.

Sin despedirse del grupo, vuelve a la barandilla donde todavía están las dos chicas hablando y coge la mano de la actriz. Dice una oración silenciosa a la chica de las cejas espesas; le pide perdón por haber dudado, pero los seres humanos son impuros, incapaces de comprender las bendiciones que tan generosamente reciben.

—¿No crees que vas demasiado rápido? —preguntó la actriz, sin la menor intención de mover el brazo.

—Creo que sí. Pero por lo que me has contado, parece que hoy las cosas se aceleran mucho en tu vida.

Ella rió. La chica triste también rió. El policía pasó sin prestarles atención; sus ojos se detenían en los hombres de aproximadamente cuarenta años, de pelo grisáceo.

Pero que estaban solos.

21.20 horas

Los médicos observan las pruebas con resultados totalmente diferentes de aquello que creen que es la enfermedad, y entonces deben decidir si creer en la ciencia o en el corazón. Con el paso del tiempo prestan más atención a su instinto, y ven que los resultados mejoran.

Grandes hombres de negocios que estudian gráficos y más gráficos acaban vendiendo o comprando exactamente lo contrario a la tendencia del mercado, y se hacen más ricos.

Los artistas escriben libros o hacen películas de los que todo el mundo dice «eso no va a salir bien, nadie habla de esos temas», y acaban convirtiéndose en iconos de la cultura popular.

Líderes religiosos utilizan el miedo y la culpa en vez del amor, que teóricamente sería la cosa más importante del mundo; sus iglesias se llenan de fieles.

Todos contra la tendencia general, salvo un grupo: el de los políticos. Ésos quieren agradar a todos, y siguen el manual de actitudes correctas. Acaban teniendo que renunciar, disculparse, desmentir.

Morris abre una ventana tras otra en su ordenador. Y nada tiene que ver con la tecnología, sino con la intuición. Ha hecho lo mismo con el índice Dow Jones pero, aun así, no está contento con los resultados. Mejor concentrarse un poco en los personajes que han convivido con él durante gran parte de su vida.

Ve una vez más el vídeo en el que Gary Ridgway, *el Asesino de Green River*, cuenta con voz tranquila cómo mató a cuarenta y ocho mujeres, casi todas ellas prostitutas. No relata sus crímenes porque desea la absolución de sus pecados, o porque quiere aliviar el peso de su conciencia; el fiscal le ha ofrecido cambiar el riesgo de una condena de muerte por la cadena perpetua. Es decir, a pesar de haber actuado tanto tiempo con impunidad, no dejó pruebas suficientes que lo comprometan. Pero tal vez ya está cansado o aburrido de la tarea macabra que se propuso realizar.

Ridgway. Trabajo estable como pintor de carrocerías de camión, que sólo es capaz de recordar a las víctimas si las relaciona con sus días de trabajo. Durante veinte años, a veces con más de cincuenta detectives siguiendo sus pasos, siempre consiguió cometer otro crimen sin dejar firmas ni pistas.

«No era una persona muy brillante, dejaba mucho que desear en su trabajo, no tenía una gran cultura, pero era un asesino perfecto», dice uno de los detectives en el vídeo.

Es decir, nació para eso. Tenía domicilio fijo. Su caso llegó a ser archivado como irresoluble.

Ya ha visto ese vídeo cientos de veces en toda su vida. Normalmente suele inspirarlo para resolver otros casos, pero hoy no surte efecto. Cierra la ventana, abre otra, con la carta del padre de Jeffrey Dahmer, *el Carnicero de Milwaukee*, responsable de la muerte y descuartizamiento de diecisiete hombres entre los años 1978 y 1991: «Por supuesto que no me podía creer lo que la policía decía sobre mi hijo. Muchas veces me senté a la mesa que utilizó como lugar de descuartizamiento y altar satánico. Cuando abría su nevera, sólo veía algunas botellas de leche y latas de soda. ¿Cómo es posible que el niño que llevé en mis brazos tantas veces y el monstruo que salía en todos los periódicos pudieran ser la misma persona? Ah, si yo estuviera en el lugar de los otros padres que en julio de 1991 recibieron la noticia que más temían (sus hijos no sólo habían desaparecido, sino que habían sido asesinados). En ese caso, podría visitar la tumba en la que reposaban sus restos, guardar su memoria. Pero no: mi hijo estaba vivo, y era el autor de esos horribles crímenes.»

Altar satánico. Charles Manson y su «familia». En 1969, tres jóvenes entran en la casa de una celebridad del cine y matan a todos los que están allí, incluso a un muchacho que salía en ese momento. Otros dos asesinatos al día siguiente, esta vez, una pareja de empresarios.

«Yo solo podría asesinar a toda la humanidad», dice. Mira por enésima vez la foto del mentor de los crímenes sonriendo a la cámara, rodeado de amigos hippies, incluso un famoso músico del momento. Todos fuera de sospecha, siempre hablando de paz y amor.

Cierra todos los archivos abiertos en su ordenador. Manson es el más cercano a lo que está sucediendo ahora: cine, víctimas conocidas… Una especie de manifiesto político contra el lujo, el consumismo, la celebridad. A pesar de ser el mentor de los crímenes, nunca estuvo en el lugar en el que fueron perpetrados; utilizaba a sus adeptos para ello.

No, la pista no está ahí. Y, a pesar de los correos electrónicos que ha enviado explicando que no puede tener respuestas en tan poco tiempo, Morris empieza a notar que tiene los mismos síntomas que los demás detectives, en todas las épocas, han tenido respecto a los asesinos en serie: el caso pasa a ser algo personal.

Por un lado, un hombre que tal vez tiene otra profesión, debe de haber planeado los crímenes por las armas que usa, pero no conoce la capacidad de la policía local, actúa en un terreno totalmente desconocido. Un hombre vulnerable. Por otro lado, la experiencia de varios órganos de seguridad acostumbrados a lidiar con todas las aberraciones de la sociedad.

Aun así, incapaz de interrumpir la senda asesina de un simple aficionado.

No debería haber atendido la llamada del comisario. Decidió vivir en el sur de Francia porque el clima era mejor, la gente más divertida, el mar siempre está cerca, y esperaba que aún le quedasen muchos años por delante para disfrutar de los placeres de la vida.

Dejó su departamento en Londres cuando lo consideraban el mejor de todos. Y ahora, al dar un paso equivocado, su fallo llegaría a los oídos de todos sus colegas, y ya no podría disfrutar de la merecida fama alcanzada con mucho trabajo y dedicación. Dirán: «Intentó compensar sus deficiencias, ya que fue la primera persona en insistir para que instalasen los ordenadores en nuestro departamento. A pesar de toda la tecnología que tiene a su alcance, es viejo e incapaz de seguir los desafíos de los nuevos tiempos.»

Presiona la tecla correcta: apagar. La pantalla se apaga tras mostrar el logotipo de la marca de software que utiliza. Dentro de la máquina, los impulsos electrónicos desaparecen de la memoria fija, y no dejan ningún sentimiento de culpa, remordimiento ni impotencia.

Pero su cuerpo no tiene botones semejantes. Los circuitos de su cerebro siguen funcionando, repitiendo siempre las mismas conclusiones, intentando justificar lo injustificable, provocando daños en su autoestima, convenciéndolo de que sus colegas tienen razón: puede que su instinto y su capacidad de análisis se hayan visto afectados por la edad.

Camina hasta la cocina, pone la cafetera, que le está

dando problemas. Anota mentalmente lo que pretende hacer: como cualquier electrodoméstico actual, resulta más barato tirarla y comprar otra a la mañana siguiente.

Por suerte, esta vez funciona y se bebe el café sin prisa. Gran parte de su día consiste en presionar teclas: ordenador, impresora, teléfono, luz, fogón, cafetera, fax.

Pero ahora tiene que presionar la tecla correcta en su mente: «No merece la pena releer los documentos enviados por la policía. Piensa diferente. Haz una lista, aunque sea repetitiva»:

a) el criminal tiene cultura y sofisticación suficientes, al menos, en lo que a armas se refiere. Y sabe cómo utilizarlas;

b) no es de la región, o habría escogido una época mejor y un lugar con menos policía;

c) no deja una firma clara. Es decir, no quiere que lo identifiquen. Aunque eso parece obvio, las firmas en los crímenes son una manera desesperada del Médico para intentar evitar los males causados por el Monstruo, la manera de decirle el doctor Jekyll a mister Hyde: «Por favor, deténme. Soy un mal para la sociedad y no puedo controlarme»;

d) como fue capaz de acercarse al menos a dos víctimas, mirarlas a los ojos, conocer un poco su historia, está acostumbrado a matar sin remordimientos. Por tanto, debió de participar en alguna guerra;

e) debe de tener dinero, bastante dinero, no porque Cannes sea muy caro durante los días del festival, sino por el coste de la elaboración del sobre con cianuro. Morris calcula que habrá pagado alrededor de cinco mil dólares: 40 por el veneno, y 4.460 por la manera de acondicionarlo;

f) no forma parte de las mafias de la droga, del tráfico de armas ni otras cosas por el estilo, o ya estaría controlado por la Europol. Al contrario de lo que piensan la mayoría de esos criminales, siguen en libertad porque todavía no ha llegado el momento adecuado de encerrarlos tras las rejas de una cárcel. En sus grupos hay agentes infiltrados de agentes pagados a precio de oro;

g) como no quiere que lo detengan, toma todas las precauciones. Pero no puede controlar su inconsciente, y sigue —sin querer— unas pautas determinadas;

h) es una persona absolutamente normal, incapaz de levantar sospechas, probablemente dulce y afable, capaz de ganarse la confianza de los que atrae a la muerte. Pasa algún tiempo con sus víctimas, dos de ellas del sexo femenino, mucho más desconfiado que los hombres,

i) y no escoge a sus víctimas: pueden ser hombres, mujeres, de cualquier edad, de cualquier posición social.

Morris para un momento. Algo de lo que ha escrito no encaja muy bien con el resto.

Lo relee todo dos o tres veces. En la cuarta lectura, se da cuenta:

c) no deja una firma clara. Es decir, no quiere que lo identifiquen.

Entonces, el asesino no está intentando limpiar el mundo como Manson, no pretende purificar su ciudad como Ridgway, no quiere satisfacer el apetito de los dioses, como Dahmer. Gran parte de los criminales no desean que los detengan, pero sí que los identifiquen. Algunos, para salir en los titulares de los periódicos, conseguir la fama, la gloria, como el Asesino del Zodíaco o Jack el

Destripador (puede que piensen que sus nietos se sentirán orgullosos de lo que han hecho al descubrir un diario lleno de polvo en el sótano de su casa). Otros tienen una misión que cumplir: sembrar el terror y acabar con las prostitutas, por ejemplo. Los psicoanalistas concluyen al respecto que los asesinos en serie que dejan de matar de un momento a otro actúan así porque el mensaje que pretendían enviar ya ha sido recibido.

Sí. Ésa es la respuesta. ¿Cómo no había pensado en eso antes?

Por una sencilla razón: porque lanzaría la búsqueda policial en dos direcciones opuestas: la del asesino y la de la persona a la que desea enviar el mensaje. Y en el caso de Cannes, mata con mucha rapidez: Morris está casi seguro de que desaparecerá en breve, en cuanto el mensaje sea entregado.

Como máximo, dos o tres días. Y, al igual que algunos de los asesinos en serie cuyas víctimas no tienen características en común, el mensaje debe de ir destinado a una persona.

Sólo a una persona.

Vuelve al ordenador, lo enciende otra vez y le envía un mensaje tranquilizador al comisario: «No se preocupe, los crímenes cesarán abruptamente, antes de que termine el festival.»

Sólo por el placer de correr riesgos, le envía una copia a un amigo de Scotland Yard para que sepa que Francia lo respeta como profesional: le han pedido ayuda y se la ha dado. Todavía es capaz de llegar a conclusiones profesionales que más adelante se verá que son acertadas. No es tan viejo como quieren hacerle creer.

Su reputación está en juego, pero está seguro de lo que acaba de escribir.

22.19 horas

Hamid apaga el móvil; no le interesa lo más mínimo lo que sucede en el resto del mundo. En la última media hora, su teléfono se ha visto inundado de mensajes negativos.

Todo eso es una señal para que deje de una vez esa idea absurda de hacer una película. Se ha dejado llevar por la vanidad, en vez de escuchar los consejos del jeque y de su mujer. Por lo visto, está perdiendo el contacto consigo mismo: el mundo del lujo y el glamour lo está envenenando, ¡a él, que siempre se creyó inmune a eso!

Basta. Mañana, cuando todo esté más tranquilo, convocará a la prensa mundial allí presente para decir que, a pesar de que ya ha invertido una cantidad razonable en la producción del proyecto, lo va a interrumpir porque «era un sueño común de todos los que estaban involucrados, pero uno de ellos ya no está entre nosotros». Seguramente algún periodista querrá saber si tiene otros proyectos en mente. Le responderá que todavía es pronto para hablar de eso, «tenemos que respetar la memoria del que se ha ido».

Es evidente que lamentaba, como cualquier ser humano con un mínimo de decencia, el hecho de que el actor que acababa de contratar hubiera muerto envenenado, y que el director que había escogido estuviera en el hospital, afortunadamente, sin que su vida corriera peligro. Pero ambas cosas contenían un mensaje bien claro: nada de cine. No es su sector, perdería dinero sin ganar nada a cambio.

El cine para los cineastas, la música para los músicos, la literatura para los escritores. Desde que se embarcó en aquella aventura, hace dos meses, sólo ha conseguido aumentar sus problemas: lidiar con egos enormes, rechazar presupuestos irreales, corregir un guión que parecía peor cada vez que le entregaban una nueva versión, soportar a productores estirados que lo trataban con cierta condescendencia, como si fuese un absoluto ignorante en el tema.

Su intención era la mejor posible: mostrar la cultura del lugar del que procede, la belleza del desierto, la sabiduría milenaria y los códigos de honor de los beduinos. Tenía esa deuda con su tribu, aunque el jeque insistía en que no debía desviarse del camino originalmente trazado: «La gente se pierde en el desierto porque se deja llevar por las visiones. Estás haciendo bien tu trabajo, concentra en él todas tus energías.»

Pero Hamid quería ir más lejos: demostrar que era capaz de sorprender todavía más, subir más alto, demostrar su valor. Había pecado de orgullo y eso no iba a volver a pasar.

Los periodistas lo acribillan a preguntas; al parecer, la noticia ha viajado a más velocidad que nunca. Dice que todavía no conoce los detalles, pero que se pronunciará al día siguiente. Repite docenas de veces la misma respuesta, hasta que uno de sus guardias de seguridad se acerca y pide que dejen a la pareja en paz.

Llama a un asistente. Le dice que encuentre a Jasmine entre la multitud que hay en el jardín y que la lleve hasta él. Sí, tienen que sacarse algunas fotos juntos, una nueva nota de prensa para confirmar el acuerdo, una buena campaña de prensa para mantener el tema vivo hasta octubre, mes en que se celebra la Semana de la Moda de París. Más adelante tratará de convencer a la estilista belga; le ha gustado mucho su trabajo, está seguro de que podrá darle beneficios y prestigio a su grupo, lo cual es absolutamente verdad. Pero, de momento, sabe lo que ella piensa: que ha intentado comprarla para que rescindiese el contrato de su principal modelo. Acercarse ahora no sólo aumentaría el precio, sino que sería una falta de elegancia. Todo a su debido tiempo, mejor esperar el momento adecuado.

—Creo que debemos irnos de aquí.

Al parecer, Ewa está incómoda con las preguntas de los periodistas.

—Olvídalo. No tengo el corazón de piedra, ya lo sabes, pero tampoco puedo empezar a sufrir por algo que en realidad no hace más que confirmar lo que me has dicho antes: apártate del mundo del cine. Estamos en una fiesta, y vamos a quedarnos hasta que termine.

Su voz fue más dura de lo que pensaba, pero a Ewa no pareció importarle, como si su amor y su odio le fuesen absolutamente indiferentes. Continuó, esta vez con un tono más apropiado:

—Fíjate en la perfección de las fiestas como ésta. Nuestro anfitrión debe de haber gastado una fortuna para poder estar en Cannes, los gastos de billetes y la estancia de celebridades escogidas para participar en exclusiva en esta carísima cena de gala. Puedes estar segura de que obtendrá diez o doce veces más beneficio con la publicidad gratuita que eso le proporcionará: páginas enteras de revistas, periódicos, espacios en canales de televisión, horas en las televisiones por cable que no tienen nada que emitir más que los grandes acontecimientos sociales. Las mujeres asociarán sus joyas al glamour y al brillo, los hombres usarán sus relojes como una demostración de poder y dinero. Los jóvenes, al abrir las páginas de moda pensarán: «Algún día quiero estar ahí, usando exactamente lo mismo.»

—Vámonos. Tengo un presentimiento.

Eso era la gota que colmaba el vaso. Había pasado el día entero aguantando el malhumor de su mujer, sin quejarse ni una sola vez. A cada momento, ella abría su móvil para ver si le había llegado otro mensaje, y ahora empezaba a sospechar seriamente que estaba pasando algo muy serio. ¿Otro hombre? ¿Su ex marido, al que había visto en el bar del hotel, y que quería concertar a toda costa una cita con ella? Si así fuera, ¿por qué no decía directamente lo que sentía, en vez de encerrarse en sí misma?

—No me vengas con presentimientos. Estoy intentando explicarte cariñosamente por qué celebran una fiesta como ésta. Si quieres ser la mujer de negocios que siempre has soñado, si quieres trabajar en la venta de alta costura, procura prestar atención a lo que te digo. Por cierto, te dije que vi a tu ex marido en el bar anoche, y me dijiste que era imposible. ¿Es por eso por lo que llevas el teléfono encendido?

—Él no tiene nada que hacer aquí.

Tenía ganas de decir: «Sé que ha intentado, y lo ha conseguido, destruir tu proyecto cinematográfico. Y sé que es capaz de ir mucho más allá. Estamos en peligro, vámonos.»

—No has respondido a mi pregunta.

—La respuesta es: sí. Es por eso por lo que llevo el móvil encendido. Porque lo conozco, sé que está cerca y tengo miedo.

Hamid se ríe.

—Yo también estoy cerca.

Ewa coge una copa de champán y se la bebe de un trago. Él no hace ningún comentario: eso no era más que otra provocación.

Mira a su alrededor, procurando olvidar las noticias recibidas a través del teléfono, y esperando la posibilidad de sacarse fotos con Jasmine antes de que los llamasen a todos para pasar al salón en el que se iba a servir la cena, y adonde los fotógrafos tenían prohibida la entrada. El envenenamiento del actor famoso no podría haber ocurrido en peor momento: nadie había preguntado por el gran contrato firmado con la modelo desconocida. Media hora antes era lo único que querían saber; ahora eso ya no le interesaba a la prensa.

Tras tantos años trabajando con el lujo y el glamour, aún tiene mucho que aprender: mientras que el contrato millonario había sido rápidamente olvidado, su anfitrión había sido capaz de mantener el interés en la fiesta perfecta. Ninguno de los periodistas ni de los fotógrafos abandonó el lugar para ir a la comisaría o al hospital, para averiguar lo que había sucedido. Claro, todos estaban especializados en moda, pero aun así sus editores no se habían atrevido a sacarlos de allí por una sencilla razón: los crímenes no aparecen en las mismas páginas que los eventos sociales.

Los especialistas en joyería y artículos de lujo no se embarcan en aventuras cinematográficas. Los grandes promotores de eventos saben que, independientemente de la sangre que esté corriendo por el mundo en ese preciso instante, la gente siempre va a buscar las fotos que reproducen un mundo perfecto, inalcanzable, exuberante.

Los asesinatos pueden ocurrir en la casa vecina o en la calle de al lado. Las fiestas como ésa, sólo en la cima del mundo. ¿Qué es más interesante para los mortales?

La fiesta perfecta.

La promoción de la misma empezó meses antes con notas en la prensa, afirmando que una vez más la joyería iba a celebrar su evento anual en Cannes, pero que las invitaciones ya estaban todas distribuidas. No era exactamente así; en ese momento, la mitad de los invitados recibían una especie de memorándum, en el que se les pedía amablemente que reservasen la fecha.

Como habían leído las noticias, respondían de inmediato. Reservaban la fecha, compraban los billetes de avión y pagaban el hotel durante doce días, aunque sólo fueran a quedarse cuarenta y ocho horas. Debían demostrarles a todos que aún seguían en la Superclase, lo cual les facilitaría negocios, les abriría puertas y alimentaría sus egos.

Dos meses después, llegaba la lujosa invitación. Las mujeres se ponían nerviosas porque no eran capaces de decidir cuál era el mejor vestido para la ocasión, y los hombres les decían a sus secretarias que llamaran a algunos de sus conocidos para preguntarles si había posibilidad de tomarse una copa de champán en el bar y hablar sobre determinado tema antes de que empezara la cena. Era la manera masculina de decir: «Me han invitado a la fiesta. ¿A ti también?» Aunque el otro alegase que estaba ocupado y que difícilmente podría viajar a Cannes en esa fecha, el mensaje estaba enviado: dicha «agenda completa» era una disculpa para el hecho de no haber recibido ninguna comunicación al respecto.

Minutos después, el «hombre ocupado» comenzaba a movilizar a amigos, asesores y socios hasta conseguir la invitación. De esa manera, el anfitrión podía seleccionar a la otra mitad a la que invitar, basándose en tres cosas: poder, dinero y contactos.

La fiesta perfecta.

Contratan a un equipo profesional. Cuando llega el día, la orden es servir el máximo de bebidas alcohólicas, preferentemente, el mítico e insuperable champán francés. Los invitados de otros países no se dan cuenta de que en ese caso están sirviendo una bebida producida en el propio país y, por tanto, bastante más barata de lo que imaginan. Las mujeres —como Ewa hace en ese momento— piensan que la copa con el líquido dorado es el mejor complemento para el vestido, los zapatos y el bolso. Los hombres también tienen una copa en la mano, pero beben mucho menos; están allí para ver al competidor con el que tienen que hacer las paces, el proveedor con el que necesitan mejorar sus relaciones, el cliente potencial que podría distribuir sus productos. En una noche como ésa se intercambian cientos de tarjetas de visita, la gran mayoría entre profesionales. Unas pocas, claro, se las dan a mujeres bonitas, pero todos saben que es una pérdida de tiempo: nadie está allí para encontrar al hombre o a la mujer de su vida, sino para hacer negocios, brillar y, eventualmente, divertirse un poco. La diversión es opcional, y lo menos importante.

La gente que está ahí esa noche procede de los tres vértices de un triángulo imaginario. Por un lado, están los que lo han conseguido todo, se pasan los días en campos de golf, en interminables comidas, en los clubes exclusivos, y cuando entran en una tienda tienen bastante dinero como para comprar sin preguntar antes el precio. Han llegado a la cima y se dan cuenta de algo en lo que no habían pensado antes: no pueden vivir solos. No soportan la compañía del marido o de la mujer, tienen que estar en movimiento, pensando que todavía marcan una gran diferencia para la humanidad, aunque hayan descubierto que, en el momento en el que dejan sus carreras, pasan a enfrentarse a una vida cotidiana tan aburrida como la de cualquier persona de clase media: desayuno, lectura de periódicos, comida, después una siesta, cena, televisión. Aceptan la mayoría de las invitaciones para cenar. Acuden a los eventos sociales y deportivos los fines de semana. Pasan las vacaciones en los sitios de moda (aunque ya se han retirado, todavía piensan que existe algo llamado «vacaciones»).

Del segundo vértice del triángulo vienen aquellos que

379

todavía no han conseguido nada, que intentan remar en aguas turbulentas, quebrar la resistencia de los vencedores, fingir alegría aunque tengan a su padre o a su madre en el hospital, vender lo que todavía no es suyo.

Finalmente, en el vértice superior, está la Superclase.

Es la combinación ideal para una fiesta: los que han llegado hasta allí y siguieron el camino normal de la vida; su tiempo de influencia se ha acabado, aunque tienen dinero para muchas generaciones y ahora descubren que el poder es más importante que la riqueza, pero ya es tarde. Los que todavía no han llegado y luchan con toda la energía y el entusiasmo para animar la fiesta, pensando que realmente han conseguido dar una buena impresión, y descubriendo que nadie los llama en las semanas siguientes, a pesar de las muchas tarjetas entregadas. Finalmente, aquellos que buscan el equilibrio en la cima, sabiendo que hace mucho viento allí arriba, y que cualquier cosa puede hacerles perder el equilibrio y hacerlos caer en el abismo.

La gente sigue acercándose para hablar con él; nadie menciona el tema del asesinato, ya sea por ignorancia, puesto que viven en un mundo en el que esas cosas no pasan, ya sea por delicadeza, lo cual duda mucho. Mira a su alrededor y ve precisamente lo que más detesta en materia de moda: mujeres de mediana edad vestidas como si tuvieran veinte años. ¿Acaso no se dan cuenta de que ya es hora de cambiar de estilo? Habla con uno, le sonríe a otro, agradece los elogios, les presenta a Ewa a los que todavía no la conocen. Sólo tiene una idea fija: encontrarse con Jasmine y posar para los fotógrafos durante los siguientes cinco minutos.

Un empresario y su esposa le relatan detalladamente la última vez que se vieron, algo de lo que Hamid no consigue acordarse, pero asiente con la cabeza. Hablan de viajes, reuniones, proyectos que están desarrollando. Nadie saca temas interesantes, como «¿eres realmente feliz?» o «después de todo lo que hemos vivido, ¿cuál es realmente el sentido de la victoria?». Si forman parte de la Superclase, deben comportarse como si estuvieran contentos y se sintieran realizados, aunque se pregunten: «¿Qué hacer de mi futuro, ahora que tengo todo lo que siempre he soñado?»

Una criatura sórdida que parece salida de un cómic, con pantalones ajustados por debajo de una túnica india, se acerca:

—Señor Hamid, lamento mucho…

—¿Quién es usted?

—En este momento trabajo para usted.

Qué absurdo.

—Estoy ocupado. Y ya sé todo lo que necesitaba saber respecto al lamentable incidente de esta noche, de modo que no se preocupe.

Pero la criatura no se aparta. Hamid empieza a sentirse incómodo con su presencia, sobre todo porque otros amigos que estaban cerca han oído la terrible frase: «Trabajo para usted.» ¿Qué van a pensar?

—Señor Hamid, voy a traer a la actriz de la película para que la conozca. He tenido que dejarla al recibir un mensaje telefónico, pero…

—Más tarde. En este momento estoy esperando a Jasmine Tiger.

El ser extraño se apartó. ¡Actriz de la película! Pobre chica, contratada y despedida el mismo día.

Ewa tiene una copa de champán en una de sus manos, el móvil en la otra, y un cigarrillo apagado entre los dedos. El empresario saca un mechero de oro del bolsillo para darle fuego.

—No te preocupes, yo misma podría haberlo hecho —responde—. Precisamente tengo la otra mano ocupada porque estoy intentando fumar menos.

Le gustaría decir: «Tengo el móvil en la mano para proteger a este idiota que está a mi lado. Que no me cree. Que nunca se ha interesado por mi vida ni por las cosas que he pasado. Si vuelvo a recibir un mensaje, monto un escándalo y se verá obligado a salir de aquí conmigo, aunque no quiera. Aunque después me insulte, al menos seré consciente de que le he salvado la vida. Conozco al criminal. Sé que la Maldad Absoluta está cerca.»

Una recepcionista pide a los invitados que se dirijan al salón de arriba. Hamid Hussein está preparado para aceptar su destino sin muchas quejas; la foto quedará para mañana, subirá la escalera con ella. En ese momento aparece uno de sus asistentes.

Jasmine Tiger no está en la fiesta. Debe de haberse marchado.

—No importa. Tal vez hayan olvidado decirle que teníamos que vernos aquí.

Parece tranquilo, como el que está acostumbrado a situaciones semejantes. Pero, en realidad, le hierve la sangre: «¿Se ha ido de la fiesta? ¿Quién se cree que es?»

Es tan fácil morir. Aunque el organismo humano sea uno de los mecanismos mejor concebidos de la creación, basta con que un pequeño proyectil de plomo entre a cierta velocidad, corte aquí y allí sin criterio alguno, y ya está.

Muerte: según el diccionario, el final de una vida (aunque vida también sea algo que necesita una definición correcta). La paralización permanente de las funciones vitales del cuerpo, como el cerebro, la respiración, el riego sanguíneo y el corazón. Dos cosas resisten ese proceso durante algunos días o semanas: tanto el pelo como las uñas siguen creciendo.

La definición cambia cuando se piensa en las religiones: para algunas se trata de un paso a un estado superior, mientras que otras aseguran que se trata de un estado provisional, y que el alma que antes habitaba ese cuerpo tendrá que volver más adelante para pagar por sus pecados o para disfrutar en otra vida de las bendiciones que no le fueron otorgadas durante la reencarnación anterior.

La chica está quieta a su lado. O el efecto del champán ha llegado a su punto álgido, o ya se le ha pasado, y ahora se da cuenta de que no conoce a nadie, que puede ser su primera y última invitación, que, a veces, los sueños se convierten en pesadillas. Algunos hombres se acercaron cuando él se apartó con la chica triste, pero por lo visto ninguno la hizo sentirse cómoda. Al verlo otra vez, le pidió que la acompañase el resto de la fiesta. Le preguntó si tenía coche para volver, porque no tiene dinero, y su compañero por lo visto no va a volver.

—Sí, puedo dejarte en casa. Será un placer.

No estaba en sus planes, pero desde que vio a la policía vigilando a la multitud, debe aparentar que está acompañado; es otra de las muchas personas importantes y desconocidas que están presentes, orgulloso de tener a su lado a una mujer bonita, bastante más joven, lo que encaja perfectamente con las costumbres del lugar.

—¿No crees que debemos entrar?

—Sí, pero conozco este tipo de eventos, y lo más inteligente es esperar a que todos estén sentados. Al menos tres o cuatro mesas tienen sitios reservados, y no podemos correr el riesgo de pasar por una situación incómoda.

Nota que la chica se queda un poco decepcionada al enterarse de que él no tiene un sitio reservado, pero se conforma.

Los camareros están recogiendo las copas vacías esparcidas por todo el jardín. Las modelos ya han bajado de los ridículos pedestales sobre los que bailaban para demostrarles a los hombres que todavía hay vida interesante sobre la faz de la Tierra, y para recordarles a las mujeres que necesitan urgentemente una liposucción, un poco de Botox, una aplicación de silicona, cirugía estética.

—Por favor, vamos. Necesito comer o caeré enferma.

Ella lo coge del brazo y se dirigen hacia el salón del piso de arriba. Por lo visto, el mensaje para Ewa fue recibido y descartado, pero ahora sabe qué esperar de una persona tan corrompida como su ex mujer. La presencia del ángel de las cejas espesas sigue a su lado, fue ella la que lo hizo cambiar en el momento oportuno, ver al policía de paisano, cuando teóricamente su atención debería estar centrada en el famoso modisto que acababa de llegar.

—Está bien, entremos.

Suben la escalera y caminan hasta el salón. En el momento de entrar, le pide delicadamente a la chica que le suelte el brazo, ya que sus amigos podrían malinterpretar lo que ven.

—¿Estás casado?

—Divorciado.

Sí, Hamid está seguro, su intuición era acertada, los problemas de esa noche no significan nada al lado de lo que acaba de ver. Como no tiene absolutamente ningún interés profesional en participar en un festival de cine, sólo hay una razón para su presencia allí.

—¡Igor!

El hombre a distancia, acompañado de una mujer más joven, mira hacia él. El corazón de Ewa se dispara.

—¿Qué haces?

Pero Hamid ya se ha levantado sin excusarse. No, no sabe lo que hace. Se dirige a la Maldad Absoluta, sin límites, capaz de hacer cualquier cosa, absolutamente cualquier cosa. Piensa que está ante un adulto y que puede enfrentarse a él, ya sea con la fuerza física o con argumentos lógicos. Lo que no sabe es que la Maldad Absoluta tiene un corazón de niño, sin ninguna responsabilidad en absoluto con respecto a sus actos, siempre convencido de que tiene razón. Y cuando no consigue lo que quiere, no duda en usar todas las artimañas posibles para satisfacer su deseo. Ahora entiende cómo el ángel se transformó en demonio con tanta rapidez: porque siempre ha albergado la venganza y el rencor en su corazón de niño, a pesar de afirmar que había crecido y superado todos sus traumas. Porque fue el mejor entre los mejores cuando tuvo que demostrar su capacidad para vencer en la vida, lo que le confirmó la condición de omnipotencia. Porque no sabe desistir, ya que ha sido capaz de sobrevivir a los peores tormentos por los que era capaz de caminar sin mirar nunca atrás, con ciertas palabras en su corazón: «Un día voy a volver. Y vais a ver de lo que soy capaz.»

—Al parecer, ha visto a alguien más importante que nosotros —dice irónicamente la ex miss Europa, sentada también en la mesa principal, junto a otras dos celebridades y el anfitrión de la fiesta.

Ewa procura disfrazar el malestar que se ha instalado, pero no sabe qué hacer. El anfitrión parece divertirse con eso; espera su reacción.

—Disculpen. Es un antiguo amigo mío.

Hamid se dirige hacia el hombre, que parece vacilar. La chica que está con él grita:

—¡Aquí estoy, señor Hamid Hussein! ¡Soy su nueva actriz!

La gente de otras mesas se vuelve para ver qué está pasando.

El anfitrión sonríe; siempre es bueno que suceda algo fuera de lo común, así los invitados tendrán mucho de qué hablar después. Para entonces Hamid se ha parado delante del hombre; el anfitrión nota que algo va mal, y se dirige a Ewa.

—Creo que es mejor ir a buscarlo. O, si quiere, podemos poner otra silla extra para su amigo, pero su compañera tendrá que sentarse lejos de aquí.

Los invitados desvían la atención hacia sus platos, sus conversaciones sobre yates, aviones privados, cotizaciones en la Bolsa de Valores. Sólo el anfitrión está atento a lo que sucede.

—Ve a buscarlo —insiste.

Ewa no está allí, como él piensa. Su pensamiento está a miles de kilómetros de distancia, en un restaurante de Irkutsk, cerca del lago Baikal. La escena era diferente; Igor conducía a otro hombre hacia afuera.

Con mucho esfuerzo, se levanta y se acerca.

—Vuelve a la mesa —le ordena Hamid en voz baja—. Nosotros dos vamos a salir para hablar.

Ése era precisamente el paso más absurdo que podía dar en ese momento. Ella lo agarra del brazo, finge que ríe y que está animada al reencontrarse con alguien al que no veía hacía tiempo, y dice con toda la tranquilidad del mundo:

—¡Pero van a servir la cena!

Evitó decir «Amor mío». No quiere abrir las puertas del infierno.

—Tiene razón. Mejor hablamos aquí mismo.

¿Ha dicho eso él? ¿Habrá imaginado cosas y no es nada de lo que piensa? ¿El niño por fin ha crecido y se ha transformado en un adulto responsable? ¿El demonio fue perdonado por su arrogancia y vuelve al reino de los cielos?

Quiere estar equivocada, pero los dos hombres mantienen la mirada fija el uno en el otro. Hamid puede leer algo perverso por detrás de las pupilas azules, y por un momento siente un escalofrío. La chica le tiende la mano.

—Es un placer. Mi nombre es Gabriela…

Él no le devuelve el saludo. Los ojos del otro hombre brillan.

—Hay una mesa en la esquina. Vamos a sentarnos juntos —dice Ewa.

¿Una mesa en la esquina? ¿Su mujer iba a dejar el lugar de honor para sentarse en una mesa en un rincón de la fiesta? Pero Ewa ya los ha cogido a los dos del brazo y los conduce a la única mesa disponible cerca de la puerta por la que salen los camareros. La «actriz» sigue al grupo. Hamid se suelta un momento, se dirige al anfitrión y le pide disculpas.

—Acabo de encontrar a un amigo de la infancia, que se va mañana, y no quiero perder bajo ningún concepto esta oportunidad para hablar un poco. Por favor, no nos esperéis, no sé cuánto vamos a tardar.

—Nadie ocupará vuestros lugares —responde sonriendo el anfitrión, sabiendo que las dos sillas van a quedar desocupadas.

—Creí que era un amigo de la infancia de su mujer —dice otra vez irónica la ex miss Europa.

Pero Hamid ya se dirigía a la peor mesa del salón, reservada para los asesores de las celebridades, que siempre consiguen alguna forma de colarse en los lugares en los que no deberían estar presentes, a pesar de todas las precauciones.

«Hamid es un buen hombre —piensa el anfitrión, mientras ve al famoso estilista alejarse con la cabeza erguida—. Y este comienzo de la noche debe de estar siendo muy difícil para él.»

Se sientan en la mesa de la esquina. Gabriela comprende que tiene una oportunidad única (otra de las oportunidades únicas que se le han presentado ese día). Dice lo contenta que está por la invitación, que hará lo posible y lo imposible para dar todo lo que esperan de ella.

—Confío en usted. He firmado el contrato sin leerlo.

Las otras tres personas no dicen ni una palabra, sólo se miran. ¿Va algo mal, o será el efecto del champán? Mejor seguir la conversación.

—Y también estoy muy contenta porque, a pesar de lo que dicen por ahí, el proceso de selección ha sido justo. Nada de peticiones, nada de favores. Hice una prueba por la mañana, e incluso antes de terminar de leer mi texto, me interrumpieron y me pidieron que fuera a un yate a hablar con el director. Es un buen ejemplo para todo el mundo artístico, señor Hussein. Dignidad en la profesión, honestidad en el momento de escoger con quién va a trabajar. La gente se imagina que el mundo del cine es totalmente diferente, que lo único que realmente cuenta…

Iba a decir «es acostarse con el productor», pero está al lado de su mujer.

—… es la apariencia de la persona.

El camarero trae los entrantes y comienza a recitar el monólogo que esperan de él:

—Como entrante tenemos corazones de alcachofa en salsa de mostaza de Dijon, aliñados con aceite de oliva, finas hierbas y acompañados de pequeñas lonchas de queso de cabra de los Pirineos…

Sólo la chica más joven, con una sonrisa, presta atención a lo que está diciendo. El camarero se da cuenta de que no es bienvenido y se aleja.

—¡Debe de ser delicioso!

Mira a su alrededor. Nadie ha llevado el tenedor al plato. Algo va mal.

—Ustedes tienen que hablar, ¿verdad? Tal vez sea mejor que me siente en otra mesa.

—Sí —dice Hamid.

—No, quédate aquí —dice la mujer.

¿Y ahora qué hacer?

—¿Estás bien en su compañía? —pregunta la mujer.

—Acabo de conocer a Gunther.

Gunther. Hamid y Ewa miran al impasible Igor a su lado.

—¿Y qué hace?

—¡Pero ustedes son sus amigos!

—Sí. Y sabemos lo que hace. Lo que no sabemos es lo que tú sabes de su vida.

Gabriela se vuelve hacia Igor. ¿Por qué él no la ayuda?

Alguien llega y pregunta qué tipo de vino quieren tomar:

—¿Blanco o tinto?

Acaba de salvarla un extraño.

—Tinto para todos —responde Hamid.

—Volviendo al tema, ¿qué hace Gunther?

No la ha salvado.

—Maquinaria pesada, por lo que he sabido. No tenemos ninguna otra relación, y lo único que tenemos en común es que los dos estábamos esperando a amigos que no han venido.

Buena respuesta, piensa Gabriela. Puede que esa mujer tenga una aventura secreta con su nuevo amigo. O una aventura conocida, que su marido acababa de descubrir esa noche, y de ahí la tensión en el ambiente.

—Su nombre es Igor. Es el dueño de una de las mayores operadoras de telefonía móvil de Rusia. Eso es muchísimo más importante que vender maquinaria pesada.

Y si es así, ¿por qué mintió? Decide quedarse callada.

—Esperaba encontrarte aquí, Igor —ahora ella se dirige al hombre.

—He venido a buscarte pero he cambiado de idea —es la respuesta directa.

Gabriela toca el bolso lleno de papel, y finge sorpresa.

—Está sonando mi móvil. Creo que mi acompañante acaba de llegar y tengo que buscarlo. Discúlpenme, pero ha venido desde muy lejos para acompañarme, no conoce a nadie aquí, y me siento responsable por su presencia.

Se levanta. La etiqueta dice que no se debe dar la mano al que está comiendo, aunque hasta el momento nadie haya tocado siquiera el tenedor. Pero las copas de vino ya están vacías.

Y el hombre que se llamaba Gunther hasta hacía dos minutos acababa de pedir que le llevaran una botella entera a la mesa.

—Espero que hayas recibido mis mensajes —dice Igor.

—He recibido tres. Puede que la telefonía aquí funcione peor que la que tú desarrollaste.

—No estoy hablando de teléfonos.

—Entonces no sé de qué estás hablando.

Tiene ganas de decir: «Claro que lo sé.»

Igual que Igor debe de saber que durante el primer año de su relación con Hamid esperó una llamada, un mensaje, algún amigo común que le dijese que la echaba de menos. No quería tenerlo cerca, pero sabía que lastimarlo era lo peor que podía hacer; al menos debía calmar la Furia, fingir que iban a ser buenos amigos en un futuro. Una tarde, tras beber un poco, decidió llamarlo, había cambiado el número de móvil. Cuando llamó al despacho le dijeron que «estaba en una reunión». En las llamadas siguientes —siempre que bebía un poco y se armaba de valor— descubría que Igor «estaba de viaje» o que «la iba a llamar pronto». Lo que nunca sucedía, claro.

Y ella empezó a ver fantasmas en todas las esquinas, a sentir que la vigilaban, que pronto su destino sería el mismo que el del mendigo y las demás personas sobre las que él había insinuado que «les había permitido pasar a una mejor situación». Mientras, Hamid no le preguntaba nunca por su pasado, alegando que es un derecho de todos guardar la vida privada en los subterráneos de la memoria. Lo hacía todo para que ella se sintiera feliz, decía que la vida tenía sentido desde el momento en que la conoció, y le demostraba que podía sentirse segura, protegida.

Un día, la Maldad Absoluta llamó al timbre de su casa en Londres. Hamid estaba en casa y lo echó. No sucedió nada en los meses siguientes.

Poco a poco, se fue engañando a sí misma. Sí, había hecho la elección correcta: a partir del momento en que escogemos un camino, los otros desaparecen. Era infantil pensar que podía estar casada con uno y ser amiga del otro; eso sólo sucede cuando las personas están equilibradas, lo que no era el caso de su ex marido. Mejor pensar que alguna mano invisible la había salvado de la Maldad Absoluta. Es lo suficiente mujer como para hacer que el hombre que está a su lado sea dependiente de ella, e intenta ayudarlo en todo lo que puede: amante, consejera, esposa, hermana.

Dedica toda su energía a ayudar a su nuevo compañero. Durante todo ese tiempo sólo ha tenido una única y verdadera amiga, que, tal como surgió, desapareció. También era rusa pero, al contrario que ella, su marido la había abandonado, y estaba en Inglaterra sin saber muy bien qué hacer. Hablaba con ella casi todos los días.

«Lo dejé todo —decía—. Y no me arrepiento de mi decisión. Habría hecho lo mismo aunque Hamid, en contra de mi voluntad, no hubiera comprado la bonita finca en España y la hubiera puesto a mi nombre. Habría tomado la misma decisión aunque Igor, mi ex marido, me hubiera ofrecido la mitad de su fortuna. Tomaría la misma decisión porque sé que ya no debo tener miedo. Si uno de los hombres más deseados del mundo quiere estar a mi lado, soy mejor de lo que yo misma creo.»

Todo mentira. No intentaba convencer a su única confidente, sino a sí misma. Era una farsa. Por detrás de la mujer fuerte que en ese momento estaba sentada a esa mesa con dos hombres importantes y poderosos, había una niña que tenía miedo a perder, a quedarse sola, pobre, que no había experimentado jamás la sensación de ser madre. ¿Estaba acostumbrada al lujo y al glamour? No. Procuraba estar preparada para perderlo todo al día siguiente, cuando descubrieran que era mucho peor de lo que pensaba, incapaz de responder a las expectativas de los demás.

¿Sabía manipular a los hombres? Sí. Todos pensaban que era fuerte, segura de sí misma, dueña de su propio destino; que de un momento a otro podía abandonar a cualquier hombre, por más importante y deseado que fuese. Y lo que era peor: los hombres también lo creían. Como Igor. Como Hamid.

Porque sabía interpretar. Porque nunca decía exactamente lo que pensaba. Porque era la mejor actriz del mundo, sabía esconder mejor que nadie su lado patético.

—¿Qué quieres? —pregunta él en ruso.

—Más vino.

Su voz sonaba como si no le importara demasiado la respuesta: él ya había dicho lo que deseaba.

—Antes de que te fueras, te dije algo. Creo que lo has olvidado.

Había dicho muchas cosas, como «por favor, te prometo que cambiaré y trabajaré menos», o «eres la mujer de mi vida», «si te vas, me destruirás»; frases que todo el mundo escucha y que sabe que no tienen ningún sentido.

—Te dije: si te vas, destruiré el mundo.

No podía recordarlo, pero era posible. Igor siempre había sido un pésimo perdedor.

—¿Y eso qué quiere decir? —preguntó en ruso.

—Al menos, sed educados y hablad en inglés —interrumpió Hamid.

Igor lo encaró.

—Hablaré en inglés, pero no por educación, sino porque quiero que entiendas.

Y dirigiéndose de nuevo a Ewa:

—Dije que iba a destruir el mundo para que volvieras. Empecé a hacerlo, pero un ángel me salvó; no lo mereces. Eres una mujer egoísta, implacable, a la que sólo le interesa conseguir más fama, más dinero. Rechazaste todo lo bueno que tenía para ofrecerte porque piensas que una casa en el interior de Rusia no encaja en el mundo en el que deseas vivir, al cual no perteneces y nunca pertenecerás.

»Me he sacrificado a mí mismo y a los demás por tu culpa, y eso no puede quedar así. Tengo que llegar hasta el final para poder volver al mundo de los vivos con la sensación de la misión y el deber cumplidos. En este momento en el que hablamos, estoy en el mundo de los muertos.

Los ojos de ese hombre inspiraban la Maldad Absoluta, piensa Hamid, mientras asiste a esa conversación absurda, intercalada de largos períodos de silencio. Perfecto: dejará que las cosas lleguen hasta el fin, tal como está sugiriendo, siempre que ese fin no implique perder a la mujer amada. Mejor dicho: el ex marido apareció acompañado de esa mujer vulgar, y la insulta delante de él. Dejará que vaya un poco más lejos, y sabrá interrumpir la conversación en el momento deseado, cuando ya no pueda pedir disculpas y decir que está arrepentido.

Ewa debe de estar notando lo mismo: un odio ciego contra todo y contra todos, simplemente porque determinada persona no fue capaz de satisfacer su voluntad. Le pregunta qué habría hecho si se viera en el lugar del hombre que ahora parecía luchar por la mujer amada.

Sería capaz de matar por ella.

El camarero aparece y ve que no han tocado los platos.

—¿Ocurre algo con la comida?

Nadie responde. El camarero lo entiende todo: la mujer estaba con un amante en Cannes, el marido la descubrió y ahora se estaban enfrentando. Ha visto esa escena muchas veces y generalmente termina en pelea o escándalo.

—Otra botella de vino —dice uno de los hombres.

—No mereces absolutamente nada —dice el otro, con los ojos fijos en la mujer—. Me has utilizado como utilizas a ese idiota que tienes a tu lado. Fuiste el mayor error de mi vida.

El camarero decide consultárselo al anfitrión de la fiesta antes de servirles otra botella, pero el otro hombre ya se ha levantado y le dice a la mujer:

—Basta. Salgamos de aquí.

—Sí, salgamos de aquí, pero a la calle —dice el otro—. Quiero ver hasta dónde eres capaz de llegar para defender a una persona que no sabe el significado de las palabras «honor» y «dignidad».

Los machos se enfrentan por culpa de una hembra. La mujer les pide que no lo hagan, que vuelvan a la mesa, pero su marido parece estar realmente dispuesto a devolver el insulto. El camarero piensa en avisar a los de seguridad de que va a haber una pelea fuera, pero el maître le dice que el servicio va lento, ¿qué está haciendo ahí parado? Tiene que servir las otras mesas.

Tiene toda la razón: lo que allí sucede no es problema suyo. Si dice que estaba escuchando la conversación, será reprendido.

Le pagan por servir mesas, no para salvar el mundo.

Los tres cruzan el jardín en el que habían servido el cóctel y que están transformando rápidamente; cuando los invitados bajen, se encontrarán una pista de baile con luces especiales, tarima de material sintético y muchas barras con bebida gratis en las esquinas.

Igor camina delante sin decir nada. Ewa lo sigue en silencio y Hamid completa la fila. La escalera que da a la playa está cerrada por una pequeña puerta de metal, que abren fácilmente. Igor les pide que pasen delante, Ewa se niega. Él parece no molestarse y sigue adelante, bajando los tramos de escaleras que llevan hasta el mar, allá abajo. Sabe que Hamid no se va a acobardar. Hasta el momento en que lo vio en la fiesta, no pasaba de ser un modisto sin escrúpulos, capaz de seducir a una mujer casada y de manipular la vanidad de los demás. Ahora, sin embargo, lo admira secretamente. Es un hombre de verdad, capaz de luchar hasta el final por alguien a quien juzga importante, aunque Igor sabe que Ewa no merece ni las migajas del trabajo de la actriz que conoció esa noche. No sabe interpretar: puede sentir su miedo, sabe que está sudando, pensando a quién llamar, cómo pedir socorro.

Llegan a la arena. Igor va hasta el final de la playa y se sienta cerca de algunas rocas. Les pide a los dos que hagan lo mismo. Sabe que, aparte del pánico que siente, Ewa también piensa: «Se me va a arrugar el vestido. Voy a ensuciar los zapatos.» Pero se sienta a su lado. El hombre le pide que se aparte un poco, quiere sentarse allí. Ewa no se mueve.

Él no insiste. Ahora están allí los tres, como si fueran viejos conocidos, en busca de un momento de paz para contemplar la luna llena que sale, antes de verse obligados a volver a subir y soportar el ruido infernal de la discoteca allá arriba.

Hamid se promete a sí mismo: diez minutos, tiempo suficiente para que el otro diga todo lo que piensa, que desahogue su rabia y vuelva al lugar del que ha venido. Si se pone violento, estará perdido: él es físicamente más fuerte y los beduinos lo educaron para reaccionar con velocidad y precisión ante cualquier ataque. No quería un escándalo en la cena, pero el ruso no debe engañarse: está preparado para todo.

Cuando vuelvan a subir, irá a disculparse ante el anfitrión y a explicarle que el incidente ya se ha resuelto: sabe que puede hablar abiertamente con él, decirle que el ex marido de su mujer apareció sin avisar y que se vio obligado a sacarlo de la fiesta antes de que provocase algún problema. Por cierto, si el hombre no se va en cuanto vuelvan arriba, llamará a uno de sus guardias de seguridad para que lo eche. Tanto da que sea rico, que posea una de las mayores compañías de telefonía móvil de Rusia; está siendo inconveniente.

—Me traicionaste. No sólo durante los dos años que llevas con este hombre, sino todo el tiempo que pasamos juntos.

Ewa no responde.

—¿Qué serías capaz de hacer para seguir con ella?

Hamid reflexiona sobre si debe contestar o no. Ewa no es una mercancía con la que se puede negociar.

—Pregúntamelo de otra manera.

—Perfecto. ¿Darías la vida por la mujer que tienes a tu lado?

Maldad pura en los ojos de ese hombre. Aunque haya cogido un cuchillo del restaurante —no le prestó atención a ese detalle, pero debe pensar en todas las posibilidades—, podrá desarmarlo fácilmente. No, no sería capaz de dar la vida por nadie, salvo por Dios o por el jefe de su tribu. Pero tenía que decir algo.

—Sería capaz de luchar por ella. Creo que, en un momento dado, sería capaz de matar por ella.

Ewa ya no soporta la presión; le gustaría decir todo lo que sabe respecto al hombre que está a su derecha. Está segura de que ha cometido el crimen, acabó con el sueño de productor que su nuevo compañero alentó durante tantos años.

—Subamos.

Realmente quiere decir: «Por favor, vayámonos inmediatamente de aquí. Estás hablando con un psicópata.»

Igor parece no escucharla.

—Serías capaz de matar por ella. Por tanto, serías capaz de morir por ella.

—Si luchara y perdiera, creo que sí. Pero no vamos a montar una escena aquí en la playa.

—Quiero subir —repite Ewa.

Pero Hamid siente que le tocan el amor propio. No puede irse de allí como un cobarde. Empieza el ancestral baile de los hombres y los animales para impresionar a la hembra.

—Desde que te fuiste, nunca más pude volver a ser yo mismo —dice Igor, como si estuviera solo en la playa—. Mis negocios mejoraron. Conseguí mantener la sangre fría durante el día, mientras pasaba las noches sumido en la depresión. Perdí algo de mí que nunca podré volver a recuperar. Creí que podía, cuando vine a Cannes. Pero ahora que estoy aquí, me doy cuenta de que la parte de mí que murió no puede ni debe ser resucitada. Nunca volvería contigo, ni aunque te arrastrases a mis pies, implorando perdón o amenazando con suicidarte.

Ewa respira. Al menos, no va a haber pelea.

—No entendiste mis mensajes. Te dije que sería capaz de destruir el mundo, pero no lo viste. Y si lo viste, no lo creíste. ¿Qué es destruir el mundo?

Mete la mano en el bolsillo del pantalón y saca una arma pequeña. Pero no apunta hacia nadie; sigue con la mirada fija en el mar, en la Luna. La sangre corre más de prisa en las venas de Hamid: o el otro sólo quiere asustarlos y humillarlos, o está ante un combate mortal. ¿Pero allí, en esa fiesta? ¿Sabiendo que lo van a detener en cuanto suba de nuevo la escalera? No puede estar tan loco, o no habría conseguido todo lo que ha conseguido en la vida.

Basta de distracciones. Es un guerrero entrenado para defenderse y para atacar. Debe quedarse totalmente inmóvil, porque aunque el otro no lo esté mirando directamente, sabe que sus sentidos están atentos a cualquier gesto.

Lo único que puede mover sin que el otro lo note son los ojos; no hay nadie en la playa. Arriba, suenan los primeros acordes de la banda que afina los instrumentos, se prepara para la gran alegría de la noche. Hamid no está pensando; sus instintos están entrenados para reaccionar sin la interferencia del cerebro.

Entre él y el hombre está Ewa, hipnotizada por la visión del arma. Si intenta cualquier cosa, él se volverá para disparar y podría darle a ella.

Sí, puede que su primera hipótesis sea correcta. Sólo quiere asustarlos un poco. Obligarlo a ser cobarde, a perder su honor. Si realmente quisiera disparar, no agarraría el arma de esa manera. Mejor hablar, tranquilizarlo, mientras busca una salida.

—¿Qué es destruir el mundo? —pregunta.

—Es destruir una simple vida. El universo acaba ahí. Todo lo que la persona vio, experimentó, todas las cosas buenas y malas que se cruzaron en su camino, todos los sueños, las esperanzas, las derrotas y las victorias, todo deja de existir. Cuando éramos niños, en el colegio aprendíamos un texto que más tarde descubrí que pertenecía a un religioso protestante. Decía algo así como: «Cuando este mar que está ante nosotros arrastra un grano de arena al fondo, toda Europa se hace más pequeña. Evidentemente, no lo notamos porque sólo es un grano de arena. Pero en ese momento, el continente se hace más pequeño.»

Igor hace una pausa. Le irrita el ruido procedente de arriba, las olas lo estaban relajando y tranquilizándolo, preparado para saborear ese momento con el debido respeto. El ángel de las cejas espesas lo está observando todo y está contento con lo que ve.

—Aprendíamos eso para entender también que somos responsables de la sociedad perfecta, el comunismo —continúa—. Uno era hermano del otro. En verdad, uno era vigía, delator del otro.

Vuelve a calmarse, reflexiona.

—No te oigo bien.

Así tiene un motivo para moverse.

—Por supuesto que me oyes. Sabes que tengo una arma en la mano y quieres acercarte para ver si me la arrebatas. Intentas hablar para distraerme mientras piensas qué debes hacer. Por favor, no te muevas, todavía no ha llegado el momento.

—Igor, dejemos todo esto —dice Ewa en ruso—. Te amo. Vayámonos juntos.

—Habla en inglés. Tu compañero tiene que entenderlo todo.

Sí, lo entendería. Y más tarde le estaría agradecido.

—Te amo —repite en inglés—. Nunca recibí tus mensajes, o habría vuelto corriendo. Le dejé muchos recados a tu secretaria que nunca contestaste.

—Es verdad.

—Desde que hoy recibí tus mensajes, no podía esperar para verte. No sabía dónde estabas, pero sabía que vendrías a buscarme. Sé que no quieres perdonarme, pero al menos permíteme volver a vivir a tu lado. Seré tu empleada, tu criada, te cuidaré a ti y a tu amante, si decides tener una. Todo cuanto quiero es estar a tu lado.

Después ya se lo explicaría todo a Hamid. Ahora era el momento de decir cualquier cosa para poder salir de allí y volver arriba, al mundo real, donde había policías capaces de impedir que la Maldad Absoluta siguiera mostrando su odio.

—Perfecto. Me gustaría creerte. Mejor dicho, me gustaría creer que yo también te amo y que quiero que vuelvas. Pero no es verdad. Creo que estás mintiendo, como siempre.

Hamid ya no escucha lo que dice ninguno de los dos; su mente está lejos de allí, junto con sus antepasados guerreros, pidiendo inspiración para el golpe certero.

—Podrías haberme dicho que nuestro matrimonio no iba como ambos esperábamos. Hemos construido tantas cosas juntos; ¿acaso era imposible encontrar una solución? Siempre hay un modo de permitir que la felicidad entre en nuestras casas, pero para eso ambos miembros de la pareja tienen que darse cuenta de los problemas. Habría escuchado todo lo que tenías que decirme, nuestro matrimonio habría vuelto a disfrutar de la excitación y la alegría de cuando nos conocimos. Pero no quisiste hacerlo. Preferiste la salida más fácil.

—Siempre te he tenido miedo. Y ahora, con esa arma en las manos, tengo más miedo todavía.

Hamid vuelve otra vez a la Tierra al oír el comentario de Ewa; su alma ya no vaga por el espacio, pidiéndoles consejo a los guerreros del desierto, intentando saber cómo reaccionar.

Ella no puede haber dicho eso. Le está dando poder al enemigo; ahora sabe que es capaz de aterrorizarla.

—Me gustaría haberte invitado a cenar algún día, decirte que me sentía sola a pesar de todos los banquetes, las joyas, los viajes, las recepciones con reyes y presidentes —continúa Ewa—. ¿Y sabes qué? Siempre me hacías regalos caros, pero nunca me mandaste la cosa más sencilla del mundo: flores.

Se ha convertido en una discusión de pareja.

—Voy a dejar que sigáis hablando.

Igor no dice nada. Sigue con la mirada fija en el mar, pero lo apunta con el arma, sugiriéndole que no se mueva. Está loco; esa calma aparente es más peligrosa que los gritos de rabia o las amenazas violentas.

—En fin —continúa, como si no se hubiera distraído con los comentarios de ella ni con el movimiento de él—, escogiste la salida más fácil: abandonarme. Ni siquiera me diste una oportunidad, no entendiste que todo lo que hacía era por ti, para ti, en tu honor.

»Aun así, a pesar de todas las injusticias, de todas las humillaciones, aceptaría cualquier cosa para que volvieras. Hasta hoy. Hasta el momento en que te envié los mensajes y tú fingiste que no los habías recibido. Ni siquiera el sacrificio de esas personas fue capaz de conmoverte, de matar tu sed de poder y de lujo.

La Celebridad envenenada y el director que se debate entre la vida y la muerte: ¿estará Hamid imaginando lo inimaginable? Y entonces comprende algo más grave: el hombre que está a su lado acaba de firmar su sentencia de muerte con su confesión. O se suicida, o acaba con la vida de ambos porque saben demasiado.

Puede que esté delirando. Puede que haya entendido mal, pero el tiempo se agota.

Mira el arma en la mano del hombre. De calibre pequeño. Si no alcanza puntos críticos del cuerpo, no hará mucho daño. No debe de tener experiencia con armas, o habría escogido algo más poderoso. No sabe lo que hace, debe de haber comprado lo primero que le ofrecieron, diciendo que disparaba balas y que podía matar.

Por otro lado, ¿por qué comenzaron a ensayar? ¿No se dan cuenta de que el sonido de la música no dejará que se oiga el disparo? ¿Sabrán la diferencia entre un tiro y los muchos ruidos artificiales que en ese momento infestan —el término es ése, infestan, apestan, contaminan— el ambiente?

El hombre guarda de nuevo silencio y eso es mucho más peligroso que si siguiera hablando, vaciando un poco su corazón de la amargura y del odio. Sopesa de nuevo las posibilidades, tiene que reaccionar en los próximos segundos. Echarse encima de Ewa y agarrar el arma mientras está displicentemente apoyada en su regazo, aunque el dedo esté en el gatillo. Tender los brazos hacia adelante. Él retrocederá con el susto, y en ese momento Ewa saldrá de la línea de tiro. Él levantará el brazo hacia él, apuntando con el arma, pero ya estará lo suficientemente cerca como para agarrarle el puño. Todo pasará en un segundo.

Ahora.

Puede que ese silencio signifique algo positivo, como que ha perdido la concentración. O tal vez sea el principio del fin: ya ha dicho todo lo que tenía que decir.

Ahora.

En la primera fracción de segundo, los músculos de su pierna izquierda se tensan al máximo, empujándolo con rapidez y violencia hacia la Maldad Absoluta; el volumen de su cuerpo disminuye a medida que se echa sobre el regazo de la mujer, con las manos extendidas hacia adelante. El primer segundo continúa, y ve que el arma apunta directamente hacia su cabeza; el movimiento del hombre ha sido más rápido de lo que esperaba.

Su cuerpo sigue volando hacia el arma. Deberían haber hablado antes; Ewa jamás le contó demasiado acerca de su ex marido, como si perteneciese a un pasado que no le gustara recordar bajo ninguna circunstancia. Aunque todo está sucediendo a cámara lenta, ha retrocedido con la rapidez de un gato. La pistola no tiembla.

El primer segundo está llegando al final. Ve un movimiento del dedo pero no hay sonido, salvo la presión de algo que rompe los huesos de su frente. A partir de ahí, su universo se apaga, y con él, van los recuerdos del joven que soñó con ser alguien, su llegada a París, su padre con la tienda de tejidos, el jeque, las luchas para conseguir un lugar bajo el sol, los desfiles, los viajes, conocer a la mujer amada, los días de vino y rosas, las sonrisas y los llantos, la última salida de la Luna, los ojos de la Maldad Absoluta, los ojos asustados de su mujer, todo desaparece.

—No grites. No digas ni una palabra. Cálmate.

Por supuesto que no va a gritar, y tampoco tiene que pedirle que se calme. Está en estado de *shock* como animal que es, a pesar de las joyas y del vestido caro. La sangre ya no circula a la misma velocidad que antes, palidece, se le apaga la voz, la presión arterial desciende. Sabe exactamente lo que siente: él sintió lo mismo al ver el rifle del guerrero afgano apuntándole al pecho. Inmovilidad total, incapacidad para reaccionar. Se salvó porque un compañero suyo disparó primero. Hasta el día de hoy sentía gratitud hacia el hombre que le había salvado la vida; todos pensaban que era su chófer, cuando en realidad tenía muchas acciones de la compañía. Siempre hablaban, habían hablado esa misma tarde; lo llamó para saber si Ewa había dado muestras de haber recibido los mensajes.

Ewa, pobre Ewa. Con un hombre muriendo en su regazo. Los seres humanos son imprevisibles, reaccionan con arrogancia, sin pensar que en algún momento el enemigo será capaz de vencerlos. Las armas también son imprevisibles, la bala tendría que haber salido por el otro lado de la cabeza, volándole la tapa de los sesos, pero teniendo en cuenta el ángulo de tiro, debía de haberle atravesado el cerebro, desviado algún hueso y penetrado en el tórax. Tiembla descontroladamente, sin sangrado visible.

Debe de haber sido el temblor, y no el disparo, lo que ha puesto a Ewa en este estado. Empuja el cuerpo con los pies y le pega un tiro en la nuca. Los temblores cesan. El hombre merece tener una muerte digna: fue valiente hasta el final.

Están los dos solos en la playa. Él se arrodilla delante de ella y apoya la pistola en su pecho. Ewa no se mueve.

Siempre había imaginado un final diferente para esa historia: ella recibía los mensajes y decidía darle una nueva oportunidad a la felicidad. Había pensado en todo lo que le diría cuando por fin estuviesen como estaban ahora, sin nadie cerca, mirando el Mediterráneo en calma, sonriendo, hablando.

No se va a quedar con esas palabras en la garganta, aunque ahora sean totalmente inútiles.

—Siempre imaginé que volveríamos a caminar de la mano por un parque, o a la orilla del mar, diciéndonos el uno al otro las palabras de amor que veníamos posponiendo. Cenaríamos fuera una vez a la semana, viajaríamos juntos a lugares en los que nunca estuvimos sólo por el placer de descubrir cosas nuevas en compañía del otro.

»Mientras estuviste fuera, copié poemas en un cuaderno, para poder susurrártelos al oído al quedarte dormida. Escribí cartas diciendo todo lo que sentía, dejándolas en un lugar que acabarías descubriendo, y entendiendo que no te había olvidado ni un solo día, ni un minuto. Observaríamos juntos los planos de la casa que pretendía construir para nosotros a orillas del lago Baikal; sé que tenías varias ideas al respecto. Proyecté un aeropuerto privado, dejaría que tú te ocupases con tu buen gusto de la decoración. Tú, la mujer que justificó y le dio un sentido a mi vida.

Ewa no dice nada. Sólo mira el mar que tiene delante.

—Vine hasta aquí por ti. Pero por fin he comprendido que todo era absolutamente inútil.

Apretó el gatillo.

El disparo casi no se oyó, ya que el cañón del arma estaba pegado al cuerpo. La bala penetró en el punto exacto, y el corazón dejó de latir inmediatamente. A pesar de todo el dolor que le había causado, no quería que sufriera.

Si había una vida después de la muerte, ambos —la mujer que lo traicionó, y el hombre que permitió que eso sucediese— ahora caminaban de la mano por el claro de luna que llegaba hasta la orilla de la playa. Encontrarían al ángel de las cejas espesas, que les explicaría bien todo lo sucedido y no les permitiría sentimientos de rencor ni de odio; todo el mundo tiene que partir algún día del planeta conocido como Tierra. Y el amor justifica ciertos actos que los seres humanos son incapaces de comprender, a no ser que vivan lo que él ha vivido.

Ewa mantenía los ojos abiertos, pero su cuerpo pierde la rigidez y cae en la arena. Los deja a los dos allí, camina hasta las rocas, limpia cuidadosamente las huellas dactilares del arma y la tira al mar, lo más lejos posible del lugar en el que contemplaban la Luna. Vuelve a subir la escalera, encuentra una papelera en el camino y deja allí el silenciador; no lo había necesitado: la música subió de volumen en el momento preciso.

22.55 horas

Gabriela se dirige a la única persona que conoce.

En ese momento, los invitados están saliendo de la cena; el grupo está tocando temas de los años sesenta, empieza la fiesta, la gente sonríe y hablan unos con otros, a pesar del ruido ensordecedor.

—¡Te he estado buscando! ¿Dónde están tus amigos?

—¿Dónde está tu amigo?

—Acaba de irse; ha dicho que había surgido un grave problema con el director y con el actor. ¡Me ha dejado aquí, sin darme más explicaciones! No hay fiesta en el barco, eso es todo lo que me ha dicho.

Igor imagina el problema. No tenía la menor intención de matar a alguien a quien admiraba tanto, trataba de ver sus películas siempre que tenía un poco de tiempo. Pero, en fin, el destino es el que escoge; el hombre no es más que un instrumento.

—Me voy. Si quieres puedo dejarte en el hotel.

—¡Pero si acaba de empezar la fiesta!

—Aprovecha, entonces. Yo tengo que viajar mañana temprano.

Gabriela debe tomar una decisión rápidamente. O se queda allí con el bolso lleno de papel, en un lugar en el que no conoce a nadie, esperando a que una alma caritativa decida llevarla al menos hasta la Croisette —donde se quitará los zapatos para subir la interminable ladera hasta la habitación que comparte con otras cuatro amigas—, o acepta la invitación de ese hombre gentil, que debe de tener excelentes contactos, pues es amigo de la mujer de Hamid Hussein.

Presenció el inicio de una discusión, pero piensa que cosas como ésa suceden todos los días, y pronto harán las paces.

Ya tiene un papel garantizado. Está exhausta a causa de todas las emociones vividas ese día. Tiene miedo de acabar bebiendo demasiado y estropearlo todo. Se le acercarán hombres solitarios para preguntarle si está sola, qué va a hacer después, si le gustaría visitar alguna joyería al día siguiente con alguno de ellos. Tendrá que pasar el resto de la noche rechazándolos amablemente, sin herir susceptibilidades, porque nunca sabes con quién estás hablando. Esa cena es una de las más exclusivas del festival.

—Vamos.

Una estrella se comporta así; se va cuando nadie lo espera.

Caminan hasta la entrada del hotel. Gunther —no es capaz de recordar el otro nombre— pide un taxi, el recepcionista les dice que tienen suerte: si hubieran esperado un poco más, se verían obligados a guardar una fila enorme.

En el camino de vuelta, ella le pregunta por qué mintió respecto a lo que hacía. Él dice que no mintió: realmente había tenido una compañía de telefonía, pero decidió venderla porque pensaba que el futuro estaba en la maquinaria pesada.

¿Y el nombre?

—Igor es un apodo cariñoso, el diminutivo de Gunther en ruso.

Gabriela espera en cada momento la famosa invitación: «¿Tomamos una copa en mi hotel antes de dormir?» Pero no sucede nada: él la deja en la puerta de su casa, se despide con un apretón de manos y sigue adelante.

¡Eso sí que es elegancia!

Sí, ha sido su primer día de suerte. El primero de muchos. Mañana, cuando recupere su teléfono, hará una llamada a cobro revertido a una ciudad de Chicago para contar todas las novedades, para decirles que compren todas las revistas, porque la han fotografiado subiendo la escalera con la Celebridad. Les dirá también que la obligaron a cambiar de nombre. Pero si le preguntan, excitados, qué va a pasar, cambiará de tema: tiene una cierta superstición en comentar proyectos antes de que se realicen. Se enterarán a medida que vayan surgiendo las noticias: actriz desconocida elegida para interpretar un papel protagonista. Lisa Winner fue la principal invitada en una fiesta de Nueva York. Chica de Chicago, hasta ahora desconocida, es la gran revelación de la película de Gibson. Agente negocia contrato millonario con una de las grandes productoras de Hollywood.

El cielo es el límite.

23.11 horas

—¿Pero ya has vuelto?

—Y habría llegado mucho antes, si no hubiera sido por el tráfico.

Jasmine deja los zapatos a un lado, el bolso en otro, y se tira en la cama exhausta, sin quitarse el vestido.

—Las palabras más importantes en todas las lenguas son palabras cortas. «Sí», por ejemplo. O «Amor». O «Dios». Son palabras que salen con facilidad y llenan espacios vacíos en nuestro mundo. Sin embargo, hay una palabra, también muy corta, que me cuesta mucho decir. Pero voy a hacerlo ahora.

Mira a su compañera:

—No.

Da unos golpes sobre la cama para pedirle que se siente a su lado. Le acaricia el pelo.

—El «no» tiene fama de maldito, egoísta, poco espiritual. Cuando decimos «sí», nos creemos generosos, comprensivos, educados. Pero eso es lo que te estoy diciendo ahora: «No.» No voy a hacer lo que me pides, lo que me obligas, pensando que es lo mejor para mí. Ya sé que vas a decir que sólo tengo diecinueve años y que todavía no sé lo que es la vida. Pero me basta una fiesta como la de hoy para saber lo que deseo y lo que no quiero bajo ningún concepto.

»Nunca pensé en ser modelo. Es más, nunca pensé que sería capaz de enamorarme. Sé que el amor sólo puede vivir en libertad, pero ¿quién te ha dicho que soy esclava de alguien? Sólo soy esclava de mi corazón, y en este caso la carga es ligera, y el peso inexistente. Te elegí a ti incluso antes de que tú me escogieses. Me entregué a una aventura que parecía imposible, soportando sin quejarme todas las consecuencias, desde los prejuicios de la sociedad hasta los problemas con mi familia. Lo he superado todo para estar contigo aquí esta noche, en Cannes, saboreando la victoria de un excelente desfile, sabiendo que tendría otras oportunidades en la vida. Sé que las tengo, junto a ti.

Su compañera se tumbó en la cama, a su lado, y apoyó la cabeza en su regazo.

—El que me hizo ver todo esto fue un extranjero que conocí esta noche, mientras estaba allí, perdida en medio de la multitud, sin saber qué decir. Le pregunté qué hacía en la fiesta; me respondió que había perdido a su amor, que había venido a buscarla, y que ya no estaba seguro de querer precisamente eso. Me pidió que mirara a mi alrededor: estábamos rodeados de personas llenas de seguridad, de gloria, de conquistas. Comentó: «No se están divirtiendo. Creen que han llegado a la cima de sus carreras, y la inevitable bajada los asusta. Han olvidado que todavía les queda todo el mundo para conquistar, porque…»

—… porque se han acostumbrado.

—Exacto. Tienen muchas cosas y pocas aspiraciones. Están llenos de problemas resueltos, proyectos aprobados, empresas que prosperan sin necesidad de ninguna interferencia. Ahora sólo les queda el miedo al cambio, y por eso van de fiesta en fiesta, de reunión en reunión, para no tener tiempo para pensar. Para ver a la misma gente, y pensar que todo sigue igual. Las seguridades han sustituido a las pasiones.

—Quítate la ropa —le dice su compañera, intentando evitar cualquier comentario.

410

Jasmine se levanta, se quita la ropa y se mete debajo de las mantas.

—Desvístete tú también. Y abrázame. Necesito que me abraces, porque hoy creí que me ibas a dejar marchar.

Su compañera también se quita la ropa y apaga la luz. Jasmine se queda dormida en seguida entre sus brazos. Permanece despierta algún tiempo mirando al techo, pensando que, a veces, una chica de diecinueve años, con su inocencia, puede ser más sabia que una mujer de treinta y ocho. Sí, por más que lo temiese, por más insegura que se sintiera en ese momento, se vería forzada a crecer. Tendrá un poderoso enemigo al que enfrentarse: seguro que HH va a ponerle todas las dificultades posibles para no dejarla participar en la Semana de la Moda, en octubre. Primero, insistirá en comprarle la marca. Como eso va a ser imposible, intentará desacreditarla delante de la federación, diciendo que no cumplió su palabra.

Los meses siguientes serían muy difíciles.

Pero lo que ni HH ni nadie más sabe es que ella tiene una fuerza absoluta, total, que la ayudará a superar todas las dificultades: el amor de la mujer que ahora dormía entre sus brazos. Por ella, lo haría absolutamente todo, salvo matar.

Con ella sería capaz de todo, incluso de vencer.

1.55 horas

El *jet* de su compañía ya tiene los motores encendidos. Igor ocupa su asiento preferido —segunda fila, lado izquierdo— mientras espera el despegue. Cuando las señales de abrocharse el cinturón se apagan, va hasta el bar, se sirve una generosa dosis de vodka y la bebe de un trago.

Por un instante piensa si realmente le envió correctamente los mensajes a Ewa, mientras iba destruyendo mundos a su alrededor. ¿Tendría que haber sido más claro, dejando un billete, un nombre, cosas así? No, demasiado arriesgado: podrían pensar que era un asesino en serie.

No lo era: tenía un objetivo que afortunadamente había sido corregido a tiempo.

El recuerdo de Ewa ya no le pesaba tanto como antes. No la ama como la amaba, y no la odia como la odiaba. Con el paso del tiempo desaparecerá completamente de su vida. Qué pena; a pesar de todos sus defectos, difícilmente volvería a encontrar a una mujer como ella.

Se dirige otra vez al bar, abre otra botellita de vodka y vuelve a beber. ¿Se darán cuenta de que la persona que destruía los mundos de los demás era siempre la misma? Eso ya no le importa; si hay algo de lo que se arrepiente, es del momento en el que quiso entregarse a la policía, por la tarde. Pero el destino estaba de su lado, y había podido terminar su misión.

Sí, ha vencido. Pero el vencedor no está solo. Sus pesadillas se han acabado, un ángel de cejas espesas vela por él, y le enseñará el camino que tiene que recorrer a partir de ahora.

Día de San José, 19 de marzo de 2008

Agradecimientos

Hubiera sido imposible escribir este libro sin la ayuda de muchas personas que, de manera abierta o confidencial, me permitieron tener acceso a la información aquí contenida. Cuando empecé la investigación, no creí que fuera a encontrar tantas cosas interesantes detrás del lujo y el glamour. Además de los amigos que me han pedido que omita —y lo haré— sus nombres, quiero darles las gracias a Alexander Osterwald, Bernadette Imaculada Santos, Claudine y Elie Saab, David Rothkopf (creador del término «Superclase»), Deborah Williamson, Fátima Lopes, Fawaz Gruosi, Franco Cologni, Hildegard Follon, James W. Wright, Jennifer Bollinger, Johan Reckman, Jörn Pfotenhauer, Juliette Rigal, Kevin Heienberg, Kevin Karroll, Luca Burei, Maria de Lourdes Débat, Mario Rosa, Monty Shadow, Steffi Czerny, Victoria Navaloska, Yasser Hamid y Zeina Raphael, que colaboraron directa o indirectamente en este libro. Debo confesar que, en su mayor parte, colaboraron indirectamente, ya que nunca suelo comentar el tema sobre el que estoy escribiendo.